Der schöne Vogel Phönix, 1979 erstmals erschienen, war das literarische Debüt Jochen Schimmangs und ein großer Auftritt in der Literaturszene. Der Roman schildert das Leben seines jungen Helden Murnau von fünfzehn bis etwa dreißig Jahren. Er kann zugleich als Bericht über die Wirren der sechziger und siebziger Jahre mit hohem Wiedererkennungswert gelesen werden. Murnau, 1968 zwanzig Jahre alt, kommt aus der »ostfriesischen Schüler-Boheme« nach Westberlin und erlebt dort das langsame Altern seiner Hoffnungen, die zugleich die Hoffnungen einer ganzen Generation waren.

Jochen Schimmang, geb. 1948, studierte Politische Wissenschaften und Philosophie an der FU Berlin, danach Lehrtätigkeiten. Von 1978 bis 1998 lebte er in Köln, seit 1993 als freier Schriftsteller und Übersetzer in Oldenburg. Seine schriftstellerische Arbeit wurde mit zahlreichen Preisen und Stipendien gefördert. Zuletzt erschienen bei Edition Nautilus: *Das Beste, was wir hatten* (2009) und *Neue Mitte* (2011).

Jochen Schimmang

Der schöne Vogel Phönix

Roman

Edition Nautilus

Die Erstausgabe dieses Romans erfolgte 1979
beim Suhrkamp Taschenbuch Verlag, Frankfurt a. M.

Edition Nautilus Verlag Lutz Schulenburg
Schützenstraße 49a · D-22761 Hamburg
www.edition-nautilus.de
Alle Rechte vorbehalten · © Edition Nautilus 2013
1. Auflage Mai 2013
Umschlaggestaltung: Maja Bechert, Hamburg
www.majabechert.de
Autorenfoto Seite 2: Teja Sauer
Druck und Bindung: CPI Books
1. Auflage
ISBN 978-3-89401-780-4

Vorwort

Der schöne Vogel Phönix, erstmals erschienen im Mai 1979 im Suhrkamp Verlag, ist ein klassischer Bildungsroman, der die Entwicklung seines Protagonisten Murnau über einen Zeitraum von etwa fünfzehn Jahren verfolgt, von den frühen 60er Jahren bis gegen Ende der 70er Jahre. Statt der Gattungsbezeichnung *Roman* hat der Verlag es damals vorgezogen, das Buch mit dem dämlichen Untertitel *Erinnerungen eines Dreißigjährigen* zu versehen. Die Konzentration der Marketingabteilung richtete sich vor allem auf das Kapitel, das sich Murnaus Karriere in einer der damaligen sogenannten K-Gruppen widmet, also jener selbst ernannten kommunistischen Parteien, die nach dem Ende der antiautoritären Bewegung überall entstanden. So wurde das Buch mit ca. 30 000 verkauften Exemplaren zwar ein Erfolg; gelesen wurde es aber unter der Maxime »Das kenne ich auch« und »Ich war auch dabei«. Es blieb also wesentlich als Bericht über die antiautoritäre Revolte und ihre autoritären Folgen im Gedächtnis, was eine unangemessene Verkürzung ist.

Der schöne Vogel Phönix war aber nicht der unausgegorene Bericht eines Dreißigjährigen, auch wenn das Buch ganz gewiss unausgegorene Stellen hat, wie sie bei einem Debütanten nicht ungewöhnlich sind. Die Schwächen des ursprünglichen Manuskripts waren schon durch das sorgfältige und sympathische Lektorat meines allerersten Lektors Hans-Ulrich Müller-Schwefe getilgt, dem ich für meine Arbeit unendlich viel zu verdanken habe und der auf diesem Weg herzlich gegrüßt sei. Zwar hat der Roman einen hohen autobiografischen Gehalt, ist aber keineswegs ein Bericht im Maßstab 1:1. In seiner Form folgt er literarischen Vorbildern, die im Buch teilweise explizit genannt werden, allen voran den fünf großen Romanen Lars Gustafssons aus den 70er Jahren, die unter dem Obertitel *Risse in der Mauer* zusammengefasst sind. Welche kaum zu überschätzende Rolle die Lektüre des ersten dieser fünf Romane, *Herr Gustafsson persönlich*, für die Entstehung dieses Buches gespielt hat, wird im letzten Teil des *Phönix* deutlich gezeigt.

Die Literaturkritik hat das Buch mehrheitlich schnell einer von ihr selbst damals erfundenen neuen Strömung zugeschlagen, die wahlweise *Neue Innerlichkeit* oder – freundlicher – *Neue Subjektivität* genannt wurde. Damit sollte zum Ausdruck gebracht werden, dass die angeblich hochpolitische Literatur der vorangegangenen Jahre auf dem Rückzug war. Einzig Helmut Lethen hat in seiner 1979 im *Merkur* erschienenen Kritik des Buches genauer formuliert, was hinter diesen Schlagworten verschwand. Er spricht von dem »unverschämte(n) Spielraum, den der Autor seiner Sprache verschafft, indem er, bei der Schilderung der Phase, in der wir uns dem Kollektivismus *verschrieben*, ›Ich‹ sagt und bis zur Skurrilität auf Einsamkeit, theoretischer Neugierde und Narzissmus pocht«. Denn ich habe in der Tat nie erzählen wollen, wie es nun *damals alles wirklich war*; das sollen, wenn sie es denn können, die Zeithistoriker tun. Bei der Lektüre des *Phönix* ist in der Regel der Stellenwert, den die damalige popkulturelle Revolution in den westlichen Ländern für den Protagonisten Murnau spielte, übersehen worden. Der *Phönix* ist viel eher ein Roman über die Beatles und über das Kino als über den Vietnamkongress oder über Maikundgebungen.

Unverschämtheit wird mir bei Lethen gleich im nächsten Satz noch einmal attestiert, nämlich die »Unverschämtheit, mit der sich ein Dandy in die Lederjacke der Komintern kleidet«. Das hat mir, weil ich hier den Geist des Romans verstanden fühlte, schon damals sehr gefallen und tut es auch heute noch. Deshalb ist Lethens zeitgenössische Kritik am Ende dieser Ausgabe als Nachwort mit seinem freundlichen Einverständnis abgedruckt. Sie endet, wie man nachlesen kann, mit dem Wunsch, der Autor möge nun Liebesgeschichten und Kriminalgeschichten schreiben und schließt dann etwas resignativ: »Aber er wird sich schon an unsere Wünsche nicht halten.«

Doch. Die Liebes- und Kriminalgeschichten folgten dann, und der Autor wünscht sich nichts mehr, als dass man den *Phönix* ganz einfach als die allererste dieser Geschichten liest.

Oldenburg, im Februar 2013

Der schöne Vogel Phönix

Prolog 1
Eine Garnisonsstadt am Jadebusen,
fern von Berlin, 1968   11

Prolog 2
Rückblick auf einen hässlichen Zwerg aus
Manchester mit beachtlichen Lücken im Gebiss   41

Die Höhlen von Schlachtensee   69

Der Mönch mit der Lederjacke   148

Das normale Scheitern   248

Epilog
Vom Altern der Hoffnungen   323

Ich bin der schöne Vogel Phönix
Schüttle mich am Morgen, sage
Pfeif drauf! bekomme sie, meine Seele
Gänseblümchenweiß
Ich bin
Der schöne Vogel Phönix
Aber durch das
Flieg ich nicht wieder

Sarah Kirsch

Prolog 1
Eine Garnisonsstadt am Jadebusen, fern von Berlin, 1968

Ein letzter Brief, der doch nur ein vorletzter war

»Es ist dies wohl mein letzter Brief, der Dich in dem unwürdigen Dasein der Beengung und der Unfreiheit erreicht. Der Gefreite Murnau wird nicht mehr sein, die Geschichte dieser achtzehn Monate wird zu einem Kapitel, eine neue Seite wird aufgeblättert. Ich hoffe, dass die ätzende Säure der Erinnerung dieses neue Kapitel nicht beeinflusst.«

Das war der zweite Absatz des vorletzten Briefes, den mir Jensen damals im Dezember schrieb (ein paar Tage später kam dann der wirklich Letzte, um ein paar Terminfragen zu klären). Dieser Vorletzte war einer jener sieben Seiten langen Briefe, wie ich sie von Jensen, aber auch von anderen, das ganze Jahr über in unregelmäßigen Abständen bekam. Ich selbst war es, der damals für die Kompanie die Post vom Stabsgebäude holte, kurz vor der Mittagspause, und je nachdem, ob ich Post erhalten hatte oder nicht, hatte ich es eilig, in die Kompanie zurückzukommen oder redete noch eine Viertelstunde mit den Gefreiten in der Poststelle. Dieser Brief war nun einer der letzten überhaupt, die zu mir in die Kaserne kamen. Wir schrieben Dienstag, den 10. Dezember. Das Zentimetermaß in meinem Spind hatte sich auf neun Zentimeter verkürzt. »Es klingt wie eine Sage, noch ganze neun Tage.«

Das Kasernengelände war sehr ruhig in diesen Dezembertagen. Die Mehrzahl der Soldaten freute sich auf Weihnachten und den damit verbundenen Urlaub, und eine Minderheit, der anzugehören ich das Glück hatte, freute sich auf den 20. Dezember. Es war nicht die Zeit, um hektische Vorbereitungen zu treffen, nicht die Zeit, um ins Manöver zu ziehen oder gar in einen Krieg.

Es war das Jahr 1968, das sich dem Ende zuneigte, ein ganzes Jahr, zugebracht in einer Garnisonsstadt am Jadebusen, Hunderte von Kilometern entfernt von der Teilstadt Berlin-West, aus der mir zuweilen der Pinguin Briefe über Wasserwerfer schrieb, oder von Tübingen, von wo mich seit kurzem Jensens Briefe erreichten, oder Frankfurt am Main, wo der Professor Theodor W. Adorno einen Lehrstuhl bekleidete und der Genosse Hans-Jürgen Krahl am 27. Mai seine Römerbergrede hielt, die ich vier Jahre später in einer riesigen Wohnung in Berlin zum ersten Mal lesen sollte, als der Genosse Krahl schon tot war. Das Jahr hatte mit einem kalten Winter begonnen, den ich größtenteils im Lazarett verbrachte. Etwas später hatten in Berlin und anderswo Autos gebrannt, die die *Bild*-Zeitung und andere Druckerzeugnisse an die Verkaufsstellen bringen sollten, und im Mai, als ich wieder, diesmal mit frisch herausgenommenen Mandeln, im Lazarett lag, war Manchester United Europameister geworden, und in Frankreich gab es den größten Generalstreik der Geschichte. Im Juli hatte ich mit meinem Freund Günter, der mit mir zusammen das Geschäftszimmer der 5. Kompanie besetzte, einen melancholischen und teuren Urlaub in Kopenhagen verbracht, und einen Monat später waren Truppen des Warschauer Pakts in die CSSR einmarschiert. Im Herbst gab es einige Unstimmigkeiten zwischen meinen Vorgesetzten und mir, alkoholbegünstigte Ausbruchsversuche, und danach wurde ich sehr friedlich, zählte die Tage und verkürzte jeden Morgen mein Zentimetermaß um einen Zentimeter. Jetzt lohnte es sich beinahe nicht mehr, täglich zur Schere zu greifen, wo schon meine zehn Finger genügten, um die Situation zu quantifizieren. Ich ging meine letzten Dienstwege, noch fast täglich zur Poststelle, das Jahr ging dem Ende zu, und Jensen gab also brieflich seiner Hoffnung Ausdruck, die ätzende Säure der Erinnerung möge meine Zukunft nicht beeinflussen.

Es gibt sie aber, die Erinnerung, wenn auch nicht als ätzende Säure. Jensen neigte damals in seinen Briefen teilweise zu sehr bildhaften Ausdrücken.

Es war ein verlorenes und ein gewonnenes Jahr, zwei Jahre in einem. Das Jahr, das ich verlor, spielte sich um mich herum ab, in dieser Kleinstadt am Jadebusen, vierzehntausend Einwohner, davon ein hoher Prozentsatz an Soldaten. Von den wenigen Ausbruchsversuchen abgesehen, versah ich mit einer an Verbissenheit grenzenden Gleichförmigkeit meinen Dienst. Mir oblag insbesondere die Bearbeitung von Schadensfällen, die monatliche Meldung von Ist- und Soll-Stärke an den Stab, die periodische Anforderung von Büromaterial, die Postabholung vormittags und nachmittags, das Sortieren der Post, ein Teil des täglich abzuwickelnden Schriftverkehrs, und auch bei der Führung der Urlaubskartei, dieser wichtigsten aller Aufgaben, half ich mit; das alles für einen Sold von am Ende vier Mark fünfundzwanzig am Tag, dazu freie Unterkunft und Verpflegung. Vierteljährlich gab es Entlassungen, und ich bearbeitete die Entlassungspapiere, eine Arbeit, die zum Teil ohne Überstunden nicht zu bewältigen war. Am Entlassungstag gab es massenhaft billigen Weinbrand und noch billigeren Korn, und ab und zu tauchte eine Flasche Sekt auf. Für jeden, bei dem ich nicht mitgetrunken hätte, wäre es eine Beleidigung gewesen, also trank ich, nebenher noch immer mit Entlassungspapieren beschäftigt, in die mit dem Fortschreiten des Tages eine immer größere Unordnung geriet, in der allein Günter und ich uns noch sicher bewegten und die allein wir zum schließlich doch noch guten, ordnungsgemäßen Ende brachten.

Fast jedes Wochenende fuhr ich nach Hause, am frühen Freitagabend, sechzig Kilometer weiter westlich in eine ostfriesische Kleinstadt, um für zwei Nächte mal wieder in einem Bett zu schlafen, das diesen Namen verdiente, und an zwei Tagen ein Mittagessen serviert zu bekommen, das mit dem Kantinenessen, das wir bekamen, höchstens einmal den Namen gemein hatte. Am Sonntagabend ging es zurück, und am Montagmorgen, während draußen direkt vor unseren Fenstern der Morgenappell stattfand, tauchten Günter und ich die ersten Teebeutel des Tages ins heiße Wasser. Das Geschäftszimmer musste immer besetzt sein während des Dienstes, und so hatten wir beide das einzigartige Privileg, niemals draußen in Reih und Glied stehen und frieren zu müssen.

Allerdings hatten wir unter anderen Problemen zu leiden. Die Funktion dessen, was man im wahrhaft sachlichen Jargon von Arbeitgebern eine Schreibkraft nennt, erfüllte bei uns eine ältere Dame, die gegen jeden Versuch, das Geschäftszimmer zu lüften, allergisch war und laut protestierte. So versahen wir unseren Dienst im Sommer wie im Winter unter einer fest aufsitzenden Dunstglocke, in der sich kalte Asche, Schweiß, nasse Uniformjacken, verbrauchte Teebeutel, Wolkenlandschaften von Aktenstaub und der Geruch von Kohlepapier festsetzten. Unsere einzige Rettung war, dass dieses Fräulein Schmidt, und der Name ist nicht erfunden, eine halbe Stunde früher Feierabend hatte als wir (wir hatten überhaupt nie Feierabend: wir hatten Dienstschluss), sodass wir gleich nach ihrem allabendlichen Abschied die Dunstglocke anhoben, die Fenster weit aufrissen, um wenigstens einen Teil der Luft hereinzulassen, die tagsüber an geschlossenen Fenstern abgeprallt war.

Unsere Aufgaben sind damit nur ansatzweise beschrieben. Wir hatten noch andere wichtige Funktionen. Jeden Tag geschah es mehrmals, dass jemand ins Geschäftszimmer kam, uns vertraulich an die Theke winkte und leise fragte, wie er denn gerade in Stimmung sei, der Spieß, ein knubbliger kleiner, nicht unfreundlicher Mann aus dem südlichen Niedersachsen, der allerdings Stimmungen sehr ausgesetzt war, oder gar der Chef, ein cholerischer Kettenraucher aus Bayern, dessen Schwankungen zwischen einer bemerkenswerten Sensibilität und totaler Unempfindlichkeit nachzuzeichnen und richtig einzuschätzen viel Erfahrung erforderte. Diese Erfahrung hatten nur wir. Wir waren die

Seismografen, die jeder befragte, bevor er zu einem Bittgang ansetzte. Unser Rat galt etwas: Du kannst (Sie können) rein, die Lage ist günstig, oder: Ich würde lieber bis heute Nachmittag warten. Natürlich ging es fast ausschließlich um Urlaub. Auf der militärischen Ebene, über die ich hier berichte, geht es selten um etwas anderes.

Mir oblag hauptsächlich die Bearbeitung von Schadensfällen; das hört sich sehr harmlos an. Aber ein Schadensfall, das ist der Verlust einer Arbeitsmütze für 2,65 DM (Preis 1968) bei irgendeinem Nachtmarsch, ein jährlich sich dutzendfach wiederholender Vorgang, abgetan mit einer Verlustmeldung, einer kurzen Beschreibung des Vorgangs, dem Ausfüllen eines standardisierten Formulars und dem Heraussuchen der entsprechenden Versorgungsnummer (unter: Arbeitsmütze, oliv); das ist aber auch die erhebliche und schuldhafte Beschädigung eines Panzers, bei der es um eine fünfstellige Summe geht. In einem solchen Fall bedarf es einer wirklich kühnen Phantasie und einer nicht geringen belletristischen Begabung, um, zum Vorteil des Betroffenen, den Vorgang glaubhaft so darzustellen, wie er sich nicht ereignet hat. Niemand soll sagen, der Gefreite Murnau hätte nicht in jenem Jahr 1968 an seinem Stahlschreibtisch zuweilen sehr komplizierte Aufgaben zu bewältigen gehabt. Es waren Aufgaben, von denen die meisten sich nichts träumen ließen, wenn sie ihn dort – die Anthrazitkrawatte wie immer unordentlich um den Kragen des blauen Uniformhemdes gewürgt, gedankenverloren über eine Akte gebeugt sahen, während seine rechte Hand fast zärtlich einen Teebeutel in einer Tasse heißen Wassers bewegte.

Ein Frühstück im Offizierskasino.
Wichtige Nachrichten aus Westberlin

Während all der Zeit las ich. Ich las abends nach Dienstschluss, nachdem ich mich geduscht hatte, wenn ich nicht gerade mit anderen in eine Kneipe ging, ich las in jeder

Minute, die ich tagsüber im Geschäftszimmer für mich zur Verfügung hatte; ich las in der Mittagspause und sogar morgens vor dem Frühstück, unmittelbar nach dem scheußlichen Wecken um halb sechs. Nie zuvor und nie nachher habe ich so intensiv und viel gelesen wie in jener Zeit, die fürs Lesen nicht gemacht war.

Lesen war mein Widerstand. Lesen war die Höhle, die Wärme, die Identität. Ich las in Situationen, in denen ich heute nicht mehr lesen könnte, etwa, wenn um mich herum ein Lärmteppich aus Radio, Streit, Stiefelputzen und knarrenden Spindtüren sich ausbreitete.

Und ich lebte die Bücher, die ich las. Ich erfuhr und lebte, indem ich las, gleichzeitig ein ganz anderes Jahr 1968 als das, in das ich täglich eingespannt war. Es war ein Jahr, das sich in demselben Staat ereignete, der mich zum Militärdienst eingezogen hatte, und doch waren die Wellen, die diese Ereignisse schlugen, immer schon lange verebbt, ehe sie den Jadebusen erreicht hatten. Nur Zeitungen und Bücher berichteten davon, die Briefe, die mir der Pinguin aus Berlin schrieb. Die Identität, die das Lesen war, war eine unruhige Identität. Ich war dabei, bei dem was passierte, aber ich konnte nicht teilnehmen. Ich war dabei, aber man sah mich nicht, und darunter, dass ich dabei war und doch nicht dabei sein konnte, litt ich. Ich war getrennt von meinen Genossen, ich kannte sie nicht einmal, und was fast noch schlimmer war, sie kannten mich nicht. Es musste doch wenigstens einige geben unter ihnen, die ahnten, dass in jenen Monaten in einer Kaserne in Nordwestdeutschland jemand auf derselben Seite kämpfte wie sie, obwohl er nur seinen Dienst tat, der hauptsächlich in der Bearbeitung von Schadensfällen bestand. Aber diese, die es geben musste, erreichten mich nicht, und ich erreichte sie nicht. So waren es einzig die Zeitungen und Bücher, die uns verbanden, ohne dass wir voneinander wussten. Lesen war die Höhle, die Wärme, die Identität. Es war das andere, das gewonnene Jahr 1968.

Bei der Einteilung der Wach- und anderen Dienste in den Ostertagen 1968 kam sogar der Gefreite Murnau an die Reihe, und das war schon eine Seltenheit. Das unausgesprochene Privileg, mit solchen Diensten nicht behelligt zu werden, war über Ostern nicht durchzuhalten. Aber auch da gab es natürlich günstige und weniger günstige Termine und Aufgaben, und fast ebenso natürlich wurde ich den günstigen zugeschlagen. Ich habe nicht selbst daran gedreht, ich verhielt mich nur ruhig und unauffällig, in der völligen Gewissheit, dass dann alles gut für mich ablaufen würde.

So trat ich am Karfreitagmorgen meinen Dienst als LvD an, neben mir als OvD einen Fähnrich, mit dem ich mich sehr gut verstand. Ich muss diese Abkürzungen erklären. Sie entstammen dem beinahe unerschöpflichen Arsenal an Abkürzungen für Funktionen, Dienstgrade, Materialien, persönliche Ausrüstungsgegenstände, Waffen und Fahrzeuge, über das, natürlich mit vielen feinen Varianten, vermutlich alle Armeen der Welt verfügen.

Ich fange nicht bei mir an, sondern bei diesem Fähnrich Weiß. Er übte nun also am Karfreitag die Funktion des OvD aus: Offizier vom Dienst hieß das und bedeutete, dass er für 24 Stunden der Chef der Kaserne war. Unter anderem hatte er die Wachablösung abzunehmen. Ich stand ihm zur Seite als Läufer vom Dienst. Theoretisch hätte er mich aus gegebenem Anlass und natürlich auch ohne den hierhin und dorthin hetzen können. In Wahrheit aber war der LvD ein sehr beliebter Wachdienst, weil bekannt war, dass niemand in der ganzen Kaserne so wenig läuft wie der Läufer vom Dienst. Es war eine ganz und gar sitzende Beschäftigung, die ich auszuüben hatte. Zudem war an einem Tag wie Karfreitag keine Aufregung zu erwarten. Wir richteten uns auf einen ruhigen Tag und eine noch ruhigere Nacht ein und freuten uns auf die freien Ostertage.

Wir saßen in einem kleinen Verschlag am Eingang des Stabsgebäudes, der mit einem Schreibtisch, einem Telefon und zwei Betten ausgerüstet war. Lesen war Wärme, also las ich aus der Bestsellerliste des *Spiegel* Mager/Spinnarke

Was wollen die Studenten?, ein Taschenbuch, das damals Fischer mit gutem Gespür für die Marktlage in Umlauf gebracht hatte. Es war ruhig, der Fähnrich Weiß machte ab und zu einen Rundgang, aber mehr, um sich die Beine zu vertreten, kam dann zurück und unterhielt sich ab und zu mit mir. Es passierte nichts.

Aber es war schon etwas passiert, in jener Welt, die das andere Jahr 1968 beherbergte.

Gegen Mittag kam ein Oberstabsfeldwebel, ein freundlicher Berliner, an unserem Verschlag vorbei, auf dem direkten Weg in seinen Osterurlaub, wechselte ein paar freundliche Worte mit uns und sagte am Ende:

»Haben Sie schon gehört, den Dutschke haben sie...«

»Ja, habe ich schon gehört«, sagte der Fähnrich.

Nur ich hatte nicht gehört. Weder am Abend zuvor noch am frühen Morgen hatte ich Radio gehört. Zeitungen gibt es nicht am Karfreitag. Ich musste also nachfragen, war wieder einmal nicht dabei gewesen, nicht einmal übers Radio.

Ich musste mir also vom Fähnrich Weiß erzählen lassen, was passiert war. In Berlin war am Tag zuvor ein junger Mann, Josef Bachmann mit Namen, auf Rudi Dutschke zugegangen, der gerade sein Fahrrad bestiegen hatte, und hatte ihn gefragt, ob er Rudi Dutschke sei. Rudi Dutschke hatte das nicht abgestritten. Daraufhin hatte Bachmann dreimal auf Dutschke geschossen, ihn schwer verletzt und war dann geflüchtet. Die Polizei räucherte ihn später aus einer Baustelle mit Tränengas heraus. Dutschke wurde ins Krankenhaus gebracht. Mehr wusste der Fähnrich Weiß auch noch nicht. Er verließ den Verschlag, ließ mich allein, und ich kehrte zurück zu den Büchern.

»In Berlin ist einiges los«, sagte der Fähnrich, als er zurückkam. Er hatte im Offizierskasino Radio gehört. »Es sind allerhand Leute auf der Straße, und sie versuchen, das Springerhochhaus zu stürmen.«

Es gab für keinen von uns beiden Schwierigkeiten zu verstehen, warum ausgerechnet Springer zum Angriffsziel wurde. Der Zusammenhang war uns so klar, dass es überflüssig war, darüber zu sprechen.

Ich ging zum Abendessen, dem einzigen Essen, das man in der Kantine noch mit einem gewissen Genuss zu sich nehmen konnte, und trank anschließend ein Bier (es war nirgendwo klar ausgesprochen, dass man im Dienst nichts trinken durfte). Als ich zum Stabsgebäude zurückging, auf leichten Umwegen, gewissermaßen um einen Spaziergang zu machen, ging die Aprilsonne unter. Das Kasernengelände lag sehr leer und schläfrig in der untergehenden Sonne.

Wir waren gut ausgeschlafen, als wir am nächsten Morgen abgelöst wurden. Wir duschten, packten unsere Reisetaschen, und der Fähnrich sagte:

»Jetzt wollen wir frühstücken.«

Wir gingen zu seinem Auto, fuhren die dreihundert Meter zum Offizierskasino und bestellten ein ausgezeichnetes Frühstück für zwei Personen. Der Fähnrich Weiß zahlte. Die Aprilsonne schien wieder, und der Fähnrich fuhr mich bis nach Oldenburg zum Hauptbahnhof, wo ich den nächsten Zug nach Hause nahm. Wir sprachen wenig während der Fahrt. Es war ein friedlicher Morgen.

Übers Wochenende gingen dann sehr unruhige Bilder über den Fernsehschirm. Ich sah brennende Autos, Wasserwerfer im Einsatz und auch prügelnde und tretende Polizisten. Diese Bilder kamen nicht aus Südamerika, Italien oder Berkeley. Solche Entfernungen waren nicht nötig gewesen. Man hatte sie in Berlin, Frankfurt und München bekommen können. Zur gleichen Zeit drückten der Kanzler, der Bundespräsident, der Regierende Bürgermeister und viele andere ihr Bedauern aus. Der Justizminister Heinemann sprach an einem der Ostertage direkt im Fernsehen. Er sprach davon, dass wir alle vor einer schweren Bewährungsprobe stünden und dass Besinnung vonnöten sei, dass außerdem, und das vor allem anderen, Gewalt kein Mittel sei, um berechtigter Empörung Ausdruck zu geben. Derweil wurde in Berlin, in

Frankfurt, in München und anderswo weiterhin die beachtliche Ausrüstung der Polizei erprobt. Endlich kam auch einmal wieder die berittene Polizei zu ihrem Recht. Schon wenige Tage später erfand man für diese Vorgänge den Ausdruck von den Osterunruhen. Was da vor sich ging, hatte zwar Wochen zuvor noch keiner für möglich gehalten, aber nach den Gründen wurde nicht gefragt, denn es gab schon eine ausgezeichnete Erklärung: Es handelte sich um ein Generationenproblem.

Gaus: »Warum treten Sie aus der Politik nicht aus? Wäre das nicht ein größeres Mitleid mit den armen Teufeln, mit den Menschen, für die Sie so schreckliche Zeiten heraufkommen sehen? Warum sagen Sie nicht: Wir können es nicht ändern, lass es doch laufen!«
Dutschke: »Aber wir können es ja ändern! Wir sind nicht hoffnungslose Idioten der Geschichte, die unfähig sind, ihr eigenes Schicksal in die Hand zu nehmen. Das haben sie uns jahrhundertelang eingeredet.« (Zu Protokoll – Rudi Dutschke. Gespräch zwischen Günter Gaus und Rudi Dutschke, ARD, ausgestrahlt am 3. Dezember 1967.)

»Gewalt aber ist indiskutabel«, hatte Jensen geschrieben, »schon weil sie keine Chancen hat.«
Sein Brief hatte mich am Gründonnerstag erreicht, vielleicht ein paar Stunden, bevor die Schüsse auf dem Kurfürstendamm fielen. Ich hatte ihn unwillig zweimal gelesen und ihn den ganzen Karfreitag lang in meinem Verschlag nicht angerührt. Über diesen Brief würde noch zu reden sein.
Am Ostersamstag saßen dann Jensen, Pappler und ich in unserer Stammkneipe, einer ruhigen, soliden Kneipe mit Hotelbetrieb, deren Wirt ein Bein leicht nachzog und immer sehr freundlich zu uns war. Wir waren früh da, und die Aprilsonne dieser Ostertage 1968 schien durch die großen Glasscheiben, die die ganze Höhe des Raumes einnahmen, auf unseren Tisch. Ich bemerkte von all dem nichts. Ich

redete. Ich ließ selber kaum jemanden zu Wort kommen. Wenn Jensen oder Pappler sprachen, überlegte ich mir schon, wie ich ihre Argumente zu widerlegen hatte. Ich redete. Ich war dabei, auch wenn ich nicht dabei gewesen war. Ich redete, was ich gelesen und gehört hatte. »Gewalt gegen Sachen und Gewalt gegen Menschen ist zweierlei. Die Gewalt, die ihr angreift, ihr Liberalen, ist doch nur die ohnmächtige Gegengewalt derer, die zuerst Gewalt an sich erfahren haben: die Gewalt einer Manipulationsmaschine mit Millionenauflage: die Gewalt des großen Geldes: die hinterlistige Gewalt einer Scheindemokratie. Die Spielregeln dieser Scheindemokratie müssen wir durch den antiautoritären Protest durchbrechen, durch die gezielte antiautoritäre Provokation. Indem die Studenten von Aktion zu Aktion fortschreiten, werden sie sich klar darüber, was sie wollen. Es ist nicht der Zeitpunkt, Programme zu wollen. Es ist der Zeitpunkt für die Aktion.« Und immer so weiter. Ich war ein giftiger kleiner Zwerg mit unangenehmen Angewohnheiten, so zum Beispiel, die anderen rigoros zu unterbrechen (ich dachte: wenn du jetzt nicht sagst, was dir eingefallen ist, hast du es gleich wieder vergessen), und einzig die Tatsache, dass ich bei der Bundeswehr war, in einer wenig angenehmen Situation also, verschaffte mir bei Jensen und Pappler mildernde Umstände.

Bald darauf antwortete der Pinguin aus Berlin auf einen Brief von mir:

»Dein Brief war in allen Teilen, in denen Du von Dir und Deiner Entwicklung schreibst, sehr gut und einleuchtend; aber gerade in der Beantwortung der Frage, was für Dich Revolution bedeute, fand ich einen Text, den ich mir aus zwei, drei SDS-Papers wörtlich genauso zusammensetzen kann.«

Ja. So muss das Ostergespräch für Jensen und Pappler gewesen sein. Ich schrieb und ich redete, was ich gelesen und gehört hatte. Ich zitierte. Ich empfand auch, was ich zitierte. Es war doch meine einzige Möglichkeit, dabei zu sein.

(Dieser Brief des Pinguins enthielt auch einen sehr schönen Satz, aber den wusste ich erst Jahre später beim Wiederlesen zu würdigen: In den Sommerferien, schrieb der Pinguin, arbeite ich auf Juist als Gehilfe im Küstenmuseum, darf unter anderem einen zahmen Seehund füttern und verdiene auch noch Geld.)

Am Abend des Ostermontags, was sollte ich anderes tun, fuhr ich zurück an den Jadebusen. Im Zug, natürlich, las ich. Ab und zu legte ich das Buch – es war der Text- und Fotoband von Bernard Larsson *Demonstrationen. Ein Berliner Modell* – beiseite und dachte an unser Ostergespräch. Mir fiel einiges ein, was ich noch hätte sagen sollen und was vielleicht zu einem anderen Verlauf des Gesprächs geführt hätte.

Das waren meine privaten Osterunruhen 1968.

Rostruper Mai

An der Hauptdurchgangsstraße von Ostfriesland nach Oldenburg, nicht mehr weit von Oldenburg entfernt, liegt Bad Zwischenahn, und nördlich von Bad Zwischenahn liegt das Zwischenahner Meer, ein Binnenmeer von beachtlicher Größe, dem es hauptsächlich zu verdanken ist, dass Zwischenahn sich Bad Zwischenahn nennen kann und zu nicht unerheblichen Anteilen vom Fremdenverkehr lebt. Direkt angrenzend an den See, in einem Ort, der Rostrup heißt, liegt ein großes Bundeswehrlazarett.

Es war nicht mehr länger aufzuschieben: Meine Mandeln mussten herausgenommen werden. Selbst der Bataillonsarzt, der hauptberuflich eine Praxis als Kinderarzt betrieb und als Vertragsarzt jeden Morgen in die Kaserne kam, sehr ungern, denn er behielt noch während der Untersuchungen die Zigarette im Mund, selbst diese Niete also (ein Urteil, mit dem ich keineswegs allein stand) befürwortete die baldige Operation. Dazu musste ich nach Rostrup, und bevor ich dorthin kam, wurde ich »zur Beobachtung« ins Krankenrevier unserer Kaserne eingewiesen. Es war ein ruhiges Leben. Einige Male am Tag wurde die Temperatur gemessen, zweimal während meines Aufenthalts wurde mir Blut entnommen, sonst aber konnte ich, zwar nicht offiziell, aber doch mit geheimem Einverständnis der Sanitäter, die die eigentlichen Herrscher des Reviers waren, auf dem Kasernengelände spazieren gehen oder mich mit Bekannten in der Kantine unterhalten. Viel Zeit verbrachte ich im Bett, holte versäumten Schlaf vergangener Wochen nach und las abwechselnd in dem Band von Bergmann/Dutschke/Lefèvre//Rabehl *Rebellion der Studenten oder Die neue Opposition*, der gerade erschienen war, und in einer Auswahl von Majakowskis Gedichten. Abends, wenn das Revier sich geleert hatte und nur die Patienten und die jeweils diensthabenden Sanitäter anwesend waren, fand sich eine egalitäre Gemeinschaft von Therapeuten und Patienten um den Fernsehapparat vereint. Es war schönes Wetter in diesen Tagen, die Maisonne ließ sich viel Zeit, ehe sie abends verschwand, und alles schien sehr friedlich.

Im Fernsehen gab es allerdings Bilder von ganz anderer Art zu sehen. Sie kamen diesmal aus Paris. Zuerst waren es nur Nachrichten, dann aber sahen wir in der Tagesschau die Truppen der CRS gegen Studenten vorgehen, im Massenangriff, sahen brennende Autos, Tränengasnebel und Barrikaden. Damals sah ich zum ersten Mal überhaupt, was das war: eine Barrikade.

Erklärt wurde nichts. Man begnügte sich damit, einige sehr unruhige Bilder mit vielen Schnitten zu zeigen und ein paar Worte über die Schließung der Sorbonne und ihre Folgen zu sagen. Aber man kann dem Deutschen Fernsehen natürlich nicht vorwerfen, dass es uns nicht erklärte, was auch in Frankreich selbst niemand erklären konnte und wollte. Ich selbst verstand nur, dass eine beachtliche Anzahl von Menschen sich offenkundig ohne Furcht den Angriffen einer sehr brutalen Polizeitruppe stellte, und dass fürs Erste der Kampf dieser Anzahl von Menschen bei einer noch größeren Anzahl von Menschen, die selbst nicht mitkämpften, gleichwohl Sympathie fand. Mehr konnte ich vorerst nicht verstehen, denn alles, was mir zur Verfügung stand, waren die Bilder, die das Fernsehen zeigte. Die Intensität, die Verbissenheit der Kämpfe beschäftigte mich allerdings, und tagsüber las ich Majakowskis Gedichte, als seien sie am Abend zuvor entstanden. Kurz: Etwas von den vagen, gar nicht greifbaren Hoffnungen, die in jenen ersten Tagen von Paris herüberkamen, übertrug sich auf mich. Schließlich war nicht zu vergessen: Keine Stadt war mit Revolutionen so vertraut wie Paris.

Ein paar Tage nach diesen Bildern packte ich meine Sachen und wurde in einem Jeep ins Rostruper Lazarett gefahren. Die fünf anderen, mit denen ich auf einem Zimmer lag, hatten ihre Mandeloperationen schon überstanden. Ich musste einen Zettel unterschreiben, in dem ich mich mit der Operation einverstanden erklärte und sollte gleich am kommenden Tag operiert werden. Mein Bett stand am Fenster, und in der untergehenden Sonne begann ich, meine verschiedenen Bücher durchzublättern, mal das eine anzufangen, mal das andere, ohne mich entscheiden zu können. Zur Nacht bekam ich Schmerztabletten mit zugleich beruhigender Wirkung, obwohl ich weder Schmerzen hatte noch beunruhigt war. Da ich mir die Operation konkret nicht vorstellen konnte und auch die anderen mit ihren Erzählungen bei mir keine Vorstellungen hervorriefen, beschloss ich zu glauben, dass diese Operation einfach ein Phantom sei. Ich schlief ausgezeichnet.

Die Operation sollte am nächsten Morgen stattfinden, aber am nächsten Morgen verschob man sie auf den Nachmittag. Gegen Mittag bekam ich eine Spritze in den Oberschenkel, und zehn Minuten später war ich erstmals in meinem Leben high und wurde von Minute zu Minute euphorischer. Dann wurde ich von zwei Sanitätern zur Operation geführt, was nötig war, denn ich war nicht mehr sicher genug auf den Beinen.

Nie mehr wieder. Es wird auch nie wieder nötig sein, und trotzdem: Nie mehr wieder, auch wenn es noch einmal notwendig sein würde. Ich habe nur ein paar Bilder von der Operation, eigentlich nur eins, ein feststehendes, lang andauerndes Bild. Ich hielt die Schüssel unter mein Kinn, wie man es mir gezeigt hatte, hatte den Mund weit auf, und vor mir stand ein älterer Arzt, ich glaube, er hatte den Dienstgrad eines Majors, mit dem scherenartigen Gebilde, und würgte mich, als er versuchte, meine Mandeln herauszuholen. Es war eine schwierige Operation, der Arzt war ziemlich unwillig mit mir, ich glaube, nicht weil ich mich falsch verhielt, sondern weil ich ein so schwieriger Fall war, und ich kämpfte, alle kämpften um mein Leben: So sah ich es. Ich war dennoch davon überzeugt, dass ich sterben würde. Damals wusste ich noch nicht, dass Mandeloperationen gefährlich sind und in der Tat schon mancher dabei gestorben ist. Vermutlich war das meine Rettung, denn hätte ich es gewusst, wäre ich wohl auch gestorben: Ich hätte beschlossen, mich in die Reihe der Opfer einzugliedern.

Nach einer unendlich langen Zeit sah ich die beiden ekelhaften Dinger vor mir auf der Schüssel, wie Pfirsichkerne. Danach wurde ich zum Bett geführt und schlief sehr lange.

In den folgenden Tagen durfte ich nicht aufstehen und konnte es auch nicht. Ich bat die schon fast Genesenen, mir Zeitungen mitzubringen. Es gab einen gut sortierten Zeitungsstand im Lazarett. Wenn die Zeitungen gebracht wurden, blätterte ich sie durch, unendlich müde, und las Reizworte nach: Paris, Quartier Latin, CRS, Sud-Aviation, ORTF, Renault Flins. Ich las auch, dass inzwischen in Frankreich Millionen Menschen in den Streik getreten waren. In einzelnen Zeitungen gab es sogar Spekulationen darüber, ob das französische Regime gestürzt würde, und manche sprachen sogar von der Revolution. Es musste etwas ungeheuer Wichtiges vor sich gehen, aber ich konnte es nicht zusammenbringen: Ich war zu müde. Ich schlief zwölf oder vierzehn Stunden am Tag. Eisbeutel und Tabletten dämmten die Schmerzen ein. Meine Wunde weigerte sich, im normalen Tempo zu verheilen. Ich war auch nach der Operation noch ein schwieriger Fall. So lag ich in einem Dämmerzustand, fähig, dann und wann Nachrichten aufzunehmen, aber unfähig, sie wirklich zu begreifen. Ich hatte nur das deutliche Bewusstsein, dass in Frankreich sehr wichtige Dinge vor sich gingen, und dass ich mir zum absolut falschen Zeitpunkt die Mandeln hatte herausnehmen lassen. Während andere, wieder andere Genossen als meine unbekannten Genossen aus Berlin und Frankfurt, in Paris kämpften, ließ ich in Rostrup meine störrische Wunde pflegen. Die wehrte sich mit allen Kräften sogar gegen den Brei, den ich in den ersten Tagen als einzige Nahrung bekam. Ich glaubte nicht, dass dieser Dämmerzustand noch einmal enden würde. Unter diesen Umständen war es beinahe schon perfide, auch wenn ich selbst darum bat, mich regelmäßig mit Nachrichten aus einer anderen und besseren Welt zu versorgen, die für mich unerreichbar blieb. Dies war eine Verschwörung, zweifellos, die nur demonstrieren sollte, dass ich zu schwach war, bei wenigstens einigermaßen klarem Bewusstsein die einfachsten Dinge zu ertragen, wie zum Beispiel eine Revolution.

Die Revolution fand nicht statt.

Schließlich konnte ich wieder etwas anderes essen als Brei, und die Schmerzen minderten sich so, dass sie nicht ständig mit Tabletten behandelt werden mussten. Ich schlief nicht mehr den überwiegenden Teil des Tages, und ich konnte auch jetzt selber zum Zeitungsstand gehen. Wenn ich mittags durch die sonnenhellen Gänge des Lazaretts ging, die *Zeit*, den *Spiegel*, die *konkret* auf dem Arm, sah ich die anderen, die ebenfalls auf den Gängen spazierten, milde an, wahrscheinlich mit großen Augen, genauer: Ich sah durch sie hindurch, denn ich nahm sie nicht wahr. Aber es muss ein milder Blick gewesen sein, fast ein Lächeln, denn einmal bemerkte ich, wie ein älterer Offizier, durch den ich mit diesem Blick hindurchsah, plötzlich selbst milde zu lächeln begann. Da ich diese plötzliche Veränderung auf seinem

Gesicht nicht zu deuten wusste (um genau zu sein: Ich nahm sein Gesicht erst in dem Augenblick wahr, als diese Veränderung vor sich ging), änderte ich meine Blickrichtung, umklammerte meine Zeitungen fester und ging zu meinem Bett zurück.

Auf unserem Zimmer lag auch der Gefreite Sebastian. Es handelt sich um seinen Nachnamen, den Vornamen habe ich längst vergessen. Er hatte einen ziemlich großen und runden Kopf, helles, fast gelbes Haar und zwei ebenfalls helle Augen, die eine Mischung aus Intelligenz und Bauernschläue signalisierten. Er war der Einzige, mit dem ich mich zuweilen auch über das übliche Geschwätz hinaus unterhielt. Er war wirklich ein heller Junge. Im Übrigen erzählte er gute Witze, und er erzählte sie gut. So gut, dass eines Tages meine schon weitgehend verheilte Wunde wieder aufplatzte, als ich zu sehr lachte, wodurch sich mein Lazarettaufenthalt unvorhergesehen verlängerte. Der Gefreite Sebastian konnte dagegen zwei Tage nach diesem Vorfall mit verheilter Wunde entlassen werden und seinem Genesungsurlaub in diesem wirklich sonnenreichen Frühsommer entgegensehen.

Der Rückfall war nicht so schlimm, wie es im ersten Moment erschien. Ich fiel nicht in die große Müdigkeit der ersten Tage zurück. Allein die Beschwerden beim Schlucken wurden wieder größer, und ich musste wieder mehr Tabletten nehmen. Nachdem man uns mit Frühstück und Temperaturmessung behelligt hatte, schlief ich noch einmal zwei Stunden, dann machte ich meinen Gang durch die sonnenhellen Flure des Lazaretts, zum Zeitungsstand und zurück (mit Abschweifungen), und danach las ich, eine Marx/Engels-Studienausgabe zum Beispiel, von der ich damals so gut wie nichts begriff, oder Sartres Aufsatz über »Materialismus und Revolution«, der mich damals langweilte. Ich las trotzdem alles zu Ende: Es konnte ja sein, dass man wirklich bis zum letzten Satz lesen musste, um die plötzliche Erleuchtung zu bekommen. Oder dass etwas hängenblieb, das erst später seinen Sinn enthüllte. So ging es also ziemlich oft nicht so sehr um die Texte, es ging um die Wörter. Die Wörter: Von den Kindheitsjahren bis heute haben sie auf meiner privaten Landkarte immer einen riesigen Raum für sich beansprucht. Sie kolonialisierten Gebiete, die eigentlich dem Leben vorbehalten sein sollten, und sie tun es bis heute, sodass bis heute in mir das noch nicht ganz geborene, das potenzielle Leben einen zähen antikolonialistischen Kampf gegen diese sanfte, schleichende und doch zugleich terroristische Fremdherrschaft führt.

Mittags, wenn die anderen schliefen, schrieb ich oft Briefe. Ich schrieb, ohne zu überlegen, die Seiten wuchsen mir zu, ich schrieb einfach ein paar Sätze über alles, was mich beschäftigte; jeder Brief damals war ein Panoptikum meiner augenblicklichen Interessen, ein recht chaotisches Panoptikum, ein Material, das es dem Empfänger überließ, etwas damit anzufangen oder es beiseitezuschieben. Ich weiß nicht, wofür sich die Empfänger damals entschieden haben, aber ich weiß, dass ich mit meinen eigenen Briefen nie Schwierigkeiten hatte, so wenig, wie ich Schwierigkeiten hatte, Filme von Godard zu sehen. Ich verstand sie manchmal nicht, aber fand sie nie langweilig, und das nahm mich für sie ein.

Wenn die Sonne schien, ging ich nachmittags ab und zu an den See, ans Bad Zwischenahner Meer, und wenn ich dort am Ufer stand, sagte ich mir, dass ich jetzt eigentlich jene Erlebnisse von Ruhe, von plötzlicher Klarheit haben müsste, wie ich sie in Romanen sowohl wie in Autobiografien bei anderen hatte nachlesen können: Ein See provoziert einfach solche Erlebnisse. Nichts dergleichen. Ich empfand damals nur eine milde Langeweile, die Natur, ich zitiere Majakowski, interessierte mich nicht: eine unvollkommene Sache.

Der See bewegte sich nicht. Es war Frühling, Frühsommer, und es ging wenig Wind. Ich wollte aber Bewegung, und je öfter ich zum See ging, desto ungeduldiger sah ich meiner Entlassung entgegen, vor allem den langen nächtlichen Gesprächen, die ich führen würde (denn schließlich standen mir noch zehn Tage Genesungsurlaub zu), und die ich ähnlich führen würde, wie ich Briefe schrieb. Auf meinen Gängen zum und vom See lebte ich schon in diesen Gesprächen, ich war schon damit beschäftigt zuzuhören oder zu reden, und deshalb begegnete ich auch hier allen, die mir entgegenkamen, mit einem milden, zerstreut durchdringlichen Blick, der sie verlegen machte.

An einem der ersten Junitage brachte mich derselbe Jeep, der mich Wochen zuvor hierher gefahren hatte, in die Kaserne zurück. Es war ein schöner, sonniger Tag. Ich genoss die viel zu kurze Fahrt über kleinere Landstraßen, ließ mir in der Kaserne meinen Urlaubsschein ausstellen und fuhr nach Hause. Das Militär würde mich noch ein gutes halbes Jahr gefangen halten, und ich hatte nicht das Gefühl, dass mir in diesem halben Jahr noch etwas Schlimmes passieren könnte.

Bonnie und Clyde an einem schönen Frühsommerabend in Wilhelmshaven

Mitte Juni kehrte ich in die Kaserne zurück, in einem heiter erschöpften Zustand nach vielen Gesprächen, die ich mit Jensen, Pappler und anderen geführt hatte, ganz andere Gespräche als am Ostersamstag. Es war an der Zeit, ernsthaft zu beginnen mit einer Zeitrechnung, die in Tagen ausgedrückt wurde. Die magische Grenze von zweihundert Tagen war unterschritten. Ich freute mich, Günter wiederzusehen, und er freute sich, mich wiederzusehen, und wir versahen mit großer Gelassenheit unseren Dienst. Ich las noch immer, ich schrieb und empfing lange Briefe und fühlte mich den Orten, aus denen sie kamen, sehr nah. Abends, wenn ich nicht las, ging ich mit Günter und anderen ein Bier trinken, und zum ersten Mal wurden die bis dahin üblichen Gesprächsthemen, Tagesärger aus dem Dienst, verdrängt durch die Dimension Zukunft, denn die Zukunft war plötzlich nah, es gab sie wieder. Der Begriff Zukunft hatte erstmals wieder eine andere Bedeutung als: der nächste Tag, das nächste Wochenende.

An einem dieser schönen Tage fuhren wir abends zu dritt nach Wilhelmshaven, aßen jeder ein Eis in einem italienischen Café, gingen ein wenig spazieren und danach ins Kino. Ich hatte sehr darauf gedrängt. Gezeigt wurde ein Film von Arthur Penn, der *Bonnie und Clyde* hieß.

Am Anfang lachten wir, dann lachten wir etwas leiser, und als der Erste starb in diesem Film, waren wir alle etwas erstaunt: Denn er starb nicht, wie wir es aus den vielen Western und Kriminalfilmen gewohnt waren, die wir kannten, in denen der gewaltsame Tod eine runde, glatte, saubere Sache ist, nicht mit einem kleinen roten Loch irgendwo im Körper, sondern hier war der gewaltsame Tod eine wirklich hässliche abstoßende Angelegenheit: was wir zwar immer geahnt hatten, was uns aber bis dahin niemand gezeigt hatte und was wir deshalb für nicht so wichtig gehalten hatten.

Das Sterben ging weiter, und nie war es das Kinosterben, an das wir gewohnt waren. Schließlich wurde Clydes Bruder bei einem Polizeiüberfall im Wald schwer getroffen, und während er darüber jammert, dass er seinen Schuh verloren hat, hält Clyde die Hände über ihn, bedeckt seinen Kopf mit den Händen und sagt:

»Er kann ja gar nicht überleben, der halbe Kopf ist ja weg.« Der Film verzichtet darauf, wirklich zu zeigen, wovon Clyde spricht. Es wird gezeigt, indem darüber gesprochen wird, und das reicht. Ich habe diesen Film in den folgenden Jahren noch siebenmal gesehen, und nie habe ich gelernt, diese Szene zu ertragen.

Wir verließen das Kino sehr ruhig und gingen ebenso ruhig zum Wagen, fuhren, es war immer noch nicht dunkel, es war ja heller Juni, zur Kaserne zurück, wo ich mir noch eine Flasche Bier aus der Kantine holte und wir immer noch nicht über den Film sprachen. Ich schlief trotz des

Films gut und früh ein, aber das Gefühl, dass mir nichts Schlimmes mehr passieren könnte, war verschwunden und kehrte am nächsten Tag nicht wieder.
Die Tage wurden wieder kürzer.

Das Herbstlaub fällt: auf Prag, auf Wittgensteins Grab und auf lange Briefe aus der Schweiz

Drei Wochen später gab es den großen, den Jahresurlaub. Ich fuhr mit Günter nach Kopenhagen. Wir blieben dort eine Woche, von der ich nichts erzählen kann. Sie ging so schweigsam vor sich, in einer stummen Verzweiflung und zugleich in einer heiteren Ausgelassenheit, dass ich sie bis heute nicht begriffen habe. Es bleiben nur einige Bilder von ihr: ein Museum, in dem unter anderem der Arbeitstisch und andere persönliche Besitztümer von Kierkegaard ausgestellt waren; ein Rummel, auf dem wir zum Schluss in einem riesigen Tanzlokal landeten und schweigend und biertrinkend den Tanzenden zusahen; ein Pornoshop, in dem jeder einzelne Kunde allein und verbissen vor sich hin blätterte; ein Warenhaus, in dessen Schallplattenabteilung ich »We love you« von den Rolling Stones kaufte; ein enges Hotelzimmer, in dem ich deutsche Zeitungen und ein Buch von Alexander Kluge las; schließlich lange und kompakte Straßenzüge mit sehr nordeuropäischen Häusern: das Gesicht einer ziemlich reichen Stadt, vor der wir stumm blieben. Wir hatten nur uns beide, Günter und ich: Wir verstanden die Sprache nicht, und wir blieben allein.

Dann, wie gesagt, wurden die Tage wieder kürzer. So war es schon Dämmerung, die Dämmerung an einem Mittwochabend im August, als ich bei Angelika im Zimmer saß, ein paar Tage vor meinem Manöver in der Senne, ein paar Tage vor ihrer Abreise in die Schweiz, wo ihr reicher Vater sie für ein halbes Jahr in ein Internat stecken wollte, damit sie besonders gut Französisch lernte, ein dämmernder Augustabend und Zeit, einen längeren Abschied zu nehmen.

Es war eine Zeit der Abschiede. Die ich gekannt hatte, mit denen ich bei meinen Wochenendbesuchen gesprochen hatte, sie gingen jetzt einer nach dem anderen weg: in Entfernungen, wo sie für mich nicht mehr erreichbar waren. Nur Jensen blieb noch ein Vierteljahr länger, wartete seinen Studienbeginn im Oktober ab.

Angelika war Jensens Freundin gewesen. Jetzt hatten sie sich getrennt, aber es war nicht das, worüber wir an diesem Augustabend sprachen. Wir sprachen über die Zeit, die vor uns lag, Übergangszeit, auch Endzeit für uns beide. Es war jeweils nicht unsere eigene Zeit, es war Zeit, über die andere verfügten: Wir waren dabei nur die Bauern, bestenfalls die Läufer oder Türme, die in diesem Spiel hin- und hergeschoben wurden. Wir sprachen ohne Scheu von den schlechten Zeiten, die uns bevorstanden, wie über das Wetter oder Rezepte oder das Fernsehen. Ich war nicht in der Lage und gab mir auch keine Mühe, tröstliche Worte zu finden. Wir waren sehr illusionslos, und gerade deshalb wurde hier der Boden bereitet für eine spätere Liebesgeschichte.

Ich ging spät nach Hause. Es war einer meiner letzten Urlaubstage. Ich machte Umwege durch die für mich so leer gewordene Stadt, die demnächst noch leerer werden würde, in der kommenden Zeit, an der ich teilnehmen musste und die doch nicht meine eigene war.

Im Manöver erhielt ich einen Brief von ihr: über zusammengepackte Sachen, über ganz persönlichen Kram, Briefe, Bücher, Bilder, übers Abschiednehmen und darüber, wie es ist, zwischen gepackten Sachen auf dem Fußboden zu liegen und Ray Charles zu hören, vier groß beschriebene Seiten, dünnes hellblaues Papier, für Luftpostbriefe vorgesehen, am Ende ihre Schweizer Adresse und dann die Sätze:

»Es wird schon gut gehen vielleicht ist es besser als man denkt ein halbes Jahr geht so schnell vorbei man muss es sich nicht unnötig schwer machen – ich bin Dir übrigens dankbar, dass Du nicht derlei Phrasen gemacht hast.«

Ja, sie waren mir nicht eingefallen, und ich hätte sie wohl

auch nicht herausgebracht, selbst wenn sie mir eingefallen wären. Ich war nie besonders begabt, was Trost angeht. Leute, die traurig sind, machen mich ratlos. Sie können bei mir nur noch trauriger werden. Durch diese Ratlosigkeit war ich an jenem Abend davor gerettet worden, zum Schwätzer zu werden, und nicht zuletzt diese Ratlosigkeit war es also, die mir diesen Brief auf dünnem blauen Papier zutrug und die mir später viele lange Briefe aus der Schweiz zutragen sollte. Der Brief war noch gerade rechtzeitig nach Sennelager gekommen, am 21. August 1968 erreichte er mich, und am nächsten Tag war das Manöver zu Ende. In der Kaserne würden wir die Möglichkeit haben, uns erstmals wieder richtig zu duschen und uns von dem entsetzlichen Gestank zu befreien, den jeder von uns ausstrahlte, ohne Unterschied der Dienstgrade, und danach würden wir alle in ein wohlverdientes verlängertes Wochenende fahren: dachten wir.

Am nächsten Morgen wurden die Zelte eingepackt, das Geschäftszimmer wurde verladen (es war während des Manövers im Laderaum eines LKWs en miniature aufgebaut), die Panzer wurden zum Bahnhof gebracht und dort auf Güterwagen verladen, kurz, dieses Manöver war unwiderruflich zu Ende. In den Baracken ein paar Kilometer weiter kamen schon andere Einheiten an. Irgendein Unteroffizier von uns war da drüben gewesen, und da hatte man Radio gehört.

Die Nachrichten aus dem Radio sagten: Das verlängerte Wochenende könnt ihr euch aus dem Kopf schlagen. Jedenfalls war das das Erste, was mir dazu einfiel. Diese Gelegenheit würden sich die Leute in den Befehlszentralen nicht entgehen lassen. Wenn man schon nicht totale Mobilmachung spielen konnte, so doch zumindest erhöhte Einsatzbereitschaft.

»Ich hätte wirklich nicht gedacht, dass die Russen das machen würden«, sagte unser bayrischer Kettenraucher. »Ich habe das alles bisher nur für Drohgebärden gehalten.« Er lächelte etwas ungläubig.

Das war also die Lage: »Die Russen« waren in die CSSR einmarschiert, und unser Wochenende war im Eimer, zumindest dieses eine, die Entwicklung in den nächsten Wochen war noch gar nicht absehbar. Es gab dazu nicht viel zu sagen, und so verpackte jeder das, was er zu verpacken hatte.

Ich auch. Ich sagte weiter nichts, und ich nickte nur bei den Worten unseres Chefs: dass er nur für Drohgebärden gehalten habe, was jetzt so ernst geworden war. So war es mir auch gegangen, und deshalb gab es nichts weiter zu sagen: Wir hatten uns verschätzt, wenn auch von ganz verschiedenen Positionen aus. Was er sagte, war von ihm aus gesehen nur eine Feststellung. Von mir aus hieß es, nicht nur die eigene Naivität anzuerkennen, sondern sich darüber klarzuwerden, dass es zwar die sogenannten Osterunruhen gegeben hatte, den Pariser Mai und den Prager Frühling (was für schöne Namen in einem knappen halben Jahr geboren worden waren!), dass das alles aber mitsamt den daran geknüpften Hoffnungen fürs Erste vorbei war und die Tage wieder kürzer wurden.

Es waren sehr verhaltene Tage. Mein vermutlich letztes Manöver lag hinter mir, und ich versah wieder meinen normalen Dienst. Man sperrte uns für mehrere Wochen in die Kasernen ein, ein Zustand, der sich erhöhte Alarmbereitschaft nannte, für die es zwar keinen Grund gab, für die man aber einen benennen konnte: Prag. Auf Prag hatten sie nur gewartet, die da erhöhte Alarmbereitschaft verordneten. Erst als die Situation in den Kasernen immer schwieriger unter Kontrolle zu halten war, als die Schlägereien das normale Maß überschritten, zu viel getrunken wurde und zu oft Unteroffiziere angegriffen wurden, wurde die Alarmbereitschaft aufgehoben. Zwar hatte sich in Prag nichts verändert, aber das war nicht wichtig: Prag war nur der Name gewesen, der für eine groß angelegte disziplinarische Übung herhalten musste.

Ab Mitte September gab es wieder normalen Dienst. Ich bereitete die Entlassungspapiere vor für den letzten Schub, der entlassen wurde, bevor ich selber dabei war, und fast jeden Tag konnte ich mich über Post freuen. Der beginnende Spätsommer, das erste Herbstlaub schienen alle meine Freunde dazu anzuregen, mir zu schreiben, und ich stellte fest, dass ich nicht wenige davon hatte. Eingeschanzt zwischen Akten, Entlassungspapieren, Briefen und Büchern bereitete ich mich darauf vor, die letzten drei Monate meines Doppellebens anzugehen. Aus der Schweiz schrieb mir Angelika von ihrem Doppelleben, das sie sich eingerichtet und gegen alle Angriffe von außen verteidigt hatte:

»... sogar meine deutschen Bücher, darauf habe ich bestanden, haben sie mir nicht weggenommen wie den anderen.«

Ich musste diesen Satz sehr oft lesen, bis ich ihn verstanden hatte, bis ich verstanden hatte, dass es auch das durchaus gab: im Jahre 1968. Als ich den Satz endlich verstanden hatte, freute ich mich umso mehr, dass es ihr gelungen war, die Bücher zu behalten. Eingeschanzt zwischen deutschen und französischen Büchern, einer überaus niedlichen Landschaft, einem sehr geschmacklosen Café mit einem Kicker darin, das sie sehr liebte, und Briefen von mir und anderen führte sie ihr Schweizer Doppelleben, und wir waren uns sehr nah. Wir wussten gegenseitig, dass es uns gab.

Mein Doppelleben hätte ruhig und konfliktfrei zu Ende gehen können, wenn ich nicht am letzten Septemberwochenende Jensen in Oldenburg besucht hätte. Er arbeitete dort seit einigen Wochen als Discjockey, um die Zeit bis zum Studium zu überbrücken, um Geld zu verdienen und um einiges zu vergessen. Er trank nicht wenig während der Arbeit.

Wieder ging es um einen Abschied. Tagsüber lasen wir, redeten oder gingen in die Stadt, um ein paar Sachen einzukaufen. In der Hitparade von BFBS belegte gerade Mary Hopkins einen der ersten Plätze, sie sang »Those were the days«, und wenn ihr diese Platte noch kennt, Genossen, dann wisst ihr, in was für einer seltsamen Stimmung wir durch die Straßen von Oldenburg liefen an jenem Wochenende oder in was für einer Stimmung wir in einem geschmacklosen Café neu gekaufte Bücher durchblätterten.

Abends begleitete ich Jensen ins Stautor-Café, wo er seine Arbeit als Discjockey herunterspulte. Am letzten Abend saß ich oben neben Jensen auf dem Pult, und wir sprachen miteinander, wenn er nicht gerade Musik ansagte. Das Pult war sehr schmal, und ich saß sehr unbequem, aber das machte mir nichts aus, bis der Geschäftsführer des Cafés kam und sagte:

»Sie können da nicht sitzen bleiben. Das sieht nicht gut aus für die Gäste.«

Ich verließ unseren gemeinsamen Ausguck. Der Geschäftsführer lotste mich an die Theke. Ihm war offenkundig nicht wohl dabei, uns getrennt zu haben. Er löste das Problem in der klassischen Manier eines Geschäftsführers: Er hielt mich frei. Er drehte mir die Spezialität des Hauses an, irgendeinen mörderischen Cocktail, der sündhaft teuer gewesen wäre, wenn ich ihn selbst hätte bezahlen müssen.

Um elf musste ich gehen, um meinen Zug zurück in die Kaserne zu erreichen. Ich griff meine Reisetasche, grün-rotes Schottenmuster, und verließ das Stautor-Café. Indes, ich war nicht mehr sehr nüchtern, und die Lage des Oldenburger Hauptbahnhofs war mir nur ungefähr klar. Ich fand ihn, aber ich fand ihn erst, als er mir keinen Zug in Richtung Kaserne mehr anbieten konnte. Er konnte mir nicht mehr dienen, nächster Zug erst morgen früh.

Was hätte ich anders tun sollen, als ins Stautor-Café zurückzukehren? Jensen sagte weiter Musik an, und ich ließ mir den nächsten Cocktail mixen.

Man weckte mich, als alle Gäste gegangen waren. Die Kellnerinnen waren sehr nett zu mir, sie mochten mich. Es war tiefe Nacht, und Jensen und ich ließen uns mit einem Taxi zurückbringen in Jensens elterliche Wohnung, weit draußen in einem tristen Neubauvorstadtviertel von Oldenburg. Wir aßen noch etwas, und ich verzichtete von vornherein darauf, gleich den ersten Zug am kommenden Morgen zu benutzen, der es mir ermöglicht hätte, meinen Standort aufzusuchen. Ich wollte ausschlafen. So fuhr ich gegen Mittag in die Kaserne zurück, nach einem guten, aber schweigsamen Frühstück in einer typischen Neubauküche, saß in einem ziemlich leeren Zug, der mich nicht zu hastig durch das flache Land fuhr. Ich lehnte mich zurück, sah aus dem Fenster und war sehr ruhig, fast glücklich, draußen fiel das Herbstlaub, und ich sah vollkommen deutlich die kommenden achtzig Tage vor mir liegen.

Die fingen an, wie ich es erwartet hatte. Ich bekam eine Ausgangsbeschränkung von acht Tagen, in denen ich weder die Gemeinschaftsräume besuchen (die Kantine zum Beispiel oder den Fernsehraum) noch Besuch empfangen durfte. So stand es jedenfalls auf dem Schriftstück, das mir ausgehändigt wurde. Weiter unten wurde mir dann noch versichert, dass ich gegen diese Bestrafung innerhalb von zwei Wochen nach ihrer Bekanntgabe, jedoch frühestens nach Ablauf einer Nacht, Beschwerde einlegen könnte, und dass diese Beschwerde schriftlich oder mündlich zur Niederschrift eingelegt werden könnte. Die Mühe machte ich mir nicht.

Das Herbstlaub fiel immer stärker, und ich saß an einem Oktoberwochenende ausnahmsweise einmal nicht zu Hause vor der Sportschau oder in unserer Stammkneipe, sondern versah Dienst am Wochenende. Natürlich gab es nichts anderes zu tun als zu lesen. Ich las nicht mehr, wie am Karfreitag, Mager/Spinnarke, sondern Wittgenstein, den *Tractatus*. Ich versuchte es zumindest, und es war nicht der erste Versuch.

Auch dieser Versuch scheiterte, aber auf eine andere, eine angemessenere Art als die vorhergehenden. Ich verstand sehr wenig, aber die gleichwohl klare, nüchterne Argumentation Wittgensteins passte sehr gut zu dem Blick, den ich aus dem Fenster hatte: den Blick auf die lange Straße, etwas

abschüssig, vorbei an den einzelnen Kompanieblocks auf der rechten und den Kantinengebäuden auf der linken Seite, hinunter zu dem großen Gelände, auf dem die Fahrzeuge gewartet wurden. Das Gelände lag vollkommen befriedet da, und auf eine plötzlich sehr einprägsame Weise schien es mir den Wittgenstein'schen Satz bedeuten zu wollen:
»Die Welt ist alles, was der Fall ist.«
Ich las sehr bald nicht mehr weiter und wartete rauchend auf das Ende meines Dienstes. Wittgenstein war seit siebzehn Jahren tot, und das Herbstlaub, das auf die lange Allee fiel, die vor dem Kasernentor begann, fiel zweifellos auch auf Wittgensteins Grab irgendwo in England. Das stimmte mich sehr versöhnlich.

An den Abenden ging ich aufs Geschäftszimmer und begann, die im Dezember anfallenden Entlassungspapiere zu bearbeiten, meine eigenen eingeschlossen. Die Tage, an denen ich die Kaserne nicht verlassen durfte, vergingen, ohne dass ich irgendetwas vermisste.

Danach ging alles sehr schnell. Es kamen neblige Tage, und das Jahr 1968, das fahnenrot begonnen hatte, schickte sich an, feldgrau zu enden. Ich weihte meinen Nachfolger in die Geheimnisse der Schadenssachbearbeitung ein und lehrte ihn, monatlich die Soll- und Ist-Stärke zu melden. Sogar die Postabholung überließ ich ihm ab Anfang Dezember dann und wann, denn ich erwartete nicht mehr allzu viel Post. Im November kamen noch Briefe von Angelika, in denen etwas übers Chorsingen stand, aber auch über Pelze »zu zehntausend Mark und mehr«, die anzuprobieren sie das Vergnügen gehabt hatte (daran schloss sich eine längere Ausführung über die verschiedenen Modeniveaus an, die es gibt), Briefe aus einer zum Teil schon verschneiten Schweiz. Bei uns am Jadebusen fielen die letzten Blätter.

In den letzten Wochen tranken wir etwas mehr und schliefen etwas weniger, sodass die Tage nicht immer deutlich unterscheidbar waren. Ich schlief die Mittagspause durch, während ich sie früher durchgelesen hatte, und wenn ich noch einmal zwischen Dienst, den abendlichen Bieren und dem zu geringen Schlaf ein wenig Zeit für mich fand, las ich die wunderschönen Gedichte von William Carlos Williams.

In die tägliche Arbeit an meinem Stahlschreibtisch legte ich immer mehr Pausen ein: Ich delegierte die Aufgaben, kaute auf den Fingernägeln oder goss den achten Teebeutel des Tages auf, am Fenster stehend, und während ich auf die große feldgraue Fläche vor mir sah, durchsetzt von Farbtupfern im NATO-Oliv, dachte ich über das nach, was meine Zukunft sein könnte.

»Ich weiß schon«, schrieb Angelika aus der Schweiz, »wir sind groß genug angelegt, um tausend Möglichkeiten wahrzunehmen, auf verschiedene Weisen, aber nicht groß genug, uns alle tausend Möglichkeiten überzeugt zu eigen zu machen.«

Wenn ich diesen Satz überhaupt richtig verstanden hatte, formulierte er mein Problem. Ich hatte eine sehr reichhaltige und zugleich sehr unklare Vorstellung von dem, was auf mich zukam und auf was ich zuging, und es war das Problem, in diese Reichhaltigkeit die mir gemäße Ordnung zu bringen. Über dieser Aufgabe konnten nicht nur eine verlorene Arbeitsmütze, sondern auch ein erheblich beschädigter Schützenpanzer HS 30 unwichtig werden. Bisher hatte die Schule und danach die Bundeswehr die Ordnung umrissen, zumindest das potenzielle Chaos eingegrenzt, jetzt war ich selbst für die Ordnung verantwortlich. Jedenfalls dachte ich damals so, und ich brauchte sehr lange, um zu erkennen, dass das ein falsches Denken und vermutlich die Ursache einer ganzen Reihe unglücklicher Entwicklungen war.

Die feldgrauen Tage vergingen, und am späten Abend des 20. Dezember 1968, nachdem ich aus den Händen meines Nachfolgers meine noch von mir selbst vorbereiteten und ausgefertigten Entlassungspapiere plus dreihundert Mark Entlassungsgeld entgegengenommen hatte, saß ich neben Jensen an der Theke einer Oldenburger Vorstadtkneipe. Vor mir stand ein Bier, und ich unterstrich meine Erzählungen mit knappen, aber bestimmten Handbewegungen, die jeweils dicht übers Bierglas hinweg oder hart daran vorbei gingen. Ich war leicht angetrunken, aber keineswegs betrunken, und ich war in einer wirklich federleichten Verfassung. Während Jensen immer wieder den Atem anhielt und mich wiederholt auf das Bierglas aufmerksam machte – es fiel nicht an diesem Abend, denn ich war federleicht –, schwebte ich einen sehr kurzen Augenblick, nur einen Abend lang, in einem Raum jenseits von Feldgrau und Fahnenrot, am Ende aller Kämpfe, als wäre ich am Ziel.

Prolog 2
Rückblick auf einen hässlichen Zwerg aus Manchester mit beachtlichen Lücken im Gebiss

Ein Dutzend Einzelheiten aus jenen Jahren

Die Beatles waren weltberühmt, und die Carnaby Street war der Mittelpunkt der Welt.

Die Rolling Stones sangen: »I can't get no satisfaction.«

Uwe Nettelbeck schrieb kurz vor Weihnachten seinen Artikel »In Liverpool ist etwas passiert«.

In Westberlin gab es die Kuby-Affäre und die Krippendorff-Affäre, aber das beunruhigte außerhalb der Freien Universität noch niemanden.

Es kamen erstmals ernsthafte Zweifel am gerechten Krieg der USA in Vietnam auf.

Lyndon B. Johnson ließ Nordvietnam bombardieren.

Die englische Fußballnationalmannschaft wurde Weltmeister.

An verschiedenen deutschen Bühnen wurde ein Stück von Peter Weiss uraufgeführt. Es hatte den Frankfurter Auschwitz-Prozess zum Gegenstand und hieß *Die Ermittlung*.

Adorno veröffentlichte ein Buch mit dem Titel *Negative Dialektik*.

Mary Quant erfand den Minirock.

Jean-Luc Godard drehte den Film *Masculin-féminin*. In einem Zwischentitel des Films ließ er uns wissen: »Dieser Film könnte auch heißen ›Die Kinder von Karl Marx und Coca-Cola‹.«

Murnau ging noch zur Schule.

Die topografischen Verhältnisse

Murnau ging damals nicht in einer der Metropolen zur Schule (das war ein Begriff, der damals aufkam: die Metropolen), er lebte weit weg von den Metropolen in einer ostfriesischen Kleinstadt.

Das Land, hauptsächlich Weideland, ist vollkommen flach. Es ist fast niemals windstill, und es regnet nicht wenig. Die vorherrschenden Farben sind grün und backsteinrot. Die Menschen sind groß, blond und blauäugig und haben rote Wangen. In den Kneipen trinkt man gern rundenweise, und eine Runde besteht aus einem Bier und einem Korn. Das Plattdeutsch, das hier gesprochen wird, ist der holländischen Sprache schon recht ähnlich. Die Orte haben Namen wie Jemgum, Ditzumerverlaat, Westrhauderfehn, Hesel, Remels, Westochtersum, Wymeer und Wybelsum. Der Teeverbrauch pro Kopf der Bevölkerung ist ungleich viel höher als in der übrigen Bundesrepublik. Es ist ein sogenanntes strukturschwaches Gebiet, und die Arbeitslosenquote ist sehr hoch. Beliebte männliche Vornamen sind Onno, Fokke, Eilert, Reemt, Menno. Nirgendwo sonst in der Bundesrepublik gibt es prozentual gesehen so viele Radfahrer. Alle hier aufgezählten Klischees sind völlig zutreffend.

Murnau wohnte damals vier Minuten eines eiligen Fußweges von seiner Schule entfernt. Von der Schule, damals, als es noch kaum Anbauten gab, einem düsteren backsteinroten Bau aus wilhelminischer Zeit, waren es weitere acht Minuten bis zur Mühlenstraße, der Hauptverkehrsstraße, die heute in eine Fußgängerzone verwandelt ist und damit ihren Charakter verloren hat. Nur ein paar Schritte in die Mühlenstraße hinein lag auf der linken Seite das »Hotel Haus Hindenburg«, das es heute nicht mehr gibt. Am anderen Ende der Mühlenstraße, ebenfalls auf der linken Seite, lag das Café Frey, ein Eckhaus mit großzügigen Fensterflächen. Von dort links abgebogen in die Friesenstraße hinein, sind es zehn Minuten zur »Kleinen Möwe«, einer Kneipe mit einer damals hervorragend bestückten Musicbox. Südlich dieses eigentlichen Zentrums liegt das Industriegebiet, eingerahmt vom Handelshafen im Westen und vom Industriehafen im Osten. Es gibt einen ganz kleinen Platz am Handelshafen, direkt am Wasser, und diesen Platz liebte Murnau damals wie keinen anderen Ort in der Stadt. Seine abendlichen Spaziergänge, lange Gewaltmärsche mit einem abschließenden Bier im »Haus Hindenburg« (dem Ort des Ostergesprächs 1968), führten immer hier vorbei, hielten hier inne: Murnau stand nah am Wasser, für eine Zigarettenlänge, sah auf die Positionslampen der am anderen Ufer still liegenden Schiffe und sog den Geruch des Handelshafens ein. Der Platz heißt Martiniplatz, er hätte heißen müssen: Murnaus Ort.

Zu nennen ist noch die Groninger Straße, dort wohnte Jensen, und der Tjackleger Fährweg, dort wohnte Angelika. Das waren also Murnaus Orte, und wer war damals Murnau?

Murnau, eine Fotoserie

Es gibt nur wenige typische Kleidungsstücke aus jenen Jahren, und sie sind alle auf Fotos festgehalten. Im Einzelnen sind zu nennen: Murnaus Wildlederjacke, Murnaus Mantel, Murnaus Jackett. Dazu ein paar häufiger auftretende Pullover und ein bevorzugtes Strickhemd. Hosen aller Art, schlecht sitzend, viel Cord.

Die früheste Anschaffung ist die Wildlederjacke. Sie hat etwas zu tun mit dem Oktober 1964 und einer Fabrik, in der Verpackungsmaterial hergestellt wurde. Die lag unweit des Tjackleger Fährwegs, wo Angelika wohnte, aber Murnau kannte Angelika damals noch nicht.

So konnte er nicht etwa täglich zum Frühstück bei Angelika vorbeigehen, ein Bier trinken und sich womöglich noch etwas kochen lassen, wie mancher sich das so schön ausmalen mag. Nein, Murnau kam zusammen mit Nott und dessen Bruder aus der Fabrik, halb vier nachmittags und Oktobersonne; sie gingen zu ihren Fahrrädern, und meistens bluteten Murnaus Finger. Das Packpapier, mit dem er den ganzen Tag zu tun hatte, war an den Kanten derart scharf, dass die kleinste Unaufmerksamkeit sofort zu Verletzungen führte. Murnau war oft unaufmerksam. Von der Maschinenhalle nebenan kam Lärm herüber in die Packerei, und durch die verdreckten Fenster fiel eine diffuse Sonne auf Murnaus Packtisch, an dem er arbeitete und träumte zugleich: schlecht arbeitete, denn er war für diese Arbeit nicht geeignet (euphemistisch: ihm fehlte die erforderliche manuelle Geschicklichkeit, noch euphemistischer: eine Arbeit, die sich vor allem für Frauen eignete), und dumpf träumte: Das schlechte Licht, der Lärm aus der Maschinenhalle und die Stimmen um ihn herum ließen ihn, den großen Tagträumer Murnau, nicht zu den gewohnten Höhen aufsteigen. Sein Leben begann jenseits des Fabriktors. Wo er arbeitete, lebte er nicht. Umgekehrt, umgekehrt.

Am Ende hatte er genug Geld zusammen, um sich seine Wildlederjacke zu kaufen. Murnau hatte von dieser Jacke geträumt, seitdem er entdeckt hatte, dass andere in ihren Wildlederjacken sehr gut aussahen, gewissermaßen vollständig. Er sah sich dauernd in dieser Jacke herumlaufen, als er sie noch gar nicht besaß: Auf dem kurzen Weg zur Schule, in der linken Hand eine Zigarette, an der rechten hing lässig die Schultasche herunter, und an ihm selbst hing diese Jacke herunter, den Kragen hochgeschlagen. Einfach großartig. Murnau konnte sich überhaupt erst wieder ernst nehmen, wenn er diese Jacke besaß. In all den Wochen, wenn er mit Nott nach der Schule im Café Frey saß, oder wenn er aus dem Kino kam, oder wenn er in der »Kleinen Möwe« an der Theke Platz nahm, hatte er das deutliche Gefühl: Mir fehlt was. Ich, Murnau, bin noch nicht der, der ich zu sein bestimmt bin. Ich brauche noch diese Jacke.

Wir haben Fotos aus verschiedenen Jahren, in denen Murnau die Jacke trägt. Wir könnten sogar heute noch neue machen, denn Murnau besitzt die Jacke immer noch. Sie hatte vor einiger Zeit ihr zwölfjähriges Jubiläum. Leider haben wir keine Fotos vom ersten Tag, als Murnau sie trug: vom ersten Abend. Die blutigen Finger waren vergessen. Der Lärm war nicht der aus der Maschinenhalle, sondern kam von der Sirene der Berg- und Talbahn. Murnau und Nott standen in einer Kurve, ans Geländer gelehnt, und Fats Domino, Little Richard oder manchmal die Beatles machten alles perfekt. Vor allem Murnau war jetzt perfekt, äußerst gelöst, wie es sonst nicht seine Art war, und der Abend endete mit einem Spaziergang zu viert: Murnau, Nott, die beiden Fuchs-Schwestern. Es gab eine wilde Knutscherei in irgendeinem Park. Die Jacke hatte einen guten Start.

Auf einem der Fotos sehen wir Murnau in einer Schulstunde, von hinten, der Kragen der Jacke ist diesmal nicht hochgeschlagen, die Sonne scheint quer über seinen Rücken, und Murnau hält den Kopf gesenkt. Man kann nicht genau sehen, ob er den Kopf in die linke Hand stützt, aber wahrscheinlich tut er es: Es war eine bevorzugte Haltung Murnaus in den Schulstunden jener Zeit. Man sieht es nicht, aber man kann es ahnen. Was man aber sieht auf diesem Foto, ist: Wenn er in der Schule ist, lebt er nicht, und wenn er lebt, dann nicht in der Schule. Vielleicht ritzt er auch gerade mit einem Kugelschreiber eine neue Chiffre in die Schulbank vor ihm, in mühsamer, geduldiger, verträumter Arbeit, Chiffre zu Chiffre. Von »A hard day's night« bis »Kierkegaard« reicht das Spektrum.

Dann liegt ein Foto vor von Murnau in der Jacke, das fast anderthalb Jahre später aufgenommen ist, Murnau ist gerade durchs Abitur gefallen. Es entstammt der Fotoserie, die Jensen, Pappler und er an einem Septembernachmittag in der Groninger Straße gemacht haben und die in einem kleinen Kreis von Kennern eine gewisse Berühmtheit erlangt hat. Murnau sitzt auf der schmalen Hintertreppe des Hauses in der Groninger Straße, die Ellbogen auf die Knie gestützt. Er hat damals schon seine Brille, eckig, kleine Gläser, Goldrand. Zu der Jacke trägt er eine unmögliche Hose und seine Bert-Brecht-Mütze. Vor ihm auf den Treppenstufen sind einige von Jensens Büchern aufgestellt: *1984*, *Der Golem*, *Sämtliche Erzählungen* von Thomas Mann, diese Titel kann man auf dem Foto erkennen. Hinter den Büchern sitzt also der Verkäufer, vermutlich ein Bohemien, eine blasse Sonne scheint auf die Treppenstufen, und natürlich könnte sich das Ganze auch an der Seine oder auf dem Amsterdamer Flohmarkt abspielen.

Dies war aber schon nicht mehr die große Zeit der Jacke. Mit der großen Zeit der Jacke sind andere Bilder verbunden, Fotos, die leider nie gemacht worden sind. Da steht zum Beispiel Murnau am Flipper in einer Kneipe nahe der Schule, und an den Flipper gelehnt steht Issi und wartet, bis er dran ist. Issi trägt auch eine Wildlederjacke und dazu Jeans, und Murnau trägt auch Jeans. Ihr Bier steht auf einem Tisch am anderen Ende der Kneipe, und ab und zu geht Murnau oder geht Issi betont langsam durch die Kneipe zum Tisch, nimmt einen Schluck Bier und geht ebenso langsam zum Flipper zurück.

Ein anderes Foto zeigt Murnau und Nott abends an der Theke in der »Kleinen Möwe«, wo ein ums andere Mal »Tell me« von den Rolling Stones gedrückt wird, obwohl es keiner mehr hören kann. Sie trinken Pingel, ein zutreffender Name für ein Getränk, das aus billigstem Korn mit viel Zucker darin besteht und einen ziemlich kaltlässt, bis man vom Hocker aufsteht und nach den ersten Schritten bemerkt, dass man die Orientierung verloren hat. Zum Pingel gab es extra winzige Löffel, mit denen Murnau und Nott jeweils zehn Minuten im Glas herumrührten, um den Zucker zu verteilen, ehe sie das Glas meist auf einen Zug austranken. Fast nach jedem Abend ließen sie die Löffel mitgehen, und nach einem halben Jahr hatten beide eine beachtliche Sammlung von Pingellöffeln zu Hause. Auf dem Foto sehen wir die beiden zwischen einigen Seefahrtsschülern sitzen, denn es ist die Stammkneipe der Seefahrtsschüler. Der Wirt ist selber früher zur See gefahren. Rechts neben Murnau sitzt Affenkind. Man weiß nicht, wie er zu diesem Namen gekommen ist. Als das Geld von

Murnau und Nott zu Ende geht, kramt Affenkind in seiner Tasche und sagt:

»Ich glaube, ich habe noch ne alte Mark für euch.« Und schmeißt noch eine Runde Pingel. So ist Affenkind.

Ganz außen an der Theke sitzt ein etwas älterer Mann, ein gelegentlicher Gast, den Murnau und Nott gern hier sehen, weil er eine gute Vorstellung gibt. Nach den ersten Bieren fängt er an, leise und zurückhaltend noch am Anfang, dann immer lauter: Der blonde Hornig versucht sich am linken Flügel durchzusetzen Pott ist mit aufgerückt die Flanke kommt scharf nach innen Christian Müller steigt hoch Kopfball an die Latte von da ins Feld zurück Nachschussmöglichkeit für Leo Wilden direkt genommen und am Tor vorbei.«

Ja, das war die große Zeit des 1. FC Köln.

So eine Jacke zieht man nicht an. Die wirft man über. In die schlüpft man hinein, schon während des Aufbruchs. So eine Jacke hängt man nicht auf einen Bügel und in den Kleiderschrank. Die hängt immer griffbereit an irgendeinem Haken, die nimmt man im Vorbeigehen, mit einem Schritt schon auf der Straße, wo gerade die Revolution begonnen hat.

Der Mantel kommt ein Jahr später ins Bild als die Wildlederjacke. Murnau kaufte ihn sich, bevor er mit seiner Klasse nach Westberlin fuhr. Wir haben Fotos von dieser Reise.

Es handelt sich nicht um irgendeinen Mantel. Damit ist nicht gesagt, es sei kein Massenprodukt gewesen: Solche Mäntel wie diesen sieht man noch heute an jeder Straßenecke, in den verschiedensten Details voneinander abweichend, aber immer noch in den beiden Grundfarben schwarz und dunkelblau. Der Mantel hat eine Kapuze, zwei Seitentaschen und vorn drei große Knöpfe auf der einen Seite, die mit drei Schnallen auf der anderen Seite verknüpft werden. Damals, zumindest in Murnaus Ostfriesland, hießen diese Mäntel im Jargon: holländische Armeemäntel. (Die holländische Armee trägt bessere Mäntel, und die Ähnlichkeit ist mehr als oberflächlich.) Es handelt sich also um Murnaus holländischen Armeemantel.

Es sind nicht allzu viele Fotos von Murnau in diesem Mantel verfügbar, und sie entstammen alle dem Winter 1965/66. Dennoch trug Murnau diesen Mantel, bis er ihn einmal Anfang der siebziger Jahre bei einem seiner chaotischen Umzüge in Berlin aus den Augen verlor.

Wir brauchen auch nicht allzu viele Fotos von Murnau in diesem Mantel, im Grunde reicht ein einziges. Es ist im Bus auf der Fahrt nach Berlin aufgenommen. Ganz hinten im Bus ist eine Gruppe von sechs Leuten versammelt, unter ihnen Nott, und Murnau ist der dritte von links, er befindet sich in der Bildmitte. Man sieht die vom holländischen Armeemantel bedeckten Schultern und Murnaus Kopf, dieses Gesicht: Fast alle auf dem Foto zeigen einen Anflug von Lächeln, nur Murnau nicht. Man sieht das kurze widerspenstige Haar und die leicht zusammengekniffenen Augen hinter der Goldrandbrille, dazu den skeptisch verzogenen Mund. Murnau weiß, dass er fotografiert wird, er sieht der Kamera genau in die Augen, und er hat Zeit genug gefunden, seinem Gesicht die passende Pose zu geben. Das heißt: Murnau setzt das Gesicht auf, das am meisten über ihn sagt. Er hat also dieses kurzhaarige bleiche Intellektuellengesicht mit der Goldrandbrille, den verkniffenen Augen und dem fast schmerzhaft verzogenen Mund.

Da sieht man gleich, dass er mindestens an der Schülerzeitung mitarbeitet, wenn er nicht sogar ihr Chefredakteur ist. Er hat einen ganzen Kopf voll Literatur, aber ein reiner Schöngeist ist er nicht. Literatur muss engagiert sein, auf welche Art auch immer. Deshalb guckt er auch in die Kamera wie Sartre. Man weiß auch gleich, dass er zu Hause in seinem Zimmer ein Foto von Walter Benjamin an der Wand hat, von seiner Mutter liebevoll auf eine Styroporplatte aufgezogen. Das ist das Mindeste, was man sehen kann. Wahrscheinlich raucht er viel, auch wenn er es auf dem Foto nicht tut. Natürlich filterlos, aber Roth-Händle ist ihm zu kratzig im Hals. Er ist oft entweder müde oder überwach und nervös. Dass er die Brille tragen muss, liegt nicht an einer natürlichen Augenschwäche, sondern an der Tatsache, dass er für sein Alter zu viel gelesen hat. Er hat auch gerade angefangen, Marx zu lesen, nicht weil er von selber darauf gekommen wäre (was gibt es auch schon von Marx in der Stadtbücherei!), sondern weil Peter Weiss auch gerade damit angefangen hat. Die Falten, die von den Nasenflügeln bis zu den Mundwinkeln laufen, sind durch die kürzliche Wiederwahl Ludwig Erhards noch tiefer geworden, das ist ganz klar. Seine Lieblingsausdrücke sind Vokabeln wie »Vernunft«, »intellektuelle Redlichkeit« und »kritisches Bewusstsein«. Wenn er am Biertisch erst einmal ins Reden kommt, hört er so schnell nicht wieder auf. Er trinkt gern Bier, weniger gern Wein. Schnaps trinkt er auch manchmal, obwohl er ihn nicht gut verträgt. Er ist durchaus sinnlich, aber er kann sich beherrschen.

Manchmal schweigt er gern hartnäckig vor sich hin, aber er redet auch gern. Den Deutschunterricht in der Schule hält er für anachronistisch, womit er recht hat. Er ist gesellig und im Allgemeinen ziemlich umgänglich. Bei niemandem ist er unbeliebt, und bei vielen ist er beliebt. Wenn er wegen Krankheit längere Zeit nicht in der Schule war, freuen sich alle, wenn er wieder da ist. Er neigt zu Mandelentzündungen, Bronchitis und Grippe. Seine Deutschaufsätze schreibt er jeweils in Rekordzeit und geht danach ins »Hindenburg«, um die Zeitung zu lesen, bis die anderen kommen. Er hört gern Popmusik und ist mit Uwe Nettelbeck der Ansicht, dass in Liverpool etwas passiert ist. Er spielt gern Fußball, aber Geräteturnen ist ihm ein Gräuel.

Der Kreis der Leute, mit denen er von sich aus umgeht, ist begrenzt. Er hat Zugang zu allen Cliquen, aber nur einer gehört er wirklich an. Die trifft er am Samstagabend im »Hindenburg«. Da kommt er auch mit seinem holländischen Armeemantel an, den er nachlässig über einen Haken hängt, manchmal benutzt er sogar die Kapuze als Aufhänger. Er kommt von seinem kurzen Weg durch die norddeutsche Winterkälte 1965/66, im ersten Augenblick blind, denn natürlich ist die Brille durch den plötzlichen Wechsel in die Wärme beschlagen.

Er nimmt Platz in der Nische, die per ungeschriebenem Gesetz für ihre Wochenendtreffs reserviert ist. Man gibt sich nicht die Hand. Karlchen ist schon da, oder Jensen und Pappler sind schon da, oder Nott ist gerade kurz zuvor angekommen. Wenn sie jemandem die Hand geben, dann dem Wirt, der sie persönlich begrüßt. Ein Bier braucht er nicht zu bestellen, das kommt automatisch. Vielleicht sagt er am Anfang ein paar Worte über den Bundesligaspieltag. Er hängt immer noch am 1. FC Köln, obwohl dessen große Zeit langsam zu Ende geht. Wenn er als Erster gekommen ist und sein Mantel am Haken gleich an der Eingangstür hängt, weiß jeder, der später kommt, dass Murnau schon da ist. Da hängt sein Mantel. Wenn er überhaupt nicht kommt, kann er nur krank sein. Man vermisst ihn dann etwas und erzählt ihm am Montag in der Schule, wie es gewesen ist. Er ist jemand, der eindeutig seinen Platz hat, innerhalb und außerhalb der Clique. Er hat seine Macken, aber man mag ihn.

Das Jackett kommt etwas später, im März 1966, zu Murnaus Geburtstag: ein schlichtes hellgraues Jackett, zwei Rückenschlitze, zwei Seitentaschen und eine kleine Brusttasche auf der linken Seite, ziemlich leicht, locker hängend, das zieht nicht die Schultern nach unten, nichts Steifes. Dazu muss man keineswegs ein feines Hemd oder gar eine Krawatte tragen. Es reicht auch Murnaus weinrotes Baumwollhemd, ziemlich einfach gearbeitet, das ein bisschen nach zwanziger Jahre aussieht. Auf den Fotos, die um Ostern herum in der Groninger Straße aufgenommen worden sind, mit Murnau als einzigem Darsteller, sieht alles ein bisschen nach zwanziger Jahre aus. Zum Beispiel Murnaus Bert-Brecht-Mütze, die auch noch ziemlich neu ist, eine einfache, ziemlich weiche graue Schiebermütze. Da sitzt zum Beispiel Murnau auf einem Stuhl im Garten der Groninger Straße, die Mütze auf und die Pfeife im Mund, und liest Zeitung. Das Foto ist ein wenig von schräg hinten aufgenommen, man sieht Murnaus linkes Profil. Diese Szene spielt eigentlich nicht im Garten der Groninger Straße, sondern im Ausland: Hier sitzt der berühmte Emigrant im Garten einer seiner vielen Notunterkünfte auf dem langen Fluchtweg und liest die erschreckenden Nachrichten aus seinem Heimatland. In einer Woche ist er schon wieder woanders, öfter als Schuhe die Länder wechselnd.

Dann haben wir ein Passfoto mit diesem Jackett, darunter trägt Murnau sein geliebtes hellbeiges Strickhemd, das nach und nach dem weinroten Baumwollhemd den Rang abgelaufen hat. Es ist keins von diesen Karstadtfotos, sondern aufgenommen von einem richtigen Fotografen. Murnau trägt sehr kurzes ausgedünntes Haar, das Nott ihm wohl gerade geschnitten haben muss, und sieht durch seine Goldrandbrille ernst in die Kamera, mit ziemlich großen braunen Augen und dem wie so oft skeptischen Mund. Dem Passfoto ist nicht anzusehen, dass es aus einer glücklichen Zeit stammt: den wunderbaren Jahren.

Die Nische

Es waren wirklich wunderbare Jahre. Ich ging mit einer gewissen Zerstreutheit zur Schule, von der ich im Großen und Ganzen nichts anderes erwartete als das Abitur. Weil ich so nah an ihr wohnte, kam ich morgens häufig zu spät, und nach einer gewissen Zeit hatten sich alle meine Lehrer daran gewöhnt. Die dunklen Flure dieses wilhelminischen Baus rochen im Herbst und Winter nach nassen Mänteln und Jacken, ein Geruch, der müde machte, sobald ich das Gebäude betrat. Müde und etwas zähflüssig vergingen auch die Unterrichtsstunden, an denen weder Lehrende noch Lernende mit großem Enthusiasmus teilnahmen. Das war auch nicht erwünscht. Enthusiasmus störte den geordneten Ablauf des

Unterrichts. So war es eine Störung, dass mein Referat über Büchner tatsächlich zwei Unterrichtsstunden in Anspruch nahm, während alle anderen bei ihren Referaten mit einer ausgekommen waren. Das brachte die Zeitplanung durcheinander, was umso schwerer wog, als es sich um ein Kurzschuljahr handelte. Dabei war es ziemlich gleichgültig, ob dieses Referat eine, zwei oder noch mehr Unterrichtsstunden verbrauchte: Niemand hörte mir bei meinem Solo wirklich zu. So oft ich von meinem Konzept aufsah, sah ich müde, desinteressierte Gesichter, die sich erst wieder aufhellten, als wir den wilhelminischen Bau verließen. Jenseits seiner Mauern begann das Leben.

Es war ein gleichmäßiges Leben ohne Höhepunkte. Die gewaltigsten Bewegungen spielten sich noch in meinem Kopf ab. Die äußeren Bedingungen waren prächtig. Ich hatte keine Geldsorgen, hatte zu Hause ein eigenes Zimmer, in dem ich mich jederzeit in mich selbst zurückziehen konnte, war nirgends unbeliebt und besaß darüber hinaus einige Freunde, mit denen ich mich vor allem samstags in der berühmten Nische im »Hindenburg« traf.

Die ganze Stadt war eine solche Nische. Es war nicht nötig, aus der Provinz zur Welt zu gehen: Die Welt kam in die Provinz. Die Popmusik war hier ebenso verfügbar wie anderswo auch, nicht zuletzt durch die ausgezeichneten englischen und holländischen Piratensender. Bücher, soweit sie nicht direkt greifbar waren, konnte man bestellen. Und auch in Ostfriesland wurde kein anderes Fernsehprogramm ausgestrahlt als in der Restrepublik. Die Kulturrevolution, und nicht allein die chinesische, fand also auch in unserer Nische statt.

Sie wurde dort zumindest diskutiert. Im Laufe der Jahre wurde in dieser Nische über Beckett ebenso gesprochen wie über die Beatles-Filme von Richard Lester, die mit nur geringer Verspätung ihren Weg auch zu uns fanden. Und natürlich sprachen wir über diese Dinge nicht als über etwas, das uns äußerlich war. Wenn wir zusammen aus Lesters *Help!* kamen, an einem kalten Februarabend, sogar der Schnee war liegen geblieben, waren wir nicht etwa Murnau, Karlchen, Pappler und Nott, die da Schneebälle warfen, wir waren John, Paul, George und Ringo. Wir spielten den Film weiter, wir nahmen ihn mit aus dem Kino. Wenn ich aus Brechts Gedicht »An die Nachgeborenen« zitierte, zitierte ich mein eigenes Gedicht: Ich war Brecht. Wenn ich über Sartres *Das Sein und das Nichts* sprach, fing ich sozusagen an zu schielen, denn Sartre, das war ich. Wir waren wechselseitig und nacheinander alles, was in jenen Jahren über Zeitungen, Bücher, das Fernsehen und das Kino in unsere Nische übermittelt wurde. Mit einem Wort, wir waren die Kinder von Karl Marx und Coca-Cola.

Natürlich sprachen wir auch über Dinge, die es wirklich gab: die Reisen, die wir gemacht hatten oder machen wollten, den Krach, den wir zu Hause hatten oder nicht hatten, sogar über die Schule sprachen wir. Aber all das war nicht wirklich wichtig. Die Schule war nicht viel mehr als ein Anlass, eine Schülerzeitung zu machen. Sie war gerade der äußere Rahmen, in dem wir uns kennengelernt hatten, nicht mehr. Sie war ein zufälliges Ereignis. Ich erhoffte durchaus nicht sehnsüchtig das Ende meiner Schulzeit. Da mir die Schule gleichgültig war, ich zugleich aber sah, dass es sich als Schüler angenehm leben ließ, war ich mit den gegebenen Zuständen einverstanden. Es waren wirklich wunderbare Jahre.

Die Wörter

Ich war glücklich. Aber es war nicht so sehr die Wärme jener Nische im »Hindenburg«, die samstags etwa sechs bis sieben regelmäßigen Besuchern Schutz bot, die mich glücklich machte. Ich brauchte diesen Schutz nicht, denn ich trug ihn in mir selbst. Zwischen Becketts *Endspiel* und den Neuerscheinungen auf dem Schallplattenmarkt, zwischen meinen aussichtslosen Bemühungen, mich wenigstens in die Grundbegriffe der Algebra einzuarbeiten und meinen Gängen in die Stadtbücherei, wo ich Stunden an den Regalen entlangwanderte, zwischen den Bundesligaspielberichten am Samstagnachmittag und der freundlichen Begrüßung durch unseren Wirt am Samstagabend, zwischen den Nachrichten aus Vietnam, die in den Zeitungen immer mehr Platz einnahmen, und den faschistoiden Äußerungen unseres Schulleiters im Geschichtsunterricht verließ mich eigentlich niemals das Gefühl, dass es diese Welt nicht gab. Es gab sie natürlich, aber sie konnte mir nichts anhaben, denn ausnahmslos alles an ihr war zurückführbar auf die Wörter, und jedes Mal, wenn die Wirklichkeit mir zu naherückte, schob ich die Wörter dazwischen: Schon war die alte Unverwundbarkeit wiederhergestellt, mein Glück gerettet. Ich war keineswegs gleichgültig, keineswegs desinteressiert, ich war in hohem Grade neugierig, aber, wenn es etwas Neues zu entdecken gab (und das war eigentlich immer der Fall), selbst wenn es Neues zu schaffen gab, so konnten es doch immer nur neue Welten aus Wörtern sein. Ich beugte mich über die Wirklichkeit wie über ein Manuskript, und ich beugte mich über Manuskripte, als seien sie die Wirklichkeit.

Dies gehörte auch durchaus zu meinen Aufgaben, denn was sich da regelmäßig am Wochenende in der Nische versammelte, war nichts anderes als der innere Kern der Schülerzeitungsredaktion. Von Anfang an war es nicht zu vermeiden, dass die Leitung dieser Zeitung, als sie ihren dreizehnten Jahrgang erreichte, auf mich zutrieb, so wie es später selbstverständlich war, dass ich sie in meinem letzten Schuljahr, gleichsam in Erbpacht, an Jensen abgab. Und selbstverständlich schrieben Jensen, seine Schwester, Pappler, der Pinguin, Angelika, Karlchen, auch Nott regelmäßig für die Zeitung: Sie war ein Produkt der Nische. Diese Schülerzeitung war keine, sie war unser Privatblatt.

Für mich war sie die Gelegenheit, immer neue Wörter zwischen mich und die Welt zu schieben. Die Zeitung interessierte mich jeweils nur zu einem bestimmten Zeitpunkt. Wenn sie endlich erschien, hatte ich sie fast schon vergessen. Meine große Zeit war die Arbeit an den eigenen Artikeln und die Eintreibung von Manuskripten anderer, die ich zu Hause durchsah und dann auf der Redaktionssitzung vorstellte. Wenn die fertigen Druckfahnen vorlagen und wir uns in irgendeiner Wohnung, bei mir, in der Groninger Straße oder am Tjackleger Fährweg zum Umbruch trafen, meistens am Samstagnachmittag, fühlte ich mich fast schon ein wenig hilflos. Es gab für mich kaum noch etwas zu tun, als noch einmal die Fahnen auf Druckfehler, Zeilenvertauschungen und sinnentstellende Auslassungen durchzusehen. Die Aufteilung der Artikel und Anzeigen auf den einzelnen Seiten, das seitengerechte Kürzen einzelner Artikel (eine Spezialität des Pinguins: »Da müssen genau elf Zeilen weg«, sagte ihm jemand, und der Pinguin nahm sich die entsprechenden Fahnen, las, eingehüllt in den leicht parfümierten Rauch seines Pfeifentabaks, zugleich konzentriert und schnell über den Artikel hinweg, und strich dann ohne Zögern hier vier, dort sechs, da eine Zeile, und es blieb ein immer noch vollkommen lesbarer Artikel zurück; das machte er während eines Umbruchs vielleicht fünf- oder sechsmal, immer mit derselben chirurgischen Präzision), die Einpassung von Angelikas Zeichnungen oder Notts Collagen in den Text, schließlich der unangenehme Umgang mit Klebstoff: Auf all das ließ ich mich nur ungern ein. Die Wörter, die in die Zeitung aufgenommen werden sollten, waren längst festgelegt, sie wurden nur noch grafisch arrangiert, der Entstehungsprozess dieser Welten war abgeschlossen, und inmitten des Geruchs von Kaffee, Tabak und Klebstoff, während ich mich fast ausschließlich auf einfache Handreichungen wie die Weitergabe einer Schere beschränkte, dachte ich schon an neue Wörter, neue Welten.

Inhaltlich sah diese Zeitung aus, wie viele Schülerzeitungen Mitte der sechziger Jahre ausgesehen haben. Es gab ein paar Anmerkungen zu schulinternen Angelegenheiten, regelmäßig eine Art Chronik der verschiedenen Vorgänge an der Schule, die unvermeidlichen Katheterblüten aus den wilhelminisch grauen Unterrichtsstunden, es gab eine ganze

Menge Kultur und ein bisschen Politik. Wir waren natürlich gute Sozialdemokraten. Im Prinzip war die Welt in Ordnung, sie musste nur noch um einiges besser werden. Mit Hartnäckigkeit und vor allem mit Vernunft, unserer Lieblingsvokabel, war das zu schaffen. Wir glaubten an die Überzeugungskraft von Vernunft, von Aufklärung, an die Kraft rationaler Diskussion, und damit waren wir nicht dümmer als manche, die damals schon ein paar Jahrzehnte älter waren als wir und es durchaus besser hätten wissen müssen. Zwar blieben uns die Widersprüche sozialdemokratischer Politik nicht verborgen, aber schließlich hatten wir mit dieser Partei nichts zu tun: Wir waren ihre intellektuellen Sympathisanten, und damit basta.

Im Winter 1965 fuhr ich mit Karlchen zusammen nach Hannover zu einer Tagung der Jungen Presse Niedersachsen. Die Fahrkarte bezahlte der Verband, und ich fuhr erstmals in meinem Leben erster Klasse. Wir hatten ein ganzes Abteil für uns und genossen den etwas verlegenen Blick des Schaffners, der uns zweifellos im falschen Abteil vermutet hatte, bis er sich anhand der Fahrkarten vom Gegenteil überzeugen konnte. Wir brauchten dieses Abteil allerdings auch für uns, denn Karlchen war beinahe ein Zweimetermann und hatte erhebliche Schwierigkeiten, selbst in diesem fast leeren Abteil der Deutschen Bundesbahn seine Beine unterzubringen. Im Rahmen der Tagung, die zwei Tage in Anspruch nahm, besuchten wir den Rangierbahnhof Lehrte, obwohl niemand wusste warum, selbst ich nicht als Enkel eines Eisenbahners. Ansonsten gab es zwischen Leuten, die offenkundig nicht zum ersten Mal eine solche Tagung besuchten, und die sich kannten, ein paar heftige Auseinandersetzungen, die ich nicht verstand, Stefan Aust arbeitete schon sein Profil als künftiger Mitarbeiter der Sendung »Panorama« heraus, und abends trank ich mit ein paar Leuten aus Braunschweig, die sich ein bisschen in Hannover auskannten, in einigen Hannoveraner Kneipen mein Bier. Mit einer erheblichen Anzahl anderer Schülerzeitungen im Gepäck traten wir die Rückreise an, wieder erster

Klasse und wieder allein in unserem Abteil, und obwohl wir durchaus nicht wussten, warum wir diese Tagung besucht hatten, genossen wir die Rückfahrt nicht weniger als die Hinfahrt. Ein paar Tage später, kurz vor Weihnachten, erschien unsere neue Schülerzeitung, von der ich mich eigentlich schon einige Wochen zuvor verabschiedet hatte. Für mich gab es nur noch nachzuprüfen, ob mein Artikel, er hieß diesmal »Für die Linke«, wie immer auf Seite 16 zu finden war.

In jenen Jahren schrieb ich eine Kurzgeschichte mit dem Titel »Der Packer«, etwas über Kino, etwas über Satire, einige Buchrezensionen (wir bekamen von verschiedenen Verlagen Freiexemplare), etwas über meine Erfahrungen in England, eine wirklich gute Geschichte mit dem Titel »Ein Wintermärchen oder: Look back in anger«, einen Artikel über den Begriff der Utopie, der vor allem durch Bloch inspiriert war. Einen anderen Artikel mit dem Titel »Die goldenen sechziger Jahre« brachte ich nie zu Ende, vermutlich deshalb nicht, weil ich ahnte, dass schon der Titel das Eingeständnis einschloss, dass andere, weniger goldene Jahre folgen würden. Schließlich verabschiedete ich mich mit einem Artikel aus der Zeitung, der den Titel »Die Wörter« trug. Insgesamt produzierte ich für die Zeitung, bei vierteljährlichem Erscheinen, in zwei Jahren etwa zehntausend Wörter.

Dennoch war mein Glück nicht vollständig. Es gab etwas, was mich irritierte. Zwar schien es, als könne mir die Wirklichkeit nichts anhaben, aber ich wurde auch nie das Gefühl los, dass ich der Wirklichkeit nichts anhaben konnte. In meinem Umkreis sah ich eine ganze Reihe von Beziehungen. Jensen zum Beispiel brauchte Angelika. Angelika brauchte vielleicht Jensen. Wer Pappler, Nott, Karlchen und die anderen brauchte, war mir nicht klar, aber ich war sicher, dass sie von irgendjemandem gebraucht wurden. Ich selbst dagegen wurde von niemandem gebraucht, das wusste ich. Ich war allgemein beliebt, aber eben so, wie jemand beliebt ist, auf den man auch verzichten kann. Mit einem Wort: Ich war vollkommen überflüssig, und selbst wenn diese Tatsache sogar eine der Bedingungen meines Glücks war, beunruhigte sie mich doch von Zeit zu Zeit, wenn ich genauer darüber nachdachte. Sie machte mich verlegen.

Aus dieser Verlegenheit half mir im Sommer 1966 das britische Fernsehen.

Dr. Murnau und Mr Stiles: eine Annäherung

Ich werde nie seekrank, aber fast immer stehe ich kurz davor. An eine Reihe von Seereisen kann ich mich erinnern, die ich elend, in ständiger Erwartung der nahen Katastrophe hinter mich brachte, ständig den Aufenthaltsort und die Position wechselnd, mal liegend, mal sitzend, mal stehend, mal unsicher auf dem Oberdeck umhergehend: Die Katastrophe kam nicht, aber auch die Erlösung kam erst mit dem Ende der Reise. Später wurde ich klüger und versuchte einzuschlafen, noch bevor das Schiff ablegte, oft unterstützt durch Valium oder ähnlich menschenfreundliche Marktführer der pharmazeutischen Industrie, die affektive Abschirmung, Eindämmung von depressiven Zuständen und andere überlebenswichtige Effekte versprachen. Diese Methode, die Situation einfach nicht zur Kenntnis zu nehmen, hat sich dann sehr bewährt.

Alle diese Probleme hatte ich noch nicht, als ich im Juli 1966 zum ersten Mal von Ostende nach Dover fuhr, dem britischen Empire, der Carnaby Street und den Beatles entgegen. Die See war ruhig, draußen war es dunkel, und der große Salon, wo man Zigaretten kaufen und englisches Bier trinken konnte, war reichlich und mit warmem Licht erleuchtet. Ich war müde von einer ziemlich langen Zugfahrt, die von Ostfriesland übers Rheinland quer durch Belgien geführt hatte, von Ost nach West, aber müde in einer sehr empfänglichen Art. An den Tischen um mich herum unterhielten sich Leute in einer Sprache, die offenkundig Englisch war, jedoch keineswegs mit jener BBC-Artikulation übereinstimmte, wie ich sie in der Schule gelernt hatte. Es gelang mir trotzdem, einiges zu verstehen.

Die Seereise dauerte etwa vier Stunden, und in der frühen Morgendämmerung ging ich aufs Deck hinaus und sah the white cliffs of Dover. Dies waren wirklich die Worte, die ich dachte, als ich sie sah: the white cliffs of Dover. In einem milchiggrauen Licht, wie es nur ganz früh an Sommertagen zu sehen ist, im ersten Stadium der Dämmerung, betrat ich zum ersten Mal englischen Boden. Ich versuchte, mir das Bedeutsame dieses Augenblicks klarzumachen, aber es gelang mir nicht, weil ich zu müde war. Ich bestieg einen Zug, der noch sehr lange im Bahnhof Dover stand, und als er endlich anfuhr, war ich in einen sehr unruhigen Schlaf gefallen, mit geschlossenen Augen und geöffneten zugleich; ab und zu schreckte ich auf, sah hinaus, wo noch immer dieses milchige Licht auf das grün-weiße Südostengland fiel, und hatte schon alles Gefühl dafür verloren, wie lange die Fahrt dauerte. Erst als das grün-weiße Land jenseits des Zugfensters verschwand und die backsteinroten Häuser und Hinterhöfe von East London auftauchten, endete dieser Schlaf. Ich sah aufmerksam nach draußen und hatte das Gefühl, durch eine Fotoausstellung aus dem englischen Frühkapitalismus zu fahren, bis der Zug überraschend im Sackbahnhof Victoria Station hielt: London. Es war früher Vormittag, und es regnete.

Angeblich war es der Zweck meiner Reise, meine Ferien und die Erweiterung meiner englischen Sprachkenntnisse in irgendeinem Institut, das sich in einem der prächtigen Häuser von Belgravia versteckte, miteinander zu verbinden. Ich habe dieses Institut im Laufe der zwei Wochen zweimal besucht, und seine Kantine im Kellergeschoss, in der es wässrigen Tee und süßes Gebäck gab, ist mir noch am deutlichsten in Erinnerung.

Andere Orte spielten eine größere Rolle. Ich sollte in irgendeinem Heim für Medizinstudenten wohnen, das von der Ausstattung her mehr Ähnlichkeit mit einem englischen Club hatte und in der Nähe von Paddington Station lag. Ich ließ mich mit einem Taxi dorthin fahren, und nachdem es mir endlich gelungen war, einen Mann aufzutreiben, der mit der Verwaltung des Heims zu tun hatte, erzählte mir dieser Mann, dass man mich hier durchaus nicht erwarte: Es müsse ein Missverständnis sein. Er gab mir eine Karte mit einer nahe gelegenen Adresse und der Beschreibung des Wegs dorthin und bat mich freundlich, dort das Missverständnis aufzuklären. Inzwischen war es neun Uhr geworden, und die alte Handels- und Finanzstadt London schickte sich an zu erwachen. Sie hatte es nicht eilig damit, aber immerhin war das Büro, um das es sich bei der angegebenen Adresse handelte, schon besetzt mit zwei freundlichen jungen Damen, die ebenso gut Verkäuferinnen in einer von Mary Quants Boutiquen hätten sein können und zweifellos sich selbst dort ausgestattet hatten. Ich verhandelte mit einer von ihnen, und während ich ihr in einem Englisch, dessen Flüssigkeit und Eleganz mich überraschten, meine Geschichte erzählte, sah sie mich mit lebhaftem Interesse an, nahm einen Schluck Tee und lachte leise. Dann griff sie zum Telefon und rief offenbar den Mann an, der mich hierher geschickt hatte. Sie hatte eine angenehme Stimme, a soft voice wie jene, die auf Flughäfen die Passagiere des Flugs der PanAm nach Frankfurt auffordern, nun bitte Ausgang D aufzusuchen oder Wartende davon unterrichten, dass die Maschine der BEA aus Stuttgart eine halbe Stunde später eintreffen wird. Sie sprach ein kultiviertes Englisch, aus dem gleichwohl der Londoner Dialekt noch nicht ganz verschwunden war. Nach zwei Minuten legte sie auf und teilte mir mit, dass man mich nunmehr in dem Heim erwarte: Es sei ein Missverständnis gewesen. Ich bedankte und verabschiedete mich, und draußen hatte es sogar aufgehört zu regnen. Ich war gerade drei Minuten gelaufen und wartete an einer Fußgängerampel, als eine Frau auf mich zutrat und fragte:

»Sorry, dear, could you please tell me the way to Paddington Station?«

Ich konnte! Zwar war ich erst zwei Stunden in London,

aber ich konnte. Mit einigen rights and lefts beschrieb ich ihr den Weg. Mit dem Gefühl, dass ich jetzt endgültig angekommen sei und mir in dieser Stadt nichts Böses passieren könnte, ging ich zu dem Heim in Sussex Gardens zurück. Dort führte man mich in ein ziemlich großes Zimmer mit Blick auf einen Londoner Hinterhof, mit einem großen Schreibtisch, einem prächtigen Ledersessel und einem geräumigen Bett, und ich schlief sofort ein, als sei ich schon seit Jahren in London jeden Morgen um halb zehn nach durchwachter Nacht ins Bett gesunken.

Hier muss nun eine Geschichte erzählt werden. Sie ist Kolportage – armer Junge aus den Slums wird durch Fußballspielen gerettet –, aber sie ist wahr. Sie geht so:

Vierundzwanzig Jahre vor diesen Londoner Julitagen, präzis: Am 18. Mai 1942, wurde einem Totengräber namens Stiles in Manchester ein Sohn geboren, der Norbert genannt und mit dem naheliegenden Kosenamen Nobby gerufen wurde. Dieses ziemlich klein geratene Kind verbrachte seine Kindheit wie viele andere Kinder armer englischer Eltern auch: in einem jener Slums, wie sie in den mittel- und nordenglischen Industriestädten als Folge der rasanten industriellen Entwicklung entstanden sind zu einer Zeit, die später nicht umsonst das Markenzeichen Manchester-Kapitalismus bekommen hat. Es war vermutlich eine ereignislose Kindheit ohne große Aussichten, von einer besseren und ereignisreicheren Jugend abgelöst zu werden. Das einzig bemerkenswerte Ereignis in diesen Jahren ist ein Busunfall, in den der kleine Nobby verwickelt wurde und bei dem er einen großen Teil seiner Zähne und viel Sehkraft einbüßte.

Der behandelnde Arzt hielt es nicht für ratsam, dass Nobby, der bis dahin selbstverständlich Fußball gespielt hatte, diesen Sport weiter ausübte. Der Totengräber Stiles dagegen konnte sich nicht entschließen, den Rat des Arztes zu akzeptieren. Er sah nicht nur die augenblickliche Gesundheitsschädigung, er dachte in langfristigen Perspektiven und meldete seinen Sohn bei dem ruhmreichen Verein Manchester United an. Wir nehmen einmal an, dass er sich vor Verwandten und Bekannten hat rechtfertigen müssen, und wir nehmen weiter an, dass er ein ähnlich philosophischer Kopf gewesen ist wie einer der beiden Totengräber im *Hamlet*. Deshalb antwortete er auf alle Vorwürfe nur mit dem lapidaren Satz:

»Die Geschichte wird mich freisprechen.«

Die Geschichte hat ihn freigesprochen. Mit siebzehn Jahren spielte Nobby in der ersten Mannschaft von Manchester United, in der englischen First Division also, die zumindest damals noch als die härteste Fußballliga der Welt galt. Die Gegenspieler wie das Publikum wurden sehr schnell auf ihn aufmerksam. Nobby war sehr klein, und er sollte die Höhe von einem Meter sechsundsechzig niemals überschreiten. Sein Gebiss legte er vor dem Spiel selbstverständlich ab: Es spielt sich nicht gut Fußball mit einem Gebiss. Wenn Nobby mit seinen Mitspielern, mit den Gegenspielern oder dem Schiedsrichter schimpfte – und das war bei diesem temperamentvollen Spieler häufig der Fall –, wenn er also das Maul aufriss, dann sahen zumindest die Leute auf den Plätzen am Spielfeldrand einen hässlichen Zwerg, dem nur noch links und rechts oben zwei Eckzähne verblieben waren. Und abends, bei der beliebten Sendung »Match of the day«, soweit Manchester United darin involviert war, sahen es auch die Fernsehzuschauer sehr deutlich. Zudem zwang Nobbys extreme Kurzsichtigkeit ihn dazu, sehr nah am Ball und am Gegner zu arbeiten, und nicht immer war vorher auszurechnen, wen von beiden er traf. Kurz, dieser junge Profi spielte weder elegant, noch war es ihm möglich, sich immer an die Regeln des fair play zu halten; er war extrem hässlich und benahm sich nicht wie ein Gentleman: hatte also nicht eine einzige Voraussetzung, beliebt zu sein.

Aber er war unentbehrlich für Manchester United, und in den sechziger Jahren beschloss auch der Trainer der englischen Nationalmannschaft, der damals Alf Ramsey hieß und später kurz vor seinem unaufhaltsamen Abstieg von der Queen geadelt wurde, dass dieser hässliche Zwerg aus Manchester für seine Pläne zu gebrauchen sei. Spätestens zu diesem Zeitpunkt begann der unaufhaltsame Aufstieg des Nobby Stiles von einem, der im wahrsten Wortsinn zu kurz gekommen war, zum Nationalhelden, der in Madame Tussauds Wachsfigurenkabinett Aufnahme fand. Um diese Zeit herum trat er in mein Blickfeld.

Ich gewöhnte mich sehr schnell an London. Schon am zweiten Tag hatte ich den Trick raus, wenn ich aus der City kam, im Bus bis Marble Arch zu lösen, aber bis Edgware Road zu fahren. Ähnlich wenig Zeit brauchte ich, um herauszufinden, dass es in London genug indische, chinesische und kontinentaleuropäische Restaurants gibt und dass ich in dieser Stadt nicht angewiesen war aufs englische Essen, wenn ich auch manchmal als Zwischenmahlzeit in der nahen Bude um die Ecke fish and chips zu mir nahm.

In den Pubs bestellte ich, nachdem ich zwei Tage lang die Dinge studiert hatte, in ganz selbstverständlicher Weise einen pint of bitter, »epaintobidderpliis«.

Die traditionellen Attraktionen Londons beeindruckten mich wenig, aber die Stadt insgesamt machte mich sehr leicht. Ich fühlte mich wohl vom ersten Augenblick an. Ich war viel allein unterwegs, stundenlang und ohne den Stadtplan, den ich mir zwar gekauft hatte, aber nie benutzte. Dennoch verlief ich mich selten, weil ich die inneren Bezirke Londons nie verließ. Die riesenhafte Ausdehnung der Stadt ist mir bei diesem Besuch nicht bewusst geworden.

Ich suchte die Carnaby Street auf, mitten im äußerst harmlosen Soho, aus dem die letzten Spuren Mr Peachums und Mackie Messers längst verschwunden waren. Danach kaufte ich mir den *Guardian* und las ihn so gründlich, wie ich bis dahin selten in meinem Leben Zeitung gelesen hatte, meistens in irgendeinem Pub zur frühen Mittagszeit, während die Beatles das ergreifende Lied vom angehenden paperback writer sangen. Am späteren Nachmittag, es war ein ziemlich sonniger Monat, am frühen Abend also bei langsam versinkender Sonne, stand ich häufig, immer noch den *Guardian* bei mir, auf der Waterloo Bridge und sah auf die Themse, den dirty old river: Dies waren die glücklichsten Augenblicke, nur zu vergleichen mit denen später abends, wenn ich, ebenfalls rauchend, zu Hause an Murnaus Ort stand.

Abends suchte ich häufig, allein oder mit anderen Deutschen, die ich in dem Heim kennengelernt hatte, ein bestimmtes Pub auf, nicht sehr weit entfernt von der Fischnchipsbude, und trank ein paar pints of bitter, nie an einem der wenigen Tische, immer an der überfüllten Theke, selten länger als eine halbe Stunde, allein und schweigend, und an einem dieser Abende sagte Mr Kane zu mir, der Wert darauf legte und es auch öfter betonte, dass er Ire sei und keineswegs ein Engländer, aber leider in London zu leben und zu arbeiten gezwungen sei:

»He's a great footballer, but a dirty player.«

Von Nobby war die Rede. Von ihm wurde viel gesprochen in diesen Tagen. Die Fußballweltmeisterschaft 1966 lief ab, England war der Gastgeber, und man musste Nobby einfach zur Kenntnis nehmen. Die Medizinstudenten im Heim mochten ihn nicht: Dieser Zwerg war zu offensichtlich kein Gentleman und gehörte zu offensichtlich einer anderen Klasse an als ihrer eigenen. Ich sah die Spiele der Engländer im Fernsehen, in voller Länge, und spätestens beim zweiten Spiel begann ich, mich für Nobby zu interessieren. Manche liebten ihn, viele mochten ihn nicht, keiner war gleichgültig. Er hatte es geschafft. Auch wer ihn nicht mochte, gab zu, dass er gebraucht wurde. Es genügte, Mr Kanes Satz umzudrehen:

»He's a dirty player, but a great footballer.«

Es ließen sich beliebig viele solcher Sätze bilden. Er ist ein mieser Typ, aber wir kommen ohne ihn nicht aus. Er ist eine Witzfigur, aber auf dem Spielfeld muss man ihn ernst nehmen. Er schadet unserem Ruf, aber wenn England Weltmeister werden will, dann nur mit ihm. Also: Es ist schlimm, dass es so einen überhaupt gibt, aber er hat zweifellos eine Existenzberechtigung.

Das machte den Unterschied zwischen uns beiden aus, das machte Nobby für mich zum glücklichsten Menschen der Welt. Hier war ich, bei niemandem unbeliebt, mit ein paar geduldeten Macken, dazu mit ein paar Fähigkeiten, die zwar nicht notwendig, aber auch nicht störend waren, ziemlich schmächtig, aber von der äußeren Erscheinung her keineswegs abstoßend, insgesamt glücklich, aber natürlich völlig überflüssig. Dort war Nobby, eine einzige Provokation, mit Macken, die man eigentlich nicht dulden konnte, dazu keineswegs aus gutem Hause, mit Fähigkeiten, die äußerst störend, aber eben notwendig waren, keineswegs überflüssig, sondern mit einer sichtbaren Legitimation für seine Existenz, einer Legitimation, die er sich nicht erschlichen hatte, sondern die er sich erkämpft, auf der er bestanden hatte: Er hatte es allen gezeigt.

Und so beschloss ich in diesen sonnigen Londoner Tagen, Nobby Stiles zu werden. Eines Tages, den ich nicht näher bestimmen konnte, würde ich, der nicht ernst Genommene, ebenfalls Fähigkeiten aus dem Hut zaubern (die ich ebenfalls nicht näher bestimmen, die ich mir nicht einmal vorstellen konnte), die endlich jeden dazu zwingen würden, mich zur Kenntnis zu nehmen und mich nicht länger als jemanden zu betrachten, auf den man hätte verzichten können. Eines Tages würde sich ein deutscher Mr Kane in irgendeiner deutschen Kneipe am Tresen dazu veranlasst sehen zu sagen:

»Murnau? Ich finde ihn unausstehlich, aber wir brauchen ihn nun einmal.«

Natürlich wurde England Weltmeister, und natürlich war Nobby auf dem Weg dahin ein unverzichtbarer Faktor. Und natürlich marschierte dieser unverzichtbare Faktor nach dem Endspiel vor irgendeiner Militärkapelle einher, den Pokal in der Hand, den er so hoch hielt, wie es ihm eben möglich war, und lächelte fast zahnlos in eine Kamera der BBC, bevor er in der Umkleidekabine sein Gebiss wieder anlegte.

Wenn man dem *Spiegel* vom 30. Oktober 1968 glauben darf, hatte Nobby auch sehr liebenswürdige Züge, und der *Spiegel* wiederum wusste es von Nobbys Frau. Die soll nämlich gesagt haben:

»An der Bushaltestelle lässt er sich immer zurückdrängen.«

An der Wahrheit dieser Nachricht muss allerdings gezweifelt werden. Ein Profi auf der Höhe seines Ruhms, 1968, gerade mit Manchester United Europameister geworden, während ich mit frischer Mandelwunde im Lazarett Rostrup lag: Sollte man von dem nicht annehmen, dass er, statt einen englischen Doppeldeckerbus zu besteigen, den eigenen Wagen durch den Linksverkehr von Manchester fährt?

Mit dem Beschluss, Nobby Stiles zu werden, verließ ich Anfang August London: unter Tränen, denn ohne dass es mir bis dahin bewusst geworden war, hatte ich mich in die Stadt verliebt. Das war ganz unauffällig vor sich gegangen, bei meinen Spaziergängen, bei den Besuchen in der Carnaby Street und Chelsea, bei den pints of bitter und den Zigarettenpausen auf der Waterloo Bridge. Ich hatte die Stadt genossen, ich fühlte mich wohl, und nun bemerkte ich plötzlich, dass der Abschied zu einem Problem wurde. An Abschied hatten wir beide, London und ich, bis zu diesem Tag nicht gedacht, man schiebt das beiseite, wenn man verliebt ist. Jetzt, als der Zug in Richtung Dover langsam die Stadt verließ, als Victoria Station hinter uns verschwand, weinte ich, am Fenster stehend, ein paar stumme und achselzuckende Tränen und dachte dabei schon an meine Rückkehr (es dauerte fünf Jahre, bis ich das nächste Mal rauchend auf der Waterloo Bridge stand).

Meine Verwandlung in Nobby Stiles spielte sich natürlich nur in meinem Kopf ab. Nach außen änderte sich nichts:

Ich war immer noch umgänglich mit ein paar Macken, nicht störend und nicht notwendig. Zwar sprach ich, als wir alle wieder in unsere Nische zurückgekehrt waren und der Spätsommer das »Hotel Haus Hindenburg« beschien, viel über Nobby, aber ich konnte mich nicht verständlich machen: Alle glaubten, dass ich über Fußball sprechen wollte. Ich löste nur eine gewisse Ratlosigkeit aus, und langsam verschwand das Thema wieder aus der Nische.

Wenig später allerdings verblüffte ich alle, selbst meine Freunde aus der Nische. Ausgerechnet Murnau, von dem niemand es erwartet hätte außer ihm selbst, fiel durchs Abitur. Alle versuchten das Schlimmste zu verhindern. Es half nichts. Meine vollständige Unfähigkeit, mit der lateinischen Sprache umzugehen, war nicht mehr zu übersehen.

Niemand, der die Nachricht hörte, mochte sie beim ersten Mal glauben. Am Nachmittag dieses sonnigen Septembertags ging ich mit Pappler zusammen in die Groninger Straße, um Jensen zu besuchen, der nicht zu Hause war, aber bald kommen würde, wie uns seine Eltern versicherten. Wir gingen die Groninger Straße wieder zurück, über der Stadt lag der unverwechselbare Geruch der Spanplattenfabrik, auf halbem Weg kam uns Jensen entgegen, wir näherten uns einander, er probierte wohl verschiedene, möglichst unpathetische Sätze aus, uns zum Abitur zu gratulieren, und er mochte mir die Wahrheit nicht glauben. Gemeinsam kehrten wir in das Haus zurück, in dessen Umkreis wir so schöne Fotoserien gemacht hatten, Jensen und auch Pappler immer noch etwas verlegen, ich selbst in ausgezeichneter Verfassung. Ich hatte es endlich allen gezeigt: Ich konnte auch anders.

Was blieb uns noch anderes zu tun an diesem Nachmittag, als Kaffee zu kochen und das Radio einzuschalten? Radio Caroline spielte stundenlang ausnahmslos Beatles, eine Art Solidaritätsdemonstration war das, weil John Lennon ein paar Tage zuvor gesagt hatte »Wir sind jetzt bekannter als Jesus« und die Beatles danach von vielen Sendern boykottiert wurden. Radio Caroline gab es also noch: Es hatte sich gar nichts geändert. Ein Dreivierteljahr später entsprach ich dann den Erwartungen und machte mein Abitur ohne Schwierigkeiten. Der ganze Effekt meines Coups hatte darin bestanden, die wunderbaren Jahre noch einmal um neun Monate zu verlängern, jeden Samstagabend in der Nische zu erscheinen, noch einmal einige Wörter mehr zu machen für unser Privatblatt, bis man mich aus der Nische weghole an den Jadebusen und ich endlich gezwungen war, aus meinem Kopf herauszutreten und die Tatsache anzuerkennen, dass es diese Welt wirklich gab.

> Dirty old river:
> must you keep rolling,
> flowing into the night?
> People so busy
> make me feel dizzy,
> taxi lights shine so bright.
> But I don't
> need no friends:
> as long as I gaze on
> Waterloo Sunset
> I am in paradise.

Die Höhlen von Schlachtensee

»Er hatte immer so scheußlich langsame Reaktionen bei allem. Bei physischer Gefahr. Bei seelischem Kummer. Manchmal kam seine Reaktion mit wochenlanger Verspätung, und er hatte dann große Mühe, sie mit ihrer Ursache überhaupt in Verbindung zu bringen.«
Patricia Highsmith, *Tiefe Wasser*

Unruhe

Ich konnte nicht einschlafen. Der Zug verließ den Hauptbahnhof von Hannover, und endlich hatten der Pinguin und ich das Abteil für uns allein. Wir hatten die Vorhänge an der Tür und am Fenster zugezogen und das Licht gelöscht. Die Sitzlehnen auf beiden Seiten hatten wir hochgeklappt, uns in dem kalten Abteil (warum funktionierten zumindest in jenen Jahren die Heizungen in den Zügen der Deutschen Reichsbahn nur im Sommer?) ausgestreckt und mit unseren Mänteln bedeckt. Der Pinguin improvisierte von Zeit zu Zeit Nonsensverse. Während ich versuchte, die Kälte im Abteil zu vergessen, und während der Pinguin, von Mal zu Mal schläfriger, einen Nonsensvers vor sich hin murmelte, pendelten meine Gedanken zwischen den vergangenen Wochen meines zerbrechlichen Glücks mit Angelika und den kommenden Jahren in Berlin, die noch so voll mit ganz und gar gleichrangigen Möglichkeiten für mich waren, dass ich mir keine einzige davon konkret vorstellen konnte.

»Was ist das für ein elendes Ticken?«, fragte der Pinguin.

Die Frage war berechtigt, sogar der leichte Unterton von Aggressivität, den ich dennoch mit Erstaunen registrierte: Hatte ich den Pinguin jemals aggressiv erlebt?

»Mein Wecker«, sagte ich. »Ich habe ihn heute Morgen ganz in Gedanken aufgezogen.«

»Oh Gott«, sagte der Pinguin, der damals ein Wohnheim der Evangelischen Studentengemeinde an der Freien Universität Berlin bewohnte.

»Ich komme jetzt nicht dran«, sagte ich. Er ist irgendwo ganz unten in meiner Tasche.

»Oh Gott«, sagte der Pinguin noch einmal.

Damit war die Unterhaltung fürs Erste beendet, und wir lauschten beide stumm und mit vermutlich ganz unterschiedlichen Gefühlen dem regelmäßigen und in der Tat sehr lauten Ticken des Weckers. Ich hatte ihn etwa einen Monat zuvor gekauft, meinen ersten eigenen Wecker. In den Jahren zuvor hatte meine Mutter, später eine durchdringende Trillerpfeife, gefolgt von dem ebenfalls durchdringenden Gebrüll »Kompanie aufstehen!«, dafür gesorgt, dass ich rechtzeitig aus dem Bett kam. Beides war in Berlin nicht mehr zu erwarten. So war ich im März losgegangen, mit ein paar Freunden als Beratern, um mir einen Wecker zu kaufen. Ich fand ihn gleich im ersten Geschäft: groß, rund und gelb. Wir gingen nach diesem Fischzug ins »Hindenburg«, nicht in die Nische, sondern nach hinten ins Fernsehzimmer, und ließen den Wecker klingeln, eine Aktion, die die Aufmerksamkeit der Gäste selbst vorn im eigentlichen Schankraum auf sich zog. Damals hätte ich nie geglaubt, dass ich das Klingeln dieses Weckers je überhören könnte. Fünf Jahre später stand in unserer Wohnung in Halensee Stenzes aus Frankfurt angereister Bruder, der mit mir in einem Zimmer schlief, beim ersten Läuten senkrecht in seinem provisorischen Bett, während ich mich nur schläfrig auf die andere Seite drehte und dabei an John Lennons schöne Zeilen dachte: »Please don't wake me, no don't shake me, leave me where I am, I'm only sleeping.«

Aber das war zu einem Zeitpunkt, als ich schon daran ging, meine endgültige Abreise aus Berlin vorzubereiten. An eine solche Möglichkeit dachte ich in dieser Nacht, als der Zug langsam von Hannover auf die Grenze zurollte, nicht einen Augenblick lang. Ich fuhr meinem Traum entgegen: Berlin.

Zugleich entfernte ich mich während dieser Fahrt von einem anderen Traum, der mit den langen Briefen aus der Schweiz zaghaft begonnen hatte. Aber erst in den wenigen Wochen vor meiner Abreise, als Angelika endlich freigelassen war aus der Schweiz, fanden wir bei meinen fast täglichen Besuchen in der Wohnung am Tjackleger Fährweg zu jener Zärtlichkeit, die wir bis dahin in unseren Briefen hinter einer Unmenge von Wörtern und Sätzen versteckt hatten. An all diesen Nachmittagen und Abenden vergaßen wir dabei nie, dass wir eigentlich keine Zeit hatten, dass unser Glück begrenzt war. So hatten unsere Zärtlichkeiten etwas Hastiges, und ich verstand sofort, was gemeint war, als Angelika an einem Abend plötzlich sagte:

»Es ist alles so anstrengend.«

Es war anstrengend. Es war kein Glück, dessen Ende man sich konkret nicht vorstellen kann. Bei jeder Bewegung unserer Hände, bei jedem Kuss konnte wenigstens ich nicht vergessen, dass dies schon der letzte sein könnte. Jedes Mal, wenn ich spätabends den langen Weg vom Tjackleger Fährweg in die Schillerstraße zurücklief, auf Umwegen wie an jenem Augustabend ein Dreivierteljahr zuvor, als diese traurige Liebesgeschichte ihren zögernden Anfang nahm, war ich ganz leer und überzeugt davon, dieses Gesicht zum letzten Mal ganz nah vor meinem gesehen, diese unbeschreibliche Stimme, die später am Telefon meinen Pulsschlag sofort nach oben trieb (die es noch heute tut), zum letzten Mal ganz nah neben mir gehört zu haben.

Jetzt aber, als der Zug auf die Grenze zurollte, war diese Unsicherheit verschwunden, und ich hätte anfangen können zu singen, wenn ich nicht damit den endlich eingeschlafenen Pinguin geweckt hätte, der sich entschlossen hatte, den beharrlich tickenden Wecker nicht mehr zur Kenntnis zu nehmen. Jetzt war ich plötzlich überzeugt davon, dass unser Glück wenn nicht ewig, so doch für die

Dauer unseres Lebens bestehen würde, und schlief noch vor der Grenze ein, für einen kurzen Augenblick.

Die Grenze: das Aufwachen: die Kälte. Der Blick aus dem Fenster: Marienborn. Der Geruch nach Desinfektionsmitteln, noch neu für mich. Die Kontrolle: höflich. Der erste Stempel, eine ganze Seite einnehmend, von der Art, wie sie in den folgenden Jahren nach und nach die Seiten meines Reisepasses bedecken sollten. Transitvisum. Einreise, Ausreise. Grenzübergangsstellen (abgekürzt Güst): Marienborn, Griebnitzsee, Staaken, Horst, Schwanheide, Probstzella, Hirschberg, Drewitz, Gerstungen.

»Wie lange dauert das noch?«, fragte ich. »Es geht gleich weiter«, sagte der Pinguin.

In der erhöhten Alarmbereitschaft nach Prag, an einem der Wochenenden im vergangenen September, als wir alle in der Kaserne bleiben mussten, führte man uns einen Film mit dem Titel *Verspätung in Marienborn* vor, irgendeine Fluchtgeschichte, ein Spitzenprodukt des Kalten Krieges. Der Zug fuhr an. Ich schlief wieder ein und träumte immer wieder die gleichen Bilder aus dem Film: Die böse Polizei von der anderen Seite, schwer bewaffnet, durchsucht den Zug. Die Uniformmäntel sind grau und sehr klobig. Die Gesichter sehen etwas einfältig aus. Sind das jetzt Deutsche oder Russen? Es ist dunkel und kalt draußen. Mit Taschenlampen und Spiegeln wird auch die Unterseite des Zuges abgesucht. Alle warten, dass es endlich weitergeht.

Bei Griebnitzsee wachten wir das nächste Mal auf. Es war hell geworden, frühmorgenhell, und wir zogen die Vorhänge von Tür und Fenster zurück. Es sah aus, als sollte an diesem Tag die Sonne scheinen. Der Pinguin sprach mit eingerosteter Stimme, aber die Heiserkeit kam nicht allein vom Schlaf her. Wir hatten uns beide erkältet.

Der Zug fuhr weiter, die Strecke über Wannsee, Nikolassee, Grunewald, Charlottenburg, Savignyplatz, wo man gemeinhin zu den Mänteln greift und die Taschen aus den Gepäcknetzen holt, bis Bahnhof Zoo, und zum ersten Mal hatte ich während dieser Strecke jenes hochgradig beunruhigte, flaue Gefühl im Magen, das mich künftig bei jeder Einfahrt nach Westberlin begleiten sollte, »jenes leichte Ekelgefühl vor der Zukunft, das man Unruhe nennt«. Das Gefühl verließ mich auch in der U-Bahn nicht, auf der kurzen Fahrt von Zoo bis Spichernstraße, und auch nicht, nachdem wir umgestiegen waren. Erst als wir am Thielplatz ausstiegen, fühlte ich mich wohler. Der kleine Park gegenüber dem U-Bahnhof, der kurze Weg zwischen schon blühenden Bäumen hindurch zur ESG machten mich leichter. Es war meine erste Begegnung mit der hellen Freundlichkeit Dahlems, des Berliner Südens überhaupt, so ganz anders als der enge, verschwitzte, eingemauerte Rest der Stadt.

Ich war müde, aber ich hatte Angst, gleich jetzt mein möbliertes Zimmer in Steglitz aufzusuchen, mich allein wiederzufinden in dieser Stadt, in der ich außer dem Pinguin und Pappler noch niemanden kannte. Wir stellten unsere Sachen beim Pinguin im Zimmer ab, tranken einen Kaffee, und danach erklärte mir der Pinguin bei einem Rundgang in seiner freundlichen, ruhigen Art verschiedene Einrichtungen der Universität. Selbstverständlich begann er mit der Benutzung der Universitätsbibliothek und zeigte mir zum Schluss das Germanische Seminar, bei dessen Besetzung Fritz Teufel als Discjockey fungiert hatte.

»Vergiss nicht einzukaufen, bevor du dich ins Bett legst«, sagte er am Ende, »wer weiß, wann du wieder aufwachst.«

Briefe

»Liebe Eltern, mir geht es gut. Ich arbeite viel. In Germanistik mache ich ein Proseminar über Textanalyse, und ich werde ein Referat über ein Fragment von Kafka schreiben, das ›Fürsprecher‹ heißt. Ich beschäftige mich mit dem russischen Formalismus und dem französischen Strukturalismus. In Philosophie mache ich eine Übung über Descartes.

Der Pinguin und Pappler helfen mir, mich zurechtzufinden. Langsam lerne ich auch andere Leute kennen. Der Frühling in Berlin ist sehr schön. In der Stadt finde ich mich schon gut zurecht. Viele liebe Grüße, Euer Murnau.«

»Liebe Angelika, ich glaube, Hamburg ist ganz anders als Berlin, nach dem, was Du schreibst. Wahrscheinlich viel heller und freundlicher. Hier ist doch alles sehr melancholisch, gerade im Frühling, glaube ich. Mein Zimmer ist nicht sehr groß, aber ich habe einen Balkon. Ich bekomme trotz der großen Balkontür, die zugleich das Fenster ist, wenig Licht, denn davor steht ein großer Baum, ich glaube, es ist eine Buche, in dessen Laubwerk die Sonne steckenbleibt. Ich bin noch oft mit Pinguin zusammen, der mir sagte, er habe Dir einen Brief geschrieben, aber noch keine Antwort bekommen. Er ist umgezogen, in eine riesige Wohngemeinschaft, in der sechzehn Leute wohnen. Sie bewohnen eine ganze Etage in einem schönen alten Haus in Dahlem. Pappler ist auch umgezogen, von hier aus sind es zehn Minuten zu laufen. Es ist schwer, mit ihm auszukommen im Augenblick, wegen Dir. Wann sehe ich Dich wieder? Ich werde versuchen, möglichst bald nach Hamburg zu kommen. Dein Murnau.«

»Lieber Murnau, in den Buchläden meines Viertels gibt es nur Nautikbücher und antiquarische Seegeschichten, in den Kleidergeschäften Ölzeug, dafür preiswerte Spirituosen und billiges Imbissessen. Du wirst Dir irgendwann noch einen Brief über Hamburg gefallen lassen müssen, eine Stadt, in der man mit der Zeit so frei wird, sich in der U-Bahn die Lippen nachziehen zu können – zu können, man tut's aber nicht aus Rücksicht. Ich werde Dir das irgendwann abstrakter ausdrücken. (In London zöge man sich die Lippen nach. Was nicht gegen Hamburg spricht, nur natürlich für London.) Außerdem ist es tatsächlich eine Stadt von Eingeweihten. Aber das bekommst Du später. Bitte sag Pappler, ich hätte seine Adresse verbummelt und würde ihm doch gern wieder schreiben, er mag sie, wenn er mal Lust hat, auf einer Postkarte vermerken, nur bitte nicht wieder auf einer zusammensetzbaren, mit deren Entzifferung man einen ganzen Nachmittag lang zu tun hat. Der Pinguin hat mir einen schönen und langen Brief geschrieben, dessen Beantwortung Zeit braucht, die ich mir am Wochenende vielleicht nehme, sag's ihm bitte. Deine Angelika.«

»Liebe Angelika, es ist wunderbar, dass man eigentlich in Berlin nie das Gefühl hat, dass sich die Stadt jetzt endgültig schlafen legt. Es gibt keine toten Stunden, irgendwo ist immer noch was los. Aber trotzdem ist es manchmal ein deprimierendes Gefühl, an einem Sonntagmorgen um halb sechs, wenn es schon hell ist, einen U-Bahnhof zu betreten. Irgendwo passt es dann nicht mehr mit der vorhergehenden Nacht zusammen: und ich weiß nicht, welches Berlin wahrer ist. Aber das passiert mir auch selten, das mit dem Sonntagmorgen meine ich. Vorgestern Abend war ich mit dem Pinguin im Kino, wir sahen *Blow up*, den ich bisher immer verpasst hatte, Jensen hat mir schon vor über einem Jahr darüber geschrieben. Ich war sofort fasziniert, weniger von dem Film (obwohl ich ein bisschen diese Art London gesehen zu haben glaube vor drei Jahren), sondern von dem Gesicht von David Hemmings. Es hat mich fasziniert, weil es selbst dauernd Faszination ausdrückt, weil Hemmings immer tiefer hineintreibt in Vorstellungen von Realität, die nicht zutreffen und doch wieder was Wahres haben, weil er alles nur durch die Kamera sieht und in der Faszination eines imaginären Mordes. Die Schlussszene ist nur konsequent. Ein bisschen habe ich das Gefühl, dass ich auch so lebe im Augenblick, ständig fasziniert und sehr intensiv und mit ziemlich unklaren Vorstellungen darüber, wohin das geht. Dem kommt die Stadt sicher sehr entgegen. Ich bin übrigens viel im Kino und habe eine ganze Reihe Filme von Godard gesehen, die hier viel in den Spätvorstellungen laufen und auch sehr gut nach Berlin passen. Komm mal, und dann kann ich Dir zeigen, was ich jetzt noch zu be-

schreiben versuchen muss mit Worten. Kennst Du *Blow up*? Dein Murnau. Die Post stellt hier zweimal täglich zu, und wenn vormittags kein Brief von Dir da ist, habe ich immer noch die Hoffnung auf den frühen Nachmittag.
    P. S. Meine Haare wachsen nicht so, wie sie sollen.«

»Lieber Jensen, ich bin in den letzten Wochen nicht dazu gekommen, Dir zu schreiben. Ich arbeite viel, und im Übrigen bin ich noch dabei, Schritt für Schritt in Berlin hineinzufinden. In der U-Bahn, die ich viel benutze, sowohl um zur Uni als auch um in die Stadt zu kommen, gibt es einen ganz bestimmten Geruch, als ob es in Berlin immer schwül wäre. Ich habe gewisse Schwierigkeiten, überhaupt richtig wach zu werden in dieser Stadt. Das Klima ist mörderisch, aber sonst geht es mir gut. Ich bin ganz weg von dem Gesicht von David Hemmings in *Blow up*, das ich vor kurzem zusammen mit dem Pinguin sah. Ich bin sehr viel im Kino. In Germanistik werde ich in diesem Semester einen Schein machen, in Textanalyse. Ich lese ein bisschen über russischen Formalismus und französischen Strukturalismus. Leider muss ich mich auch mit Wolfgang Kayser herumschlagen, aber warum soll es mir jetzt besser gehen, als es Dir gegangen ist. Sehen wir uns vielleicht im Sommer, also Juli, August? Ich werde vermutlich für eine gewisse Zeit nach Hause fahren. Donovan ist ein Papiertiger, und der britische Fußball ist nicht ganz, was er mal gewesen ist. Dein Murnau.«

»Lieber Murnau, entschuldige dass mir das letzte Blatt abhandengekommen ist und ich so lange nicht geschrieben habe. Aber so bin ich gerade noch einmal dazu gekommen, Deinen Brief zu lesen, zum ersten Mal seit einiger Zeit mit Ruhe, was nicht nur daran liegt, dass es schon sehr spät ist, sondern es gibt Anderes, nicht Beruhigendes außerhalb der Schule, womit ich Dich nicht unruhig machen will, es geht wieder besser. Was die Intensität betrifft, so mag es mir so gut gehen wie Dir, und es wäre sehr zu wünschen, dass es

Dir immer noch so gut geht wie in Deinem Brief, aber ich glaube schon, Du bist ja in Berlin. Was Du über das Gesicht von David Hemmings schreibst, ist mir in einem schlechten Film, *Camelot* hieß er, glaube ich, in der Schweiz aufgefallen. Nun soll man, erstens überhaupt nicht und dann schon gar nicht, wenn man *Blow up* gesehen hat, David Hemmings und Vanessa Redgrave in einem Operettenfilm sehen, wo beide übrigens genau denselben Typ verkörperten, mag wohl sein annähernd sich selbst, das sprengt einfach den ganzen Film, wenn der Film eigentlich eine Geschichte über einen König erzählen will und David Hemmings bloß eine Nebenrolle hat, übrigens diejenige des Satans und bösen Versuchers, der am Untergang der Gralsritter Schuld hat, weil er deren Ziele verspottet und sie zum Trinken verführt. Was machen wir mit Deinen Haaren? Du wirst nach Hamburg kommen müssen, damit Nott sie Dir schneidet. Nott hat einen Bart, von dem ich gern hätte, wenn er ihn nicht trüge, aber das ist nun überhaupt nicht meine Angelegenheit, leider. Gute Nacht, Murnau, und finde meine Entwicklungsphasen nicht weiter komisch, bitte, ich muss ja selbst ein bisschen lachen. Deine Angelika.«

(Du bist gut, Mädchen. »Bei mir ist was nicht in Ordnung, aber lass Dich bitte nicht beunruhigen, ich sage Dir auch gar nicht erst, was los ist. Und bitte finde das nicht weiter komisch.« – Das ist allerhand verlangt. Ich muss wohl wirklich mal nach Hamburg kommen.)

»Lieber Murnau, die Kirchenglocken haben die Gläubigen zum Gottesdienst gerufen, die Kneipen werden voll, der Regen hat aufgehört, die Stones haben eine feine LP gemacht, die letzte Single der Beatles ist Mist, Mary Hopkins singt einen feinen Song (andere zurzeit auch), Donovan ist unbestritten ein Papiertiger, Dylan aber auch nicht viel mehr, niemand weiß genau, was cinema pure ist, ich ziehe jetzt meine Jacke an und gehe, denn meine Freundin ist gerade aufgewacht, mit herzlichen Grüßen, Dein Jensen.«

»Liebe Eltern, mein Referat über das Fragment von Kafka macht Fortschritte, und ich selbst mache auch Fortschritte, was mein Leben hier in Berlin angeht. Die beiden Semesterbescheinigungen, die Vati fürs Finanzamt braucht, lege ich bei. In den Ferien würde ich gern nach Hause kommen und irgendwo arbeiten. Draußen ist ein Gewitter, und danach wird eine schöne saubere Luft auf meinem Balkon sein. Wenn es aufgehört hat, werfe ich diesen Brief ein. Viele liebe Grüße, Euer Murnau.«

Hamburg. Der erste Besuch

Die Berliner Linke tastete nach Neuem. Die großen Inhalte der antiautoritären Bewegung, Aufklärung, Provokation, Sensibilität, all das war etwas abgetragen, ein bisschen verschlissen. Die Springer-Kampagne war nun auch schon ein alter Hut. Der SDS-Bundesvorstand hatte sich selbst aufgelöst. Die Berliner Linke verließ die Universität, verließ auch das, was unter der Bezeichnung »liberale Öffentlichkeit« bekannt geworden war, und tastete sich an die Arbeiterklasse heran: ans Proletariat: an die Basis.

Nachmittags erzählte mir Pappler bei einem langen Spaziergang durch Steglitz von der Demonstration zum 1. Mai am Vormittag, die ich guten Gewissens verschlafen hatte. Er war ein bisschen enttäuscht. Er wusste nicht genau, was er von dieser Demonstration zu halten hatte. Ich wusste nicht, was ich von dieser ganzen Situation zu halten hatte. Mit dem Jahr 1968 schien mehr zu Ende gegangen zu sein als ein Kalenderjahr. Ich war erst seit zwei Wochen hier, aber schon war ich fast sicher, dass ich das Berlin, von dem ich in meiner Zeit am Jadebusen gelesen und gehört hatte, nicht mehr finden würde, nur noch die Spuren: hier das Germanische Seminar, das einmal besetzt war, hier der Tegeler Weg, an dem es eine große Schlacht gegeben hatte, hier die Deutsche Oper, vor der Benno Ohnesorg erschossen wurde. So etwa ließ sich mühelos eine Ortsbeschreibung anfertigen:

im Imperfekt. Die Örtlichkeiten waren alle noch da: als Denkmäler von etwas, was nicht mehr da war.

»Gehen wir ins Kino«, schlug ich vor, »hier läuft irgendwo *Yellow Submarine*. Dann gehen wir noch ein Bier trinken, und morgen früh trampen wir los.«

»Gehen wir ins Kino.« Das war damals mein Lieblingssatz.

Der Zeichentrickfilm *Yellow Submarine* war ungefähr ein Jahr vorher gemacht worden. Die Beatles traten gewissermaßen nur noch durch ihre Musik auf, ansonsten von Heinz Edelmann gezeichnet, in schönen Formen und Farben: Sie waren endgültig zu Kunstfiguren geworden. Mit dem gelben Unterseeboot verließen sie das triste Liverpool, ebenfalls in phantastischen Formen und Farben gezeichnet, und fuhren durchs Meer der Zeit hindurch nach Pepperland, um mit ihrer Musik die dortigen Ureinwohner von den musikfeindlichen bösen Blaumeisen, den Blue Meanies, zu erlösen. Natürlich schafften sie es. Es war ein wunderschöner Film, beinahe viktorianisch: *Alice im Wunderland* als Flowerpower-Geschichte, eine Utopie, aber beinahe eine rückwärts gewandte, und dazu eine, die schon resigniert hatte: Sie nahm sich selbst nicht ganz ernst.

Aber es war ein Film, der durchaus Lust machte aufs Wegfahren, und wir tranken unser Bier in Gedanken an unsere Tour nach Hamburg und unseren Besuch bei Angelika. Wir sprachen nicht über die Konflikte, die sich ergeben mussten. Pappler war in Angelika verliebt wie ich auch, nur mit derzeit weniger Erfolg. Wir würden uns gegenseitig stören. Jeder dachte an diesem Abend vom anderen: Er wird mich stören, aber der Gedanke wurde unter dem Nachklang der schönen Bilder und der schönen Musik begraben.

Es ist ziemlich unproblematisch, von Berlin nach Hamburg zu trampen. Über die Heerstraße fährt man zum nördlichsten Berliner Kontrollpunkt, und sobald dort ein Wagen anhält, um Tramper mitzunehmen, fährt er fast immer nach Hamburg. In unserem Fall war es ein Medizinstudent in einem VW Käfer. Pappler und er sprachen fast während der ganzen Fahrt über die Verhältnisse an der Uni. Dies war ein Thema, zu dem ich noch nichts beizutragen hatte. Außerdem saß ich hinten im Wagen, eingezwängt in die typische Enge einer Käferrückbank, mit meinen Gedanken bei Angelika und mit den Augen bei der kahlen brandenburgischen, später mecklenburgischen Landschaft, die wir durchfuhren: eine schmale, überwiegend holprig gepflasterte Straße, die in regelmäßigen Abständen durch kleine Orte namens Friesack, Kyritz, Perleberg, Karstädt, Ludwigslust und Boizenburg führte. Es war das erste Mal, dass ich diese Strecke befuhr. Später war sie mir in allen Einzelheiten derart vertraut, dass ich, nach längerem Beifahrerschlaf, sofort hätte sagen können, ob wir uns in Kyritz oder erst in Friesack befänden. Kyritz ist die Stadt mit dem Fluss. In Perleberg macht man Rast. In Karstädt sind jedes Mal die Schranken geschlossen. Die Durchfahrt durch Ludwigslust ist unfallträchtig.

In Hamburg schien dieselbe Sonne wie in Berlin, aber die Luft war klarer, weniger weich, weniger schläfrig. Wir befanden uns nicht mehr in Preußen. Pappler, der die Stadt gut kannte, übernahm das Kommando: Er gab an, wo wir aussteigen wollten. Er führte mich zu dem Haus, in dem Angelika bei einer selten anwesenden Frau zur Untermiete wohnte, oben im dritten Stock, obwohl auch er dieses Haus noch nie vorher aufgesucht hatte. Angelika, die auf unser Kommen nicht vorbereitet war, war nicht da. Es war früher Nachmittag. Wir gingen von der Michaelisbrücke wieder ein Stück stadteinwärts, in irgendeine Imbisshalle. Pappler sagte mir nichts über die Stadt, jetzt wo wir da waren, obwohl er früher, wenn wir manchmal in der Nische allein zusammensaßen, viel und mit Wärme darüber gesprochen hatte. Wir sprachen kaum miteinander. Uns fiel nichts ein. Dies war ein Kampf um Angelika, die beim nächsten Versuch immer noch nicht zu Hause war. Wir gingen in eine nahe Kneipe, und ich sagte:

»Vielleicht solltest du uns in den nächsten Tagen auch mal für einen Tag allein lassen.«

»Wir besuchen sie beide«, sagte Pappler. »Es ist ihre Sache, was sie daraus macht. Es muss sich entwickeln.«

Beim nächsten Mal war sie zu Hause. Ich weiß nicht mehr, was wir zu Anfang alles sagten und wann wir uns zu dieser Kneipentour im angrenzenden Viertel aufmachten, einer Art Vorsanktpauli, aber ganz ohne das große Geschäft: mit kleinen Kramläden und ebenso kleinen Kneipen, von denen einige lizenziert und nicht an die Sperrstunde gebunden waren. Ich redete viel auf Angelika ein, und Pappler redete viel mit ihr über Hamburg, ein Thema, zu dem ich nichts zu sagen wusste. Schließlich landeten wir in einer großen Schwulenkneipe, die die ganze Nacht geöffnet hatte und in der es sehr gute Musik gab. Zuerst waren wir an der Theke, später setzten wir uns an einen frei werdenden Tisch, wo Angelika und ich uns endlich küssten. Sie erzählte mir von ihrer Arbeit an der Kunstschule, und ich sagte ihr, dass ich sehr ungeschickte Hände hätte und überhaupt nicht malen könnte und dass dies ein Problem für mich sei. Sie wurde sehr traurig und sagte mehrmals, das gibt es nicht, dass jemand nicht malen kann, und nahm andauernd meine Hände in ihre, um sie zu prüfen, und dann küssten wir uns wieder. Irgendwie war Pappler bei diesen Szenen nicht anwesend, und ich fühlte mich glücklich und unwohl zugleich. Ich wollte nicht, dass es Pappler schlecht ging, aber ich konnte ihm nicht helfen.

Es war hell, als wir wieder auf der Straße standen, und regnete leicht. Wir konnten bei Angelika wegen der Wirtin nicht schlafen. Pappler wollte H. anrufen, den er von der Bundeswehr her kannte und der jetzt in Blankenese wohnte, aber wir mussten noch warten. Man konnte nicht direkt bei ihm anrufen, sondern nur bei den Leuten, die unten im Haus wohnten, und dazu war noch nicht ganz die passende Zeit. Wir waren alle drei nicht ganz nüchtern, wie wir so im Regen standen. Vor allem waren wir alle sehr müde, und

Angelika sah uns ziemlich traurig an, als wir uns trennten. Wir machten irgendeine Zeit für den Nachmittag aus. Pappler und ich gingen langsam durch sehr leere Straßen am Rathaus vorbei, die Spitalerstraße hinunter zum Hauptbahnhof, wo wir uns in den Warteraum nach oben setzten und einen Kaffee tranken. Ein Seemann kam an unseren Tisch und fing an zu erzählen, warum er im Herbst NPD wählen werde. Es war nämlich so: Er und viele andere, die schufteten, aber sie hätten nichts davon, denn das ganze Geld ginge ins Ausland, um Leuten damit zu helfen, denen sowieso nicht zu helfen sei. Er wusste, wovon er sprach, er war schließlich Seemann. Pappler hielt dagegen, noch immer ganz im Vertrauen auf Vernunft und rationale Diskussion, wie zu den Zeiten der »Nische«, und ich sagte nichts, weil ich erstens nichts zu sagen hatte und zweitens nicht wusste, warum ich einen beliebigen Seemann, den ich zufällig im Hamburger Hauptbahnhof getroffen hatte, davon überzeugen sollte, dass er die Dinge vielleicht nicht ganz richtig sah. Ich wünschte nur, er würde bald abhauen. Es war völlig egal, wem er im Herbst seine Stimme geben würde. Pappler telefonierte. H. war nicht zu Hause. Die Geschäfte öffneten. Wir schlugen die Zeit tot, indem wir in eine Ausstellung in der Kunsthalle gingen. Ich weiß nicht mehr, welche Ausstellung es war, jedenfalls war die Kunsthalle schwach besucht, es war lange vor den großen Wochen des Caspar David Friedrich. Beim nächsten Anruf war H. zu Hause, und wir fuhren mit der S-Bahn nach Blankenese hinaus. H. bewohnte das obere Stockwerk eines kleinen ehemaligen Fischerhauses, das seine Eltern gekauft hatten. Das untere Stockwerk war vermietet. Die Eltern selbst wohnten in Krefeld, wo der Vater Museumsdirektor war. Wir versuchten einige Stunden zu schlafen, es gelang schlecht, nachmittags fuhren wir zusammen mit H. zur Michaelisbrücke zurück, tranken zusammen mit Angelika Kaffee in der Nähe der Landungsbrücken und sahen abends im Liliencron die *Chronik der Anna Magdalena Bach* von Straub.

»Das Schlimme ist nicht«, rief ich, als wir das Kino verlassen hatten, »dass Leute aus dem Film rausgehen. Ich bin auch schon aus einigen Filmen rausgegangen. Das Schlimme ist«, brüllte ich, und ein paar Leute, die in einiger Entfernung vor uns gingen, sahen sich um, »aus welchen Gründen sie es tun. Sie sind nicht mehr imstande, eine lange, ruhige Einstellung zu sehen, wo man Zeit hat, sich das ganze Bild anzusehen und nicht nur die je agierenden Personen. Wo man aus dem Fenster des im Bild gezeigten Zimmers auf die Bäume draußen sehen kann, wo man die Gesichter studieren kann. Sie wollen gar keine Bilder sehen, sondern sich nur irgendeine Geschichte erzählen lassen. Sie wollen action. Man könnte sie ebenso gut mit einer guten Inhaltsangabe zufriedenstellen. Sie wollen gar nicht Kino sehen, und deshalb gehen sie aus dem Kino raus«, brüllte ich. »Sie haben von ihrem Standpunkt aus sogar recht.«

Es gab keinen Widerspruch. Es sagte überhaupt keiner was, und ich hätte meinen Monolog fortsetzen können, aber ich war über meinen Ausbruch selbst etwas verlegen, insbesondere über seine Intensität, die ein bisschen gespielt war, und sagte nur noch, sehr viel ruhiger:

»Ich persönlich interessiere mich nicht für Geschichten.«

Angelika sah mich an mit Erstaunen und zugleich einem Blick, als habe sie etwas bestätigt gefunden, was sie schon lange vermutet hatte. Sie sagte aber immer noch nichts, und Pappler kam auf das Brecht'sche Motto des Films zu sprechen. Es hilft nur Gewalt, wo Gewalt herrscht, und es helfen nur Menschen, wo Menschen sind, und ich kam noch einmal auf die ruhigen Bilder zu sprechen, »eine nur scheinbare Ruhe«, sagte Pappler, und Angelika sprach erst in der U-Bahn wieder und sagte zu mir:

»In Hamburg darf man in der U-Bahn nicht rauchen.«

»Ich lasse euch morgen allein«, sagte Pappler, wir hatten das Licht noch nicht ausgemacht. »Ich quäle ja nur euch und mich selber, vielleicht können wir am letzten Vormittag noch was zusammen machen. Ich werde morgen ein bisschen rumfahren in Hamburg und über alles nachdenken. Es war wahrscheinlich Quatsch, zusammen hierherzufahren, so wie die Dinge derzeit liegen.«

Einige Bemerkungen über meine Bemerkung nach der Chronik der Anna Magdalena Bach

Danach machte Pappler das Licht aus, und natürlich geht diese Geschichte am nächsten Tag weiter. Ich müsste also jetzt vom nächsten Tag erzählen, der wäre an der Reihe, wenn mir daran läge, diese Geschichte zu erzählen. Aber ich interessiere mich nicht sehr für Geschichten.

Es war keine gezielte Pointe, dieser Satz nach dem Kino. Ich interessiere mich wirklich nicht besonders für Geschichten. Sie sind nicht wahr. Natürlich: Geschichten »passieren«, und in dem Augenblick, in dem Zeitraum da sie passieren, sind sie wahr, sind sie wenigstens wirklich. Hinterher aber, wenn sie erzählt werden, werden sie unwahr. Es hat also eine Entwicklung gegeben. Zuerst kam das, dann kam das, dann kam das, alles schön der Reihe nach: alles »notwendige« Stufen einer Entwicklung, die dann eine Geschichte ergeben, und diese Geschichte ist zwingend. Logisch. Schlüssig. Unvermeidlich. Womöglich noch sinnbildhaft. Jeder mag hier selber aus dem ihm bekannten Vokabular Bezeichnungen hinzufügen. Die Lektüre von Rezensionen und Klappentexten ist dabei hilfreich.

Trotzdem werden noch immer Geschichten erzählt, und es muss Gründe dafür geben, warum man sich das Erzählen von Geschichten nicht abgewöhnen kann und warum sie angehört werden, obwohl sie nicht wahr sind.

Nehmen wir Liebesgeschichten. Es gibt glückliche Liebesgeschichten und unglückliche. Die eine glückliche Liebesgeschichte gleicht allen anderen. Die eine unglückliche Liebesgeschichte gleicht auch allen anderen. Liebesgeschichten sind ein alter Hut. Was erzählenswert an ihnen ist, scheint nicht die Geschichte selbst zu sein, die allen anderen gleicht, sondern das Detail, der Unterschied, das Autonome, der Schnörkel, das Überflüssige und zugleich Unverwechselbare, das sich nur in dieser Geschichte unterbringen lässt und in keiner anderen. Dass also Angelika und ich am Tage nach der *Chronik der Anna Magdalena Bach*, als wir allein waren im dritten Stock des Hauses an der Michaelisbrücke, mit Blick von dem kleinen Balkon direkt auf einen Fleet, sehr verliebte Stunden hatten, dass wir voneinander nicht genug bekommen konnten und ihre Wohnung an diesem Tag kaum verließen, das kann sich jeder so sehr selber denken, dass es nicht nur überflüssig ist, Genaueres darüber zu erzählen, sondern zusätzlich jedem die Freiheit nähme, sich seine eigenen Details dazu auszudenken, die ihm diesen Tag in etwa vergleichbar machen mit ähnlichen, selbst erlebten Tagen. Aber wir sprachen natürlich miteinander, und Angelika gebrauchte ihre Stimme. Diese Stimme ist im Rahmen dieser Geschichte das Autonome, das eigentlich Interessante, weil noch nicht Bekannte, und es gilt also diese Stimme zu beschreiben.

Hamburg. Der erste Besuch. Fortsetzung

Diese Stimme ist also eigentlich unbeschreiblich. Der Beschreibung durch ein kleines Bündel klarer Merkmale entzieht sie sich. Sie lässt sich allerhöchstens vorsichtig einkreisen.

Am genauesten hört man auf Stimmen dann, wenn keine Gestik und keine Mimik sie begleiten, wenn man ganz auf die Stimme sich verlassen muss, wenn also die Person, die über diese Stimme verfügt, gar nicht sichtbar ist: am Telefon, und am Telefon traten die Merkmale von Angelikas Stimme am deutlichsten hervor. Immer ein wenig Verwunderung war darin zu hören, zuerst, dass der andere am Apparat war, dann, dass es ihn überhaupt gab. Das war nicht auf Telefongespräche beschränkt: Verwunderung schwang immer mit, als sei diese Stimme immer von Neuem über irgendetwas erstaunt. War es deshalb eine verwunderte Stimme? So einfach ist das nicht. Zugleich schien sie immer bemüht, Belustigung zu unterdrücken, was ihr niemals ganz gelang. So viel war noch immer hörbar, dass hier eine Stimme sprach, der nicht viel vorzumachen war, die sich selten dazu entschließen konnte, irgendetwas ganz ernst zu nehmen. Ebenso nahm die Stimme, wenn Angelika lachte, dieses Lachen immer ein bisschen zurück: kein schallendes, kein herzhaftes Lachen, um zwei gängige Vokabeln zu nennen, immer nur eins mit Vorbehalt. Es gab keine Dinge, die nur zum Lachen und zu nichts anderem gut waren.

Sowieso nahm Angelikas Stimme sich selber ständig zurück und damit natürlich auch das, was sie gesagt hatte. Erstaunen, und zugleich ein Ausdruck von Belustigung, der sagte: Das kennt man, das weiß ich schon lange, immer dasselbe. Lachen, und das auf eine Art, die sagte: Wirklich sehr komisch, aber so komisch ist es nun auch wieder nicht. Hell. Leise, und doch durchaus kräftig. Sehr weich, sanft, sauber, und doch, wenn sie ins Hamburgische rutschte, gelegentlich quietschend. Nachlässig artikulierend, aber gut verständlich. Es war eine Stimme, die mich mitten ins Herz traf.

»Du bist selbstsicherer geworden«, sagte Angelika zum Beispiel an diesem Tag, »irgendwie noch großzügiger als vorher.«

»Findest du«, sagte ich.

»Am Anfang hatte ich Angst, es wäre großspurig, berlinerisch; aber es ist wirklich großzügiger.«

Da fühlte sich Murnau, auf dem Rücken liegend, doch sehr am Bauch gekitzelt. Ich sah oft Angelika gar nicht, wenn sie sprach, hörte nur ihre Stimme nah an meinem Ohr. Der unruhig trübe Hamburger Maihimmel, den wir durch die Balkontür sahen, war weit weg. Alles, was draußen war, war weit weg. Keine Widerstände mehr. Keine Entwicklungen mehr. »So scheint die Liebe Liebenden ein Halt.« Tja.

»Dieser Park hat viel Ähnlichkeit mit dem Park von *Blow up*«, sagte ich. Wir liefen quer über den Rasen, in etwa gleichen Abständen: Pappler, Angelika, H. und ich.

»Allerdings erscheint mir zurzeit fast jeder Park so, zum Beispiel auch der in Berlin am Thielplatz, vor allem dann, wenn er so menschenleer ist wie dieser jetzt.«

Es war nicht unbedingt das Wetter, um im Park spazieren zu gehen, nicht sehr warm, sonnenlos, und der Himmel immer kurz vorm Regen. Aber es fahren nur zwei Züge täglich von Hamburg nach Berlin, und wir hatten zu warten bis zum frühen Nachmittag: die Zeit totzuschlagen. Angelika und ich hielten uns fast ängstlich fern voneinander, wir wollten den anderen nichts vorspielen. Wir wollten zu keinerlei Vermutungen Anlass geben, weder zu richtigen noch zu falschen. Es war gut so, dass H. dabei war, sich von seinen mathematischen Studien losgemacht hatte und uns nun durch Blankenese führte, die Wege erklärte, die er täglich ging, und uns langsam zu einem Aussichtsturm hinführte.

Der Turm war nicht hoch. Mein Unbehagen hielt sich in Grenzen. Ich brauchte mich nicht wie sonst ängstlich vom Geländer fernzuhalten (diese Geländer sind immer zu niedrig) und hatte an den Eiern nicht jenes unruhige Gefühl wie zum Beispiel ein paar Jahre zuvor auf dem Leuchtturm von Borkum oder später auf dem Heidelberger Schloss. Ich war also auch diesmal nicht gezwungen, etwas zu überspielen, wie sonst, denn offenbar ist es für die, die es nicht betrifft, ein unausrottbares Vergnügen, jemanden zu ertappen, der nicht schwindelfrei ist. Dabei mache ich mich auch nicht lustig über Leute, die Angst vorm Fliegen haben: Oft sind es dieselben, die ohne Schwierigkeiten von hundert Meter hohen Türmen herabsehen können. Solange sie unter den Füßen oder wenigstens unter dem benutzten Transportmittel noch festen Boden haben, glauben sie sich sicher. Mit einer statistisch durch nichts zu rechtfertigenden Unbekümmertheit setzen sie sich ins Auto oder in den Zug, durch die Scheinsicherheit beruhigt, im Notfall irgendetwas noch beeinflussen zu können, aber sie sind nicht in der Lage, sich dieser letzten Scheinsicherheiten zu begeben und ganz dem Fliegen, der Luft, der Widerstandslosigkeit sich zu überlassen. Ihr jämmerlicher élan vital sträubt sich dagegen, während meiner so wenig ausgeprägt ist, dass ich auf solchen Türmen mir selbst nicht trauen darf: Ich würde springen.

H. erklärte mit der Präzision des Mathematikers das Umland, das leider sehr trüb eingehüllt war. So war für mich an diesem Vormittag noch nichts spürbar von der Leichtigkeit und Heiterkeit, die Blankenese an manchen Tagen ausstrahlen kann, eine Ausstrahlung, die auch seine neu hinzugezogenen Bewohner bisher nicht haben zerstören können. Danach führte H. uns auf dem kürzesten Weg zum Blankeneser Bahnhof, und während er selbst an den Schreibtisch zurückkehrte, fuhren wir zum Hamburger Hauptbahnhof, und Angelika sagte:

»In der S-Bahn gibt es Raucherabteile.«

Während der Fahrt sprachen wir über die unterschiedlichen Gerüche, die Hamburger und Berliner U-Bahn, Hamburger und Berliner S-Bahn aufweisen, bemüht, diese vier verschiedenen Gerüche so genau wie eben möglich zu klassifizieren. Wir einigten uns auf folgende Klassifikationen: Die U-Bahn Hamburg riecht steril, ein bisschen nach Klinik und weißen Kitteln. In ihr bewegt man sich vorsichtig, spricht leise, nimmt Rücksicht auf die Kranken. Die in Berlin riecht viel weicher, trüber, fast »süffig«. In ihr bewegt man sich viel unachtsamer, und laut reden darf man auch. Die S-Bahn in Hamburg riecht eben nach Deutscher Bundesbahn, verspricht viel weitere Fahrten und größere Bahnhöfe, als sie dann einhält. Und die in Berlin schließlich, die wird ja von der DDR betrieben. Die riecht nach der Reichsbahn, nach Desinfektion und Passkontrolle, so richtig nach DDR. So weit waren wir gekommen, als wir den Hauptbahnhof erreichten.

»Wenn ich diese Wagen sehe und auch rieche«, sagte Angelika, »hätte ich Lust mitzufahren nach Berlin, aber das geht leider nicht.«

»Es ist der S-Bahn-Geruch«, sagte ich, in der offenen Tür stehend.

Pappler verstaute seine Tasche und hielt einen Platz für mich frei. Der Zug war sehr voll.

»Es wird gleich regnen«, sagte ich.

»Ich werde ein bisschen am Freihafen spazieren gehen«, sagte Angelika, »im Regen.«

Hinter solchen Sätzen hielten wir entschlossen unsere Tränen zurück, die Angelika dann auf ihrem Spaziergang am Freihafen ausweinte und ich, ebenso versteckt, an meinem Fensterplatz im Buffetwagen, wo ich ein Bier trank. Pappler hatte sich eingerichtet auf seinem Platz und las, als ich zurückkam. Wir teilten diesen Platz mit einer jungen Frau Ende zwanzig, mit undefinierbar blondem Haar, die mir aufmerksam zusah, wie ich Schreibzeug aus meinem Gepäck holte und begann, Seite für Seite eines Briefes an Angelika zu schreiben. Es war schon dunkel geworden, schon waren wir wieder in Brandenburg, als sie mich schließlich fragte:

»Halten Sie mich nicht für neugierig, aber was schreiben Sie da so fleißig?«

»Ich schreibe einen Brief.«

»Das wird ein langer Brief«, sagte die Frau, »und der Empfänger wird sich freuen.«

»Das will ich hoffen. Es ist eine Empfängerin«, sagte ich, nicht unfreundlich, aber doch mit der Absicht, dieses Gespräch zu beenden. Pappler sprang ein und begann eine Unterhaltung mit der Frau, in deren Verlauf er in kürzester Zeit herausbekam, dass die Frau bei Schering arbeitete, der außerparlamentarischen Opposition zwar mit Sympathie gegenüberstand, ihr aber auch mangelnde Detailkenntnisse und schlampige Argumentation vorwarf, zu berichten wusste, dass die neuerdings intensiv betriebene Basisarbeit (sie benutzte diesen Ausdruck natürlich nicht) bei Schering bisher keinerlei positive oder negative Wirkung gezeigt habe, und von sich selbst erzählte, dass sie zwar keine Berlinerin sei, sich aber vorstellen könne, lange Zeit in Berlin zu bleiben, wenn nicht für immer.

Ich schrieb, während ich halbherzig dem Gespräch zuhörte, weiter an dem Brief. Es galt, alles festzuhalten, was wir erlebt hatten in Hamburg, damit ich sicher sein konnte, dass es auch wirklich geschehen war. Mein Misstrauen gegenüber der Wirklichkeit von Ereignissen war damals sehr ausgeprägt. Ich sah mich ständig gezwungen, mich ihrer zu versichern, indem ich fast alles aufschrieb. Nun ist natürlich Misstrauen gegenüber der Wirklichkeit von Ereignissen, gegenüber der Wirklichkeit überhaupt, durchaus angebracht, naiv war allein mein damaliger Glaube, mich durch bloßes Schreiben ihrer versichern zu können, wo mir doch gerade zwei Wochen zuvor David Hemmings deutlich vorgeführt hatte, dass es nicht einmal ausreicht, die Dinge zu fotografieren, um ihrer sicher zu sein, selbst dann nicht, wenn man alle Möglichkeiten der Vergrößerung hat.

Ich war fertig mit dem Brief, als wir die Grenze erreichten und langsam einfuhren in Westberlin, wieder von den weitläufigen Gebieten des Südens her ins Stadtinnere, wieder war plötzlich diese weiche, widerstandslose, schwüle Luft da, am Savignyplatz, schon in Charlottenburg das Helle, Breite, Großzügige der Straßen, auf die man vom Zug herabsehen konnte, und zugleich das Eingemauerte, dieser großzügig angelegte Stillstand; schließlich die Ankunft auf dem Bahnhof Zoo, einem der traurigsten Provinzbahnhöfe der Welt. Pappler und ich hatten denselben Weg mit der U-Bahn, noch immer gegeneinander schweigend bis zur Station Breitenbachplatz, wo wir uns trennten. Pappler zur Dillenburger Straße hin, ich zur Brentanostraße, Pappler deutlich froh, erleichtert, diesen missglückten Ausflug abgeschlossen zu haben, ich selbst, während ich zu Hause den Brief in einen Umschlag steckte und zum nächsten Briefkasten brachte, wieder von der bekannten flauen Unruhe verstört, fast mit zitternden Knien, gegen meinen Willen, aber ohne die geringste Möglichkeit zur Gegenwehr Stück für Stück eintauchend in die weiche, betäubende, faulig riechende Müdigkeit, die das Berliner Gift ausmacht. Darüber muss nun endlich einiges gesagt werden.

Ausführliche Notiz zum Berliner Gift

Dieses Berliner Gift ist zunächst einmal nichts anderes als die Berliner Luft. Wenn es nicht die Berliner Luft selbst ist, so steckt es doch in ihr drin. Damit ist gar nichts über den Grad der Luftverschmutzung in Berlin West ausgesagt, über den ich in exakten Zahlen ausgedrückt nichts weiß, der aber verglichen mit manchen anderen Städten und Regionen, in denen ich gelebt oder die ich besucht habe, sehr gering erscheint. Atmen kann man noch in dieser Stadt. Das Berliner Gift ist also nicht identisch mit dem Giftgehalt in der Berliner Luft.

Es lässt sich einkreisen. Man kann es riechen, spüren, schmecken. Es ist das Weiche, widerstandslos Samtige, das Faulige, das Müde. Das, was nach Currywurst und abgestandenem Bier riecht, was einen so besoffen und gleichgültig zugleich macht. Was einen hässlich lachen macht, wenn der Begriff Zukunft genannt wird. Es ist das Unheimliche und Vertraute zugleich aus der *Berliner Kindheit um Neunzehnhundert*. Benjamin hat es immer wieder beschrieben. In Benjamins Augen ist es tief drin, man muss sich nur die Fotos ansehen. Es ist Moabit genauso wie Krumme Lanke. Es ist die ganze Melancholie von Berlin, dem alten wie dem neuen, der man immer wieder zu entrinnen sucht (am Wochenende fahren wir aber endlich mal raus) und die man sofort vermisst, wenn man ihr entronnen ist. Immer glücklich, Berlin zu verlassen. Immer unglücklich, es verlassen zu haben. Dieses Gift macht süchtig. Es wird verabreicht in kleinen Dosen, oft über Jahrzehnte hinweg, und ist am Ende tödlich. Es hilft nichts, ins Kino zu gehen: Draußen auf der Straße hat's uns sofort wieder. Es hilft nichts, Picknick und großen Kindergeburtstag bei den Spandauer Rieselfeldern abzuhalten: Mit der ersten Dämmerung kommt auch das Gift zurück.

In jedem Viertel, jeder Straße, beinahe jedem Haus ist zu viel Schwerkraft. An einen Sommerabend erinnere ich mich, als eine ganze Gruppe von Genossinnen und Genossen aus Italien wiederkam, Sardinien sogar, mit ein paar anschließenden Tagen in Rom. Ich war den Sommer über im Berliner Gift verblieben; abends gingen wir essen im »San Marino«, saßen draußen, es war warm und weiche Luft, und ich war doppelt so schwer wie alle anderen. Aber noch am selben Abend, dann deutlicher in den nächsten Tagen, begann die italienische Leichtigkeit zu schwinden. Das Wetter war schön und leicht auch in Berlin, aber die Schwerkraft war stärker. Das Lachen wurde nach und nach seltener, und zwei Tage nach diesem abendlichen Essen im »San Marino« hatte sie alle das Berliner Gift wieder: Und ich selbst, auch wenn ich es mir nicht eingestand, stellte es mit Zufriedenheit fest.

Natürlich lassen sich für solche Schwerkraft äußere Gründe anführen. Die Stadt ist eingeschlossen, hört an ihren Grenzen abrupt auf, übergangslos. Sie kann sich nicht mehr ausweiten. Sie sammelt die Schwerkraft in sich und weiß nicht wohin damit.

Ja, und dann die alten Leute, überall, in der U-Bahn, in den Cafés, in den Bussen, in den einzelnen Vierteln, ganz massiert in Friedenau und Steglitz, meiner ersten genaueren Bekanntschaft mit Berlin: die sterbende Stadt und ihre sterbenden Bewohner.

Selbst im freundlichen Berliner Süden ist das Gift zu riechen, zu fühlen, zu schmecken, auch an den Seen, egal, wie laut und fröhlich es dort zugeht. Es ist eben nur laut und fröhlich: niemals heiter. Und was heißt überhaupt freundlicher Berliner Süden? Es stehen sicherlich schöne Villen dort, schöne Bürgerhäuser mit großen Gärten, in denen im Sommer beim Kaffee zu sitzen eine gewisse Leichtigkeit haben mag. Aber das ist dann noch immer keinesfalls so wie in Blankenese, wo die Elbe hineinriecht bis in die Gärten, sondern viel eher schon wieder so wie ein Nachmittagskaffee mit oberflächlich tiefsinnigen und etwas resignierten Gesprächen zwischen dem alten Briest und seiner Frau.

Die Villen sind auch das Wenigste. Bei meinen ersten Spaziergängen hier unten fiel mir plötzlich eine Zeile wieder ein, die ich viele Jahre zuvor einmal im Musikunterricht gehört hatte, ein Lied von Hindemith begann so, eine George-Vertonung: »Wir bevölkerten die abenddüstern Lauben«, ein Satz, der mir wieder in den Sinn kam, weil hier seine Wirklichkeit zu finden war: Schrebergärten: Laubenkolonien: Laubenpieper: Komposthaufen: Jauchegeruch; all das abenddüster selbst am helllichten Tag.

Das Gift ist auch der Geruch in der U-Bahn, warm, weich, auch ein bisschen künstlich, und der viel schärfere, viel ältere Geruch der S-Bahn. Mit den Gerüchen ist es nicht getan; wer ein einziges Mal an einem schwülen Sommertag nachmittags an der Station Nikolassee auf die S-Bahn gewartet hat, wer an einem ähnlichen Tag die Strecke von Bahnhof Zoo bis Bellevue oder Lehrter Bahnhof gefahren ist, wer nachts durch das mehrstöckige Labyrinth der Station Hallesches Tor gelaufen ist, um noch die letzte U-Bahn in die City zu bekommen und dabei seine eigenen schnellen Schritte in den schimmlig alten Katakomben dieses Bahnhofs widerhallen hörte, der hat Berliner Gift eingeatmet.

Bis in die Namen geht das. Krumme Lanke, Dahlem-Dorf, Gleisdreieck, Schlesisches Tor, Gesundbrunnen, Jungfernheide, Halensee, Priesterweg, Köllnische Heide und Humboldthain. Es sind nicht die Stationsnamen allein, sondern ganze Stadtteile wie Rudow, Kladow, Gatow: die slawische Vorgeschichte der Stadt. Dann die Roonstraße, die es gleich dreimal gibt, die Bismarckallee, die Bismarckstraße in fünffacher Ausführung, die Friedrich-Wilhelm-Straße zweimal und so weiter: Straßen einer Stadt, die immer noch die Hauptstadt von Preußen ist, aber jetzt ohne Preußen drumrum, voll von Geschichte, ihr Name dazu fast zwanghaft gekoppelt an die Legende von den goldenen zwanziger Jahren, aber inzwischen ganz ohne Geschichte und ohne Chance, noch einmal Geschichte zu machen, nur noch das Opfer von Geschichte. Dieses Gefühl der eigenen Überflüssigkeit ruft die teils latente, teils offene Aggressivität hervor, die hier oft zu spüren ist, eine Großmäuligkeit ohne jeden

Grund, angefangen beim Insulaner, der unbeirrt hofft und so weiter bis hin zum Berlin, das eben doch Berlin bleibt. Viele aber haben längst akzeptiert, ausgesprochen oder unausgesprochen, dass sie in einer sterbenden Stadt wohnen. Sie haben in diesem langsamen Tod ihr eigenes Leben eingerichtet, das nicht schlechter sein muss als das Leben in einer der vielen hellwachen Städte in Westdeutschland. Für den Berliner heißt die ganze Bundesrepublik: Westdeutschland.

Ein knappes Jahr nach jener Zeit, von der noch vor ein paar Seiten die Rede war und von der gleich wieder die Rede sein soll, zog ich in die Baerwaldstraße, eine relativ ruhige Straße im deutschen Teil von Kreuzberg. Wenn ich mich richtig erinnere, war dieser Herr Baerwald etwa zu den Zeiten der Gründung des Deutschen Reiches Direktor der Städtischen Gasanstalten Kreuzberg. Von der Baerwaldstraße aus führt die Baerwaldbrücke über den Landwehrkanal, der parallel zur nicht weit entfernten Hochbahn verläuft. Beiderseits des Kanals kann man auf breiten Uferwegen spazieren gehen, vorbei an einem Minigolfplatz, zum Ausruhen gibt es Sitzbänke, und Trauerweiden gibt es auch. Hier, an warmen Sommerabenden auf einer der Bänke, mit Blick auf den Kanal und eine der Trauerweiden, vielleicht rauchend und im Kopf das Lied von der Leiche, die im Landwehrkanal schwimmt (dieses Lied will einfach nicht verschwinden), lässt sich das Berliner Gift Zug für Zug unverdünnt einsaugen.

Hamburg. Der zweite Besuch

Noch immer fiel es mir schwer, über die wenigen Leute hinaus, die ich kannte, Pappler und den Pinguin vor allem, mit anderen in Kontakt zu treten. Meine Unangreifbarkeit aus der Zeit, als ich insgeheim von der Nichtexistenz der Welt überzeugt war, schien verschwunden. Ich war etwas irritiert.

Um meine Irritation zu überwinden, hielt ich mich ans Feste, namentlich zu Bezeichnende. Ich lehnte mich an die Straßen und Häuser an, die ich kannte. An die Verkehrsverbindungen, die ich benutzte. Die Stationen der Linie Krumme Lanke – Wittenbergplatz kannte ich bald auswendig. Den 48er ernannte ich zum König der Berliner Busse. Ich konnte die Kinos benennen, auf die es ankam. Ich bewegte mich sicher in der Universitätsbibliothek, dank der präzisen Einführung des Pinguins. Nach meinem ersten Besuch im Olympiastadion wusste ich auch dort Bescheid. Es gab einen kleinen Kanon von Buchläden, die ich regelmäßig besuchte. Wenn ich Schwierigkeiten in der Stadt hatte, vermied ich es soweit wie möglich, irgendjemanden zu fragen. Ich war entschlossen, Berlin so schnell wie möglich zu einer mir zugehörigen Stadt zu machen.

Es gelang mir auch, diese Zugehörigkeit herzustellen. Nur war sie von Anfang an begleitet von einer sehr tiefsitzenden, heftig verleugneten und immer gegenwärtigen Angst, einer Angst, wie ich sie bis dahin nicht gekannt hatte, die selbst an guten Tagen schon morgens nach dem Erwachen meinen Magen überfiel, wo es doch keinen Grund dafür zu geben schien: Die Sonne fiel, abgefangen und verdunkelt durch den mächtigen Baum vor meinem Balkon, ins Zimmer, es war Zeit genug zu frühstücken, Post war da von Angelika, niemand wollte mir etwas Böses, keine Zahlungsbefehle, keine traurigen Nachrichten, keine Einbrüche von Gewalt; trotzdem war die Angst da, tief und umso heftiger verleugnet.

Es kam also Post von Angelika fast zweimal wöchentlich, und ich selber schrieb beinahe noch öfter. Vormittags kam sie früh, ich hatte sie schon zum Frühstück. (Wie leicht sich dieser Satz verschieben lässt: Murnau stand so spät auf, dass zum Frühstück immer schon die Post da war.) Es waren erzählende Briefe, unorganisiert, auch wieder ein bisschen wie die Filme von Godard, die ich in jenen Wochen in der »Lupe« in den Spätvorstellungen sah, und dann mit so ganz beunruhigenden Sätzen darin wie: »Ich muss schon wieder schlafen gehen, es mag mit den augenblicklich zu scharfen Augengläsern und dem genauen tagtäglichen Hinsehen in der Schule zusammenhängen, dass ich nun immer so müde bin.«

Es war schwer für mich, solche Sätze ganz naiv nur als eine Erzählung von überanstrengten Augen zu lesen. Schon bei unserem Besuch ein paar Wochen zuvor hatte ich das Gefühl, dass es einen Bereich gab, Dinge, Ereignisse, die Angelika mir nicht aufdeckte, die sie vor mir verbarg. Dieser Bereich war gekennzeichnet durch etwas Beunruhigendes, für mich, aber offenbar auch für sie: Erst durch ihre nervösen Reaktionen, wenn wir in die Nähe dieses Bereichs kamen, wurde mir überhaupt klar, dass er existierte. Entschlossen, darin einzudringen, fuhr ich wieder nach Hamburg, durchaus mit der Ahnung, dass sich nach meiner Rückkehr ins sommerschwüle Berlin einiges verändert haben könnte.

Diesmal benutzte ich den Zug der Deutschen Reichsbahn, der am frühen Vormittag fuhr. Die Streckenführung ist natürlich etwas anders als die für Autos, aber der Zug fuhr im Großen und Ganzen durch dieselbe Landschaft, die ich nun schon langsam wiederzuerkennen begann: flach, träumend, dünn besiedeltes märkisches Land, spröde und doch nicht unfreundlich. Später wird alles ein bisschen grüner, norddeutscher, aber kaum weniger spröde. Ich saß im Buffetwagen und trank irgendetwas, sah zum Fenster hinaus. Es war einer jener Maitage, die unmittelbar vorher den Ausbruch des Sommers anzeigen. Die Fahrt dauerte mir natürlich viel zu lange, aber ich konnte meine Ungeduld wenigstens so weit niederhalten, dass ich nicht unter ihr zu leiden hatte. Der Zug war durchschnittlich bevölkert.

In Hamburg schloss ich meine Sachen in ein Schließfach ein. Angelika hatte gesagt, sie werde vor fünf Uhr nachmittags kaum zu Hause sein, und ich war sehr viel früher in Hamburg. Ich lief in der Stadt herum, sicherer jetzt schon als beim ersten Mal, fast schon so, als sei ich hier zu Hause (wieder mit der gleichen Entschlossenheit, die Stadt mir zugehörig zu machen und ihr alles Fremde zu nehmen), studierte die Preisliste einiger Lokale in der City und kam zu dem Schluss, dass Hamburg eine wesentlich teurere Stadt sei als Berlin, dass aber andererseits das Faulige, das Berliner Gift ganz fehlte und ich die leise und tiefe Angst, meine ständige Berliner Begleiterin, beinahe vermisste.

Gleich nach dem ersten Abend wusste ich, dass wir wieder ein paar anstrengend glückliche Tage vor uns haben würden. Das Bewusstsein, eigentlich keine Zeit zu haben, war immer da, und so stopften wir die Zeit voll, anstatt uns ihr zu überlassen. Jeden Abend musste ich außerdem zu Notts Wohnung fahren, denn wegen der Vermieterin konnte ich bei Angelika nicht schlafen. Nott selbst war verreist, und ich konnte seine Wohnung benutzen.

Ich spürte sehr schnell wieder den beunruhigten, vor mir abgeschirmten Bereich, aber wir sprachen nicht darüber. Ich wartete. Angelika musste fast täglich in ihre Kunstschule und kam erst nachmittags nach Hause. Ich ging derzeit spazieren und versuchte, in Notts Wohnung sitzend, Jürgen Habermas zu lesen. Einmal gingen wir abends in eine Hafenkneipe, wo wir durchaus nicht zum üblichen Publikum gehörten, wo aber alle Leute sehr nett zu uns waren. Ein anderes Mal saßen wir in einer Weinstube in der Hamburger City, von der Straße aus ging es ein paar Stufen nach unten, bis heute ist es mir nicht gelungen, diese Weinstube wiederzufinden. Wir kauften für mich ein Hemd und für Angelika eine Hose. In Angelikas Viertel gingen wir spazieren, und in einem Antiquariat dort kaufte ich Kracauers *Straßen in Berlin und anderswo*. Sonntags gingen wir im Freihafen spazieren, in Straßen und an Häusern vorbei, die man in Amsterdam vermutet hätte. Und viele Stunden waren wir einfach in der Wohnung an der Michaelisbrücke und redeten, redeten, redeten, über Leute, die wir neu kennengelernt hatten, über die FU in Berlin und die Kunstschule in Hamburg, über Sehgesetze, über die Entwicklung der Popmusik, über Geld und was es bedeutet, zu wenig zu haben, über uns natürlich auch, und ich sagte schließlich den dummen Satz:

»Sag, dass du nie weglaufen wirst«, was zu tun sich Angelika zu Recht weigerte, und etwas später sagte sie:

»Ich habe Angst, dass ich schwanger bin.«

Damit war er endlich geöffnet, der beunruhigende Bereich, in dem ich wahrlich nichts zu suchen hatte, denn von mir konnte sie nicht schwanger sein, wenn sie es war. Ich tat sehr besorgt und verständnisvoll. Ich war auch beides bis zu einem gewissen Grade, aber darüber hinaus verstand ich gar nicht, was vor sich ging. Es war irgendeine Feier gewesen, an deren Ende sie mit Nott geschlafen hatte, und nun hatte sie Befürchtungen schwanger zu sein. Ich lag abends in Notts Wohnung im Bett, neben mir lauter ganz uninteressant gewordene Bücher, und fühlte mich, als hätte ich am ganzen Körper Zahnschmerzen. Nachts, als ich endlich eingeschlafen war, kam Nobby Stiles und sagte:

»So ist das, Junge, du musst nicht glauben, dass du so wichtig bist für sie. Du bist zwar wichtig, aber nicht so ausschließlich, wie du gedacht hast.«

»Ich weiß immer noch gar nicht genau, was los ist«, sagte ich.

»Jetzt musst du kämpfen«, sagte Nobby. »Die ganze verständnisvolle Masche bringt dir nichts ein.«

»Ich will nicht kämpfen«, sagte ich. »Ich kann gar nicht kämpfen. Im Übrigen geht es ihr jetzt nicht gut, und ich muss darauf Rücksicht nehmen.«

»Unsinn«, sagte Nobby. »Sie hat auch keine Rücksicht auf dich genommen.«

»Du weißt überhaupt nicht, wovon du redest«, sagte ich. »Hau ab.«

»Wie du willst«, sagte Nobby. »Aber ich komme wieder. Du wirst sehen.«

Am nächsten Tag fuhr ich zurück nach Berlin, und Angelika schrieb mir gleich und rief ein paar Tage später an. Es war »alles in Ordnung«, was heißen sollte, dass sie nicht schwanger war. Sie versprach, mich sehr bald in Berlin zu besuchen, und so war wirklich wieder alles in Ordnung, alles wie früher, und ich hätte sogar gern daran geglaubt, aber ihre Stimme am Telefon war nicht in der Lage zu lügen. Das alles war gerade vier Wochen nach jenem Tag, als wir bei meinem ersten Besuch in Hamburg, auf dem Rücken liegend, die Wolken im Himmel von Hamburg angesehen hatten, nach jenem so kurzen Augenblick, als es keine Widerstände mehr gab, keine Entwicklungen, nichts mehr außer uns. »So scheint die Liebe Liebenden ein Halt.« Tja.

Berlin. Ein Gegenbesuch. Das Ende von Etwas

Die antiautoritäre Linke war von den Berliner Straßen beinahe verschwunden. Sie hatte das Proletariat und die Basisarbeit entdeckt, und die schien im Stillen vor sich zu gehen. Die antiautoritäre Linke schickte sich an, ihre antiautoritäre Phase zu beenden. Zwar gab es noch Aktivitäten an der Universität. Aber auch die versuchte man jetzt hartnäckig dadurch zu legitimieren, dass man ihren Bezug zum Proletariat herstellte. So fiel es der politischen Administration trotz des noch vorhandenen Widerstands nicht sehr schwer, eine neue Hochschulverfassung in Westberlin durchzudrücken, die die bisherigen Organe der Studentenschaft auflöste und atomisierte, und diese Verfassung außerdem noch als Reform zu deklarieren. Pappler und der Pinguin erzählten mir manchmal, wenn wir die entsprechenden Orte passierten, von Auseinandersetzungen, die hier noch im vergangenen Jahr stattgefunden hatten: Anekdoten aus einer fast schon versunkenen, gewiss aber unaufhaltsam versinkenden Zeit. Nach und nach wandte sich jeder von den kollektiven Träumen der vergangenen Jahre wieder seinen ganz privaten zu: auch wenn in diese privaten Träume natürlich Momente der kollektiven eingegangen waren.

Trotzdem gab es noch Auseinandersetzungen, wie jene im Juni um das Germanische Seminar, das von einer Gruppe von Genossen besetzt worden war, während eine andere draußen auf dem Rasen vor dem Seminar lagerte. Am Eingang Polizei. (Den Anlass habe ich vergessen. Das ist nicht schlimm. Anlässe sind austauschbar. Vielleicht ging es um mittelhochdeutsche Klausuren.) Es gab längere Verhandlungen über den freien Abzug der Besetzer, der schließlich garantiert wurde, eine Garantie, die in dem Augenblick gebrochen wurde, als sie unten das Portal verließen, im Gänsemarsch, da das enge Spalier der Polizei es nicht anders zuließ: Dem Vorletzten in der Reihe wurden plötzlich und sehr schnell Handschellen angelegt, so schnell, dass man sie beinahe nur kurz aufleuchten sah und klicken hörte. In diesem Moment traten wir von der Rasengruppe in Aktion. In einem kurzen verbissenen Kampf wurde der Genosse befreit. Ein Teil der Genossen wurde dann von der Polizei über den Campus gejagt, bis er in der ESG Zuflucht gefunden hatte und der evangelische Studentenpfarrer, ein sehr langer Mensch mit Namen Hasselmann, unter Hinweis auf sein Hausrecht der Polizei den Zutritt verweigerte.

Ich hatte bei dem kurzen Kampf keinen nennenswerten Schaden genommen. Langsam löste sich die Aktion auf in immer kleinere Gruppen (der Genosse Eugen W., mit mächtigem Lockenkopf und krebsrotem Gesicht wie immer, ging von Gruppe zu Gruppe und fragte, ob hier noch jemand Interesse hätte, eine rote Zelle zu gründen, und so entstand die Rote Zelle Germanistik), und plötzlich fand ich mich, wie schon einige Male nach ähnlichen Aktionen, wieder allein. Ich ging ins Kino und war am frühen Abend zu Hause. Auf meinem baumgeschützten Balkon trank ich eine Flasche Bier und dachte nicht mehr an die Ereignisse vom Nachmittag, sondern wandte mich wieder meinen privaten Träumen zu: Angelikas Ankunft am Frühabend des folgenden Tages am Bahnhof Zoo.

Der Zug hatte mehr als eine halbe Stunde Verspätung, und als er endlich ankam, war der Bahnsteig sofort überfüllt von sehr lauten Leuten. Wir fielen uns nicht in die Arme, als wir uns endlich gefunden hatten. Wir berührten uns nicht einmal, auch in der U-Bahn nicht, über die Angelika dann sagte:

»Es ist wirklich viel lauter als in der Hamburger U-Bahn, du hast recht.«

Wir waren irritiert, wieder zusammen zu sein. Es war eine über den ganzen Besuch anhaltende Irritation. Angelika hatte zuvor von der Notwendigkeit dieses Besuchs geschrieben, von dem Unsinn, sich aus Rücksicht gegenseitig etwas zu verschweigen. Aber nach dem ersten Tag schon schien mir dieses Zusammensein ganz unnötig, und wir verschwiegen uns das Wichtigste sehr beredt, das sie doch in einem Satz hätte sagen können: Es geht nicht mehr. Für mich geht es nicht mehr.

Wir liefen an einem unerträglich schwülen Samstag, an dem nicht einmal die Sonne schien, stundenlang durch Kreuzberg ohne zu wissen warum, und ich hatte nur dauernd Angst, die Orientierung zu verlieren und mangelnde Kenntnis der Stadt eingestehen zu müssen. Ausgerechnet im versteinerten und fast baumlosen Kreuzberg, während im ersten Stock über uns zwei Frauen von Straßenseite zu Straßenseite sich etwas zuriefen von einem Kind, das unterwegs sei, ausgerechnet hier überfiel mich wieder der Satz von den abenddüstern Lauben.

Am folgenden Tag besuchten wir in Berlin, der Hauptstadt der DDR, einen gemeinsamen bulgarischen Bekannten, aber der war nicht zu Hause und kam erst Stunden später. So saßen wir in einer alten Wohnung im Bezirk Prenzlauer Berg und sprachen mit seinen Eltern. Der Vater arbeitete als Ingenieur in Berlin, und sein Sohn studierte hier Kunst. An diesem Tag war es wirklich heiß, und die Sonne schien so grell, dass ich ständig die Augen zukneifen musste. Vor diesem Besuch waren wir in der Hauptstadt der DDR eine Weile ziellos umhergelaufen, über einen langsam verfallenden Friedhof in der Nähe des Alexanderplatzes, immer in demselben respektvollen Abstand voneinander, und die ganze Zeit hatte ich mich dagegen gewehrt, weinen zu müssen. Abends, zurück im Westen, gingen wir in der Fasanenstraße jugoslawisch essen. Ich erzählte Angelika, wie ich in den Tagen nach meiner Rückkehr aus Hamburg mich um Adressen von Ärzten bemüht hatte, die Abtreibungen vornahmen.

»Darauf hatte ich gewartet, irgendwie«, sagte sie, plötzlich lebendig werdend, »dass du solche praktischen Schritte unternimmst. Die ganze Zeit habe ich darauf gewartet, dass du mal schreibst, und es steht etwa in dem Brief: Wir machen es so und so, ich kenne wen, der das macht, oder irgendetwas Ähnliches, verstehst du, aber es kam nichts.«

Ich hatte nichts geschrieben, nichts gesagt am Telefon: Es erschien mir zu nüchtern, zu praktisch, beinahe brutal. Stattdessen hatte ich ihre Unruhe noch verstärkt, indem ich ihren Sorgen meine eigene Unruhe hinzugefügt hatte. Erst jetzt wurde mir langsam klar, dass ich ein ziemlicher Versager war. Fast stumm saßen wir für den Rest des Abends im »Natubbs«, froh, nicht miteinander sprechen zu müssen, einen Vorwand dafür zu haben: Die Musik war zu laut.

Am nächsten Morgen besuchten wir Pappler, der noch im Bett lag und einen völlig deprimierten Eindruck machte, sodass wir beide froh waren, eine halbe Stunde später wieder ins Freie treten zu können. Angelikas Zug ging mittags. Wir enterten eines der Terrassenlokale am Kudamm und tranken noch jeder eine Weiße, und Angelika sagte:

»Sei nicht traurig.«

»Ich bemühe mich«, sagte ich.

»Im Zug werde ich das Buch anfangen«, sagte sie. »Jetzt kann ich es sicher richtig lesen.« Ich hatte ihr nachträglich zum Geburtstag Benjamins *Berliner Kindheit* geschenkt.

»Vielleicht sehen wir uns bald in Ostfriesland«, sagte ich.

»Hoffentlich regnet es hier bald mal«, sagte sie. »Es ist wirklich viel zu heiß in dieser Stadt.«

»Vielleicht fahre ich im August oder September nach Amsterdam, um mir diese Rembrandt-Ausstellung anzusehen, von der du mir erzählt hast. Da wird es auch kühler sein als hier.«

Ich strengte mich auf diesem deprimierenden Bahnhof an, nicht zu weinen.
»Sieh zu, dass du im Schatten sitzt«, sagte ich.
Nachmittags sah ich mir zum dritten Mal *Blow up* an. Abends trank ich mit Pappler in einer Kneipe am Breitenbachplatz ein Bier und erzählte ihm, dass ich über diesen Besuch nichts erzählen könnte.
»Uns geht es wohl beiden nicht gut.«
»Das kann man sagen.«
»Morgen Abend läuft in der ›Lupe‹ in der Spätvorstellung *La Chinoise*.«
»Ich komme mit.«

Ich lag nicht wach nachts. Die vergangenen Tage waren zu erschöpfend gewesen. Irgendwann in der Nacht kam Nobby Stiles und sagte:
»Du bist ein ziemlicher Versager. Das mit den Ärzten hätte dir wirklich früher einfallen können. Du hättest dich mal von der praktischen Seite zeigen sollen, nicht immer so empfindsam.«
»Lass mich in Ruhe«, sagte ich.

Kurzer Einschub über Geschichten, die weitergehen

Jetzt schreibe ich diese Geschichte weiter, endlich. Die Trauer war stark genug selbst noch in der Erinnerung, um monatelang zu sagen: Lassen wir das alles auf sich beruhen, es ist vorbei, rühren wir nicht dran.

Es ist aber nicht vorbei. Was vorbei ist, ist noch lange nicht vorbei. Manche Geschichten halten inne, für Jahre, und eines Tages gehen sie plötzlich weiter.

So ein Tag war in der letzten Woche. Acht Jahre nach jenem Besuch Angelikas in Berlin West, nach jenem Ende von Etwas, sitze ich ihr bei »Cuneo« gegenüber, einer traditionsreichen Pizzeria in St. Pauli, nicht weit entfernt von ihrer neuen Wohnung gegenüber Dock 5 von Blohm & Voss, mit Blick über die Elbe, die abends erleuchtet ist, nicht aus ästhetischen Gründen, aber man muss ja was sehen können, wenn man arbeitet, und auf den Docks wird immer gearbeitet. Bei »Cuneo« sitzen wir also, und Angelika sagt:

»›Cuneo‹ ist seit etwa einem Jahr in, und keiner weiß genau warum.«

Wir essen gebackene Sardinen, Salat und eine Käseplatte, viel zu viel für unseren kleinen Hunger. Ich erzähle eine traurige Geschichte von früher, traurig, weil sie eines Tages zu Ende war und nicht mehr aufgenommen werden kann, denn die Protagonistin dieser Geschichte ist aus meinem Blickfeld verschwunden, vermutlich für immer; keiner kann mir einen Hinweis geben, wo sie jetzt sein mag, alle Recherchen waren vergeblich. Angelika versteht sofort, was ich meine und sagt:

»Das ist schlimm. Solche Geschichten sind wirklich schlimm.«

Ja, solche Geschichten sind wirklich schlimm: weil sie nicht weitergehen können. Andere Geschichten legen Pausen ein, halten für längere Zeit den Atem an, dann, plötzlich, werden sie wieder aufgenommen. Es sind Geschichten, die weitergehen. Alle Geschichten, die ich hier erzähle, bis auf die eine eben, die ich Angelika im »Cuneo« erzählte, sind auf die eine oder andere Art Geschichten, die weitergehen: wirklich oder in meinem Kopf, in Träumen, alten und neuen Filmen, an wiederkehrenden Orten, in wiederkehrenden Situationen und Bildern. Sie gehen weiter, weil ich es will, weil ich es wollen muss, weil ich ihnen, allen Widerständen und Verwirrungen zum Trotz, treu bin. Sie halten mich zusammen.

»Wir haben viel miteinander durchgemacht«, sagt Angelika, und fast sofort verbessert sie sich und sagt: »Du hast viel mit mir durchzumachen gehabt.« Es ist das erste Mal seit acht Jahren, dass sie wieder von jenem Sommer spricht.

Inzwischen hat sie längst ihr Studium beendet, sie unterrichtet an einer Schule, sie hat geheiratet und lebt schon wieder von ihrem Mann getrennt. Es ist viel passiert inzwischen, und der Faden jener Geschichte aus dem Sommer vor acht Jahren schien längst verlorengegangen zu sein. An diesem frühen Abend bei »Cuneo« kommt aber dieses späte Eingeständnis von Angelika, und der Faden wird wieder aufgenommen. Diese Geschichte ist noch nicht zu Ende.

Und wieder Wittgenstein, der sagt: Die Welt des Glücklichen ist eine andere als die des Unglücklichen

Dabei schien diese Geschichte im Sommer 1969 sehr nachhaltig und unwiderruflich beendet zu sein.

Die Sommer der späten sechziger Jahre waren sonnenreiche Sommer, lange, helle, warme Tage, nur selten unterbrochen von einigen trüben Tagen. An einem dieser eher trüben Tage – schwül, bedeckter Himmel, aber es regnete nicht – saß ich frühmorgens ziemlich nervös in der großen Empfangshalle des Tempelhofer Flughafens und wartete auf den Aufruf zum ersten Flug meines Lebens.

Luftkrank werde ich nicht. Es war auch nicht die Sorge darum, die mich nervös machte. Meine Nervosität an jenem Morgen hing eher mit der Angst zusammen, den letzten Aufruf zu verpassen oder irgendetwas falsch zu machen bei der Gepäckabgabe oder durcheinanderzukommen mit dem Ticket und der Bordkarte. Ich hatte einfach Angst, etwas zu tun, was mich als jemanden entlarvte, der zum ersten Mal in seinem Leben flog. So hatte ich mir ein paar Tage zuvor alle Vorgänge, die ich vor dem Abflug zu durchlaufen hatte, von dem geduldigen und flugerfahrenen Pappler wieder und wieder erklären lassen.

Die Lektion war gelernt. Ich machte keinen entscheidenden Fehler. In der Maschine der PANAM oder BEA (ich weiß es nicht mehr genau) erkämpfte ich mir einen Fensterplatz, war noch etwas nervös, als die Maschine sich steillegte und schnell an Höhe gewann, und umso ruhiger, als wir erst einmal über den Wolken waren. Das Publikum – die Fluggäste also, aber ich dachte wirklich: das Publikum – war bei weitem nicht so elitär, wie ich es erwartet hatte. Wenn ich mich umsah, entdeckte ich sogar eine ganze Reihe von Leuten, die sich von mir kaum unterschieden. Zumindest damals waren Flüge von Berlin nach Westdeutschland relativ billig und dazu bei weitem der angenehmste Weg, die DDR zu überwinden. Für die Berliner bedeutete deshalb Fliegen eine ganz normale Art zu reisen.

Leider ging alles viel zu schnell. Eine halbe Stunde später etwa landeten wir, und nicht etwa in London-Heathrow oder in New York, wie es einem Flug eigentlich angemessen wäre, sondern lediglich in Hannover. Dort fuhr ich mit dem Bus vom Flughafen aus (was für ein erbärmlicher, provinzieller Flughafen) durchs gleiche grauschwüle Wetter wie in Berlin zum Hauptbahnhof, den ich so gut kannte, und rollte wenig später über die alte Strecke – auch die wohlbekannt – Ostfriesland entgegen, den alten Stationen entgegen, dem Wasserturm, der das gewohnte Signal war, die Reisetasche aus dem Gepäcknetz zu heben und sich an der Tür zum Aussteigen bereitzuhalten. Ich war wieder da, von wo ich ein Vierteljahr zuvor aufgebrochen war in eine ganz andere Welt aus Godardfilmen, U-Bahn-Stationen, Diskussionen über Strukturalismus, dem Spießrutenlaufen an den stahlblauen Einsatzwagen der Polizei vorbei, die noch immer das Bild des Campus beherrschten, in eine Welt mit endlosen Nächten und täglich zweifacher Postzustellung mit Briefen von Angelika, die von reichen jungen Leuten, schönen Autos, hektischen Abenden und von Angelikas Irritationen erzählten und mich von Mal zu Mal unglücklicher machten.

In den folgenden Tagen kehrte die Sonne zurück, kam morgens sehr früh, schon bald heiß und nur durch den ostfriesischen Wind gekühlt, und abends zog sie sich erst gegen neun Uhr zurück. Ich selbst war vor ihr den größten Teil des

Tages geschützt, saß bis etwa sechs Uhr abends im Aktenkeller eines Energieversorgungsunternehmens, bei dem ich für fünf Wochen Arbeit gefunden hatte, genauer: eine Anstellung. Ich weiß nicht, warum dieses Unternehmen eine Aushilfe für seinen Aktenkeller suchte. Es gab dort nichts zu tun. Schon bald brachte ich mir zur Arbeit Bücher mit. Ab neun Uhr morgens sah ich ständig auf die Uhr. Es waren quälend lange Tage. Im Laufe des Vormittags ging ich irgendwann für die Angestellten einkaufen: Milch, Gebäck und Ähnliches; freitags brachte ich die Lottozettel der verschiedenen Tippgemeinschaften zur Annahmestelle. Das waren die angenehmsten Augenblicke meiner Arbeitstage. Nie versäumte ich es, Umwege zu gehen.

Nachmittags ging ich oft zwei Etagen höher ins Zeichenbüro, wo Rainer arbeitete (er hatte wirklich Arbeit), der mein zweites Abitur mit mir geteilt hatte und nun, wie Angelika, in Hamburg Kunst studierte.

In den ersten zwei Wochen hielt ich mich allein. Abends ging ich ab und zu schwimmen, wenn das Freibad sich geleert hatte. Ich besuchte die »Kleine Möwe«, seltener das »Hindenburg«: die Nische gab es noch, aber nicht mehr für uns.

Dann kam Angelika in die Stadt, auch Nott, Jensen wollte bald kommen: Ich hielt mich nicht länger allein. Tagsüber rief ich Angelika manchmal an, vom Zeichenbüro aus, immer waren es Gespräche, die mich deprimierten.

Ich besuchte sie abends einige Male, umschlich sie gewissermaßen, unwillig und zugleich voller Hoffnungen, es möge sich doch noch alles wieder einrenken lassen. Auch in der »Kleinen Möwe« sahen wir uns öfter; ich trank ungemein viel, schlief zu wenig, war immer müde.

»Ich habe mit Nott auch mal über den kleinen Fußballspieler gesprochen, den du so magst«, sagte sie bei einem meiner Besuche.

Dieser kleine Fußballspieler, den ich so mochte, suchte mich manchmal nachts auf, grinste und gab gute Ratschläge, mit denen nichts anzufangen war. Ich wollte Angelika zurückhaben, und ich wusste, dass das nicht mehr möglich war. Ich war noch nicht weit genug, um mich damit abzufinden, und so fühlte ich mich elend und versuchte, niemanden davon wissen zu lassen. So viel hatte ich immerhin schon gelernt, dass die guten Freunde schnell bereit sind wegzulaufen, wenn man sein Elend zeigt. Wem es schlecht geht, der ist keine angenehme Gesellschaft.

Es blieb mir wenig anderes zu tun als auf Jensen zu warten, der von Tübingen aus langsam nach Norden trampte und dabei drei Tage in Köln blieb, wo er einen Teil seiner Kindheit wiederaufzufinden hoffte, den er dort verbracht hatte. An jedem dieser drei Tage schrieb er mir einen Brief.

*Briefe aus Köln, und dann auch noch
diese Geschichte vom Alraunenweibchen*

»Köln, den 29. VII. 69. Lieber Murnau, das Köln, das meine Erinnerung war, ist ungleich ärmer als das Köln, durch das ich heute gegangen bin. Wir verließen Köln 1954, als ich noch nicht neun Jahre alt war. Mit diesem Köln von 1954 hat die heutige Wirklichkeit der Stadt kaum noch etwas gemein.

Deine Wirklichkeit dagegen ist eine Wirklichkeit, die ich seit einiger Zeit erahne, ohne sicher zu sein, dass es stimmt, da mir bislang niemand etwas konkret gesagt hat, was vorgefallen ist. Doch ich glaube sie aus sämtlichen Andeutungen erkennen zu können.

Vorausgesetzt, es stimmt, was ich vermute, macht mich Deine Situation traurig, weil sie nicht zufällig zustande gekommen ist. Ich will das alles nicht weiter ausführen, wir werden darüber reden, wenn Du willst. Ich hoffe, im Laufe des Freitags anzukommen.

Von Köln hoffe ich Dir in den nächsten Tagen mehr schreiben zu können. Ich bin jetzt sehr müde, weil ich seit über 30 Stunden nicht geschlafen habe. Mit herzlichen Grüßen, Dein Jensen.«

»Köln, den 30. VII. 69. Lieber Murnau, es gibt viele Möglichkeiten, eine Stadt zu beschreiben, keine reicht hin. Köln ruft bei mir eine Aggressivität hervor, wie ich sie in dieser Stadt ahne. Ich kann sie nicht leiden, sie ist unwohnlich für den, der nicht in ihr aufgewachsen ist. Auf der Hohestraße sang gestern ein Franzose zur Gitarre, nicht gut, sicherlich nicht. Aber ich habe es noch nie erlebt, dass so viele Menschen stehen blieben, denen anzusehen war, dass sie nicht wussten, wie sie darauf reagieren sollten.

Ich weiß nicht, ob Du im Fernsehen jemals Milowitch (oder wie der sich schreibt) gesehen hast. Eine große Frau mit groben Zügen spielte immer seine Frau. Und irgendwie sind alle Kölnerinnen mit dieser Frau verwandt.

Es gäbe noch viele Beobachtungen mitzuteilen, aber ich spare sie mir auf, vielleicht gibt es noch einen Zusammenhang, in den ich sie setzen kann.

Ich habe Dir nur noch eine Geschichte zu erzählen, die mir einmal ähnlich erzählt wurde und die ich damals nicht verstand. Gestern fand ich sie wieder, als sie mir nicht erzählt wurde, und ich verstand sie. Vielleicht kennst Du sie, was mich jetzt nicht überraschen würde, vielleicht erklärt sie Dir manches, womit Du im Augenblick noch nicht fertig bist. Die Geschichte geht so: ›Es war sehr windig und das, was man gemeinhin ungemütlich nennt, als ich heute spazieren ging. Auf dem Deich hockte kichernd das Alraunenweibchen, und über dem Fluss tanzten kleine tückische Wassergeistchen. Sehr behutsam gelang es, einen Pakt mit ihnen zu schließen, und wehe mir, überträte ich ihr Gesetz auf ihrem Hoheitsgebiet: die Grenzen des anderen niemals zu verletzen. Sie dulden mich und ich achte sie. Ich bin ihnen sehr gleichgültig, und dafür liebe ich sie. Immer gehe ich zu ihnen, wenn die Fragen, auf die man nicht antworten will, zu viele sind.‹

Soweit die Geschichte und soweit mein heutiger Brief, Dein Jensen.«

(Ja, lieber Jensen, ich habe schon verstanden. Wir wissen beide, von wem die Geschichte ist. Wir kennen ja schließlich ihre einsamen Fahrradausflüge an den Deich, ihre Methode, Probleme zu lösen, indem sie das Problemfeld verlässt. Frag mich nicht zu viel; verletz nicht meine Grenzen. Ich respektiere dich, wenn du mich respektierst. Aber wenn du mich liebst, dann weiß ich nicht, ob ich dich auch liebe. So ist das.)

»Köln, den 31. VII. 69. Lieber Murnau, dies ist also mein letzter Brief aus Köln. Ich bin müde von der Hitze, dem Lärm und dem Laufen.

Es ist nicht gerade eine große Stimmung, in der ich mich heute befinde, die Erinnerung an meine Kindheit, das Loslösen von der Hektik der vergangenen Monate, das Überdenken bestimmter Entscheidungen und Handlungen und die Besorgnis, was mich bei Dir erwartet. Da bin ich mir eben nicht mehr sicher, ob es klug war, Dir die beiden letzten Briefe zu schicken in der Form, wie ich es getan habe, und mit dem Inhalt. Es könnte ein Fehler gewesen sein, der vieles kaputt gemacht hat. Ich bin mir gar nicht mehr sicher.

Aber das sind Probleme, die erst morgen auf mich zukommen. Filme in Köln: Erst morgen läuft hier Kubricks *2001* an, leider erst morgen. Gestern aber habe ich Melvilles *Der eiskalte Engel* gesehen, dessen Bedeutung für Dich mir jetzt klar wird. Damit also hoffentlich bis morgen, mit herzlichen Grüßen, Dein Jensen.«

(Was Murnau, den eiskalten Engel, anbetrifft: Der ist im Augenblick sehr erhitzt und durcheinander, ganz und gar nicht so ein Profi wie Alain Delon in dem Film. Der eiskalte Engel sitzt im Augenblick woanders. Ich rufe ihn von Zeit zu Zeit vom Zeichenbüro aus an und frage mich hinterher, warum ich es getan habe. Aber ich will nicht bitter werden, lieber Jensen: Sie ist natürlich zurzeit genauso durcheinander, wie ich es bin und wie du es vor einem Jahr gewesen sein magst. Wenn sie Leute verletzt, dann, weil sie durcheinander ist, ganz und gar unabsichtlich, so wie man aus Versehen ein fertig gekochtes Frühstücksei aus der Hand fallen lässt. Das Dumme an solcher Art von Geschichten ist, dass jeder alles falsch macht, jeder das genau weiß und keiner was dagegen tun kann. Wenn ich nur nicht so erhitzt wäre und auch mal an was anderes denken könnte als an diese Geschichte, an der ohnehin nichts mehr zu retten ist, die sowieso nicht mehr weitergeht: dann sollte es mir schon besser gehen. Ich brauche jetzt unbedingt mal etwas anderes, an das ich denken kann.)

Zwei öffentliche Tode, ein öffentliches Konzert und Murnaus neue Zauberformel

Reden wir also von etwas anderem. Das öffentliche Leben hatte ja nicht aufgehört, nur weil Murnau und Angelika gewisse Schwierigkeiten miteinander hatten. Es ging alles weiter, fast schon wieder den vertrauten Gang wie am Anfang des Jahrzehnts. Natürlich war alles etwas bunter geworden, poppiger, die Haare waren länger geworden, die Kleidung und die Umgangsformen lässiger, kurz und im angemessenen Jargon: die *Verkehrsformen* hatten sich geändert.

Aber die Stürme der vorangegangenen Jahre wurden schwächer oder blieben ganz aus. So kam es, dass in diesem Sommer das öffentliche Leben vor allem ein öffentliches Sterben war.

Adorno starb zum Beispiel in diesem Sommer, im frühen August, und das ausgerechnet während der Ferien in der Schweiz: Kein Tod in Frankfurt war ihm vergönnt. Einen Monat vorher, im Juli, starb der Gitarrist Brian Jones, Mitglied der Rolling Stones. Die holten sich daraufhin einen anderen Gitarristen und veranstalteten im Hyde Park in London ein Konzert zu Ehren ihres toten, in seinem Swimmingpool ertrunkenen Gitarristen, und dieses Konzert wurde von 250 000 Menschen besucht. Zu Beginn des Konzerts las Mick Jagger ein Gedicht von Shelley vor, das in etwa mit den Worten begann »He is not dead, he is just sleeping«. Danach sagte er noch ein paar Sätze, die von ihm selbst stammten und in die Aufforderung mündeten: »Keep it cool.« Dann begannen die Stones zu spielen und hörten zwei Stunden lang nicht wieder auf. Es muss schön gewesen sein.

Aber das Wichtigste war natürlich die Botschaft: Keep it cool. Längst fand ja die Popmusik auch in die Kulturteile der sogenannten seriösen Zeitungen Eingang, und wer also, wie ich, nicht das Glück hatte, in London selbst dabei zu sein, der konnte es in den Zeitungen nachlesen und in einem kurzen Bericht im Fernsehen sehen und hören: »Keep it cool«, sagte Mick Jagger, und der musste es eigentlich wissen. Es galt also nur noch, die Botschaft umzusetzen.

Da war zum Beispiel eine Liebesgeschichte zu Ende gegangen. Das ist nicht schön, aber man legt sich eben ein paar Platten auf and keeps it cool. Versuch nicht zu leiden, und wenn das schon nicht zu vermeiden ist, versuch wenigstens, so wenig und so kurz zu leiden wie möglich. Auch wenn du nicht cool bist, versuch es zu sein, lass nichts raus, was dich angreifbar macht; wenn du im Eimer bist, zeig es niemandem, oder fast niemandem, nur denen vielleicht, die nicht zum Angriff übergehen, falls es sie geben sollte.

Ich wechselte das Programm. Die Kämpfe waren zu Ende. Nobby Stiles hatte abgedankt. Ab jetzt war ich cool.

Die äußeren Voraussetzungen waren nicht schlecht. Dieser Job war sehr langweilig, und ich hatte immer das Gefühl, es handele sich mindestens um einen Zehnstundentag, den ich durchzustehen hatte. Niemand wollte etwas Bestimmtes von mir, und ich konnte mich in der ganzen Firma bewegen, oben im Zeichenbüro Rainer besuchen, der mir als erster von Adornos Tod erzählte (ausgerechnet in der *Bild*-Zeitung hatte er es am Morgen gelesen), und was sagten wir dazu?

»Schade.« Es war ja auch schade.

Die Sonne schien Tag für Tag. Abends, wenn sie nicht mehr brannte, ging ich durch die Straßen, ging in die »Kleine Möwe«, trank ein Bier mit Nott, mit Angelika, die jetzt auch einen Job machte in irgendeiner sozialen Einrichtung, die ich vergessen habe, wir drückten im Musikautomaten die guten Sachen; am Wochenende schlief ich lange, las ein bisschen, nicht viel, schrieb einen Brief an Jensen nach Oldenburg, der dort jetzt als Tankwart arbeitete, er schrieb mir zurück, und ich war wirklich sehr cool und konnte mir ein anderes Leben als das augenblickliche kaum vorstellen. Alles hatte nur einen Fehler: Ich war nach wie vor sehr unglücklich. Das behinderte mich. Die Welt des Unglücklichen ist eine andere als die des Glücklichen.

Sie ist also eine andere, und die Unglücklichen können die anderen nicht täuschen: Sie verraten sich, wie cool sie auch sein mögen. Jensen jedenfalls ließ sich nicht täuschen. »Lieber Murnau«, schrieb er aus Oldenburg, »seit Mittwoch nun arbeite ich als Tankwart an der Horten-Tankstelle. Der Job ist furchtbar anstrengend, aber allemal besser für mich als irgendeine Arbeit in einem Büro, deren Stumpfsinn die Arbeit des Sisyphos bei weitem übertrifft, da Sisyphos allein ist, während man im Büro ständig dem Horizont der Angestelltenhierarchie ausgesetzt ist. Einen büroähnlichen Leerlauf gibt es an der Tankstelle nicht, vielmehr herrscht eine Hektik, die jedes Bewusstsein für Zeit und jede Möglichkeit für Reflexionen raubt. Und für mich ist diese Arbeit so interessant, weil ich nicht die geringste Ahnung von Technik im Allgemeinen und von Autos im Besonderen habe. Noch immer renne ich um so manchen Wagen herum und suche den Tank oder den Motor, habe ich den Motor gefunden, suche ich nach dem Ölprüfer, habe ich den gefunden, heißt das noch nicht, dass ich weiß, wo das Öl eingefüllt wird. VWs sehe ich im Augenblick am liebsten vorfahren, die kann ich jetzt einwandfrei abfertigen, ich weiß sogar, wo die Batterie ist. Vier Mark Trinkgeld im Schnitt pro Tag ist nicht schlecht, zeigt es doch, dass ich weiß, dass Scheibenwischen die Kunst des Trinkgeldmachens ist, eine Kunst, die ich schon fast perfekt beherrsche. Anekdoten der ersten Tage versage ich mir in diesem Brief, weil sie geschrieben öde wirken. Ich überlasse sie der Gelegenheit, die sich vielleicht anlässlich Deines Besuchs ergibt.

Ich möchte Dir noch einen Satz berichten, der gestern in der Sportschau im Bericht über das Spiel Bungert gegen Okker gesprochen wurde, ein Satz, der mich einen titanischen Kampf vermuten lässt: ›Er spielte mit einem Hut gegen die starke Sonne.‹

Ich weiß in der Tat nicht genau, ob ich Deine Definition von cool richtig verstanden habe, da es sich hier eher um eine allgemeine Beschreibung eines Gefühls, einer Stimmung handelt, und meine Kenntnisse der Semantik sagen mir auch, dass die immanente Definition eines Wortes ungenau bleibt, wie das Verstehen dieser Definition ungemein schwierig, wenn nicht gar unmöglich ist. Es ist also nicht auszuschließen, dass ich Dich missverstehe.

Mir scheint, dass es sich bei dem Bemühen, cool zu sein und zu leben, eigentlich um den Versuch handelt, nicht zu leiden. Primär ist, glaube ich, der Wunsch, Schmerz nicht aufkommen zu lassen. Und in der Negation liegt die Bedeutung dieser Haltung. Ich weiß nicht, wie weit cool für Dich schon Realität ist und nicht nur Wunsch. Ich wünsche Dir, dass es Realität ist, hoffe aber, dass Du bald vergisst, dass Du cool sein willst (oder sein musst).

Du schreibst: Cool sein heißt ›vor allem mit einem Minimum an Illusion leben‹. Illusion ist ein böses Wort, es heißt Selbsttäuschung ohne realen Bezug zur eigenen Situation, oder besser gesagt, Selbsttäuschung unter Verkennung der eigenen Situation. Du sagst nichts von Träumen oder Wunschträumen, was – so finde ich – doch eine wichtige und schöne Sache ist, oder? Bis hoffentlich bald in Oldenburg, Dein Jensen.«

Jensen, der alte Semantiker, hatte den wunden Punkt gefunden bei meiner neuen Zauberformel. Die Wunschträume durfte es nicht geben. Die können enttäuscht werden, und was ist dann? Keep it cool?

Aber die Wunschträume gab es natürlich. Und es gab diese Abende im Freibad, wo in mir alles totenstill war und um mich herum so viel Geräusch und so viel Gelächter. Es gab diese ständig neuen Vorwände, tagsüber von der Firma aus Angelika anzurufen. Und diese schwarze Cordjacke gab es, die ich im Ausverkauf kaufte, weil sie mich ein bisschen an die schwarze Jacke erinnerte, die David Hemmings in *Blow up* trug, und die langen Abende an der Theke in der »Kleinen Möwe«, und das dumpfe Gefühl am nächsten Morgen, und manchmal, heimlich, diese verzweifelten Versuche zu weinen, die alle fehlschlugen. Und meine Tagebücher aus sieben Jahren, die gab es nicht mehr, weil ich sie nach einem Besuch abends bei Angelika am nächsten Morgen, einem Samstagmorgen, alle vernichtete, mit wütender Gründlichkeit; fast eine Stunde brauchte ich dazu. Neun mitteldicke Hefte waren zu vernichten. Ich riss fast jede Seite einzeln kaputt, nicht nur einmal in der Mitte durch, sondern noch einmal und noch einmal. Immer wieder blieb ich an einzelnen Seiten hängen, begann zu lesen und zerriss sie danach nur umso gründlicher. Mit diesem Murnau, mit diesen ganzen alten Geschichten wollte ich nichts mehr zu tun haben.

Vor allem aber: Jensen hatte mich schließlich, von Köln kommend, bei seinem kurzen Besuch gesehen. Was er da gesehen hatte, das war nun wirklich etwas anderes als das, was ich ihm schrieb. Das war wahrhaftig nicht Mick Jagger im Hyde Park.

Er sollte mich bald wiedersehen.

»Diese Nacht werden wir niemals vergessen«

Am Morgen des 16. August 1969 war die Sonne plötzlich verschwunden. Es sah sogar ein bisschen nach Regen aus. Sehr warm war es noch immer. Ringo und ich machten uns auf den Weg zur Ausfallstraße nach Oldenburg. Ringo wohnte wenige Häuser von mir entfernt, studierte wie Jensen in Tübingen und hatte am selben Wochenende wie ich den Entschluss gefasst, Jensen in Oldenburg zu besuchen. Wir kamen sehr gut weg. Am frühen Nachmittag waren wir in Oldenburg und machten noch einen Schlenker an der Horten-Tankstelle vorbei, aber Jensen hatte schon Feierabend. Wir nahmen den nächsten Bus der Linie 14 und arbeiteten uns dann von der Haltestelle aus nach einer Skizze, die er mir in seinem letzten Brief geschickt hatte, unter mehreren Irrtümern bis zum Haus von Jensens Eltern durch. Die waren seit meinem letzten Besuch in Oldenburg an jenem federleichten Dezemberabend schon wieder umgezogen.

Es war ein ruhiger Nachmittag. Wir blätterten in Büchern, erzählten Geschichten aus Tübingen, Berlin, von der Tankstelle und von der Energieversorgung, sahen mal ins Fernsehprogramm und aßen auch irgendwann etwas.

Abends fuhren wir in die Stadt, um vielleicht irgendwo ein paar Biere zu trinken und ein bisschen zu erzählen. Wie alles anfing, weiß ich nicht mehr. Ich glaube, Jensen zeigte uns zuerst die Kneipe, wo er in der Mittagspause immer seinen Kaffee oder auch ein Bier trank. Jedenfalls landeten wir dann später am Abend in einer anderen Kneipe, die sehr groß und voll war.

Es vibrierte. Schon als wir reinkamen, vibrierte es. Ich weiß nicht, ob es an uns lag, oder ob es schon vorher vibriert hatte. Die Musik lief, sie stand ganz in der Ecke, man konnte sie drücken. Der Weg zur Musicbox war weit. Aber wir gingen ihn immer wieder. Wir wechselten mehrmals die Plätze in dieser Nacht. Die Kneipe hatte eine Sonderlizenz und war nicht an die Polizeistunde gebunden. Es war Sommer, die Tür nach draußen stand eine Weile offen. Aber es vibrierte nicht von außen, sondern von innen. Es war die Musik, es waren die ständig kommenden und gehenden Leute, die vielen Stimmen.

Wir okkupierten die Musicbox. In dieser Nacht, die ziemlich lange dauerte (Ringo wollte am nächsten Morgen mit dem ersten Zug zurückfahren, und wir entschieden sehr früh, dass es sich nicht mehr lohnte, noch ins Bett zu gehen), liefen immer wieder dieselben Titel. Wir waren einfach schneller als alle anderen. John Lennon und die Leute aus dem Hotel in Toronto sangen mindestens fünfzehn Mal »Give peace a chance«, und die Stones sangen noch öfter das Lied von »Honky Tonk Women«, und ab und zu ließen wir auch die Rückseite laufen, diese etwas resignierte Einsicht: »You can't always get what you want.« Wir drückten auch »Don't let me down«, denn wer hat es schon gern, wenn ihn seine Freundin fallen lässt, und wir drückten Mary Hopkins, die »Good-bye my love« sang. Das waren unsere fünf Titel. Wahrscheinlich waren einige Leute ziemlich sauer auf uns in dieser Nacht. Sie hätten gern auch mal was anderes gehört. Andere schienen sich zu amüsieren über uns und unsere Show.

Natürlich inszenierten wir die Show nicht bewusst. Wir waren nur hierhergekommen, um uns ein bisschen zu unterhalten und ein bisschen Musik zu hören. Jensen erzählte mir von seiner Freundin Ruth, die ich bisher nur vom Namen kannte. Er warnte mich eindringlich davor, falls ich sie je kennenlernen sollte, jemals ihrer Bitte nachzukommen, ihr irgendetwas zu erklären.

»Ringo hat ihr mal erklärt, wie ein Fahrrad funktioniert«, sagte Jensen. »Es ist enorm, was für Fragen ihr noch einfallen, wenn man glaubt, schon alles erklärt zu haben. Wir beide haben uns übrigens kennengelernt, als sie mich bat, ihr die Bibliothek zu erklären. Dabei studiert sie länger als ich und kennt sich in der Bibliothek aus.«

Später, als wir von der Theke an einen Tisch gewechselt waren, war von einer anderen Frau die Rede, über die Jensen und Ringo sich sehr lange und intensiv unterhielten, während ich selbst vorübergehend etwas müde war. Diese Frau hieß Helena, und ich bekam einfach nicht heraus, wer diese Helena war. Oder sie hieß auch nur Elena, jedenfalls war sie eine Tschechin und war in Jensens Briefen bisher nie vorgekommen. Es schien eine sehr komplizierte Geschichte zu sein, und ich gab es schnell auf, sie verstehen zu wollen. You can't always get what you want. Außerdem hatte sich inzwischen ein Mann an unseren Tisch gesetzt, neben mich, und fragte mich, was ich so triebe, fragte dann weiter, ob ich die »S-Bahn-Quelle« am Savignyplatz kenne, in diesem schmalen Durchgang vom S-Bahnhof zum Savignyplatz hin, und damit schien er sein Lieblingsthema erreicht zu haben.

»Klar«, sagte ich, »aber nur von außen. Rein trau ich mich nicht.«

»Passiert gar nichts drin«, sagte er. »Es sind zwar immer ein paar Leute da, die ein bisschen besoffen sind, aber es passiert gar nichts.«

Ich war mir da nicht so sicher, nach allem, was ich gehört hatte.

»Da gibt's auch shit«, sagte der Mann. Er schien übrigens nicht gerade der Nüchternste zu sein, und das nicht nur in dieser Nacht. Insofern konnte man ihm schon abnehmen, dass er über die »S-Bahn-Quelle« Bescheid wusste.

»So so«, sagte ich. »Naja, den gibt's anderswo auch.«

Irgendwie ging es ihm wohl darum, mich von den Qualitäten der »S-Bahn-Quelle« zu überzeugen. Er hoffte mich irgendwann dort begrüßen zu können, wenn ich zurück wäre in Berlin und er auch. Dann verließ er unseren Tisch. (Ich bin bis heute nicht in der »S-Bahn-Quelle« gewesen.)

Die Nacht war weit fortgeschritten. »She blew my nose, and then she blew my mind.« Jensen und Ringo hatten ihr Gespräch über Helena oder Elena beendet und erzählten mir jetzt Geschichten von Tübingen, die mich vermuten ließen, dass in dieser Stadt ununterbrochen die Sonne schien, sich alle Leute kannten und dauernd irgendwelche kleineren oder größeren Grüppchen sich auf irgendwelchen Rasenflächen niederließen, um dort den Tag zu genießen. Wir sprachen nicht mehr, wir brüllten. Das wäre nicht nötig gewesen, denn so laut war die Musik nicht, aber wir waren inzwischen in einer Verfassung, wo man selbst die größten Banalitäten nicht mehr in normaler Lautstärke sagen kann: Es gibt überhaupt nichts Banales in einer solchen Verfassung. Es gibt nur sehr wesentliche Dinge. Wir hatten nicht viel getrunken. Wenn man bedenkt, wie viele Sternstunden diese Nacht dauerte, dann hatten wir sogar sehr wenig getrunken. Es war nicht der Alkohol. Es war nur so, dass nichts aussah wie üblich, dass sich auch nichts so anhörte wie üblich, dass wir Geschichten erzählten, von denen jede einzelne eine riesenhafte Bedeutung bekam, dass wir uns diese Musik anhörten und dass wir kaum stillsitzen konnten, weil wir ständig das Gefühl hatten, der große Aufbruch stünde unmittelbar bevor.

Der große Aufbruch kam nicht. Wir gingen lediglich zum Bahnhof, damit Ringo seinen Zug erwischte. In der Nähe des Bahnhofs flipperten wir noch eine Runde und setzten Ringo dann in seinen Zug. Es war heller Sonntagvormittag.

Jensen schlug vor, für den Weg zu ihm nicht den Bus zu benutzen, sondern zu Fuß zu gehen. Er wählte die Wege mit Bedacht, Umwege, die überwiegend durch Parks führten. Zwar war es nicht gerade der Hyde Park, durch den wir gingen, aber die Sonne schien und ich versuchte endlich, Jensen die Geschichte von Angelika und mir zu erzählen. Wir kamen zu Hause an, ich legte mich auf eine Liege, Jensen setzte sich in den Sessel daneben, und ich erzählte immer noch diese Geschichte. Ich glaubte jedenfalls, sie zu erzählen, denn in Wirklichkeit erzählte ich nur Fragmente, die jedem, selbst Jensen, ziemlich unverständlich bleiben mussten. Aber das war nicht wichtig. Wichtig war, dass ich erzählen konnte. Und dann, endlich, endlich begann ich zu weinen, die Tränen kamen, Jensen saß neben mir, ich hörte einfach nicht mehr auf. Ich sah Jensens Kopf über mir, seinen großen dunklen Bart, wahrscheinlich war er nur müde wie ich auch, aber er sah mit Augen auf mich herunter, die sehr weich und mild schienen, und ich dachte: So einen müsstest du zum Vater haben.

Nein, wahrscheinlich dachte ich das damals nicht. Aber ich hätte es zumindest denken können. Mir war danach zumute, nach einem solchen Gedanken.

Jensen zeigte nur ein Bett in einem anderen Zimmer und ließ mich allein. Ich weinte weiter auf diesem Bett, lag flach auf dem Bauch, das Kopfkissen hatte ich weggeschoben, und dann schlief ich endlich ein. All we are saying is: Give peace a chance.

So eine Nacht, wo alles vibriert, macht müde. Ich weiß nicht mehr, wie wir den Nachmittag verbrachten, aber es vibrierte nichts mehr. Ich fühlte mich gut. Ich fühlte mich so gut wie seit Monaten nicht mehr. Abends fuhr ich mit dem Bus zum Hauptbahnhof und verpasste den letzten Zug. Also fuhr ich zurück zu Jensen, und wir hörten vom Tonband einige der Songs, die wir in der letzten Nacht ständig gedrückt hatten. Wir schliefen früh.

»Lieber Murnau«, schrieb Jensen ein paar Tage später, »es ist jetzt wunderbar, im Radio einige Platten immer wieder zu hören, weil sie so sehr mit dieser einen Nacht verbunden sind. Es ist ein Traum, ein großer Rausch, etwas ganz Außergewöhnliches. Diese Nacht werden wir niemals vergessen.«

Nach den Tränen: Das Unglück holt Atem

Nach dieser Nacht war nichts mehr so, wie es vorher gewesen war. Zwar kehrte der Alltag zurück, und ich kehrte in den Alltag zurück. Es war ein unglücklicher Alltag, noch immer. Aber selbst mein Unglück hatte sich verändert: Es war ruhiger geworden, bewohnbarer. Langsam begann ich wieder zu atmen. Die Tränen, die mich daran gehindert hatten, weil sie nicht herauswollten bis zu jenem Vormittag in Oldenburg, waren endlich gekommen, und ich atmete wieder. Mein Unglück wagte es gewissermaßen, bei der einen oder anderen Gelegenheit schon mal zu lächeln.

Ich zählte die Tage bis zu meiner Rückkehr nach Berlin, bis zum Ende meiner befristeten Arbeit. Im Großen und Ganzen war nach der Nacht in der Oldenburger Kneipe alles passiert, was in diesem Sommer hier passieren konnte, also wollte ich zurück nach Berlin.

Es gab noch ein paar Aufregungen bis zu meiner Abreise. Es gab zum Beispiel einen grässlichen Abend in der »Kleinen Möwe« zusammen mit Nott und Angelika. Sie führten ihr Glück miteinander vor (wenn es eins war), das von meinem Unglück gemacht war, und ich saß viel zu lange dabei, ließ mich volllaufen und wusste dabei schon, dass diesem schlimmen Abend ein böser Morgen folgen würde. Bis ich endlich einsah, dass es keinen Sinn hatte, in dieser Kneipe zu sitzen und das alles zu sehen in dem deutlichen Bewusstsein, nichts tun zu können, war es sehr spät geworden. Ich war ziemlich betrunken, als ich aufstand, um zu gehen. An der Tür fing mich Angelika noch einmal ab und sagte:
»Komm noch mal vorbei, bevor du zurückfährst.«
»Das hat doch keinen Zweck mehr.«
»Wahrscheinlich hast du recht.«
Ich lief durch die immer noch viel zu warme Sommernacht nach Hause, nur noch ein paar Stunden Schlaf und einen bösen Morgen vor mir, und dachte: Man sollte alle glücklichen Liebespaare, die es wagen, ihr Glück in der Öffentlichkeit zu zeigen, erschießen.

Ein paar Tage später flog ich nach Berlin zurück, diesmal schon sehr routiniert in meinen Bewegungen auf dem Flughafen Langenhagen und ruhig und beinahe glücklich oben in der Luft. Unruhe kehrte erst wieder, als wir uns Tempelhof näherten und ich von oben auf die Straßenzüge der Doppelstadt Berlin herabsah. Wir verloren an Höhe und setzten zur Landung an. Lange konnte ich nicht mehr herabsehen auf die Stadt, in ein paar Minuten schon würde ich mich wieder in ihr bewegen müssen. Die Maschine setzte auf dem Rollfeld auf, es gab einen kurzen harten Schlag: Ich war wieder in Berlin.
Ich hatte hier einiges zu tun.

Die Höhlen von Schlachtensee

Zunächst ging es darum, sich um eine andere Wohnung zu kümmern. Ich konnte nicht länger in meinem baumverdunkelten Untermietzimmer bleiben, wenn ich mein Unglück beenden wollte.

Fünf Tage später fuhr ich, vom Pinguin begleitet, in einem schönen gelben ehemaligen Postauto, das mit meinen wenigen Sachen beladen war, tief in den Berliner Süden, nach Schlachtensee, Potsdamer Chaussee/Ecke Wasgenstraße: Studentendorf. Damals wusste ich noch nicht, dass ich in der Tat in ein Dorf einzog: in ein Ghetto.

Den Menschen mit dem Postauto, er war noch Schüler, hatten wir durch eine Anzeige ausfindig gemacht, im *Extradienst* oder in der *Rote Presse Korrespondenz*. Es war ein billiger, schneller, sauberer Umzug, wie er mir später nie wieder gelungen ist. Es kann kaum länger als eine halbe Stunde gedauert haben, meine Sachen in mein Zimmer einzuräumen. Viele Möglichkeiten gab es auch nicht: Mir standen zwölf Quadratmeter zur Verfügung.

Den etwa sechshundert anderen Bewohnern dieses Dorfes ging es nicht anders. Unter ihnen waren auch Liebespaare, die sich diese zwölf Quadratmeter teilten. Immerhin gab es in jedem Stockwerk der einzelnen Häuser Duschen und eine Gemeinschaftsküche. All diese Höhlenbewohner kamen kaum umhin, Kontakt miteinander aufzunehmen, sich kennenzulernen, und genau das war es, was ich wollte.

Schließlich gab es zwischen den Häusern auch einige Rasenflächen, auf denen man den Spätsommer des Jahres 1969 genießen konnte, dazu eine deprimierende Kneipe namens »Club«, in der sich abends der harte Kern des Ghettos traf, der es nicht mehr schaffte, in die Stadt zu fahren: Berlin war sehr weit weg. (Es gab gerade noch Zehlendorf mit dem Bali-Kino und den Spätvorstellungen mit Eddie Constantine und später den Italowestern.)

Etwa sechshundert Leute wohnten im Ghetto, und es war einfach, sie kennenzulernen. Genau das war mein Programm für die nächsten Wochen, so viele dieser Höhlenbewohner, von denen ich nun auch einer geworden war, kennenzulernen wie möglich.

Einige Höhlenbewohner

Mick Mandrey: wohnt schon sehr lange im Dorf. Er hat dunkelbraunes Haar, das nach beiden Seiten gleichmäßig knapp über die Ohren fällt, dazu einen dunkelbraunen Vollbart, sorgfältig geschnitten. Er unterliegt Stimmungen, trinkt viel, soll betrunken auch schon mal gewalttätig geworden sein. Nüchtern spielt er amerikanische Folksongs auf der Gitarre, ziemlich gut. Politologe. Als ich ins Dorf ziehe, liest er gründlich Mandel. Langsam entdeckt er Sympathie für die Kritik an den auch seiner Meinung nach zu utopischen Inhalten und Zielen der Revolte. »Es gibt tatsächlich Spinner.« Seine Zigaretten dreht er selber. Er wohnt auf meinem Flur, ein paar Zimmer weiter. Nebenher fertigt er bunte Ketten an, weniger aus kommerziellen Gründen als für eigenen Spaß. Ich kaufe ihm eine ab; mag ihn ganz gern, bin aber etwas gehemmt, auch Angst ist dabei. Er poltert manchmal los, und man weiß nicht warum. Gebürtiger Berliner.

Magda, Micks Freundin, kommt aus dem Rheinland, ihrer Satzmelodie hört man es noch an. Der Vater (oder ein Onkel?) ist ein reaktionärer katholischer Politiker, prominent auf nordrhein-westfälischer Landesebene. Sie hat einiges auszustehen mit Mick, ist selber viel umgänglicher, freundlicher (eine natürliche Freundlichkeit, nicht aufgesetzt) als er, hilft mir als eine der ersten, mich zurechtzufinden im Ghetto. Sie trinkt nicht viel. Sie macht Pädagogik, studiert arbeitsintensiver (seminarintensiver) als Mick, der das Dorf nicht oft verlässt. Sie hat dunkle Haare und ein bisschen ein Madonnengesicht, aber nichts Strenges.

Lothar Czemski, langes blondes Haar, ziemlich glatt, blaue Augen, schlank, ein bisschen schlaksig, auch gebürtiger Berliner. Er kennt viele Leute im Dorf, viele kennen ihn. Er ist sehr viel hinter Frauen her, fördert systematisch den Ruf, ein Frauentyp zu sein, weil er es dann auch wirklich leichter bei Frauen hat (eine Spielart von self-fulfilling prophecy). Natürlich spielt er Gitarre, hat außerdem eine beachtliche Plattensammlung, die sich ständig erweitert. Politologie. Er wohnt unten, bewohnt Zimmer 1 (die Häuser und die Zimmer sind nummeriert, Murnau ist postalisch unter 5/112 zu erreichen). Er hat eine Freundin in Norwegen, und so kommt Murnau wenig später zu einer fast kostenlosen Reise nach Oslo. Er hat fast immer shit, und nachts gibt es oft schöne Sitzungen bei ihm, auf denen intensiv Musik gehört wird. Er ist ein Narziss, der einem aber nur selten auf die Nerven geht. Wir sind öfter zusammen. Er fährt einen blauen VW Käfer, ist viel im »Club«, aber auch viel in den Kneipen in der Stadt: mein Transmissionsriemen nach Berlin.

Hans Martin K., Theaterwissenschaften, mit Czemski befreundet, kommt aus Hamburg: Er hat vergleichsweise kurzes Haar und trägt sehr häufig einen sattgrünen Pullover, den ich scheußlich finde. Er bewegt sich langsam auf sein Examen zu, ohne dadurch belastet zu wirken. Was er später mit diesem Examen anfangen wird, weiß er noch nicht. Er ist breit gebaut, auch groß. Seine Bewegungen sind bestimmt und knapp, ohne dabei brutal zu erscheinen. Ein guter Zuhörer, der selbst mit einer kräftigen Stimme spricht und manchmal kluge Dinge sagt.

Dagmar Herow wohnt im Haus gegenüber. Sie ist klein, schmächtig, blond. Psychologin (Holzkamp). Sie arbeitet viel, auch an ihren Beziehungen, ist körperlich nicht in guter Verfassung, muss viel schlafen. Einmal schneidet sie mir die Haare, und danach wachsen sie, mittelgescheitelt, sehr lang. Sie ist freundlich, wird aber manchmal auch offensiv und aggressiv. Wie es aussieht, gefällt ihr das Dorf mit seinen eingefrorenen Beziehungen und dem ganzen Dorfklatsch nicht. Sie leidet, ohne ihr Leiden zu inszenieren. Ich bin immer froh, wenn sie fröhlich ist. Sie hat auch einige Arbeit mit ihrem Freund.

Der heißt Manfred, äußerlich eine Mischung aus George Harrison und Omar Sharif, studiert unter anderem Germanistik. Er hat einen älteren, lockenköpfig-bärtigen Bruder, der auch im Dorf wohnt und stabiler, bulliger wirkt. Die beiden machen ein Tutorium über das Verhältnis von kritischer und marxistischer Theorie. (Für diese Tutorien gibt es irgendwoher Gelder. Mandrey macht als Tutorium eine *Kapital*-Schulung. Murnau macht beide Tutorien mit.) Manfreds Verhältnis zur Theorie ist libidinös: Er hat Gespür für ihre Untertöne, für Widersprüche, die mehr bedeuten als Widersprüche, und manchmal scheint es, als interessierten ihn diese mehr als die ganze Theorie selber. Er hat viel gelesen, legt zu Anfang der Tutoriensitzungen oft kurze eigene Texte vor, denen anzumerken ist, dass ihre Sprache nicht im heimischen Braunschweig gewonnen wurde, sondern in den vergangenen Jahren in Berliner Seminaren: Benjamin, Adorno, Habermas, er hat sie alle gelesen, und er kann es nicht verleugnen. Außerhalb des Tutoriums ist er zurückhaltend, schüchtern, hat manchmal Schwierigkeiten, mit Leuten umzugehen.

Gert Udo Jerns, Mediziner. Er ist älter als die Vorgenannten, jedenfalls wirkt er auf mich so. Dunkles Haar, Bart, überhaupt dunkel, wirkt, als quälte ihn vieles. Wir beide besprechen, ob man vielleicht eine Analyse machen sollte. Vorbehalte von ihm: »Ich will da nicht ausgeglichen und fröhlich-amputiert wieder herauskommen.« Seine Bewegungen sind leise, ebenso seine Stimme. Er ist ein sehr guter Zuhörer. Er sagt gute Sachen, aber er spricht wenig und oft unter Schwierigkeiten. Manchmal lacht er, und jedes Mal bin ich überrascht, dass er es kann. Er hat eine unglückliche Beziehung hinter sich, aber ich schließlich auch, und ich lache auch manchmal.

(Acht Jahre später finde ich seinen Namen unter kurzen Gedichten, die ab und zu samstags in der *Frankfurter Rundschau* abgedruckt sind.)

Dieses Personenverzeichnis ist nicht vollständig. Innerhalb von zwei, drei Wochen, nachdem ich meine Höhle bezogen hatte, lernte ich sie und andere kennen, auf den verschiedensten Wegen: im »Club«, indem ich zwei Tutorien besuchte, indem ich mich aktiv an der Organisation des Mietstreiks beteiligte. (Alle Mietstreikenden behielten 30 DM von der zu hohen Gesamtmiete ein. Monatlich kam für jeden eine Mahnung über noch offenstehende Beträge, die aber niemanden von uns beunruhigen konnte: Sie diente nur rein formal dazu, den Rechtsanspruch aufrechtzuerhalten. Von Zeit zu Zeit erreichten mich solche Mahnungen noch, als ich das Dorf längst verlassen hatte.)

Im »Club« lernte ich Wilfried kennen, einen Meteorologen aus Nürnberg, mit einem schönen weichen fränkischen Dialekt und manchmal sich überschlagender Stimme, schwarzer Lockenkopf, stark trinkend, häufig lachend und nur knapp unter dieser Decke von Gelächter sehr verzweifelt, auch Chris, mit dem ich eines Abends im »Club« ein Phantasiekartenspiel vorführte: Wir gaben uns je zehn Karten, die wir einzeln abwechselnd auf den Tisch warfen und riefen Wörter dazu wie »gedoppelt!«, »Überflash!«, »vierfacher Joker!«, und dann wurde der ganze Stapel wieder eingesackt, und das Spiel begann von Neuem. Um unseren Tisch hatte sich sehr schnell ein interessiertes Publikum versammelt, das sich anstrengte herauszufinden, um was für ein Kartenspiel es sich handelte. Es dauerte recht lange, ehe die Ersten merkten, dass es dieses Spiel nicht gab und dass nicht einmal Chris und ich seine Regeln kannten.

Überall im Dorf gab es kurze Ausbrüche von Gewalt und ein enormes Ausmaß an psychischem Elend. Aber darüber wurde nicht gesprochen. Man hörte schon mal Schreie in diesen hellhörigen Häusern, man sah mal eine Frau mit geschwollenen Augen, von gelungenen oder versuchten Selbstmorden wurde gesprochen, aber all das war kein wirkliches Thema. Gewalt und Elend waren solche Selbstverständlichkeiten im Ghetto, dass es Unsinn gewesen wäre, darüber noch ausführlich zu sprechen.

Ich selbst las tagsüber in meinen Büchern, zum Beispiel Marcuses *Versuch über die Befreiung*, noch im Nachsommer, draußen auf den Wiesen liegend, und wenig später, als es Herbst wurde, begann ich zum ersten Mal ernsthaft, Marx zu lesen, und diese Sache mit dem Mehrwert, mit der unbezahlten Mehrarbeit faszinierte mich sehr und empörte mich auch. Jeden Abend fast besuchte ich diese entsetzliche Kneipe, schob es jeden Abend so lange wie möglich hinaus, las noch ein paar Seiten, ehe ich ging, oder schrieb an Jensen. In den Briefen schwang noch immer die Oldenburger Nacht nach, aber für mich in meinem Ghetto wurde die Erinnerung an diese große Vibration immer unwirklicher.

Auch die Teilstadt Westberlin, die ich mir im Frühsommer stückweise erarbeitet und angeeignet hatte, verlor ich von Tag zu Tag mehr. Je unfreundlicher das Wetter wurde, desto seltener verließ ich das Dorf, das immer mehr meine eigentliche Welt wurde, ein Mikrokosmos, den ich sehr schnell zu hassen begann und dem ich doch kaum noch entfliehen konnte: Es handelte sich um ein Suchtverhältnis. Mehr und mehr stellte ich meine Handlungen darauf ab, innerhalb dieses Ghettos meinen festen und möglichst angesehenen Platz zu finden. Von der Breite und der Unbestimmtheit der Möglichkeiten, wie ich sie bei jener Zugfahrt im April zusammen mit dem Pinguin gesehen hatte, war nichts mehr geblieben. Wir Höhlenbewohner bereiteten uns vor auf die große Kälte des kommenden Winters. Wir spürten, wie sie näher kam, wie sie ihren Angriff sorgfältig vorbereitete. Es war sinnlos, ihr ausweichen zu wollen. Alle Versuche, ihr zu entfliehen, führten in die falsche Richtung, noch stärker, noch früher in die Kälte hinein, wie jene merkwürdige Reise nach Oslo, zu der mich Lothar Mitte November ganz überraschend einlud.

Eine Reise nach Oslo

Die Vorgeschichte dieser Fahrt ist leicht zu erzählen. Es ist die übliche Geschichte. An einem Novembermorgen hatte Lothar einen Brief aus Oslo bekommen, der ihn sehr beunruhigte. Da reichte es nicht mehr aus, einen Brief zurückzuschreiben, da musste er schon selber hinfahren. Ich erlebte ihn sehr unsicher an jenem Nachmittag, als ich von irgendwelchen Auseinandersetzungen an der Uni zurückkam, bei denen natürlich auch die Polizei anwesend war. Der Kampf spielte sich vornehmlich auf der Treppe eines Seminars ab, draußen regnete es. Keiner darf mich fragen, worum es ging.

Lothar hatte nicht die geringste Lust, allein nach Oslo zu fahren und nach einem eventuellen Desaster allein mitten im November in Oslo zu sitzen. Er war klug genug, seine kommenden Katastrophen schon vorher abzusichern, sie so abzufedern, dass ihre Schläge nur noch mit verminderter Wucht trafen.

»Ich kann nicht mitkommen«, sagte ich, »für solche Reisen habe ich kein Geld.«

»Das macht nichts.«

Unter diesen Voraussetzungen kam ich natürlich mit. Da ich damals noch keinen Führerschein hatte, mussten wir noch einen dritten Mitfahrer finden. Wir überredeten Günter aus München, der gerade erst zwei Wochen im Dorf wohnte und den ich gleich am ersten Tag für die Teilnahme am Mietstreik gewonnen hatte.

Wir fuhren am selben Abend los. Der Brief duldete keinen Aufschub. Bis Hamburg fuhr Hans Martin mit, der für ein paar Tage seine Eltern besuchen wollte, und bis Hamburg saß er auch am Steuer. Wir waren frühmorgens in Hamburg und frühstückten bei ihm. Danach fuhr Günter, Puttgarden entgegen. Es hellte sich ein wenig auf, aber nur so weit, wie es sich eben im November aufhellt. Ich saß neben ihm, Lothar lag hinten und schlief etwas. Ich dachte ein gutes Jahr zurück, als ich mit einem anderen Günter ebenfalls Puttgarden entgegengefahren war, per Autostop und in einem ganz anderen Licht als heute. Aus diesen Erinnerungen riss mich der Radar. Günter war zu schnell gefahren, und wir mussten zwanzig Mark bezahlen. Von Puttgarden aus setzten wir mit der Fähre nach Rødby über. Dort machte es sich Günter auf der Rückbank des Käfers bequem und verfiel in einen tiefen Schlaf, aus dem er bis Oslo nicht mehr zurückkehrte. Zwar weckten wir ihn unterwegs mehrere Male, aber er war nicht zu bewegen, noch einmal zu fahren. So bildeten also wir beide, Lothar und ich, vom südlichen Dänemark bis nach Oslo ein Fahrer-Beifahrer-Gespann, und Lothar machte einige hässliche Bemerkungen über »den Bayern«. Ich bediente das Radio und sagte zuweilen die Kurven an.

Es war eine mörderische Fahrt. Vermutlich haben wir sie nur überlebt, weil neben mir der beste Autofahrer saß, den ich bis heute erlebt habe. Der Brief duldete keinen Aufschub.

Das Wetter war schlecht. In Dänemark regnete es ununterbrochen. Auf der Fähre von Helsingør nach Helsingborg fielen wir über das kalte Buffet her, und in Schweden empfing uns der Nebel. (Ich überschlage hier die gründliche Untersuchung unseres Wagens und unserer Körper nach Haschisch und stärkeren Stoffen, denn das versteht sich von selbst: Wann immer und mit wem immer ich an eine Grenze komme, wird diese Untersuchung durchgeführt, und jedes Mal denke ich grimmig: Naja, sie tun nur ihre Pflicht, und ich denke auch: Zöllner werden wahrscheinlich nicht gut bezahlt, und ein mieser Job ist es auch, und das versöhnt mich etwas.) Lothar fuhr also gegen den Nebel, mit einem Schnitt zwischen hundertzehn und hundertzwanzig, denn dieser Käfer war durchaus noch leistungsfähig. Zum Glück wusste ich noch nicht, was für einen Wahnsinn es bedeutet, mit hundertzwanzig gegen den dichten schwedischen Nebel anzufahren, und so trat ich während der gesamten Fahrt nur zweimal auf die imaginäre Bremse. Göteborg erreichten wir mitten im Berufsverkehr, das musste so sein aufgrund unseres Zeitplans: Wir hatten ja keinen. Das kostete Zeit, und sobald die Stadt hinter uns lag, fuhr Lothar wieder so schnell, wie der Käfer es hergab. Aus dem dichten Nebel kam uns plötzlich ein schwedischer Wagen entgegen, er sah nach Volvo aus. Wir waren zu weit nach links abgetrieben und fuhren auf der Gegenspur. Lothar riss den Wagen auf die rechte Spur, und der Volvo wischte vielleicht drei, vier Zentimeter an uns vorbei. Günter, schlafend, auf der Rückbank, hätte einen Zusammenstoß vielleicht überlebt.

Ich lernte ganz neue Ortsnamen kennen auf dieser Fahrt. Noch nie war ich so weit im Norden Europas gewesen. Auf der Strecke gab es Uddevalla, Sarpsborg und Moss. In Nordschweden wuchsen auf der rechten Seite der Europastraße 6 fast völlig kahle Felsgebirge schwarz in den Himmel, und links der Straße zeigte ein schwarzes Loch nach unten, steil in eine Schlucht. Ich hörte endgültig auf, mir Gedanken zu machen, ob wir jemals in Oslo ankommen würden. Ich sah nur noch diese steilen Wände rechts von uns. Auch drehte ich nicht mehr am Radio, weil ich mich jetzt ganz darauf konzentrieren musste, Lothar auf dieser schlecht ausgeleuchteten Strecke die Kurven anzusagen, von denen es mehr als genug gab.

Über die schwedisch-norwegische Grenze wurden wir herübergewinkt, ein einsamer Posten stand da und winkte. Er fror. Der Grenzübergang sah sehr verlassen aus.

Als wir in Oslo ankamen, waren wir, von Berlin aus gerechnet, einundzwanzig Stunden unterwegs gewesen. Der Bayer erwachte, sobald wir in die Stadt einfuhren, obwohl es keine hell erleuchtete europäische Hauptstadt war, in die wir da einfuhren. Es war zwischen neun und zehn Uhr abends, aber die Bewohner der Stadt schienen alle schon zu schlafen. Ganze Fensterreihen in den Häusern, an denen wir vorbeifuhren, waren dunkel. Auf den Straßen gab es nur noch vereinzelt Passanten.

Lothar fuhr uns zielsicher zu einer sehr großen Diskothek, die voll war und strahlend erleuchtet, und dort fand er auch seine Freundin. Ich selbst war müde, Günter wurde immer wacher, und Lothar und seine Freundin (ich habe mir ihren Namen nie merken können) gerieten aus meinem Blickfeld. Wir müssen Stunden in dieser Diskothek zugebracht haben. Schließlich fanden wir uns in einer Wohnung ein paar Straßen weiter wieder, wo wir auf Luftmatratzen schlafen konnten.

Wir mögen drei bis vier Tage in Oslo gewesen sein. Bis auf sehr wenige Ereignisse kann ich die Bilder, die ich von diesen Tagen noch habe, den einzelnen Tagen nicht zuordnen. Ganz sicher war es am folgenden Morgen, als wir eine Sauna in der Nähe des Hauptbahnhofs besuchten, um uns von dem Dreck und der Müdigkeit von einundzwanzig Stunden Fahrt zu befreien. Ich war natürlich, was die mitgenommene Kleidung betraf, überhaupt nicht auf diese Stadt vorbereitet. In Berlin hatte es noch diesen lauen Novemberregen gegeben; hier herrschte Frost, als wir die Sauna verließen, auch wenn die Sonne schien, und ich hatte keine Handschuhe, keinen Schal und glaubte, dass mir bald die Ohren abfallen würden.

Ich war auch sonst nicht vorbereitet auf diese Stadt. Es war die fremdeste fremde Stadt, die ich bis dahin aufgesucht hatte. Von der Sprache verstand ich nicht einmal ansatzweise etwas. Die Straßennamen sagten mir nichts, ich habe keinen einzigen behalten. Als Günter und ich einmal mit der Stadtbahn fuhren, stadtauswärts, hatte ich Angst, wir würden gleich das nördliche Ende Europas erreichen, nicht mehr zurückfinden und langsam dort erfrieren.

Trotzdem fühlte ich mich wohl in dieser Fremdheit. Diese Distanz hatte ich nach der immer erdrückender werdenden Enge des Ghettos gebraucht. Dieses Berlin, dieses Schlachtensee konnte ich mir hier in Oslo nicht mehr vorstellen. Ich hatte das Gefühl, noch nie so weit weg gewesen zu sein von allem, was mir vertraut war, und ich bereute es nicht.

Einmal aßen wir in der Mensa der Osloer Universität zu Mittag. Lothar und ich diskutierten, englisch, mit zwei norwegischen Studenten über die Linke in der Bundesrepublik und in Norwegen. Auch hier in Oslo bildeten sich die ersten Zirkel, die die blauen und insbesondere die braunen Bände entdeckt hatten. Wir saßen an einem der großen Fenster, die Wintersonne fiel auf unseren Tisch, ich aß wenig, lehnte mich zurück, zog mich aus der Diskussion zurück, hörte nur noch zu, mit halb geschlossenen Augen, und wünschte, dieser Augenblick in der Wintersonne möge nie vorbeigehen.

Ein anderes Mal, am frühen Abend, saß ich mit Günter in einem Café in der Innenstadt. Es schien eine Art Künstlercafé zu sein. An einem der Tische wurde Schach gespielt, an den anderen Tischen saßen kleine Gruppen, die sich leise in der uns unverständlichen Sprache unterhielten. Wir passten uns an, sprachen ebenfalls sehr leise. Es waren hauptsächlich Männer um die dreißig, das ganze Café schien mir plötzlich überschwemmt von Dreißigjährigen, lauter verkappte Väter, viele mit dichten Bärten, die meisten legten ihre dicken Jacken und Mäntel nicht ab (um die ich sie beneidete bei dieser Kälte), und alle schienen direkt aus Stücken von Ibsen oder Strindberg hierhergekommen zu sein, um schnell einen Kaffee zu trinken.

Weinend kam Lothar dann eines Nachmittags von seiner Freundin zurück, stammelte Sätze und Geschichten, die keiner verstand, das machte nichts, ich kannte das ja, fühlte mich ihm sehr nah in diesem Augenblick. Aber dieser Narziss ließ seinen Kummer nicht groß werden, Melancholie war nicht seine Sache. Wir zogen durch die Osloer Boutiquen und Plattengeschäfte, Lothar stattete sich aus mit ein paar schönen Sachen und ein paar Platten, es war ein sonnenloser und doch heller Wintertag, kalt, nach Kälte geradezu riechend, fast schon Dezember, Weihnachten, ein Weihnachten wie in Loseys Norafilm.

Wir verließen Oslo am nächsten Tag, ich bedauerte diesen Abschied, nicht mit Tränen wie Jahre zuvor, als ich London verließ, denn es war keine Liebe zwischen Oslo und mir, nur gegenseitige Achtung, Respekt, gegenseitige Anerkennung der Fremdheit des anderen. Diese Stadt war immerhin so freundlich gewesen, mir meine Fremdheit zu lassen, sie hatte mich nicht einverleiben wollen um jeden Preis. »Ich bin ihnen sehr gleichgültig, und dafür liebe ich sie.« Diesen Satz kannte ich doch.

Wir fuhren also zurück. Diesmal gab es keine Grenzkontrollen, denn den Schweden war es nur recht, wenn jemand Rauschgift aus dem Land herausbrachte, sie kümmerten sich nur um Sachen, die ins Land hineingebracht werden sollten. Meine Brille fiel mir auf der Fähre nach Helsingør aufs Deck und das rechte Glas zerbrach. So saß ich für den Rest der Fahrt einäugig neben Lothar, sah in die Wintersonne und kniff das rechte Auge zu. Es war Samstag, der 15. November 1969, und in fast allen großen Städten der Welt gab es riesige Demonstrationen gegen den amerikanischen Krieg in Vietnam. Aber wir waren nicht in den großen Städten, wir fuhren durch Schweden und Dänemark, viel langsamer als auf der Hinfahrt, es gab keinen Brief mehr. Abends waren wir in Hamburg. Ich ließ mich zur Michaelisbrücke fahren, nahm meine Tasche, wünschte alles Gute für die Restfahrt nach Berlin und klingelte bei Angelika.

Es war ein unnötiger, überflüssiger Besuch, der nichts einbrachte als schlechten Geschmack im Mund. Ich lernte Angelikas neuen Freund kennen, den ich mochte und vor dem ich zugleich ein bisschen Angst hatte, und Angelika und ich redeten, wenn wir allein waren, sehr viel künstliches Zeug. So war ich also sehr schnell wieder in dem, was mir vertraut war. Es war mir nicht lieb. Ich wäre so gern noch in Oslo geblieben.

Die Kälte kriecht über Schlachtensee

Am folgenden Montag, meine Brille war wieder instand gesetzt, trampte ich nach Berlin zurück. Es herrschte noch immer dieses nasskalte Hamburger Novemberwetter. Ich fuhr mit der S-Bahn bis nach Bergedorf und brauchte dort nicht lange an der Straße zu stehen. An der Grenze wurde auch dieser VW durchsucht. Der Fahrer hatte wirklich einen kleinen Klumpen Hasch für den Privatverzehr bei sich, aber den trug er am Körper, in der Jackentasche. Sie rochen an meinem Päckchen Tabak (Schwarzer Krauser), aber ich konnte sie überzeugen, dass es wirklich nur Tabak war. Sie nahmen beinahe den ganzen Wagen auseinander, aber auf das Naheliegende kamen sie nicht. Sie konnten, wenn sie etwas suchten, nur noch um Ecken denken.

Über die Heerstraße fuhren wir nach Berlin ein, und das nun schon beinahe vertraute unruhige Gefühl im Magen war wieder da, ich erkannte es wieder, begrüßte es, alles andere hätte mich überrascht. Mit der U-Bahn und dem 18er-Bus fuhr ich zurück in die Höhlen, nichts hatte sich verändert, es war nur etwas kälter geworden.

Es wurde noch kälter in den folgenden Tagen. Ich kaufte mir endlich Handschuhe, lammfellgefüttert, die Verkäuferin machte mich beim Kauf darauf aufmerksam, dass es sich um Damenhandschuhe handelte (und Jahre später machte mich in Tübingen eine Verkäuferin darauf aufmerksam, dass es sich bei den Stiefeln, die ich kaufen wollte, um Damenstiefel handelte, und im Sommer davor wurde ich beim Kauf einer Samthose darauf hingewiesen, dass es sich um eine Damenhose handele). Ich kaufte mir auch Wildlederstiefel, ebenfalls fellgefüttert, und ich kaufte mir die Imitation einer Pelzjacke, mit Kapuze, hüllte mich ein von Woche zu Woche, verließ das Dorf selten, es wurde immer noch kälter. Ein Ende dieses Winters konnte ich mir bald nicht mehr vorstellen. Tagsüber saß ich am ersten Band von Marxens *Kapital*, war der stockenden und unregelmäßigen *Kapital*-Schulung, die Mick Mandrey als Tutorium betrieb, schon bald weit voraus, fast jede Woche um ein Kapitel mehr, und war noch immer wie am Anfang so empört über die Sache mit dem Mehrwert und seiner Abpressung. Abends ging ich, gut verpackt in meine Jacke und die Stiefel, ins Haus der Verwaltung gegenüber, wo den Studenten ein Raum zur Verfügung stand (schließlich war das ganze Dorf eine sehr demokratische amerikanische Stiftung), um mit den anderen die nächsten Schritte im Mietstreik zu besprechen, danach in den »Club«, wanderte von Tisch zu Tisch, trank mein Bier, spielte auch mal ein paar Runden Skat, war überall beliebt, genau wie in den wunderbaren Jahren. Aber es war kein wunderbarer Winter, weil ich überzeugt war, dass er nie mehr aufhören würde. In den wunderbaren Jahren hatte es eine Vorstellung von Zukunft gegeben, deswegen waren es die wunderbaren Jahre gewesen. Die gab es nicht mehr in diesem Winter, der der kälteste des ganzen Jahrzehnts zu werden schien. Uns allen blieb nichts anderes zu tun, als uns noch ein bisschen wärmer einzuhüllen in unseren Höhlen.

Später am Abend ergab es sich oft, dass wir in kleinem Kreis uns auf ein Zimmer zurückzogen, meistens auf Lothars Zimmer, um in aller Ruhe einen Joint zu rauchen oder auch zwei, von schöner Musik begleitet. Manchmal gelang es mir, eine Passage aus einem Stück Musik noch einmal zu hören, wirklich zu hören, während die Platte schon längst woanders angekommen war.

An einem anderen Abend entdeckte ich, dass ich, wenn ich drei Schritte vorwärts machte, mich auf der Stelle um genau hundertachtzig Grad drehte und drei Schritte von exakt derselben Länge wieder zurückging, ganz genau am Ausgangspunkt ankam. Mindestens zehnmal führte ich diese Tatsache praktisch vor, »seht genau zu«, sagte ich, »was ich mache und was am Ende dabei herauskommt«; ich hatte eine große Entdeckung gemacht, aber keiner verstand sie, alle lachten nur.

Diese Nächte waren lang, und der Schlaf, der auf sie folgte, ein tiefer, friedlicher Schlaf, war es auch. Oft war es mittags, wenn ich aus dem Bett kam, und nach dem Frühstück kehrte ich zurück zu Marx, zur einfachen Manufaktur und zur ursprünglichen Akkumulation.

Es wurde immer noch kälter. Es war beinahe undenkbar geworden, das Dorf auch nur für eine kurze Fahrt ins »Bali« zu verlassen, um die Spätvorstellung zu sehen: *Mercenario*, *Zwei glorreiche Halunken*, *Spiel mir das Lied vom Tod*, nicht zu vergessen das Original all dieser Filme: *Django*. Die Tage waren sich gleich, tagsüber *Kapital*, abends »Club«, und im »Club« beobachtete ich manchmal einen, der neben seiner Freundin saß, gebeugt über Bücher, den Bleistift in der Hand, der auch mal mit anderen am Tisch sprach, dann wieder weiterlas. Für den interessierte ich mich von Abend zu Abend mehr.

Murnau trifft seinen Engel

Er hieß Lars, ließ ich mir erzählen, Lars Steffen, und er hatte irgendetwas mit den Marxisten-Leninisten zu tun: die, die jetzt auf Schulung machen, du weißt schon. Eines Abends saß ich mit anderen zusammen an seinem Tisch, gerade hatte er die Bücher zugemacht, die Papiere zur Seite gelegt und den Bleistift, mit dem ich ihn oft sehr wild und angriffslustig in den Büchern und Papieren hatte herumstreichen sehen. Er las also nicht mehr, saß aber immer noch vorgebeugt, richtete sich den ganzen Abend nicht auf, diese über irgendetwas gebeugte Haltung verließ er nicht.

Wir sprachen miteinander. Worüber? Vermutlich über Schulung, Marxismus-Leninismus, über Marx und Lenin also auch, und er sagte dauernd »die Genossen« und redete auch alle Leute um sich herum, also auch mich, mit »Genosse« oder »Genossin« an. Er sprach ganz selbstverständlich vom »Genossen Mao Tse-Tung«, und es hörte sich tatsächlich so an, als sei er mit dem noch vor zwei Stunden in der »Roma« in Schöneberg Pizza essen gewesen. Wenn er diese Formeln gebrauchte, war nichts Routiniertes darin, nichts Aufgesetztes, er leierte sie nicht herunter, seine Tonlage wechselte ständig. So viel war mir sofort klar: Er wohnte im Ghetto wie ich, aber er zählte nicht zu den Höhlenbewohnern, war an die Wertskala des Dorfes nicht gebunden, kämpfte nicht um seinen Platz darin, weil es offenkundig draußen, da draußen in Berlin also, etwas gab, das es für ihn zu einem bloßen Zufall machte, hier zu wohnen. Er repräsentierte für mich vom ersten Moment an die Tatsache, dass es noch etwas anderes gab als dieses Dorf und als die Kälte, die Schlachtensee gefangen hielt.

Wenn er zu mir sprach, sah er mich wirklich an, und ich sah ihn an, aber das merkte er nicht, denn ich trug damals eine Brille, deren Gläser sehr stark getönt waren, und hinter diesen Gläsern sah man meine Augen nicht mehr. Im Schutz dieser Gläser sah ich ihn also an, beobachtete ihn, ohne dabei ertappt werden zu können. Wir sprachen über Schulung und die Organisation, die aufgebaut werden müsse, seine Sätze waren uferlos, tastend, am Anfang jeweils noch bemüht um Einhaltung der syntaktischen Regeln, um dann doch irgendwann umzukippen, zugleich mit seiner Stimme, ich selbst redete mit, redete souverän über die Dinge, von denen ich kaum eine Ahnung hatte (die jahrelange Übung aus der Nische, hier zahlte sie sich aus) und dachte dabei ständig nur den einen Satz: Mein Gott, was für ein hübscher Junge.

Kein Zweifel, ich hatte meinen Engel vor mir. Allerdings war es ein etwas angeschlagener Engel, ein bisschen erschöpft, schien längere Zeit nicht mehr richtig ausgeschlafen zu haben, und ich entdeckte hier und da schon graue Haare zwischen den dunkleren, fast schwarzen (und fragte mich trotzdem dauernd, ob dieser Lars Steffen wohl schon zwanzig sei). Aber ein Engel war er auf jeden Fall, für mich persönlich bestimmt, die Luft zwischen uns war aus Elektrizität. Der Tisch wurde nach und nach leerer, nur Lars, seine Freundin Ruth und ich blieben übrig. Er sprach noch immer. Sein bevorzugtes Wort war »allerdings«. Er setzte dieses Wort sehr geschickt ein, um Aussagen, die er noch gar nicht zu Ende geführt hatte, zu relativieren, vieles offenzulassen und doch den Eindruck zu erwecken, einen sehr festen und klaren Standpunkt einzunehmen, dieses Vorgehen hatte, mir fiel damals nicht und fällt heute noch kein anderes Wort dafür ein, etwas sehr Dialektisches. Geschützt durch meine Brillengläser sah ich die ganze Zeit sein ungeschütztes Gesicht und dachte schließlich: Jetzt muss ich gehen, sonst passiert noch etwas ganz Unvorhersehbares, und sagte:

»Ich bin jetzt ziemlich müde, aber wir sollten uns später mal weiter unterhalten.« (Und sagte dann sicher etwas in der Art wie: Ich finde das alles ziemlich interessant, was du sagst, oder: Ich finde dich nett, irgendeine dieser horrenden Untertreibungen, in die man sich flüchtet, wenn man (noch) nicht den Mut hat, sich die Wahrheit zu sagen.) Ich nahm noch ein Bier mit und lief dann ein paar Umwege quer durchs Dorf zu meinem Haus, um draußen in der Kälte wenigstens ein bisschen von der Elektrizität dieses Abends wieder loszuwerden.

Jensen, Ruth und Ringo kamen für ein paar Tage zu Besuch. Ich hatte Angst vor diesem Besuch, Angst, dass Jensen meine starre Sicherheit als Höhlenbewohner gefährden, meine Verschanzung angreifen werde. Vom ersten Moment an, als der Pinguin und ich die drei am Flughafen abholten, verfuhr ich offensiv, demonstrierte mit jedem Schritt, jeder Geste, jeder Selbstverständlichkeit in der Benutzung der öffentlichen Verkehrsmittel meinen Einklang mit dieser Stadt Berlin und demonstrierte vor allem, dass es mir gut ging, gut, gut, gut, und dass niemand ein Recht hatte, an diesem Zustand zu kratzen: quälende Tage, die mich schon traurig machten, als sie noch gar nicht vorüber waren, aber ich konnte, wollte und durfte meine Trauer nicht zeigen. Zum Glück besuchten wir an den Abenden vorwiegend Kneipen mit sehr lauter Musik, sodass die Gefahr eines längeren Gesprächs weitgehend gebannt war, oder wir saßen im Kino, um Melvilles *Der zweite Atem* zu sehen (und wieder freute ich mich wie jedes Mal auf die Szene, als Inspektor Blot nach dem gelungenen Tonbandtrick aus dem Wagen steigt: »Ich danke Ihnen, meine Herren. Das hat ja sehr schön geklappt. Endlich hat mal was geklappt.«). Wir waren ohnehin ständig in Bewegung, dieser ganze Besuch war eine Sightseeingtour für unsere Freunde aus Westdeutschland:

Buchläden, Kneipen, Busse, U-Bahnen, Kinos – ein Besuch in den Höhlen von Schlachtensee war natürlich inbegriffen. Nicht für einen Moment kam ich aus dem Gestus des Zeigens heraus, und seitdem wir uns kannten, waren Jensen und ich einander nicht so fremd gewesen. Das Schlimmste war, dass es ausschließlich an mir lag, und dass ich die ganze Zeit wusste, dass es so war. Aber ich hatte mir vorgenommen, konsequent das Spiel dessen zu spielen, der etwas ganz Neues angefangen hatte, der den ganzen alten Mist, die Geschichte mit Angelika also, längst vergessen hatte, ihr Name durfte nicht genannt werden. Jensen glaubte mir nicht. Er sagte es nicht, er zeigte es nicht einmal, aber ich spürte es, und das machte mich jeden Tag noch ein bisschen verbissener.

Jensen und Ruth waren beim Pinguin untergebracht, in diesem schönen alten Haus an der Uni. Ringo schlief bei mir in der Höhle. Am letzten Abend saßen wir beide lange im »Club«, nicht sehr gesprächig miteinander. Lars Steffen kam an unsern Tisch, ich schlug vor, ins Haus 5 hinüberzugehen und die Küche zu plündern, weil wir alle plötzlich Hunger hatten. Wir waren kaum in der Küche, als immer mehr Leute nachkamen, in zehn Minuten war die Küche überfüllt, und irgendeiner warf schließlich alle vorhandenen Vorräte zusammen und verkochte sie miteinander. Es fanden mindestens drei Gespräche über Kreuz statt, die immer wieder ineinandergerieten. Meine Beteiligung an ihnen beschränkte sich darauf, sarkastische Bemerkungen zu machen, die Lars offenkundig gefielen. Meine schützende Brille hatte ich abgelegt, und zum ersten Mal sahen wir uns gegenseitig an, warfen uns Blicke von Einverständnis zu, von Einverständnis zuerst, dann distanzlose Blicke, die nicht mehr sagten: Ich finde dich ganz nett, sondern die sagten: Ich brauche dich. Ab heute brauche ich dich.

Am nächsten Tag flogen die drei ab, wir waren alle ziemlich verlegen, wie wir da in Tempelhof in der Empfangshalle herumstanden, ich kam ins Dorf zurück, stürzte in Lars' Zimmer (aber es war gar nicht seins, offiziell, es war das von

Ruth: die beiden teilten diese lächerlichen zwölf Quadratmeter) und sagte:
»Ich muss ganz viel mit dir besprechen.«

Wir hatten fast nur die Abende und die Nächte für uns. Tagsüber war Lars in Berlin, ging seinen undurchsichtigen Geschäften bei den Marxisten-Leninisten nach. Er hatte diesen Termin und jene Sitzung. (Das waren Vokabeln und Sätze, die ich damals lernte und später selbst souverän zu gebrauchen wusste: Ich habe noch einen Termin heute Abend, oder: Wir haben um sechs eine Sitzung, das kann lange dauern.)

Aber an den Abenden, in den Nächten, rückten wir eng zusammen und erzählten: über eine Kindheit in einem kleinen Dorf in der Holsteinischen Schweiz und über eine Jugend in Ostfriesland; über den schnellen Flügelflitzer Lars Steffen, der so schnell war, dass man ihn nicht einmal durch Foulspiel bremsen konnte, und über Murnaus persönliche Beziehungen zu Nobby Stiles; über die Schlacht am Tegeler Weg, die Lars mitgemacht hatte, und über die zahlreichen Schlachten, an denen Murnau fern von Berlin, vom Jadebusen aus, teilgenommen hatte; über unsere treuesten Begleiter: Murnaus Angst vor etwas, das er nicht einmal benennen konnte, und das sehr viel konkretere Roemheld'sche Syndrom, Lars sagte ganz einfach und liebevoll: mein Roem-held. (Herzbeschwerden, die durch Luftansammlungen in den Verdauungswegen ausgelöst werden. Typisch: Herzstechen, Herzklopfen, Herzangst, die oft ebenso plötzlich nach kräftigem Rülpsen wieder weichen. Behandlung: Verzicht auf blähende Speisen, kohlensäurehaltige Getränke, Medikamente. Lars liebte die Pizza sehr scharf gewürzt und mit viel Peperoni.) Vor ein paar Monaten war er zusammengebrochen, einige Tage lang in ernster Lebensgefahr, eine Nikotinvergiftung spielte dabei eine Rolle, und er erzählte mir einen Fiebertraum aus dieser Zeit, der damit endete, dass ein großer gelber LKW auf eine Gruppe von Genossen zuraste, zu der Lars gehörte, und auf dem LKW stand in großen schwarzen Buchstaben geschrieben: SDS Frankfurt.

Wir standen einfach unter dem Zwang, uns alles zu erzählen, und wir hatten auch das Gefühl, dass dies innerhalb der nächsten zwei Wochen zu geschehen hatte: Es war dringend. Wir waren unfähig, uns etwas zu verschweigen. Lars spielte mir Papiere zu, die ich nach der konspirativen Hierarchie seiner sich im Aufbau befindlichen Organisation niemals hätte lesen dürfen, von denen ich eigentlich nicht mal hätte wissen dürfen, dass es sie überhaupt gab. Die Zeit der linken Geheimbünde war angebrochen. Ich verstand diese Papiere nicht, konnte es auch nicht, weil sie nur verständlich waren für den, der ihren Entstehungsprozess kannte, der wusste, dass sie Instrumente in einem der vielen kleinen Machtkämpfe waren, die damals überall in der Linken stattfanden, verständlich nur für den, der begriffen hatte, dass schon die bloße Verwendung der Floskel »die Linke« ein naiver Anachronismus geworden war. (Da wurden über Nacht zum Beispiel die Türschlösser in den Räumen einer noch von mehreren linken Fraktionen getragenen Zeitung ausgewechselt, um fortan bestimmte linke Fraktionen am Betreten dieser Räume zu hindern, und niemand wunderte sich mehr über solche Sachen.) Ich verstand diese Papiere nicht, aber ich liebte sie, denn sie waren ein Teil von Lars' Wirklichkeit, und ich liebte sie umso mehr, als er sogar diesen eigentlich geheimen Teil seiner Wirklichkeit mir nicht vorenthielt.

Wenn einer mich wieder herausführen konnte aus den Höhlen von Schlachtensee, dann war er es.

Aber vorerst kehrte die Kälte wieder. Das schlimme deutsche Fest Weihnachten rückte näher, und Lars fuhr nach Hause. Am Abend nach seiner Abreise lag ich in meiner Höhle auf dem Bett und entdeckte erstmals, wie wenig ich in den letzten zwei Wochen geschlafen hatte. Langsam glitt ich aus dem Fieberzustand dieser zwei Wochen zurück in die Kälte und bemerkte, dass ich abgrundtief müde war. Ich hätte gern geweint, aber es ging nicht.

Ein Jahrzehnt geht zu Ende

Auch ich hatte ursprünglich nach Hause fahren wollen, hatte mit Jensen sprechen wollen, mit meinen Eltern und auch mit Angelika. Aber ich war viel zu müde geworden, um an die lange Reise und all diese sicher sehr komplizierten Gespräche nur zu denken. Ich ließ meine Eltern wissen, dass ich krank sei und nicht kommen könnte, und das war nicht übertrieben: Meine Müdigkeit hatte etwas Krankhaftes. Ich war so müde wie noch nie zuvor in meinem Leben.

Das Ghetto leerte sich in den paar Tagen vor Heiligabend schnell und fast lautlos. Neben mir blieben fast nur noch die gebürtigen Berliner da, Mick Mandrey also und Lothar. Lothar und ich frühstückten häufig zusammen in diesen Tagen, in seinem Zimmer, längst war hoher Schnee gefallen, der fast in sein Fenster hineinwuchs; wir saßen bei einem guten Frühstück, und George Harrison sang »Here comes the sun«: »... it's been a long and lonely winter.«

Ich erhielt ein paar Briefe in diesen Tagen, die mich kaum interessierten, obwohl sie von Jensen und von Angelika kamen, Briefe, die ich zögernd öffnete, ein paarmal unkonzentriert las und beiseite legte. Ich versank vollständig in der Kälte und dem tiefen Schnee, alles, was von jenseits dieser natürlichen Begrenzungen kam, ließ mich ganz gleichgültig. Am Heiligabend, diesem schlimmsten Tag im Jahr, saßen wir zu dritt beisammen, Lothar, Mick und ich, machten eine halbe Flasche Whisky leer und rauchten danach einen Joint. Es war eine etwas unglückliche Mischung, und ich stand später etwa eine Stunde lang an die Wand gelehnt und glaubte ernsthaft, sterben zu müssen. Sterben ist unumgänglich, warum also nicht jetzt, in der schützenden Kälte von Schlachtensee, ringsum eingemauert von hohem Schnee, nachdrücklich getrennt von all den falschen Rettern, die in solchen Augenblicken plötzlich auftauchen, während sie nie da sind, wenn man sie wirklich braucht.

Aber so war es nicht. Ich überlebte diese Stunde und

diese Nacht und erwachte am nächsten Morgen mit dem erleichterten Bewusstsein, dass Heiligabend vorüber war.

Nach den Feiertagen fuhren Lothar und ich einen ganzen Tag lang in die Stadt, nach Berlin, das ich kaum noch kannte, kauften Platten, kauften ein für ein chinesisches Essen, tranken noch einen Tee in einer schönen Teestube am Wittenbergplatz, es war noch immer eiskalt: In den befahrenen Straßen der City hatte der Schnee sich schmutzig aufgelöst, draußen, je mehr wir uns Schlachtensee näherten, war er noch beinahe unberührt. Abends: das chinesische Essen, der Joint, die Musik.

So gingen für mich die letzten Tage der sechziger Jahre zu Ende. Ich dachte nicht daran, dass es die letzten Tage eines Jahrzehnts waren, das ganz anders begonnen hatte: ein bisschen Spiegel-Affäre, überall noch Adenauer, ein bisschen Gruppe 47, ein bisschen Chubby Checker und der Twist, dann plötzlich die Beatles und etwas längere Haare, die Rolling Stones und ein etwas rüderer Ton, die Studenten von Berlin und Frankfurt, plötzlich die von überall, dann der Mai 1968, jener kurze Moment, als alles möglich schien oder vielleicht auch alles möglich war, jener kurze Moment, der immerhin zwei Jahre dauerte. Das Ende dieser zwei Jahre war nun deutlich gekommen, jeder spürte es und jeder versuchte, es auf seine Art zu verarbeiten. Es war ein sanftes, lang hingezogenes Ende, in diesen Winter eingebettet, in die Musik, die psychedelisch geworden war, in die Freude am guten Essen und am guten Stoff. Es war alles so vollkommen unpathetisch, es war als Ende gar nicht sichtbar, es schien ja auch alles weiterzugehen auf neuen Wegen, und die Trauer, die ich während dieser Tage empfand, wurde mir erst Jahre später als Trauer wirklich bewusst. Vorläufig benutzte ich diese Tage, um mich auszuruhen, loszukommen von der ungeheuren Anstrengung, die die ganze Zeit seit dem Sommer für mich bedeutet hatte.

Am Silvestertag 1969, dem letzten Tag der sechziger Jahre, morgens um zehn Uhr, erreichte die Kälte ihren Höhepunkt. Das Thermometer ging gegen zwanzig Grad unter null, und in den Höhlen von Schlachtensee waren die Heizungen ausgefallen. In den Tagen zwischen Weihnachten und Neujahr hatte sich das Ghetto zögernd wieder gefüllt, und nun sah man an diesem Morgen überall dick vermummte Figuren, von Schals umschlungen, auf ihren Betten oder an ihren Schreibtischen sitzen oder in Zweiergruppen draußen durch den tiefen Schnee laufen. Die Panne dauerte nur eine knappe Stunde, dann konnten langsam die Mäntel und Schals wieder abgelegt werden. Meine Finger waren nach und nach wieder so beweglich, dass ich die Tasten meiner Schreibmaschine damit bedienen konnte. Die Kälte hatte angedeutet, eine knappe Stunde lang, wozu sie fähig war.

Abends erst entdeckte ich, wie viele Leute schon wieder zurückgekehrt waren. In einem der Häuser, das sich räumlich am besten dazu eignete, fand die Silvesterfête statt. Was mich am meisten erstaunte, war die Tatsache, dass aus der großen Stadt Berlin ganze Gruppen herausgekommen waren in unser Ghetto, um hier zu feiern: eine Bewegung in der falschen Richtung.

Pünktlich um zwölf Uhr wurden im Dorf und in den angrenzenden Straßen (gute Villengegend, Einkommensklassen ab 25 000 Mark netto jährlich aufwärts) die Feuerwerkskörper gezündet, die Sektflaschen geöffnet, es gab die furchtbaren guten Wünsche zum neuen Jahr, wir alle rückten noch enger zusammen, als wir es der Kälte wegen ohnehin schon getan hatten, prosteten uns zu und feierten verbissen das Ende dieses Jahrzehnts.

Zwei Tage später kehrte Lars zurück, und wir nahmen unseren Dialog wieder auf. Es war nicht in allen Situationen ein Dialog; oft war Ruth dabei, und es gab zwischen ihr und mir eine latente Eifersucht wegen Lars. Aber das Verhältnis zwischen den beiden zerfiel in jenen Tagen schon, und ich beschleunigte den Zerfall, nicht vorsätzlich, allein dadurch, dass es mich gab. Alles, was nun kam, war nicht mehr aufzuhalten und ging sehr schnell. Lars bereitete seinen Umzug in eine Wohngemeinschaft vor, und ohne dass wir je darüber sprachen, war es klar, dass ich dort mit einziehen würde. Ich fuhr einfach immer häufiger mit nach Kreuzberg, um beim Renovieren der Wohnung zu helfen, übernachtete auch schon mal dort. Es war zugleich meine Rückkehr nach Berlin, eine Wohnung nahe dem U-Bahnhof Prinzenstraße, im deutschen Teil von Kreuzberg, alte, zum Teil noch gut erhaltene Häuser mit manchmal hochherrschaftlichen Treppenhäusern und geräumigen Wohnungen. Unsere künftige Wohnung maß zweihundertsechzig Quadratmeter, und der Gang vom Berliner Zimmer in die Küche kam einem Spaziergang gleich. Zugleich arbeitete ich mich durch die Papiere, die Lars mir nach wie vor zuspielte, und wühlte mich durchs Schulungsprogramm. Nur noch gelegentlich nahm ich einen Joint auf Lothars Zimmer, das gehörte schon beinahe der Vergangenheit an, einer kleinbürgerlichen Vergangenheit, die überwunden werden musste, keine Diskussionen mehr mit Gert Udo Jerns über eine mögliche Analyse, Ende der Trauer, Schluss mit der Melancholie, vorwärts zu den schriftlich fixierten, aggressiv fröhlichen Imperativen: Die marxistisch-leninistische Organisation in Angriff nehmen! und: Gegen den Liberalismus!

»Du bist ganz schön rigide«, sagte Gert Udo Jerns, »gegen dich selber noch mehr als gegen andere.«

»Das muss man auch sein«, sagte ich, ich sagte: »man«, und mein Satz wäre wahr gewesen, wenn ich gesagt hätte: Das muss ich auch sein.

Denn ich musste so rigide sein, musste diese einmalige Gelegenheit ergreifen, mich nach Münchhausens Vorbild am eigenen Schopf aus dem Sumpf zu ziehen. Es blieb mir keine andere Wahl. In Hamburg trieb sich Angelika mit reichen jungen Leuten herum, die ganz sicherlich von den Früchten der Mehrwertabpressung lebten (das hatte sie jedenfalls im Sommer getan, und mir wurde nicht klar, dass ihr neuer Freund im Gegenteil jemand war, der sein Geld zeitweise durch tägliche Jobs im Hamburger Hafen verdient hatte, es wurde mir nicht klar, obwohl sie es mir erzählt hatte), ich selbst musste das Ghetto so schnell wie möglich verlassen, und die nächsten Wochen und Monate zumindest konnte ich nicht überstehen ohne Lars: Das waren drei gute Gründe, gegen den Liberalismus zu sein und die marxistisch-leninistische Organisation in Angriff zu nehmen.

Die siebziger Jahre begannen.

Der Mönch mit der Lederjacke

> »Ich sah mich jeden Morgen feierlich im Spiegel an und sagte zu mir selbst: Mein Ziel muss es sein, jetzt wie früher, die nächste Woche zu überleben, die nächste Woche, die nächste Woche.«
> Lars Gustafsson, *Wollsachen*

Genesis

Ricardo zeugte Smith, Smith zeugte Marx. Marx und Engels zeugten Lenin. Lenin zeugte Stalin. Stalin zeugte Mao. Marx, Engels, Lenin, Stalin und Mao Tse-Tung zeugten die Marxisten-Leninisten. Diese werden die Partei zeugen. Diese wird die Vorhut der Arbeiterklasse sein. Die Arbeiterklasse wird unter Führung ihrer Partei die Revolution zeugen.

So einfach war das, jedenfalls aus dem Blickwinkel derer, die sich von ihrer antiautoritär kleinbürgerlichen Vergangenheit abgewandt hatten und sich nun daran machten, die marxistisch-leninistische Organisation in Angriff zu nehmen und den Parteiaufbau voranzutreiben. Ein neues, offensives, aggressives Vokabular wurde geboren. Ständig waren die Genossen damit beschäftigt, etwas in Angriff zu nehmen, etwas voranzutreiben, etwas zu bekämpfen: die Organisation, die Auseinandersetzung, den Klassenfeind. Auch gab es jetzt verschiedene Kategorien von Genossen: Kader und Sympathisanten. Der Sympathisant konnte langfristig gesehen natürlich zum Kader werden. Kader führten Kontaktgespräche mit potenziellen Sympathisanten. Die Sympathisanten mussten sich vor allen Dingen erst einmal schulen, selbstverständlich unter Anleitung eines schon geschulten Kaders. In den Westberliner Buchläden wurden die blauen, die braunen und die gelben Bände zu Verkaufsschlagern. An der Spitze lagen dabei der blaue Band 23 (*Kapital* 1), der braune Band 5 mit der lapidaren Frage *Was tun?* und der gelbe Band 1 mit den Aufsätzen »Über den Widerspruch« und »Über die Praxis«. Daraus zusammen ließ sich schon was machen. Die Vielleser, die Theoretiker, die Schulungslöwen nahmen noch den einen oder anderen Band hinzu, immer bedacht auf den kleinen Vorsprung, den die Kenntnis einer allgemein unbekannten Fußnote gewährte: Schließlich kamen wir ja alle von der Universität und wussten den Stellenwert, den eine Fußnote im Konkurrenzkampf haben kann, durchaus richtig einzuschätzen.

Die leninistische Wende hatte also eingesetzt. Sie war natürlich nicht über Nacht gekommen, und sie war nicht die Erfindung einiger weniger, die sich davon persönliche Vorteile versprachen. Als wir die leninistische Wende vollzogen, gab es unzählige persönliche Anlässe und eine Handvoll nicht nur persönlicher Hintergründe. Von den Letzteren soll die Rede sein.

Im letzten Herbst der sechziger Jahre, in diesem etwas ratlosen Herbst, in dem die Linke sich fragte, was nun eigentlich werden sollte, hatte es eine plötzliche Überraschung gegeben, um das Mindeste zu sagen, etwas, womit kaum einer gerechnet hatte, geradezu einen Schock. Über diesen Schock ist später viel geschrieben worden, empirische Untersuchungen und theoretische Einschätzungen wurden veröffentlicht, unzählige Thesenpapiere dazu. Der Schock hatte auch bald einen Namen: die Septemberstreiks.

Anfang September 1969 nämlich machten zumindest Teile der westdeutschen Arbeiterklasse darauf aufmerksam, dass es sie nicht nur als Objekt politologischer und soziologischer Untersuchungen gab, sondern dass sie wirklich existierten: als Subjekt, und dass sie, wenn es nötig war – und es war nötig geworden –, auch auf die Straße gehen konnten. Was die Studenten konnten, was die Studenten zwei Jahre lang vorgemacht hatten, das konnten sie auch.

Und so fand man die Namen Hoesch, Klöckner, Howaldt und andere Anfang September plötzlich nicht mehr allein auf den Wirtschaftsseiten der Tageszeitungen. Die Belegschaften hatten dafür gesorgt, dass diese Namen ganz nach vorn rückten, auf die erste Seite. Die Diskrepanzen zwischen den noch in der Krise abgeschlossenen Tarifverträgen und den bekanntgewordenen Erträgen der Konzerne waren einfach zu groß, um hingenommen zu werden. Deshalb verbrachten die Arbeiter wenigstens einen Teil dieser schönen Spätsommertage draußen auf der Straße statt in den schummrigen Werkshallen. Das Besondere daran war, dass sie es nicht für nötig hielten, vorher ihre Gewerkschaftsleitungen um Erlaubnis zu fragen. Plötzlich gab es das, was die Presse beharrlich als »wilde Streiks« bezeichnete (als ob es zwischen zahmen und wilden Streiks zu unterscheiden gebe), und auch die linke Presse, zum Beispiel die *Rote Presse Korrespondenz*, Erscheinungsort Westberlin, übernahm zunächst diese Bezeichnung, bis sie endlich auf die rettende Formel von den spontanen Streiks verfiel.

Sie hatten es überhaupt schwer, die Linken, mit diesen wilden und spontanen Streiks. Die warfen einiges über den Haufen, zuallererst die tief verwurzelte Überzeugung von der totalen Manipuliertheit des Arbeiterbewusstseins. Die Streiks durften eigentlich gar nicht stattfinden, und wenn sie trotzdem stattfanden, dann musste etwas faul sein an der These von der manipulierten Arbeiterklasse.

Dies waren nicht die einzigen Schwierigkeiten. Die Arbeiter streikten auch, ohne der revolutionären Intelligenz, den Studenten also, die Führung des Streiks angeboten zu haben. Wo sie Hilfe annahmen, wie bei Howaldt in Kiel, handelte es sich im Wesentlichen um technische Hilfe: Räume, Druckmaschinen, Papier.

Die revolutionäre Intelligenz zog daraus ihre Schlüsse. Sie hatte ja schon ihre eigenen Erfahrungen gemacht mit dem, was sie selber Basisarbeit nannte. Es blieb ja nicht aus, dass sie im Verlauf dieser Basisarbeit in Kontakt kam mit (vornehmlich jungen) Arbeitern. Da gab es abends Sitzungen, Treffs, Diskussionen, und die jungen Arbeiter nahmen daran teil. Nun hatten sie aber den ganzen Tag gearbeitet, und das setzte ihrer Fähigkeit, an den Sitzungen, Treffs und Diskussionen teilzunehmen, ihre natürlichen Grenzen. Danach hatte sich also die revolutionäre Intelligenz zu richten. Die Zeit der end- und ziellosen Diskussionen war vorbei. Die Arbeiter waren nur zu gewinnen, wenn zielstrebig und diszipliniert gearbeitet wurde, wenn Schluss gemacht wurde mit der Handwerkelei. Disziplin war das neue Zauberwort. Disziplin musste auch organisatorisch ihren Ausdruck finden.

Eine Organisation musste also geschaffen werden. Dieser Schluss lag in der Tat nahe nach dem, was man an Erfahrungen gesammelt hatte. Auch war es den Genossen nicht zu verdenken, dass sie mal hier und da in alten Büchern nachschlugen, wie man eine solche Organisation aufbauen könnte. Dass man dabei aber vor allem auf eine alte Schrift aus dem zaristischen Russland verfiel, die im Jahre 1902, als sie geschrieben wurde, eine gewisse Bedeutung gehabt haben mag, war verhängnisvoll. So nahmen sie ihren Anfang, die immer wiederholten Litaneien vom Zirkelwesen und der Handwerkelei, denen ein Ende zu machen sei, vom konspirativen Charakter der Organisation, vom nur tradeunionistischen Bewusstsein der Arbeiter und vom politischen Klassenbewusstsein, das ihnen allein die Avantgarde, die revolutionäre Intelligenz bringen könne. Vor allem diese letzte Lektion lernten wir schnell und gut.

Aber es gab noch etwas anderes, das die leninistische Wende begünstigte. Die alten Ängste waren zurückgekehrt. Mit dem lang hingezogenen Ende jenes zweijährigen Augenblicks, in dem fast alles möglich schien, kehrte auch die Vereinzelung zurück, die Langeweile, das Vakuum: Was tun? wäre, richtig gestellt, wirklich eine berechtigte Frage gewesen. Es war nicht leicht, das Ende von etwas zuzugeben, Niederlagen einzugestehen, und wir wehrten uns alle gegen die Resignation, so gut wir konnten.

Die Zusammenhänge, die bestanden hatten, waren zerfallen und zerfasert. Da boten die neuen Organisationen andere Zusammenhänge an, sagten zwar: Gegen den Liberalismus, sagten aber auch (unausgesprochen): Wenn du zu uns kommst, bist du nicht allein, du sollst die Wärme finden, die du brauchst. Es gab in jener Zeit kaum ein Angebot, das verlockender gewesen wäre.

So trugen beide, die neuen Erfahrungen und die alten Ängste, zur leninistischen Wende bei.

Ein alter Geruch

Ich pendelte. Noch hatte ich meine Höhle in Schlachtensee nicht gekündigt, noch kehrte ich, wenn ich fast täglich in unserer künftigen Wohnung in der Baerwaldstraße beim Renovieren geholfen hatte, ins Ghetto zurück. Es war, mit der U-Bahn und mit dem Bus, ein langer Weg, und es war der Wechsel zwischen zwei Welten. Ich fror, wenn ich abends den kurzen Weg von der Wohnung zur U-Bahn-Station ging, ich fror, wenn ich an der Station Oskar-Helene-Heim auf den Bus wartete, und ich fror, wenn ich von der Haltestelle durch den noch tiefen Schnee auf Haus 5 zuging. Erst in meinem Zimmer, wo die Heizung eingeschaltet war, wurde mir schnell wärmer.

Morgens, wenn ich nach Kreuzberg fuhr, verließ ich die Welt, die ich gewohnt war, spätestens, wenn die U-Bahn den Wittenbergplatz verlassen hatte. Der gehörte noch zur mir bekannten Welt, was jenseits von ihm kam, musste ich mir erst in hartnäckiger Arbeit aneignen. Gleisdreieck, Möckernbrücke, Hallesches Tor: Das war nicht mehr das helle, breite Berlin, das ich kannte, das war weder Berliner Süden noch City, das war etwas Enges, Dunkles, Vielbevölkertes, etwas, was mich bedrohte, wovor nicht fortzulaufen ich aber fest entschlossen war. Und wenigstens den kurzen Weg von der U-Bahn über den Landwehrkanal zur Wohnung machte ich mir recht schnell vertraut und angstfrei. Oben im ersten Stock empfing mich die Wohnung: voller Farbeimer, Rollen, Terpentinersatzdosen. Aber es war nicht der Geruch nach Farbe und Terpentin, der mir die Wohnung kenntlich machte. Es war ein alter Geruch aus meiner Kindheit, der alle anderen besiegte: Kohle.

Ich hatte seit über zehn Jahren, seit wir aus meiner Geburtsstadt fortgezogen waren, meiner ostfriesischen Jugend entgegen, keine Kohleöfen mehr gerochen. In der Wohnung meiner Eltern, in der Kaserne, in meiner ersten Berliner Wohnung und im Ghetto, überall hatte es Zentralheizungen gegeben, diese hygienische, geruchsfreie, unauffällige Methode, Räume zu heizen. Jetzt holte mich der alte Geruch wieder ein. Vorläufig, solange noch niemand die Wohnung bewohnte, heizten wir nur das Berliner Zimmer, aber in allen übrigen Räumen warteten Öfen, zum Teil kleine, zum Teil aber auch übermannshohe Kachelöfen darauf, in Betrieb genommen zu werden von jemandem, der mit Briketts, Koks, Papier und Zipp-Kohlenanzündern umzugehen verstand, der wusste, wann die Lüftungsklappe zu öffnen, wann sie zu schließen sei, und der ein einmal entzündetes Feuer möglichst lange in Betrieb halten konnte. Hier wurden Räume nicht mehr geruchsfrei, beinahe innerlich erwärmt, hier war allerhand Material nötig, Asche fiel ab, und selbstverständlich roch es.

Er holte mich also wieder ein, dieser Kindheitsgeruch, machte mir Bilder vor vom Abendessen in unserer großen Küche, wo das gelblich trübe Licht der Küchenlampe einen kleinen Kreis auf die abwaschbare Tischdecke warf; Bilder von meinem Großvater und mir im Garten oder auf dem Güterbahnhof, wo der pensionierte Eisenbahner alte Kollegen besuchte; überhaupt Bilder von Gärten und Bahndämmen: verwilderte Gärten, die niemand nutzte, nur wir Kinder zum Spielen, Gärten am Bahndamm, die unmittelbar bis an die Gleiskörper heranführten, und unter denen es ein gerade hundsgroßes Loch gab, durch das wir hindurchkrochen auf die andere Seite des Bahndamms.

Kohle, Gärten, Bahndämme, Holzschuppen, Schrottplätze: Das empfing mich nun, wenn ich morgens, gut verpackt gegen Kälte und Schnee, die Wohnung in der Baerwaldstraße betrat. So sehr kettete mich dieser alte Geruch an längst vergangene Jahre, dass es plötzlich die unmittelbar zurückliegenden Jahre, die hellen Sommer, die Aufregungen in Ostfriesland, am Jadebusen, in Berlin und Hamburg nicht gegeben zu haben schien. Es war Januar, kalt und früh dunkel, und dunkel erschien mir auch die Wohnung trotz der Größe der Räume und Fenster. Wir kamen mit dem Renovieren nur schwer vorwärts, alte Tapeten mussten abgerissen, viele Quadratmeter geweißt werden. Unter einer der Tapeten, nachdem ich schon mehrere Schichten entfernt hatte, fand ich Zeitungsseiten aus der Zeit vor dem Ersten Weltkrieg.

Es gab immer Gründe, die Arbeit zu unterbrechen. Lars arbeitete ohnehin kaum mit. Er war tagsüber ständig auf irgendwelchen Sitzungen, und es war nur noch eine Frage der Zeit, wann er in den Kreis der Kader aufgenommen werden würde. Während also der künftige Kader von Termin zu Termin hetzte, unregelmäßig ernährt, ständig verfolgt vom Roemheld, strichen die Sympathisanten Wände und Decken an. Außer mir handelte es sich um Martin, einen arbeitslosen Architekten, und seine Freundin Anke, die Krankengymnastin war und auch als solche arbeitete, wenn auch nur stundenweise. Sie wollte bald ganz damit aufhören, um Sozialarbeit zu studieren.

Wenn Decken zu streichen waren, wurde bald der Arm lahm. Das Licht reichte nicht für bestimmte Ecken. Die Farbe ging wieder dem Ende zu, aber schon hatten die Geschäfte geschlossen. Anke hatte Hunger; ich hatte Durst. Es gab also genug Gründe, die Arbeit zu unterbrechen, und wenn wir erst einmal die erste Flasche Bier getrunken, dazu rheinische Fleischwurst (auch Lyoner genannt und von keinem meiner Berliner Umzüge, keiner Wohnungsrenovierung zu trennen) pur in großen Stücken gegessen hatten, waren wir bald zu müde und zu sehr miteinander im Gespräch, um für diesen Tag die Arbeit noch einmal aufzunehmen.

So vergingen sechs dunkle und kalte Wochen, bis die Wohnung endlich bezugsfertig war, sechs Wochen für eine

Arbeit, die vermutlich auch in vier Tagen zu schaffen gewesen wäre. Marion kam noch hinzu und half, die fünfte Bewohnerin: Sie war ans Arbeiten mehr als wir alle gewöhnt, hatte aber, ähnlich wie Lars, wenig Zeit. Martin und Anke zogen zuerst in die noch unfertige Wohnung ein; Lars und Marion folgten, immer mehr Öfen wurden in Betrieb genommen, aus ihrem Schlaf geweckt; von Mal zu Mal, wenn ich, noch immer aus den Höhlen von Schlachtensee kommend und abends dorthin zurückkehrend, die Wohnung betrat, wirkte sie aufgeräumter, bewohnter, wärmer.

Als ich meine wenigen Sachen von Schlachtensee nach Kreuzberg geschafft hatte, war der kälteste und dunkelste Winter schon fast vorüber. Es waren die ersten Märztage. Nach vorn zu, wo auch ich mein Zimmer hatte, sah man aus dem Fenster über die Baerwaldstraße hinweg auf einen kleinen Park, eigentlich nur eine etwas größere Rasenfläche, die in diesen Tagen zum ersten Mal wieder schneefrei war und auch sofort in Nutzung genommen wurde: Kinder spielten dort Fußball. Ich machte die ersten meiner zahlreichen Spaziergänge am Landwehrkanal, die Bänke standen natürlich noch nicht draußen in dieser Jahreszeit, die Minigolfanlage hielt noch geschlossen, und die Trauerweiden waren noch kahl. Wenn ich den Uferweg verließ und mich wieder den zahlreichen kleinen Straßen mit Eckkneipen, Tabakläden und Brennstoffgeschäften überließ, verloren sie von Mal zu Mal mehr von dem Dunklen und Bedrohlichen der ersten Wochen. Ich begann, hier zu Hause zu sein. Der alte Geruch, der mich bei der Rückkehr in die Wohnung empfing, war alltäglich geworden.

Ein Anruf von Stalin

Sobald die Wohnung bewohnbar geworden war, begannen in ihr die Sitzungen. Eine Gruppe der Organisation, deren Gestalt ich als bloßer Sympathisant noch immer mehr erahnte als wirklich kannte, tagte hier regelmäßig, hielt Schulungssitzungen ab und diskutierte, versammelt um einen langen rechteckigen Tisch, der in einer Ecke des Berliner Zimmers stand, gerade neu angestrichen, blau. Auf den Wegen von meinem Zimmer in die Küche oder ins Bad, wenn ich das Berliner Zimmer durchquerte, mit sehr eiligen Schritten, um keiner genauen Musterung zugänglich zu sein, warf ich ab und zu scheue Blicke auf die einzelnen Genossen, die dort saßen und die ich, ausgenommen Lars, Martin und Anke, noch kaum kannte. Wenn die Sitzungen beendet waren, zog die Gruppe ab und zu in eine nahe gelegene Kneipe, in der ein Kicker und ein Flipper standen, und dabei schloss ich mich an. So lernte ich nach und nach meine künftigen Genossen kennen, lernte unterscheiden zwischen denen, die Kaderfunktionen ausübten, und denen, die wie ich sympathisierten. Es war, einzelne Kader ausgenommen, eine Arbeitergruppe, die sich hier traf, junge Arbeiter, selten älter, eher jünger als ich, die über die Basisarbeit der sich zersetzenden antiautoritären Linken zu solchen Gruppen gestoßen waren, Gruppen, die jetzt von den schnell aufblühenden Organisationen beschlagnahmt und unter die eigenen Zwecke subsumiert wurden.

Erstmals also in meinem Leben bekam ich es mit einer größeren Anzahl von Arbeitern zu tun. Zunächst bestimmten die Angst elitär zu wirken, und die Scham, ein Intellektueller (also: ein Privilegierter, schlimmer noch: ein kleinbürgerlicher Privilegierter) zu sein, meine Bemühungen, mit ihnen umzugehen. Zum Glück aber ließ der Ort, wo wir die ersten Kontakte miteinander hatten, diese Angst und Scham nicht übermächtig werden. Am Kicker, wenn wir im Doppel die nächste Runde Bier ausspielten, spielten Klassenunterschiede keine Rolle.

Zudem waren diese jungen Arbeiter durchaus nicht unmittelbar den proletarischen Romanen der zwanziger Jahre entsprungen, die damals von der revolutionären Intelligenz neu entdeckt wurden (und von denen auch nur einen zu lesen mir nie gelungen ist). Sie entsprachen nicht den geheimen marxistisch-leninistischen Leitbildern des Ernstes, der

Strenge, der ununterbrochen verantwortungsbewussten Haltung. Jimi Hendrix hörten sie lieber als von Ernst Busch gesungene Brecht-Lieder. Auf den neuen Kult der radikal gekürzten Haare, mit dem die revolutionäre Intelligenz einem weiteren Stück ihrer Vergangenheit abschwor (und einem wie wichtigen!), ließen sie sich in der Mehrzahl nicht ein.

Gegenüber allen aber, gleichgültig, ob es sich um »proletarische« oder »studentische« Genossen handelte (dies waren die offizielle Nomenklatur, denn man konnte dem Begriff proletarisch schlecht den Begriff bürgerlich entgegensetzen, auch wenn dies von der Logik der Begriffe her zwingend gewesen wäre), hatte ich die eine große Schwierigkeit, meine Existenz zu legitimieren. Für sie war ich zunächst einmal »Murnau, der auch bei Lars (Martin, Anke, Marion) mit in der Wohnung wohnt«. Das alte Problem aus den Tagen der Nische kehrte zurück: An meiner Umgebung gemessen war ich ziemlich überflüssig. Weder stand ich im Produktionsprozess noch war ich in der Lage, den Genossen, die im Produktionsprozess standen, notwendiges theoretisches Rüstzeug für den Klassenkampf zu liefern. Überdurchschnittliche Qualifikationen, die meine Mitarbeit in einer der langsam aufblühenden theoretischen Kommissionen der Organisation gerechtfertigt hätten, besaß ich nicht, auch wenn ich längst die Philosophie und die Germanistik aufgegeben hatte und jetzt Politische Wissenschaften studierte.

Der überflüssige Murnau musste verschwinden. Er musste zum unentbehrlichen Murnau werden. Ich setzte meine im Ghetto begonnene tägliche Arbeit am *Kapital* fort, nun aber längst angekommen im zweiten Band, von da bald weitergehend zum dritten. Natürlich konnte ich den verbotenen intellektuellen Hochmut in mir nicht unterdrücken, wenn ich wieder einmal, für kurz den dritten Band verlassend, das Berliner Zimmer durchquerte, wo die Schulungsgruppe sich an »Lohnarbeit und Kapital« abarbeitete. Sobald ich aber diesen intellektuellen Hochmut in mir entdeckte, schlug er unverzüglich in die Scham über meine Überflüssigkeit um.

An deren Abschaffung arbeitete ich. Die erste Probe auf meine künftige Unentbehrlichkeit gab es, als Lars die in der Schulungsgruppe aufgetretene Frage zu klären hatte, wie eigentlich im kapitalistischen Reproduktionsprozess Mieten zu definieren seien, was für eine Art von Profit denn bei der Vermietung von Wohnraum gemacht werde. Einen Tag lang zog ich mich in mein Zimmer zurück und durchwühlte die Klassiker auf Aussagen zu diesem Problem, bis ich im dritten Band des *Kapital* die entscheidenden Antworten fand. Dann ging ich hinüber zu Lars und sagte nicht ohne Triumph, aber dabei sehr verhalten:

»Ich kann's dir jetzt erklären.«

Wir setzten uns zusammen und schrieben unser kurzes Papier zur Wohnungsfrage, in dem die aufgetretenen Fragen schlüssig und in leicht verständlicher Form beantwortet wurden. Das Papier fand auf der nächsten Sitzung der Schulungsgruppe Beifall, und Lars versäumte es nicht, auf meinen Anteil an seiner Entstehung hinzuweisen. Ich konnte fürs Erste zufrieden sein.

Bis in meine Träume ging meine Arbeit. Mein Zimmer ging nach Osten zu, das Bett stand am Fenster, dessen großer und dichter Vorhang nachts vor dem Schein der Straßenlaternen und morgens vor der Sonne schützte. Die schien in diesem Frühjahr allerdings recht selten. Vor den ersten Autos und den ersten Schritten draußen auf der Straße, vor den undeutlichen Stimmen derjenigen, die zur U-Bahn gingen, ihrer Lohnarbeit entgegen, schützte mich nichts. Sie warfen mich oft genug in einen unruhigen Halbschlaf, den ich durch Träume verzweifelt zu verlängern suchte. In einem dieser Halbschlafträume wurde in einem plötzlichen Aufblitzen endlich ein Problem gelöst, das ich schon eine gute Woche lang vergeblich umkreise. Unmittelbar danach wachte ich auf, dachte dem Traum nach und hatte endlich, an diesem frühen Morgen, das Gesetz vom tendenziellen Fall der Profitrate begriffen.

Noch aber wurde ich nicht gebraucht, war noch immer überflüssig. Lars ließ mich wissen, zu gegebener Zeit werde man ein Kontaktgespräch mit mir führen. Bis dahin war die Disziplin, mit der ich meine eigene Qualifikation betrieb, eine Disziplin, die ich mir selbst auferlegen musste. Niemand verlangte sie von mir außer mir selber.

Ich personalisierte sie. Auch das geschah im Traum. Diesmal war es einer der wenigen Vormittage, an denen schon die Sonne blass durch die Vorhänge drang. Von keiner äußeren Notwendigkeit getrieben, hatte ich mir den großen gelben Wecker auf frühmorgens gestellt. Sein lautes Ticken drang schon in meinen Halbschlaf ein, noch träumend wusste ich, dass meine Stunde gleich geschlagen hatte. In meinem Traum stand ich in einem karg möblierten Raum einer Ladenwohnung: ein Treffpunkt der Organisation, den ich ein paar Mal gesehen hatte, diente wohl als Vorbild. Um mich herum standen einige Genossen. Ich telefonierte, und am anderen Ende der Leitung sagte jemand:

»In Ordnung, Stalin ruft dich dann gleich an.«

Kaum hatte ich aufgelegt, rief Stalin schon an: Laut und lange klingelte der Wecker neben meinem Bett, ich erwachte, war tief erschrocken und setzte mich auf. Ich war wie gelähmt, unfähig, den Wecker abzustellen. Mein Magen war in Aufruhr.

Stalin hatte also angerufen. So war er eben, der Stalin. Immer zuverlässig, immer pünktlich, immer bereit, den Genossen Murnau aus seinem unruhigen, von Angst zerfressenen Schlaf zu klingeln.

Die alten Ängste sind zurück

Die Organisation war derweil damit beschäftigt, sich selber eine Plattform zu geben, dazu einen neuen Namen, beides zum äußeren Zeichen dessen, dass sie eine qualitativ neue Stufe erreicht hatte. Meine nächste Arbeit für sie war handwerklicher Natur: Ich half dabei, Teile der Plattform zu tippen. Ich war prädestiniert für solche Arbeiten. Schon als Kind, als ich noch nicht lesen und schreiben konnte, spielte ich mit Vorliebe auf der alten Schreibmaschine, die meine Mutter einmal geerbt hatte. Ich schrieb das Wenige, was auf ihr zu lesen war, sauber ab, Buchstabe für Buchstabe: Continental. Das rief bei meinen Eltern und meiner Großmutter Entzücken hervor. Die Leidenschaft für die Maschine verließ mich auch in den ersten Schuljahren nicht, und wenn ich auch in der Volksschule für meine Handschrift regelmäßig die Zensur ›ungenügend‹ bekam, so entwickelte ich doch umso bessere Fähigkeiten auf der Schreibmaschine. Später bekam ich zum Geburtstag eine eigene geschenkt, hellgrau und kleiner, eleganter als die schwere schwarze Continental aus der Vorkriegszeit. Bald raste ich mit zwei Fingern über die leicht anzuschlagenden Tasten dieser neuen Maschine, war für immer verdorben fürs Erlernen des Zehnfingersystems, das ich aber auch nicht benötigte: Mit zwei Fingern war ich schnell genug.

Und an einem Sonntagmorgen im Frühjahr 1970 saß ich nun in einem kleinen Büro der Technischen Universität Berlin erstmals vor einer elektrischen Maschine, musste zunächst ein paar Probebögen tippen, um mich auf den sehr leichten Tastenmechanismus einzustellen. Jeder zu harte Anschlag beförderte den Wagen gleich um einige Leertasten weiter. Nach einer halben Stunde hatte ich mich an diesen hochgezüchteten Apparat gewöhnt und begann nun, das vorliegende Manuskript, einen Teil der Plattform, in Maschinenschrift zu setzen. Für den Fall der Unlesbarkeit einzelner Passagen hatte man mir die Telefonnummer einer Wohnung gegeben, in der zur selben Zeit der innere Kern der Organisation tagte. Es gab nur ein einziges Wort, dem ich nicht traute. Ich rief an. Ich hatte richtig gelesen, meiner eigenen Entzifferung nicht geglaubt: von den »Praktiki« war die Rede. Diesen Praktiki hatte ich nicht trauen wollen, weil sie mir etwas seltsam vorkamen. Meine Marx-Lektüre war auf Kosten meiner Lenin-Lektüre gegangen, und so war mir die Vorgeschichte der russischen Revolution mit ihren Fraktionsbildungen und seltsamen Begriffen nicht hinlänglich bekannt.

Ich saß völlig allein im zweiten Stock des Hauptgebäudes der TU an diesem Sonntagmorgen und glaubte doch ständig, Schritte oder Geräusche draußen auf dem Flur zu hören. Ich fühlte mich bedroht. Die TU war für mich noch ein Terrain, auf dem ich mich nicht auskannte. Ich ahnte noch nicht, dass das bald anders werden sollte: Unzählige lange Sitzungen, die ich später zu durchleiden hatte, fanden in ihren Räumen statt. An diesem Morgen aber sah ich oft aus dem Fenster, auf den Ernst-Reuter-Platz hinunter und auf die Hochhäuser gegenüber. Es herrschte eine etwas dünne Luft hier oben, nichts von der freundlichen Unzweckmäßigkeit der Freien Universität war zu finden, alles war praktisch, funktional und zeigte voraus auf die alles menschliche Maß zerstörende Art und Weise, die inzwischen beim Bau neuer Universitäten längst üblich geworden ist. Deshalb war ich sehr erleichtert, als ich angerufen wurde und man mir mitteilte, dass in Kürze eine Ablösung für mich kommen werde. Meine Mission für die Organisation war vorerst beendet.

Aber ich war gebraucht worden. Plattformen auszuarbeiten und zu diskutieren mochte schwierig sein: Getippt werden mussten sie allemal. Ich hatte unbestreitbar eine Funktion erfüllt. Und während es sich bei der Ausarbeitung des Papiers zur Wohnungsfrage noch um eine beinahe persönliche Gefälligkeit gegenüber Lars gehandelt hatte, war hier das Persönliche schon ausgelöscht: Nicht Personen, sondern die Organisation selbst hatte mich gebraucht, ganz und gar jenseits der zufälligen Verwirrungen persönlicher Beziehungen. Es gab nichts, was ich mir sehnlicher wünschte.

In die persönlichen Beziehungen drang zunehmend Verwirrung ein. Der Klarheit der Papiere, Plattformen und Grundsatzerklärungen entsprach keine Klarheit im Umgang miteinander. Die Verlockung: Wenn du zu uns kommst, wirst du Wärme finden, entpuppte sich als ein leeres Versprechen.

Die Wärme, die Lars und ich in den Höhlen von Schlachtensee füreinander empfunden hatten, war längst verschwunden. Lars verließ die Wohnung frühmorgens und kehrte abends spät zurück: nicht zu mir. Längst gab es in der Wohnung eine wichtigere Person für ihn. Vom ersten Tag an hatte ich diese Entwicklung beobachtet, ratlos und verletzt zugleich. Die Gitarre war von Anfang an die Kupplerin gewesen zwischen ihm und Marion. Er schlich sich an sie an, ließ sich neue Griffe und Techniken von ihr zeigen, und ich war ausgeschlossen.

Da ich es mir verbot, Lars, den ich brauchte, sein Glück zu missgönnen, hielt ich mich schadlos an Marion, die ich nicht brauchte. Natürlich half mir das nicht, und immer wieder zog ich mich verletzt zu meinem guten alten Marx mit seinem mächtigen Vollbart zurück, arbeitete weiter daran, meine Unentbehrlichkeit für die Organisation herzustellen.

Zugleich entglitten mir alle wichtigen Beziehungen aus den Jahren zuvor. Ab und zu fuhr ich noch nach Schlachtensee. Es hatte Energie gekostet, die Beziehungen dort aufzubauen; jetzt zerfielen sie, ohne dass ich das Mindeste dagegen tun konnte. Mit Lothar, Mick Mandrey, Dagmar und Manfred hörte ich mich plötzlich sprechen, als hätte ich sie nie gekannt. Pappler, der inzwischen auch ins Studentendorf gezogen war, Pappler aus der Nische also erschien mir vollkommen fremd. Wenn ich manchmal mit dem Pinguin eine Pizza essen ging und von meinem jetzigen Leben zu erzählen versuchte, arbeitete er an seiner Pfeife und sah mich schweigend an, mit einem wortlosen Blick so voller Kritik, dass ich zuweilen mitten im Satz abbrach. Die wenigen Briefe, die Angelika und ich noch austauschten, waren von einer durchdringenden Fremdheit, die uns beide nur noch verlegen machte und unseren Briefwechsel bald endgültig zum Stillstand brachte.

Ich ließ diese Beziehungen zerfallen, zwar traurig, aber auch gleichgültig und beinahe als ein Zuschauer. Als mich aber dann auch aus Tübingen Briefe erreichten, die voller

Trauer waren über die wachsende Fremdheit zwischen Jensen und mir, erschrak ich. Plötzlich kamen die alten Ängste wieder: ganz und gar allein zu sein, für niemanden nötig, störend für einige, überflüssig für alle. Einen alten Traum träumte ich wieder, immer mit der Schlussszene: Sehr viele Leute, meistens Taschen oder Koffer in der Hand, verabschiedeten sich von mir mit einem Händedruck und nichtssagenden Floskeln wie »also dann«, »auf später mal« oder »alles Gute«, dabei mit unbeweglichen Gesichtern, die nicht einen Funken Wärme oder Sympathie zeigten, um sich danach auf die Reise zu machen. Zurück blieb ich allein. Unmittelbar danach erwachte ich jedes Mal, kurz vor den Tränen, wühlte mein Gesicht in die Kissen zurück, weil schon die erste Berührung mit dem Tageslicht nach diesem Traum mehr war, als ich ertragen konnte. Wenn es mir gelungen war zu weinen, konnte ich endlich aufstehen, vermied es aber immer noch, auf dem Weg zum Bad jemandem zu begegnen, weil jeder Wortwechsel noch zu anstrengend gewesen wäre.

Mit den Briefen aus Tübingen waren die alten Ängste zurückgekehrt, und wenn ich überleben wollte, musste ich gegen sie kämpfen. Ich schrieb ein paar Briefe nach Tübingen, die erstmals wieder mehr waren als bloße Thesenpapiere. Jensen registrierte das, und ein bisschen von der Fremdheit der vergangenen Monate begann zu weichen. Mit Briefen allein war hier aber nichts getan. Ich musste schon selber hinfahren in diese Stadt, auf die ich nach Jensens Erzählungen sowieso neugierig geworden war.

Ich packte eine Tasche mit etwas Kleidung und vielen Büchern voll, nahm den Nachtzug nach Stuttgart, eroberte ein Abteil für mich allein, verdunkelte, streckte mich aus: ganz, wie ich es seinerzeit beim Pinguin gelernt hatte. Schlafen konnte ich nicht.

Tübingen

Am frühen Morgen, der Zug hatte schon die Bundesrepublik erreicht, kam eine junge Frau in mein Abteil.

»Hier kann man doch sicher schlafen«, sagte sie, »da nebenan in meinem Abteil fangen sie jetzt schon an zu quatschen.«

Ich nickte und wies ihr die Sitzbank mir gegenüber an: Sie stand zu ihrer Verfügung. Sie streckte sich aus und war gleich danach eingeschlafen. Ich selbst konnte noch immer nicht schlafen. Es lohnte sich auch nicht mehr. Es wurde hell, und wir fuhren durch eine Gegend, in der ich noch nie gewesen war, gebirgig, ohne die Möglichkeit des größeren Überblicks, eng und sonnenlos, niedlich und missmutig. Der Stuttgarter Hauptbahnhof war mir vertrauter: ein Sackbahnhof, große dunkle Hallen, viel Lärm, viele ausländische Arbeiter: Das kannte ich. Ich hatte gerade so lange Zeit, um ein wenig umherzulaufen, einen Blick auf das übliche Programm des Bahnhofskinos zu werfen, die Kioske und kleinen Buchläden abzutasten, die Imbissbuden und den Bahnhofsfriseur, Zeit also, um mich für einen Augenblick zu versenken, ohne doch im Gegenstand meiner Versenkung unterzugehen: Zeit, um eine meiner flüchtigen und doch intensiven Bekanntschaften mit Orten, Plätzen, Situationen zu machen, in denen Vertrautheit und Fremdheit sich durchdrangen. Jeweils eine andere Vertrautheit, jeweils dieselbe Fremdheit.

Dann fuhr ich erstmals die Strecke von Stuttgart nach Tübingen, eine Stunde etwa für eine ziemlich lächerliche Entfernung. Es war meine Jungfernfahrt, noch konnte ich nicht abschätzen, als der Zug beispielsweise Nürtingen erreicht hatte, dass Grund zum Aufatmen bestand, denn etwa die Hälfte war geschafft, noch musste ich nicht wie später meinen Jubel zügeln, damit er nicht zu laut nach außen drang, wenn wir Reutlingen erreicht hatten: schon war fast alles überstanden.

Wer diese Strecke kennt, weiß, wovon ich spreche. Ihre

einzelnen Stationen heißen Bad Cannstatt – Eßlingen – Plochingen – Wendlingen – Nürtingen – Metzingen – Reutlingen – Tübingen. Zuweilen ist es auch möglich, dass der Zug zusätzlich in Kirchentellinsfurt hält. Acht oder neun Stationen: nicht zu viel, sollte man meinen. Aber wie der Zug sie bewältigt, wie er sich der Behäbigkeit der Landschaft anpasst, wie ganz ohne Eile das Ein- und Aussteigen auf den zumeist kleinen Bahnhöfen vor sich geht, das ist schwer zu ertragen für jemanden, dem diese Stationen nur Hindernisse auf seinem Flug ins Ziel sind. So ist es mir bei allen folgenden Fahrten auf Tübingen zugegangen.

Natürlich war ich auch bei dieser ersten Fahrt ungeduldig, aber meine Ungeduld war noch orientierungslos: Sie hatte noch keine Routine. Alle Wagen des Zuges waren voll, auch das, wie ich später sehen sollte, gehörte dazu. Es war ein Pendlerzug, der je nach Tageszeit Schüler, Berufsschüler, Arbeiter, Angestellte von Stuttgart aus in ihre Wohnorte brachte. Um mich herum hörte ich einen Dialekt, der mich in Erstaunen versetzte. Er erschien mir niedlich, alles verkleinernd und doch zugleich von einer ungemütlichen und unüberhörbaren Schärfe. Die Personen, die den Wagen mit mir teilten, wechselten ständig, aber die Sprache blieb. Erst in Reutlingen leerte sich der Wagen vollends: Mit einem Schlag war ich allein, und meine Ungeduld schlug jetzt in helle Aufregung um, in eine überwache Erwartung, die keine Minute länger als die fahrplanmäßigen acht zwischen Reutlingen und Tübingen ertragen konnte.

Meine Tasche mit den vielen Büchern erschien mir sehr schwer, als ich in Tübingen den Zug verließ, und für einen kurzen Augenblick kam mir der Gedanke, dass ich mit den blauen und den braunen Bänden in dieser Stadt nicht viel würde anfangen können.

Jensen und Ruth entdeckten mich schnell, beide etwas außer Atem, weil sie erst kurz zuvor durch einen Brief von meiner bevorstehenden Ankunft erfahren hatten und im Dauerlauf zum Bahnhof gehastet waren, im Wettlauf mit dem Zug, der zur gleichen Zeit von Reutlingen aus auf

Tübingen zufuhr. Bei der Begrüßung sagte Jensen etwas von einer gelungenen Überraschung.

Wir fassten die Tasche jeder an einem Henkel und trugen sie in der Mitte zwischen uns. Als ich Jensen das beachtliche Gewicht der Tasche mit den Büchern erklärte, die sich darin befanden, lächelte er, sagte aber nichts. Ruth ging neben uns, und zum ersten Mal nahm ich sie überhaupt richtig wahr.

Hier aber nahm ich nicht nur Ruth wahr, sondern bemerkte, dass es durchaus noch andere Welten gab als die, in der ich mich seit einigen Monaten in Berlin versteckt hielt. Wir liefen an Orten vorbei, von denen Jensen mir schon geschrieben hatte, am Schimpfeck zum Beispiel, die Wilhelmstraße hinunter, die die vermutlich breiteste Straße der Stadt und absurderweise eine Einbahnstraße ist, vorbei am Hegelbau, lauter Namen, die ich aus Briefen schon kannte. Es war eine Stadt zum Anschauen. Beim Anschauen musste man sich Zeit lassen, wie sich die Stadt selber in ihrem Rhythmus viel Zeit zu lassen schien. Allerdings war es manchmal auch eine Stadt zum Fürchten. Ich war an den Berliner Verkehr gewöhnt, mit breiten Straßen und fast so breiten Bürgersteigen, klar geregelten Vorrangigkeiten zwischen Autos und Fußgängern, mit Ampeln und Unterführungen. In der Enge der Tübinger Straßen aber spürte ich ständig Autos in meinem Rücken, bei denen ich nicht sicher war, ob sie ohne Berührung an mir vorbeikommen würden, und andere Autos kamen aus Ecken, in denen ich nie ein Auto vermutet hätte. So hielt ich mich bei unseren Spaziergängen an den folgenden Tagen, wenn Jensen und Ruth unbekümmert einen Teil der Straße für sich in Anspruch nahmen, eng am Rande, fast an die Häuserwände gepresst, immer bereit, mich in sie hineinzudrücken. Es half wenig: Schon am ersten Tag wäre ich beinahe von einem Radfahrer umgefahren worden.

Mit den Dimensionen hatte ich überhaupt Schwierigkeiten in dieser Stadt. Was die Straßen an Großzügigkeit vermissen ließen, schien eine andere Größe im Überfluss zu bieten: die Zeit. Es war kurz vor Semesteranfang, und Jensen und Ruth kümmerten sich um ihre kommenden Seminare, aber das ging völlig unauffällig vor sich, hatte nichts gemein mit den Terminen, wie ich sie in Berlin kennengelernt hatte, integrierte sich bruchlos in den Tagesablauf. Größere Wege gab es kaum zurückzulegen, und auch die waren zu Fuß zu bewältigen: Öffentliche Verkehrsmittel, die es natürlich auch in Tübingen gibt, habe ich weder bei diesem noch bei einem späteren Besuch je benutzt. Schließlich las ich zwar durchaus in den Büchern, die ich mitgeschleppt hatte, machte Notizen und Exzerpte, aber mit der selbst auferlegten Berliner Disziplin hatte das nichts zu tun.

Jensens Zimmer war klein und zusätzlich beengt durch die Stapel aufgeschichteter Bücher. Es hatte in etwa die Dimensionen meines Zimmers im Ghetto von Schlachtensee. Gemessen an der Großzügigkeit unserer jetzigen Kreuzberger Wohnung war es beinahe ein Schock für mich. Aber in diesem Zimmer lebten wir wenig: Wir waren unterwegs. Das Wetter war schon danach, die Straße zu benutzen, mit ständigen Abstechern natürlich in Buchläden (das legendäre Osiander lernte ich kennen), Plattenläden, Cafés, Kneipen. Nach dem ersten Frühstück tranken wir oft Kaffee im Erfrischungsraum neben dem Mensafoyer, und auch mittags, nach dem ersten längeren Streifzug durch die Stadt, kehrten wir dahin zurück, um etwas Kühles zu trinken, ein Brötchen dazu zu essen. Beim Verlassen des Erfrischungsraumes hatte ich oft Schwierigkeiten, mit derselben Selbstverständlichkeit wie die anderen quasi im Vorbeigehen den Abfall, einen Pappteller zum Beispiel, in den Abfalleimer zu werfen, und die leere Flasche Sprudel in den bereitstehenden Kasten gleiten zu lassen. Immer war ich nervös, wenn es dem Ausgang zuging, und immer musste ich vor den entsprechenden Handlungen einen Augenblick lang überlegen, um das Richtige zu tun, jenen winzigen Augenblick lang, der mich entlarvte als jemanden, der nicht dazugehörte. Es gelang mir nicht, das Ritual in der notwendigen Selbstverständlichkeit durchzuführen. Jensen beobachtete mich jedes Mal, weil ich ihm von meinen Verwirrungen erzählt hatte. Eines Abends, wir hatten einen kleinen Imbiss und ein Bier dazu gehabt, half mir auch der Augenblick der Überlegung nichts mehr. Ich näherte mich dem Ausgang, einen Pappteller in der rechten, eine leere Bierflasche in der linken Hand, mein Herz schlug immer schneller, mein Atem kam aus dem Rhythmus, und an dem neuralgischen Punkt angelangt schmetterte ich mit aller mir zur Verfügung stehenden Lässigkeit die leere Bierflasche in den Abfalleimer und warf den Pappteller in den Bierkasten. Der Faux pas war komplett, und Jensen stand am Ausgang und lachte.

Ich konnte es nicht, ich gehörte nicht dazu. Dabei hätte ich sehr gern dazugehört. Dass ich mit den Dimensionen in Tübingen Schwierigkeiten hatte, war mir durchaus nicht gleichgültig. Es erschien mir sehr verlockend, in ihnen mit derselben Sicherheit sich bewegen zu können wie beispielsweise Jensen oder Ruth. Die zeigten mir Tübingen auf eine ganz andere Art und Weise, als ich ihnen im November Berlin zu zeigen versucht hatte: Sie führten mir einfach nur vor, wie sie darin lebten. Sie ließen mich selber herausfinden, wie viel Spaß ihre Art zu leben machen konnte. Wenn wir abends in der Kneipe saßen, dann war sehr wenig vom Marxismus-Leninismus die Rede (der natürlich auch in Tübingen Einzug gehalten hatte, man sah die Kader mittags am gemeinsamen Tisch in der Mensa, selbst den Essenstisch mochten sie also mit anderen Fraktionen nicht mehr teilen), umso mehr aber von Popmusik, Filmen, Fußball und den vielen Geschichten, die Jensen und ich erlebt hatten. Die Trauer, die in Jensens letzten Briefen geherrscht und die mich selbst bestürzt hatte, wich Tag für Tag mehr einer (wenn auch unausgesprochenen) Erleichterung darüber, dass wir durchaus noch miteinander sprechen konnten und einander einiges zu erzählen hatten. Beinahe schien mir, als hätte ich seit Monaten nicht mehr so viel gelacht wie in diesen Tübinger Tagen, zum Teil über sehr alte Geschichten, die nun langsam zu Legenden sich verfestigten, wie die Geschichte vom Stautorcafé in Oldenburg, wie einige

Geschichten über das unverschämte Glück, das der Pinguin in allen Situationen, insbesondere am Spielautomaten hatte, wie die Geschichte von der Oldenburger Kneipennacht, selbst Geschichten aus der Nische und Geschichten über umgefallene Biergläser, deren Inhalt natürlich immer mir und nur mir allein über die Hose lief. All das ließ sich noch einmal erzählen, weil ja Ruth dabei war, die alle diese Geschichten und die meisten ihrer Protagonisten nicht kannte.

Die Befangenheit, die es zwischen Ruth und mir gab, auch sicher in Erinnerung an die Berliner Tage, schwand jetzt schnell, wo ich sie in der ihr gewohnten Umgebung beobachten konnte. Ruth gefiel mir nicht zuletzt aufgrund von Eigenschaften und Geschichten, die ihrerseits später zu Legenden wurden. Ähnlich mir selber hatte sie zuweilen Schwierigkeiten mit den Gegenständen, die sie umgaben: Jensen nannte das später in einem Brief einmal ihren »ständigen Kampf mit den Objekten ihrer Umgebung«. Sie stieß sich zuweilen an Türen, die sie eigentlich hätte wahrnehmen müssen, oder lief auf der Straße ziemlich exakt geradeaus, oft Leute nicht registrierend, denen sie vielleicht hätte ausweichen sollen. Diese Schwierigkeiten mit ihrer Umwelt gefielen mir, weil ich meine eigenen darin wiederfinden konnte. Mehr noch aber gefiel mir ihre Methode, ihre kleinen Unfälle verbal zu verarbeiten, etwa, wenn eine Kaffeetasse zu Bruch gegangen war.

»Eine Tasse ist umgefallen.«

Indem sie die Objekte ihrer Umgebung (»diese blöde Tür!«) beseelte, schob sie ihnen zugleich die Verantwortung für ihre Handlungen und die daraus resultierenden Unfälle zu.

Auch ihr relativ kleiner Wuchs war mir natürlich sympathisch. Bei meinem Umgang mit Jensen, dem Pinguin oder gar Karlchen hatte ich mich meistens gezwungen gesehen, den Kopf etwas in den Nacken zu legen, wenn ich, neben ihnen gehend, ihnen beim Sprechen in die Augen sehen wollte, und selbst zu Angelika musste ich unmerklich aufsehen. Wenn ich dagegen neben Ruth durch die Straßen Tübingens ging und meine ständige Angst vor überraschend auftauchenden Autos mich nicht zu sehr ablenkte, konnte ich sogar während unseres Gesprächs von oben auf ihr schönes kastanienbraunes Haar sehen, das lang und ganz glatt bis auf die Schultern herabfiel. Hier waren also endlich einmal ähnliche Dimensionen vorhanden, die eine ganz andere Art des Umgangs miteinander erlaubten.

Eines Nachmittags gingen wir, aus dem Kino kommend, die Wilhelmstraße hinunter und näherten uns einer Bäckerei. Ruth, die etwas vor Jensen und mir her ging, drehte sich um und fragte:

»Wollt ihr Kuchen?«

Was soll man auf so eine Frage antworten, wenn die Fragende schon fast die Hand auf der Türklinke der Bäckerei hat? Auch diese Art, die eigenen Wünsche zu artikulieren, indem sie sie anderen quasi unterschob, beeindruckte mich.

Dass ich alle diese Kleinigkeiten überhaupt wahrnahm, dass ich plötzlich auf andere außer mir selbst wieder eingehen konnte, war das eigentlich Außergewöhnliche dieser Tage. Stalin hatte sich vorübergehend zurückgezogen und rief mich nicht mehr am frühen Morgen an. Stattdessen weckte mich Jensen sehr viel zurückhaltender, und wir machten uns daran, das Frühstück vorzubereiten. Es gab vielleicht einige Punkte zu erledigen im Laufe des Tages, aber es gab gewiss keine Termine wahrzunehmen. An die Stelle der Organisation, für die ich meine Brauchbarkeit erst herstellen musste, traten wieder benennbare Personen. Meine einsamen Spaziergänge am Landwehrkanal waren ersetzt durch gemeinsame Spaziergänge am Neckar. (Bei diesem wie bei jedem anderen Besuch habe ich mir das Hölderlin-Haus zeigen lassen, und doch muss ich jedes Mal, wenn ich wiederkomme, von Neuem nachfragen. Ich kann's mir nicht merken.)

Dass ich wiederkommen würde, war mir schon bei meiner ersten Abreise klar. Unser Abschied war fast heiter, von der Gewissheit getragen, dass der Zerfall unserer Beziehung aufgehalten worden war, und wir verabschiedeten uns auch »bis zum nächsten Mal«, als sollten in Zukunft meine Besuche in Tübingen so selbstverständlich sein wie ein Kurzurlaub im Wochenendhaus.

Während sich der Zug auf die mühsame Reise nach Stuttgart machte, ahnte ich schon, dass ich in den kommenden Monaten und Jahren häufig dann, wenn ich nicht mehr weiter wüsste, hierhin zurückkehren würde. Ich nahm Bilder von Tübingen mit auf die Fahrt, Bilder, die ich jederzeit abrufen und mir vorführen konnte, wenn ich auf meinen Irrwegen ein weiteres Mal an einem vorläufigen Endpunkt angelangt war. Bei diesen Gelegenheiten schloss ich einfach die Augen und ließ mich fallen. Unten war ich in Tübingen angekommen. Dennoch ist mir nie der Gedanke gekommen, mich dort anzusiedeln. Das Paradies verliert von seinem Zauber, wenn man ständig darin leben muss, und eine endgültige Übersiedlung hätte sehr schnell das Ende einer Sehnsucht nach sich gezogen, die in jenem Frühjahr begann und die mir so oft geholfen hat beim Überleben.

Kontaktgespräch mit einem Posaunenengel

In Berlin hatte die Zeit für meine Unentbehrlichkeit gearbeitet. Der Aufbau der Organisation ging voran, ihre Arbeit wurde entfaltet: Es ist dies eine weitere Vokabel, die sich ständig in den Papieren der verschiedenen Aufbauorganisationen fand. Eine Untersuchungsarbeit zum Beispiel entfaltet man, oder man entfaltet die theoretische Arbeit. Auch Agitation und Propaganda werden entfaltet.

Für die Mitarbeit an der Entfaltung einiger dieser Tätigkeiten hatte man (die Organisation: ihr Führungsgremium) mich ins Auge gefasst. An einem der ersten Maitage kam ich endlich zu dem Kontaktgespräch, das ich seit Wochen ersehnte.

Für den Sympathisanten waren solche Gespräche so etwas wie ein Initiationsritus, nicht unähnlich den mündlichen Prüfungen bei Universitätsexamen. Für den Kader waren sie eine häufig wiederkehrende Pflichtaufgabe, wie ich an mir selber später feststellen konnte, die den Terminkalender aufblähte.

Mein Kontaktgespräch fand statt in einer kleinbürgerlichen Wohnung in Steglitz, unweit des Teltowkanals. Den Genossen, der es führte, hatte ich schon flüchtig kennengelernt bei den verschiedenen Kickerspielen im Anschluss an die Schulungssitzungen in unserer Wohnung. Innerhalb der Organisation und in ihrem Dunstkreis war er eine beinahe schon legendäre Figur. Die Wohnung, in der wir miteinander sprachen, war die Wohnung seiner Eltern, in der er noch ab und zu sein Zimmer bewohnte, wenn er nicht bei einer der verschiedenen Wohngemeinschaften der Genossen gastierte. Sein Name war Backe; nur Backe, allein seine Eltern riefen ihn wohl noch beim wirklichen Vornamen. Backe war eine beeindruckende Erscheinung: ziemlich klein und sehr rund, über dem Bauch spannte sich sein Hemd, über das er oft ein schon sehr abgetragenes hellgraues Jackett trug, das so sehr zu ihm gehörte, dass ich manchmal nachts davon träumte. Über dem kurzen Hals saß ein ebenfalls sehr runder Kopf mit prächtigen Naturlocken, blond, in sich kurz, ein Wald von Locken: Jimi Hendrix, wenn er ein Weißer gewesen wäre, hätte solche Locken gehabt. Mitten in diesem Kopf bewegten sich unaufhörlich zwei wasserblaue Augen, ständig bei dem Versuch, mich zu fixieren, mir in die Augen zu sehen, immer auf der Jagd. Nie mehr später habe ich jemanden kennengelernt, dessen Augen so sehr in ständiger Bewegung waren, nicht in ziellosen, ausweichenden Bewegungen, sondern aufspürend, zufassend: zwei hellblaue Jäger. Trotzdem empfand ich diese ständigen Augenbewegungen nicht als unangenehm, auch wenn ich ihnen auszuweichen versuchte. Backes Augen nämlich gaben ganz offen zu, dass sie mich fassen wollten, nichts Hinterhältiges war dabei, kein mieser Trick, sie verengten sich nicht, suchten mich eher, als dass sie mich ins Visier nahmen. Sie wollten mich nicht fixieren, um mich abzuschießen. So war es weniger der Blick eines Personalchefs, der mich verfolgte, als vielmehr, mitten in diesem runden und lockengekrönten Kopf, der eines Posaunenengels, wie man ihn in der Deckenbemalung jeder beliebigen Barockkirche finden kann.

Ihm gegenüber musste ich mich nun selber darstellen. Wie war einer wie ich Linker geworden und dann jemand, der mit den Marxisten-Leninisten sympathisierte? Das war in der Tat eine so schwierige Frage, dass sie eine ehrliche Antwort nicht vertrug. Ich konnte wohl schlecht erzählen von Angelika, von den Höhlen von Schlachtensee oder von der Elektrizität, die es zwischen Lars und mir gegeben hatte. Ich konnte nicht die Geschichten erzählen, die ich Lars erzählt hatte: von Ostfriesland, vom Jadebusen, von meiner besonderen Beziehung zu Nobby Stiles oder von Godard-Filmen. Es handelte sich um eine Prüfung, und in die konnte die eigene Geschichte nur eingehen, insoweit sie objektiviert wurde mit analytischen und ironisierenden Mitteln. Ich musste beweisen, dass ich in der Lage war, zu meiner eigenen Geschichte, zu mir selber jederzeit die notwendige Distanz zu wahren. Wer kann es sich schon leisten, die Wahrheit zu sagen (auch wenn er sie kennt), wenn er sich in einem Bewerbungsgespräch befindet.

Natürlich kam ich auch nicht auf den Gedanken, die Frage einfach umzudrehen: Wie war denn Backe ein Linker geworden, und wie war er seinerseits zur leninistischen Wende gekommen? In einer Prüfung fragt man den Prüfer nicht.

Also erzählte ich vom Deutschunterricht in der Schule und von Brecht, immer in dem distanzierten Ton, von dem ich glaubte, dass er von mir erwartet wurde. Von Adorno erzählte ich, natürlich mit der notwendigen Ironie. Ich machte Andeutungen über persönliche Erfahrungen (»die ich nicht weiter ausführen will«), die »bewusstseinsbildend« sich ausgewirkt hätten. Was sie gefördert hatten, war eine »zunächst rein moralische Empörung« gewesen: viel Ironie in der Stimme, denn Moral war längst zu einem negativen Begriff geworden.

Die Marxisten-Leninisten glaubten nicht nur, ohne Moral auskommen zu können. Sie waren sogar allen Ernstes der Annahme, Moral sei ein bürgerliches Relikt, als ob ausgerechnet die Bürger Moral besäßen.

Manchmal, wenn ich ganz kurz wieder in diese dauernd mich verfolgenden Jägeraugen sah, schienen mir da neben Zustimmung zu Sätzen, die wir beide ohnedies selbstverständlich fanden, auch Zweifel durchzuschimmern, Blicke, die sagten: Ich glaube dir nicht ganz, du verschweigst etwas, vielleicht sogar etwas Wichtiges. Was aber Backes Augen sagten und was seine Stimme sagte, waren zwei verschiedene Dinge. Aus der Stimme klang nur wohlwollende Anerkennung, die Andeutung meiner künftigen Brauchbarkeit für die Organisation: das, worauf es mir ankam. Zwar registrierte ich seine nicht geäußerten Zweifel, aber sie beunruhigten mich nicht. Es kam nicht auf sie an.

Als ich die Wohnung verließ und wenig später den Bus bestieg, um die letzte Fahrt zurück nach Kreuzberg anzutreten, hatte ich das Gefühl, mich sehr gut verkauft zu haben. Beinahe wäre ich zufrieden gewesen. Allein die Tatsache, dass ich überhaupt gezwungen war, mich gegenüber Backe, den ich vom ersten Augenblick an gemocht hatte, zu verkaufen, irritierte mich. Ich beschloss, über diese Irritation nicht weiter nachzudenken.

Der Blick der Massen in der U-Bahn

Zur selben Zeit wurde der amerikanische Krieg, der den euphemistischen Namen Vietnamkrieg trug, noch weiter ausgedehnt. Längst war er ein Indochinakrieg geworden. Bei dem Bemühen, die schon deutlich sichtbare Niederlage immer wieder hinauszuschieben, versuchten die USA, Kambodscha in eine Art Militärstützpunkt zu verwandeln. Sie überfielen das Land, um es als eine Basis ihres Kampfes gegen Nordvietnam und den Vietcong zu benutzen. Es gab dabei kaum noch Versuche, diesen Überfall moralisch zu rechtfertigen. Der amerikanische Krieg wurde auch offiziell schon längst so zynisch dargestellt, wie er seit jeher geführt worden war. Nixons Zeit hatte begonnen. Für Diskussionen, um wenigstens den Schein der Rechtmäßigkeit solcher Politik zu wahren, blieb kein Raum. Mit den Kritikern dieser Politik verfuhr man anders: an der Universität von Ohio erschoss die Nationalgarde kurzerhand vier Studenten, die an Protestaktionen teilnahmen.

In den meisten Ländern war das Bild ähnlich: Es gab Demonstrationen, in Italien sogar Streiks gegen diese Politik, und die Regierungen der betroffenen Länder schützten als treue Verbündete des großen Bruders USA dessen Botschaften, Konsulate und Amerikahäuser, indem sie von massiven Polizeieinheiten ihr eigenes Volk zusammenschlagen ließen.

Etwas anderes war auch nicht zu erwarten von der Demonstration, die für den 9. Mai, einen Samstag, um zwölf Uhr angemeldet war und deren Ziel das Amerikahaus sein sollte. Die Westberliner Demonstrationen hatten zwar ihren Charakter verändert. An ihnen nahmen nicht mehr einfach Genossen teil, sondern Blöcke: der Block der Marxisten-Leninisten, derjenige der KPD-Aufbauorganisation, derjenige der KPD/ML, lauter schon existierende oder werdende kommunistische Parteien also, mitsamt ihren Sympathisantenorganisationen, aber auch Gruppen, deren Fahnen nicht rot waren, sondern schwarz, und die die *883* lieber lasen als die von immer mehr blutleeren Erklärungen und Stellungnahmen vollgestopfte *Rote Presse Korrespondenz*. Demonstrationen orientierten sich nicht mehr länger an ihren Anlässen, sondern waren selbst Anlässe zur Selbstdarstellung geworden.

Dennoch waren, gerade bei dieser Demonstration, die Demonstranten mehr als Elemente der aufmarschierenden Blöcke. Sie waren gerade hier Subjekte. Der Krieg in Indochina war ja noch ein Teil der eigenen Geschichte. Er war der Skandal gewesen, der ein paar Jahre zuvor der antiautoritären Bewegung die Augen geöffnet hatte. An ihm hatte sich die moralische Kraft und Empörung der Bewegung entwickelt, und die Demonstranten, die sich am 9. Mai mittags in Kreuzberg langsam versammelten, wurden noch immer von dieser Empörung angetrieben, auch wenn die sich hinter der disziplinierten Schlachtordnung der einzelnen Blöcke versteckte. Die Blöcke mochten etwas Statisches haben, aber in ihnen hielt sich versteckt die große Wut.

So stellte ich mir das jedenfalls vor, denn ich war nicht dabei. Es war ein sonniger Tag, und ich zog es vor, zu gleicher Zeit auf unserem zur Straße gelegenen Balkon in der Baerwaldstraße zu sitzen und zu lesen. Natürlich fühlte ich mich nicht wohl dabei, aber es gab etwas, was stärker war als meine Empörung. Ich hatte Angst. Die hatte ich gehabt, seitdem die Demonstration angemeldet war und seitdem die Westberliner Zeitungen unisono die Straßenschlachten ausmalten, die es geben würde, um so von vornherein den eingesetzten Polizeiarmeen die Absolution zu erteilen für alles, was sie zu tun gedachten. Und ich hatte vor allen Dingen Angst vor dem an den Straßenrändern versammelten gesunden Volksempfinden, durch das hindurch die Demonstration zwangsläufig ihren Spießrutenlauf machen musste.

Sie endete natürlich mit der Schlacht, die die Presse zuvor angekündigt hatte. Vor dem Amerikahaus waren die Absperrungen so angebracht, dass sie den Demonstrationszug zwangen, sich zu einem schmalen Schlauch zu verengen und sich bei dem dann folgenden Angriff der Reiterstaffel auseinandertreiben zu lassen. Die bis dahin in den Blöcken eingeschlossene Wut war immerhin groß genug, um Widerstand zu leisten: Und so gab es auch die obligaten Schüsse »in Notwehr«, bei denen dann allerdings der Betroffene sich als Polizeiagent in Zivil entpuppte: eine kleine Panne in der Strategie. Schließlich zerfaserte alles in kleinen Gefechten in den Seitenstraßen, die schnell erstarben. Die Polizei hatte zwar ihre Straßenschlacht gehabt, aber nicht gewonnen. Sie hielt sich schadlos, indem sie abends die *883*-Redaktion besetzte und einige Hausdurchsuchungen veranstaltete.

Aber meine Angst blieb. Sie erwies sich als berechtigt, als ich am Montag die *BZ* und andere Zeitungen sah: Die Geduld der Berliner war endgültig zu Ende. Jedenfalls war der Wunsch der *BZ*, dass sie es sein möge: die fast unverhohlene Aufforderung, doch mal kräftig dreinzuschlagen und solche Drecksarbeit nicht allein der Polizei zu überlassen. Ich bestieg die U-Bahn, drückte mich in eine Ecke an der Tür und spürte, wie das gesunde Volksempfinden, über die Ränder der Zeitungen sehend, mich musterte. War ich eventuell einer von denen, denen man einen Denkzettel verpassen sollte? Von der äußeren Erscheinung her konnte es stimmen: Haare bis fast auf die Schultern, eine große Brille mit runden getönten Gläsern, Cordjeans und Cordjacke, beide nicht mehr sauber, Rollkragenpullover, hohe Stiefel. Ich rechnete in jedem Augenblick mit einem Angriff und versuchte, so normal wie möglich auszusehen. Noch einige Tage zuvor hatte ich bei Mao Tse-Tung gelesen: »Die wahren Helden sind die Massen; wir selbst aber sind oft naiv bis zur Lächerlichkeit; wer das nicht begriffen hat, wird nicht einmal die minimalen Kenntnisse erwerben können.« Jetzt ruhte der Blick der Massen auf mir, und es war schwer, ihn zu ertragen. Ich war froh, mich ihm entziehen zu können, als ich endlich am Zielbahnhof ausstieg. Ich beschloss, aus meiner Angst die Konsequenzen zu ziehen.

Ein längerer Einschub über Haare

In den frühen sechziger Jahren war es noch kein Problem. Lange Haare waren ausschließlich eine Angelegenheit für Frauen, und auch bei denen verpackt in Dauerwelle oder Hochfrisur. Die Haare der Männer, ob helle oder dunkle, glatte oder lockige, strähnige oder weiche, unterlagen dem immer gleichen phantasiearmen Eingriff des Friseurs. Der betrieb das Geschäft des Kastraten: schnitt das Schlimme, das

Unanständige weg, das Besondere, den Unterschied. Wenn wir vom Friseur kamen, gab es keine Unterschiede mehr. Mit Creme und Pomade waren die Haare glatt und ordentlich an den Kopf geklebt, saßen darauf wie ein Hut. Keine Abweichung störte ihre Ordnung. Der Nacken war gut ausrasiert, und die Ohren, mochten sie noch so abstoßend und hässlich sein, waren frei. (Es war erst später, dass die DDR-Grenzer beim Vergleich zwischen Passbild und Passinhaber häufig sagen mussten: »Machen Sie mal das linke Ohr frei!«)

Dann änderte sich das Bild. Es begannen die Kämpfe zwischen Eltern und Söhnen, zwischen dem gesunden Volksempfinden und dem Versuch, daraus auszubrechen. Plötzlich stellte sich heraus, dass man Haare auf verschiedene Art und Weise tragen kann. Plötzlich begannen wir zu spüren, wie angenehm es sein kann, wenn der Wind nicht über eine Halbglatze fährt, sondern Haare, lange schöne Haare ergreifen und übers Gesicht blasen, über die Augen ziehen, mit ihnen die Wangen streicheln kann. Wir entdeckten, was für schöne Gefühle es auslösen kann, mit den eigenen gespreizten Fingern durchs lange, frisch gewaschene Haar zu fahren. Plötzlich wurde offenbar, warum man bis dahin Haare immer geschnitten, gestutzt, abrasiert, kastriert hatte. Wir ließen uns die Haare lang wachsen, weil wir das schön fanden und waren oft einfach nur erstaunt über die wütende Reaktion einer Nation, die nur noch aus Friseuren zu bestehen schien. In der formierten Gesellschaft, wie ihre Nutznießer sie sich erträumten und wie sie die von ihr Betrogenen sich anders nicht vorstellen konnten, war für alles ein Platz, nur nicht für die Schönheit. Es ist müßig, die lange Liste von Vokabeln zu rekapitulieren, die damals die Rechtgläubigen benutzten für Frisuren, wie sie heute längst jeder zweite Angestellte auf seinem Kopf spazieren trägt. Diese Vokabeln bewiesen nur, dass das gesunde Volksempfinden seit den Zeiten seines letzten Großeinsatzes noch nichts verlernt hatte und jederzeit bereit war, auf den Plan zu treten, wenn es gebraucht wurde. Natürlich ging es nicht hauptsächlich um Haare: Vielmehr war die Tatsache, dass einer durchaus anders aussehen konnte, als es vorgeschrieben war, der eigentliche Skandal. Denn es war nicht schwer, diese Tatsache zu Ende zu denken: Es konnte am Ende alles anders sein als es bisher gewesen war, es konnte alles anders gemacht werden. Die Vielen fühlten sich bedroht durch die Wenigen, weil die sich die Freiheit nahmen, gegen Vorschriften zu verstoßen, gegen die auch sie gern verstoßen hätten, gegen die zu verstoßen sie sich aber ihr Leben lang nicht getraut hatten.

Der erste Schrecken war nur kurz. Die Nutznießer der formierten Gesellschaft wussten nach der ersten Ratlosigkeit auch mit der Schönheit so umzugehen wie mit allen anderen Waren: Sie schufen den entsprechenden Markt. Wenn wir nicht länger bereit waren, unsere Haare nach den Vorstellungen altdeutscher Kasernenfriseure zu tragen, dann mussten eben neue Fachkräfte heran, die unseren Vorstellungen besser entsprachen: Die Hauptsache war, wir bezahlten dafür. Wenn wir nicht länger Hosen mit Bügelfalten tragen wollten, die zudem kurz über den Knöcheln aufhörten, dann konnte man sehr schnell andere Hosen herstellen, vorausgesetzt, wir waren bereit, den Preis dafür zu bezahlen. Auch Kulturrevolutionen können Gewinn abwerfen, sagten sich die Textilfabrikanten, die Plattenfirmen, die Haarstylisten, Coiffeure und Figaros, und erschlossen neue Märkte. Und während noch Marcuse über die potenzielle Sprengkraft der neuen Sensibilität und Sinnlichkeit meditierte, war die schon längst abkassiert und zu einem neuen Markenzeichen geworden. Das Musical *Hair* warf allein am Broadway einen wöchentlichen Reingewinn von 310 000 Dollar ab, von den Aufführungen in anderen Städten und Ländern und dem Umsatz der Schallplatten gar nicht zu reden.

Dennoch schwand das Misstrauen gegenüber dem, was unter dem Markenzeichen begraben lag, niemals. Die Vielen waren etwas flexibler geworden, sie akzeptierten die eine oder andere Abweichung, passten sich dem Markt an. Aber die Anpassung blieb an der Oberfläche. Die Abneigung gegen die Schönheit war zu tief verwurzelt bei ihnen, für die das Hässliche das Normale war: die Uniformen zweier Weltkriege, deutsche Kasernen, Fabriken und Luftschutzkeller, Winterhilfe, später Gelsenkirchener Barock, Mercedes, kackbraune Musiktruhen mit goldenen Zierleisten, sozialer Wohnungsbau und schließlich wieder neue Uniformen für den dritten Weltkrieg. In diesen Kulissen galt es nun einmal zu leben: ernst, fleißig, sparsam, dem Chef gegenüber aufrichtig, dem Nachbarn gegenüber hilfsbereit, aber distanziert, wachsam gegenüber allem Abweichenden und Auffälligen, die Woche für die Arbeit, ihr Ende für Familie, Fernsehen und Feiern, vorsorgend für die Zukunft, die hoffentlich so war wie die Gegenwart und niemals anders sein sollte.

Ihre eigenen Kinder stellten nun diese Kontinuität plötzlich in Frage. Sie waren nicht ernst. Sie waren nicht fleißig. Sie waren nicht sparsam. Sie brachten Tag und Nacht, Arbeitszeit und Zeit der Ruhe durcheinander. Sie kümmerten sich nicht um die Familie. Sie wollten auch keine eigenen Familien gründen. Sie gingen nicht vierzehntäglich zum Friseur. Sie hörten Musik aus dem Ausland anstatt Willy Schneider und Freddy Quinn. Sie sorgten nicht für ihre Zukunft. Sie waren, mit einem Wort, undankbar. Sie glaubten, ein besseres Leben verdient zu haben als ihre Erzeuger, sie glaubten, sich Träume, Sehnsüchte, Ungehorsam leisten zu können.

Sichtbar wurde das vor allem in ihrem Äußeren und in diesen langen Haaren. Wenn auch jetzt ein Markt dafür geschaffen war: Die Wut auf die Schönheit blieb. Das gesunde Volksempfinden war stärker als der Wandel der Märkte. Es war so stark, dass es mir an diesem Montagmorgen in der U-Bahn panische Angst einjagte, mit der ich nicht mehr umgehen konnte. Noch am selben Nachmittag ging ich zu einem guten altdeutschen Kasernenfriseur und ließ mir die Haare kurzschneiden, unglücklich und auch beschämt meiner eigenen Angst wegen. Als ich den Friseursalon verließ, sah ich aus wie einer von den Vielen und gab dem gesunden Volksempfinden keinen Anlass mehr, seine Wut gegen mich zu richten.

Was war wirklich passiert? Ich hatte mir die Haare schneiden lassen, weil ich Angst hatte vor dem, was wir die Massen nannten. Es war nur einer von den vielen kleinen opportunistischen Schritten, die wir damals machten, weil wir sie für revolutionär hielten und für notwendig im Kampf gegen unsere kleinbürgerliche Vergangenheit. Wir wollten endlich nicht mehr anders sein. Wir wollten nicht mehr komisch angesehen werden. Wir wollten sein wie unser arbeitender Nachbar auch, auch wenn der vielleicht Frau und Kinder verprügelte. Wir wollten endgültig den Träumen abschwören, die uns mal auf die Straße gebracht und uns überhaupt lebendig gemacht hatten. Wir wollten endlich so sein wie alle anderen Toten auch.

Es beginnt der lange Kampf ums Überleben

Vier Wochen später hatten meine Haare wieder eine Länge erreicht, die es meinem eigenen Narzissmus erlaubte, sich mit ihnen zu beschäftigen. Aber die Niederlage, die mit dem Blick der Massen in der U-Bahn eingeleitet worden war, wog schwerer. An diesem Tag waren endgültig meine Träume gestorben, die mir bis dahin noch die Kraft gegeben hatten, wenigstens einen halbherzigen Widerstand gegen den eigenen Opportunismus wie gegen den der anderen zu leisten. Im selben Augenblick, da die Organisation begann, Verwendung für mich zu haben, entwickelte ich das Ethos eines normalen Angestellten: Ich machte meinen Job und bemühte mich, ihn gut zu machen (schließlich wollte ich noch aufsteigen), aber ich hatte von jetzt an eine größere Distanz zur Firma. Dass außerdem diese Firma durchaus kein Selbstzweck sein sollte, sondern ein Unternehmen zur Führung und Beschleunigung des Klassenkampfes, vergaß ich beinahe. Es waren zunächst Aufgaben der Agitation und Propaganda, zu denen ich herangezogen wurde. Es gab mehrere lange Diskussionen über den Unterschied zwischen Agitation und Propaganda, und wir einigten uns schließlich auf eine Definition, die direkt von Lenin übernommen und nur mit etwas zeitgemäßeren Beispielen illustriert wurde: So ging damals die Lenin-Rezeption vor sich.

Die Organisation beabsichtigte im Wettlauf mit den konkurrierenden Organisationen, möglichst bald eine regelmäßig erscheinende Zeitung herauszugeben, die vor Fabriken und in den Stadtteilen zunächst verteilt, später verkauft werden sollte. Zugleich zwangen aktuelle Maßnahmen des Berliner Senats oder der Bundesregierung ständig zu Stellungnahmen in Flugblättern. Die Politik unserer Organisation – wie die der anderen – war von vornherein darauf festgelegt, ständige Reaktion, ständige Präsenz zu sein: Die Maßnahmen des Klassenfeindes auf der einen, die Verlautbarungen der konkurrierenden Organisationen auf der anderen Seite verboten es, auch nur eine Gelegenheit zur Stellungnahme und Selbstdarstellung auszulassen. Die vornehmlich von Studenten getragene Organisation, angetreten, um proletarische Politik zu machen oder wenigstens vorzubereiten, betrieb zuallererst das Geschäft aller Intellektuellen: Sie produzierte Wörter. Ich wechselte also keineswegs die Tätigkeit, nur das Publikum: Zuerst hatte ich für Schüler geschrieben, später für Studenten und Professoren, jetzt sollte ich für Arbeiter schreiben. Nur die Bedingungen dieser Tätigkeit hatten sich geändert: Was zu schreiben war, wurde ausführlich diskutiert. Was schließlich gedruckt wurde, war das Resultat einer ganzen Reihe von Diskussionen und Entwürfen.

Im Juni 1970 wollte das Berliner Abgeordnetenhaus abschließend über das »Gesetz zur Anwendung unmittelbaren Zwanges« beraten, kurz auch »Handgranatengesetz« genannt. Dagegen gab es eine Demonstration, und natürlich machten wir ein Flugblatt. Wenig später wurde der Heidelberger SDS verboten, weil seine Kampagne gegen das Cabora-Bassa-Projekt in Mozambique zu gefährlich geworden war. Wir machten ein Flugblatt. Dann wurden die Lohnsteuern um 10 % erhöht: »Steuererhöhung – die SPD sichert Unternehmerprofite!« war unser Flugblatt überschrieben. Zu gleicher Zeit wurde die erste Nummer unserer Zeitung vorbereitet, mit Artikeln zur bevorstehenden Tarifrunde in der Metallindustrie, zum Scheel-Besuch in Moskau, über Todesschüsse bei Demonstrationen in Spanien, Streik in Englands Häfen, erfolgreiche Lohnkämpfe bei Bosch in Neukölln. All diese Flugblätter und Artikel wurden wieder und wieder diskutiert und unter Zeitdruck in ihre endgültige Form gebracht. Meistens trafen wir uns in einem kleinen und dunklen Ladenraum in Kreuzberg, den die Organisation gemietet hatte. Der Hauptraum war extrem lang und schmal geschnitten. Entsprechend wurde er vor allem von einem fast ebenso langen und schmalen Tisch dominiert, um den alte Stühle und Sessel gruppiert waren. Diese Möbel waren natürlich zum großen Teil verschlissen, aber trotzdem blieb etwas übrig von der Stimmung von Konferenzen auf höherer Firmenebene: dieselbe Geschäftsmäßigkeit, auch dieselbe Gereiztheit und manchmal Lustlosigkeit herrschten. Persönliche Distanzen ließen sich räumlich ausdrücken. Intimfeinde nahmen ihre Plätze weit voneinander entfernt ein, der lange Tisch bot dazu Gelegenheit. Zeitpläne wurden regelmäßig überschritten. Sitzungen, die auf drei Stunden terminiert waren, dauerten doppelt so lange. Wer sich für abends etwas vorgenommen hatte, wer so viel Optimismus noch besaß, konnte dieses Vorhaben jedes Mal entweder abschreiben oder eine plötzliche Kreislaufschwäche, Magenverstimmung, Zahnschmerzen vortäuschen: Nur auf solchen Umwegen ließen sich die eigenen Bedürfnisse noch durchsetzen. (Lars hatte dabei eine gewisse Meisterschaft entwickelt. Seinem Roemheld war nicht beizukommen.) So produzierten wir verbissen unsere Flugblätter und Zeitungen, trugen unsere Antipathien aus und warteten alle darauf, dass sich irgendwann einmal etwas grundsätzlich ändern würde an diesen Verhältnissen, ohne uns genau vorstellen zu können, was das sein sollte. Die falsche Art, Politik zu machen, setzte sich hinter dem Rücken ihrer unmittelbaren Produzenten durch. Keiner der übermüdeten Gestalten an dem Tisch war noch anzusehen, dass sie Produkte einer Bewegung waren, der einstmals (es war noch nicht lange her) Politik Spaß gemacht hatte, für die antikapitalistische Politik und subjektiver Emanzipationsprozess Momente desselben Prozesses waren.

Ich selber geriet schnell in einen Zustand permanenter Müdigkeit, eine Trance, die ich erst überwinden sollte, als die Organisation zerfiel. Jeden Morgen, wenn ich erwachte, war mir klar, dass ich nicht nur falsch, sondern selbstzerstörerisch lebte, aber die Zerstörung war schon zu weit gediehen, als dass ich mich dagegen hätte wehren können. So verwandelte sich die Absicht, ein Leben zu leben (mit der ich nach Berlin gekommen war), mehr und mehr in die bloße Absicht zu überleben. Je angefüllter der Tag mit Terminen, desto erleichterter war ich. Termine bedeuteten, nicht allein zu sein. Sie bedeuteten, sich der Sache widmen zu müssen, nicht sich selber. Sie bedeuteten am Ende das ungenaue Gefühl, etwas getan zu haben: es wieder einmal geschafft zu haben: einen weiteren Tag überlebt zu haben. Ein Tag ohne Termine bedeutete dagegen: wahrzunehmen, dass es Wirklichkeit außerhalb der Organisation gab. Ihr stand ich völlig hilflos gegenüber. An solchen Tagen fuhr ich manchmal ziellos mit der U-Bahn kreuz und quer durch Berlin. Ich sah Menschen, die zur Arbeit fuhren, sah Liebespaare, Betrunkene, Postboten, Schulkinder. Sie alle bewegten sich in dieser Wirklichkeit, jeder auf seine Weise selbstverständlicher als ich. Sie schienen einen festen Platz in ihr zu haben, während ich einen festen Platz nur noch in unseren verschiedenen Sitzungszimmern, in unserer Wohnung und in den Wohnungen der anderen Genossen hatte. Ein Tag ohne Termine bedeutete die Wiederkehr der immer gleichen Angst, überflüssig zu sein, nicht gebraucht zu werden. So kehrte ich am nächsten Tag, der wieder Termine für mich bereithielt, erleichtert zurück in den warmen Schoß der Organisation, die mich brauchte.

Natürlich war ich, inmitten meiner Müdigkeit, die mir eigentlich hätte zu denken geben müssen, überzeugt davon, dass der Weg, den wir gingen, der richtige war. Wir alle waren davon überzeugt. Es blieb uns gar nichts anderes übrig, denn die Wirklichkeit außerhalb unserer Organisation bot ihrerseits keine Sicherheiten an. Unsere Sicherheiten mussten wir uns schon selber schaffen. Sie gerieten trotzdem bei der kleinsten Gelegenheit, wo sie eine Überprüfung bestehen mussten, ins Zittern. Keine Arbeit tat ich weniger gern, als an den entsprechenden Tagen morgens vor den großen Berliner Fabriken unsere Flugblätter und Zeitungen zu verteilen. Schon die Ausmaße der Fabrikgelände, die einschüchternden Dimensionen der Werkstore, vor denen wir uns aufstellten, jagten mir Angst ein, wie es Jahre zuvor bei Dienstantritt der erste Anblick des Kasernengeländes getan hatte. Das hatte ich dann nach und nach von innen kennengelernt, und sehr bald war für mich aller Schrecken daraus verschwunden. Die Werksgelände aber, vor denen wir standen, blieben mir für immer versperrt und feindlich. (Umso verbissener stimmte ich ein in das Lenin'sche Lob der Fabrikdisziplin als Vorbild proletarischer Disziplin: Ich wollte meine Angst überwinden, indem ich mich ihrem Objekt bedingungslos unterwarf.) Mit immer neuen Bussen und Autos rollte dann die Belegschaft an, in kleinen unausgeschlafenen Gruppen kamen die Arbeiter auf uns Flugblattverteiler zu, verständlicherweise schlecht gelaunt, mürrisch noch dann, wenn sie unsere Flugblätter mit Bereitwilligkeit, sogar mit Neugier an sich nahmen. Bei jeder neuen Lawine von Proletariern, die auf mich zurollte, krampfte sich mein Magen, der damals schon längst gegen meine Überlebensweise zu protestieren begonnen hatte (vor diesen Flugblattverteilungen konnte ich keinen Bissen herunterbekommen), erneut zusammen. Meine Angst muss deutlich gewesen sein, denn viele sahen mich erstaunt an, wenn ich ihnen mit meinem »guten Morgen, bitte schön« die Flugblätter reichte. Wenn dann die Wellen der eintreffenden Lohnarbeiter immer spärlicher wurden, hob sich meine Stimmung, bis ich, kurz bevor das Ende der Verteilungsaktion kam, geradezu euphorisch wurde: In mir siegte das Gefühl, noch einmal davongekommen zu sein, davongekommen vor etwas, das ich nicht benennen konnte. Wenn wir dann, in unsere schöne Wohnung in der Baerwaldstraße zurückgekehrt, bei Kaffee und noch warmen Brötchen endlich beim Frühstück saßen, hätte ich laut jubeln können. Aber dieser Jubel durfte natürlich nicht nach außen dringen, weil dann auch seine Vorbedingung, meine Angst, meine kleinbürgerliche Angst vor den Massen, nach außen gedrungen wäre. So behielt jeder diese Angst, die, wie ich später erfahren habe, keine Eigenart von mir war, für sich.

Eine ordentliche Kneipe

Allein die Nächte gehörten nicht der Organisation. Nicht immer verbrachte ich sie im Bett. Die uneingestandene Sehnsucht nach einem Leben jenseits des Überlebens trieb mich zu immer neuen Versuchen an: Ich suchte immer neue Kneipen auf, nicht zuletzt in der Hoffnung, dort erneut einen Engel zu finden, der mich aus meinem jetzigen Gefängnis befreite. Aber selbst wenn ein Engel zu finden gewesen wäre: Ich hätte ihn nicht gesehen. Ich war schon zu müde, um mit den Leuten an der Theke oder am Tisch andere Sätze zu sprechen als die üblichen. Auch war es schwierig, von mir selber zu sprechen: Ich hatte keine Lust, über das zu sprechen, was ich tat, und ich hatte Angst, über das zu sprechen, was ich einmal gewesen war. Über das zu sprechen, was vielleicht einmal sein sollte, war unmöglich: Ich konnte es mir nicht vorstellen.

So kehrte ich spätabends noch ein bisschen müder, als ich losgefahren war, nach Kreuzberg zurück, müder, aber nicht ruhiger. Wenn ich dann in die Kickerkneipe kam, in der ich ein paar Monate zuvor mit manchem Genossen erstmals geredet hatte, saß Lars zuweilen schon an der Theke oder an einem Tisch. Hier kam ich zur Ruhe, weil ich nichts suchte. Hier war es nicht nötig, von sich zu erzählen. Diese Kneipe war einfach da. Es stand jedem frei, sie aufzusuchen und sie zu verlassen, wann er wollte: Sie hatte vierundzwanzig Stunden am Tag geöffnet, und einen Ruhetag kannte sie nicht. In den ersten Stunden der Nacht waren viele Leute wie Lars und ich da, Studenten, Gelegenheitsarbeiter, junge Arbeitslose. Regelmäßig kam eine Studentin, die nur ein paar Häuser weiter wohnte, Germanistik studierte und außerdem in ihrer Wohnung weiße Ratten züchtete. Später in der Nacht kamen dann manchmal Penner, auch Fixer mögen ab und zu dagewesen sein. Am frühen Morgen tranken Arbeiter auf dem Weg zur Arbeit – vor der Kneipe war eine Bushaltestelle – ihr Frühstücksbier. Es war eine Anlaufstelle für alle Arten von Leuten, allen gegenüber in der gleichen Art und Weise freundlich und neutral, Langhaarigen wie Rentnern, Pennern ebenso wie konsolidierten jungen Arbeitern, die zusammen mit ihrer Frau eben auf ein Bier reinschauten. Wenn ein Betrunkener zuweilen vom Hocker rutschte, wurde er aufgehoben; man riet ihm vielleicht, nach Hause zu gehen: Ausgeschimpft wurde er nicht. An Schlägereien kann ich mich nicht erinnern. Ich selber saß hier oft mit Lars und Harm, der noch in die Baerwaldstraße zugezogen war. Ab und zu flipperten oder kickerten wir eine Runde, kehrten dann wieder an den Tisch zurück, sprachen über alles, auch über uns, aber in der etwas beobachtenden, distanzierten Weise, die kein Leiden nach außen ließ. Mir war auch, sobald ich mich hier erst einmal hingesetzt hatte, nach Leiden nicht mehr zumute. Ich fühlte mich auf eine diffuse Art und Weise wohl. In dieser Kreuzberger Eckkneipe, weit jenseits der geschlossenen Welt von Kadern und Sympathisanten, kam ich zur Ruhe, weil in ihr selbst die Welt zum Stillstand gekommen zu sein schien. Alles war überschaubar, unvorhergesehene Entwicklungen waren nicht zu befürchten. Die Musicbox gab immer wieder dieselben schönen alten Poptitel her, der Kicker und der Flipper standen Abend für Abend an derselben Stelle, die dicke Frau, die abends meistens hinter der Theke stand, nickte uns, wenn wir die Kneipe betraten, immer in der gleichen freundlichen Art zu. Notfalls hatten wir auch mal für ein paar Biere Kredit. Von Zeit zu Zeit erkundigten wir uns bei der Studentin nach dem Befinden ihrer weißen Ratten. Ebenso regelmäßig erzählte mir Harm in dieser Kneipe von seinem unausrottbaren Bedürfnis nach Ordnung, nach Klarheit, und regelmäßig verschwieg ich ihm, dass ich dasselbe Bedürfnis hatte. Stattdessen machte ich ihn auf die Gefahren aufmerksam, die hinter solchen Wünschen lauern, weil diese Wünsche notwendigerweise ständig frustriert werden müssen. Ich hatte mich schon mit dem Gedanken an ein permanentes Chaos vertraut gemacht, ohne allerdings das Chaos akzeptieren zu können. Denn immerhin wusste ich, dass Harm ebenso wie ich diese Kneipe nicht nur wegen ihrer Nähe zu unserer Wohnung, sondern vor allem deshalb aufsuchte, weil sie unserem absurden Bedürfnis nach Ordnung, Klarheit, Überschaubarkeit entgegenkam.

Außerhalb dieser Kneipe herrschte dagegen eine ziemliche Unordnung.

Monika, eine Beunruhigung

Meine Träume von einem Leben jenseits des Überlebens waren zwar eingefroren, auf Eis gelegt; ganz und gar gestorben waren sie nicht. Wie sehr ich mich auch bemühte, sie vollkommen stillzustellen, wie sehr ich mich anstrengte, jeden neuen Tag nur anzusehen unter der Aufgabe des Überlebens, wie sehr ich mich also selber in die Askese hineinzwang: Es blieben Reste, die ich nicht unter Kontrolle bekam, die sich meinem mönchischen Programm nicht fügten.

Monika hatte ich auf einem Fest in unserer Wohnung am Abend des 1. Mai das erste Mal gesehen: klein, mit großem rundem Busen, der beim Tanzen in Bewegung geriet, hellen und beweglichen Augen (von denen ich später feststellen sollte, dass sie nicht imstande waren zu lügen: Ob Monika meinte, was sie sagte, war in ihren Augen untrüglich ablesbar) und einer Stupsnase. Spätestens bei deren Anblick war ich verloren. Es gehört zu den Irrationalismen, die mich treu durch alle Veränderungen begleiten, dass ich einfach nicht widerstehen kann, wenn ich eine solche Stupsnase oder Himmelfahrtsnase sehe. Ich kann wohl ohne Ausnahme sagen, dass die wenigen Frauen, in die ich mich verliebt habe, und die vielen, deren Anblick mich ein paar Tage lang nach flüchtigen Begegnungen in der U-Bahn, auf der Straße oder in der Kneipe verfolgt hat, sämtlich solche Stupsnasen hatten.

Behutsam, ohne dass meine Helfer allzu schnell merken sollten, welche Absicht dahinterstand, fand ich in den folgenden Tagen einiges über Monika heraus: was sie machte, wo sie wohnte, wen sie kannte. Da sie ebenfalls mit der Firma etwas zu tun hatte, war es nicht schwer, Vorwände zu finden, um sie zu umschleichen. Genau das war es nämlich, was ich zu tun begann. Zum ersten Mal lernte ich eine reine Frauenwohngemeinschaft kennen; vier Frauen wohnten dort in einer schönen und großen Wohnung in Wilmersdorf, nahe dem Hohenzollernplatz, in der der Gang zur Küche ein ähnlicher Spaziergang war wie bei uns in der Baerwaldstraße. Sobald ich diese Wohnung betrat, schwand etwas von der sonst vorhandenen Müdigkeit. Schon auf dem Weg dorthin fühlte ich mich leichter, die Straßen, die zu ihr führten, hatten etwas Helles, Großzügiges, Leichtes, das zur Berliner Schwerkraft, wie ich sie gewohnt war, wenig passte. Die Wohnung selbst, die ich dann betrat, präsentierte sich jedes Mal in einer anderen Unaufgeräumtheit. Hosen, Blusen, Pullover lagen überall gestapelt in den Ecken: Die Masse der Kleidungsstücke, über die die Bewohnerinnen kollektiv verfügten, war offenbar nicht mehr in den Schränken und Kommoden unterzubringen.

Ich richtete es so ein, dass ich für die nächste Zeitung einen Artikel gemeinsam mit Ulrike, einer der vier Bewohnerinnen, ausarbeitete. Alle Termine, die dazu nötig waren, machten wir in ihrer Wohnung, obwohl es, da sie ein Auto besaß, einfacher gewesen wäre, sie wäre in die Baerwaldstraße gekommen. Ulrike war um einiges größer als ich, mit langen schwarzen Haaren und ebenso schwarzen Augen. Sie war sehr abhängig von den extremen Schwankungen ihres Gemüts. Es war schwierig mit ihr zu arbeiten und zugleich schön, weil sie sich nie in die übliche Routine, die ich mir wie die meisten anderen angewöhnt hatte, finden mochte. Sie war weder pünktlich noch zuverlässig noch cool. Wenn ich sie aufsuchte, musste ich entweder auf eine depressive oder auf eine manische Verfassung bei ihr gefasst sein. Es gelang mir schnell; nur wenn ich ausnahmsweise einen mittleren Zustand bei ihr vorfand, der meine eigene Müdigkeit spiegelte, war ich ratlos. Ulrike war, bevor auch sie die leninistische Wende gemacht hatte (zusammen mit ihrem Freund, einem der zahlreichen Überväter, die es in dieser Organisation gab und von denen noch die Rede sein wird), noch im SDS an den Anfängen der neuen Frauenbewegung beteiligt gewesen. Nicht zuletzt der abrupte Abbruch dieses Prozesses durch die leninistische Wende (die Organisation war ein Männersyndikat; dem Kreis der Kader gehörte damals eine einzige Frau an), die uneingelösten Intentionen trugen zu ihren Schwierigkeiten bei. Wir begannen uns sehr schnell zu mögen in einem unausgesprochenen Einverständnis über den richtigen Gehalt der Sehnsüchte, die wir uns beide bemühten zu unterdrücken.

So umschlich ich also Monika, indem ich mich an ihre Mitbewohnerinnen warf. Mit ihr selber sprach ich von allen am wenigsten, weniger aus bewusster Strategie, sondern mehr aus Unfähigkeit, den richtigen Ton zu finden, aus Angst zurückgewiesen zu werden. Diese Angst bestimmte seit der Trennung von Angelika meine Handlungen immer mehr. Jemanden zu brauchen, der mich nicht brauchte, war das Allerschlimmste geworden, was mir passieren konnte; die diffuse alte Angst vor der eigenen Überflüssigkeit hemmte mich beim Umgang mit fast allen, die mir etwas bedeuteten. Wenn ich Wünsche hatte, äußerte ich sie indirekt: Ich ließ sie spüren, ohne sie auszusprechen. Es blieb immer den anderen vorbehalten, meine Wünsche aufzuspüren und zu erfüllen; ich selbst gab nur die notwendigsten Hinweise.

Monika zeigte meinen Wünschen gegenüber eine bemerkenswerte Resistenz. Natürlich fiel ihr mein Verhalten auf, auch trugen ihr andere zu, was mit mir los war. Aber sowohl aus eigener Unsicherheit wie aus prinzipieller Kritik an meinem Verhalten ließ sie sich auf das Spiel, das ich so gern spielen wollte, nicht ein. Alle Versuche, die ich unternahm (ich holte mir eine gründliche Bronchitis und ließ mich fast eine Woche lang in der Wohnung von den vier Frauen pflegen, derweil draußen Jimi Hendrix und Janis Joplin starben und der jordanische König ein Massaker in den palästinensischen Flüchtlingslagern anrichten ließ), schlugen fehl, brachten mich keinen Schritt weiter, verhärteten nur die schon bestehende Stagnation. Jedes Mal kehrte ich nach solchen Versuchen zurück an meine Aufgaben, zurück zur Aufgabe des Überlebens, durchaus gewillt, mir alle anderen Gedanken aus dem Kopf zu schlagen. Aber der einfache und verständliche Wunsch, nicht mehr ganz so allein zu sein, war stärker als alle Versuche, ihn zu vertreiben. Da half weder der Westerner, der am Ende des Films einsam der Sonne entgegenreitet (meistens einer untergehenden Sonne), noch der kühle Ehrenkodex des private eye à la Humphrey Bogart oder der nicht unähnliche Kodex des eiskalten Engels. Ich probierte nacheinander alle diese Haltungen aus: Sie waren eben nur Haltungen. Die Wünsche blieben.

Besuche im anderen Leben

Regelmäßig ließ ich diese stagnierenden Verhältnisse hinter mir, indem ich eine Entfernung von etwa siebenhundert Kilometern zurücklegte. Schon bei meinem zweiten Besuch in Tühingen kam ich dort an wie in etwas sehr Vertrautem. Ich blieb etwa eine Woche, und die Tage vergingen wieder mit dieser unentwirrbaren Mischung aus notwendigen Terminen, die wahrzunehmen waren, und einer für mich noch immer verwirrend selbstverständlichen Art zu leben. Natürlich hatte ich meine Müdigkeit und meine Angst nicht einfach in Berlin zurückgelassen. Aber hier nahmen sie Dimensionen an, die es mir wenigstens erlaubten, mit ihnen umzugehen, anstatt mich einfach von ihnen überfahren zu lassen.

Wieder hatte ich ein beachtliches Bücherpaket mitgebracht; diesmal aber schon nicht mehr im Glauben, wirklich in den Büchern arbeiten zu können und auch ohne den ernsthaften Vorsatz dazu. Sie hatten mehr die Funktion von Mahnzeichen, die mich daran erinnerten, dass ich meine Berliner Lebensumstände nur vorübergehend verlassen hatte, Stücke zum Vorzeigen, die sagen sollten: Seht mal, mit so etwas lebe ich derzeit in Berlin, das macht einen großen Teil meiner Tage aus.

Im Umgang mit Tübingen selbst machte ich Fortschritte. Meine Schwierigkeiten im Erfrischungsraum reduzierten sich auf Kleinigkeiten. Dem Verkehr stand ich nach wie vor misstrauisch gegenüber, aber nicht mehr ganz mit der extremen Ängstlichkeit meines ersten Besuchs. Nur die Strukturen der Stadt blieben mir weiterhin verborgen. Welche Gassen auf welche Plätze führten, wie sie von anderen Gassen zu unterscheiden seien, erkannte ich auch diesmal nicht. So hatte ich immer von Neuem Gelegenheit zum Erstaunen, wenn wir plötzlich, aus unübersehbaren Winkeln kommend, vor einem Kino standen, das ich zwar schon kannte, aber doch an einem ganz anderen Platz vermutet hatte.

Jensen und Ruth spürten etwas von den bedrohlichen Verhältnissen, unter denen ich in Berlin zu leben schien, sie fragten auch danach. Ich erzählte wenig, begnügte mich mit Andeutungen und beeilte mich immer, meine Hoffnung hinzuzufügen, dass sich einiges demnächst, in absehbarer Zeit, morgen vielleicht schon, entscheidend ändern werde. Eine nur für Tübinger Zwecke erfundene Hoffnung war das nicht: Ich glaubte selber daran. Ohne dieses Maß an unbestimmbarer (und in wenig bis nichts gegründeter) Hoffnung war selbst das bloße Überleben nicht möglich. So beließen es Jensen und Ruth bei meinen Andeutungen, auch in der Angst, durch zu präzise Nachfragen mich vielleicht zu verletzen. Sie verlegten sich darauf, mir auf andere Weise zu helfen, indem sie mir ohne demonstrativen Gestus vorführten, wie ein Leben jenseits des Überlebens aussehen könnte. Das half mir wirklich: in Tübingen selbst und auch noch regelmäßig einige Tage nach meiner Rückkehr nach Berlin. Dann hatten mich die dortigen Verhältnisse wieder eingeholt, und im Stillen begann ich meine Hoffnungen schon wieder auf den nächsten Besuch in Tübingen zu richten.

Zwei Wochen nach meiner Bronchitis, deren eigentliche Intentionen fehlgeschlagen waren, fuhr ich zum ersten Mal seit langer Zeit wieder nach Hause. Dort wollte ich ein paar Tage bleiben und anschließend nach Tübingen fahren. Ich hoffte, alte Freunde wiederzutreffen, hoffte herauszufinden, wie andere lebten, die zugleich mit mir die ersten Versuche gemacht hatten herauszufinden, wie man richtig leben sollte.

Der Gallimarkt fand gerade statt, das allherbstliche Volksfest, bei dem ich sechs Jahre zuvor zum ersten Mal meine frisch erblutete und erarbeitete Wildlederjacke ausprobiert hatte. In den wunderbaren Jahren hatte ich jeden Tag, genauer: jeden Abend dieses Festes ausgenutzt, diesmal ging ich gerade auf einen Nachmittag hin: Die Spanne zwischen jenen Jahren und meinem jetzigen Besuch war die Spanne zwischen den kollektiven Hoffnungen aus der Nische und dem, was daraus geworden war. Trotzdem verflog für einen Augenblick meine Müdigkeit, als ich zum Markt ging. Es war ostfriesisches Oktoberwetter, kühl, spürbarer Wind, ein bisschen rauchige Luft, ein etwas scharfer Geruch, weit entfernt von dem süßlich-faulen Berliner Gift, aus dem ich angereist war. Eingangs des Gallimarkts reihten sich wie jedes Jahr die Aalbuden, deren Besitzer alle ohne Ausnahme

Janssen, Jansen oder Janßen hießen. (Von einem dieser Stände pflegte mein Vater jedes Jahr einen Aal zum Abendessen mitzubringen, den wir zum Brot aßen und in viel Bier ertränkten.) Ich tastete mich langsam, immer auf Ausschau nach bekannten Gesichtern, durch die Gerüche nach Fisch, gebrannten Mandeln, Zuckerwatte und Popcorn zum Autoscooter, um die paar Freikarten zu verfahren, die mein Vater als Angehöriger der Stadtverwaltung jährlich bekam. Nach und nach verlor ich die Distanz, die ich aus Berlin mitgebracht hatte. Der Leninist und künftige Kader Murnau überließ sich hemmungslos dem Volksvergnügen.

Ausgangs des Autoscooters traf ich Issi wieder: Issi, dessen Wildlederjacke das Leitbild meiner eigenen gewesen war; Issi, meinen Gegner am Flipper und am Kicker in unzähligen Mathematik- und Physikstunden in der schulnahen Kneipe an der Heisfelder Straße. Issi war später als andere aufs Gymnasium gekommen, nachdem man ihn nach zwei Realschuljahren für begabt genug gehalten hatte. Sein Schulweg war beschwerlich: jeden frühen Werktagmorgen auf dem Moped von dem kleinen Dorf nahe der holländischen Grenze, in dem sein Vater als Milchfahrer und Kleinstbauer ein schmales Geld verdiente, ins nächste größere Dorf, von dort mit dem Bus zum Schulort. Die ersten Jahre auf dem Gymnasium durchlief er ohne Schwierigkeiten, fiel nicht auf außer beim Fußball: klein, schmächtig, fast zierlich zu nennen, mit Beinen noch dünner als meine, ließ er als Linksaußen jeden Gegner ins Leere laufen. Schießen konnte er aus dem Fußgelenk, ohne dass zuvor die Absicht zum Schuss überhaupt sichtbar wurde. Gut spielte er dennoch nur, wenn er Lust dazu hatte. In Turnieren konnte sich die Schulmannschaft aber, obwohl Issis Lust oder Unlust zu spielen unabsehbar war, niemals entschließen, auf ihn zu verzichten.

Dann begann Issi, auch im Unterricht je nach Lust und Unlust zu handeln. Die Unlust überwog. Sie schlug sich vor allem nieder in einer passiven Resistenz, die nichts zerstörte außer der Selbstsicherheit der Lehrkräfte, die es mit Issi zu tun hatten. Die ließen ihn ein Jahr wiederholen, und so kam er in meine Klasse.

Er saß neben mir. Seine Schultasche war so erstaunlich, dass ich von ihr träumte. Das Leder war alt und an vielen Stellen brüchig, über und über bemalt mit Codewörtern: Titeln und Namen aus der Popmusik, Vereinsnamen aus der Bundesliga, Mädchennamen, Buchtiteln, Parolen. Der Inhalt war gleichermaßen erstaunlich. Issis Frühstück, eine Turnhose, ein paar Fußballschuhe, ein Paar Stutzen, vielleicht noch ein Buch, an dem er gerade las. Die Schulbücher und die Hefte hatte Issi unter der Bank deponiert. Er nahm sie niemals mit nach Hause, wo er nachmittags seinem Vater bei dessen kleiner Landwirtschaft helfen musste. Als Fahrschüler, der weit vor Unterrichtsbeginn in der Schule war, hatte Issi Zeit genug, die Hausaufgaben am frühen Morgen zu erledigen. Während der Schulstunden saß er dann neben mir, zurückgelehnt auf seinem Stuhl oder auf die verschränkten Ellenbogen vornüber gesunken, niemals seine Wildlederjacke mit dem hochgeschlagenen speckigen Kragen ablegend, und ließ den Unterricht über sich ergehen. Fragen beantwortete er, wenn er Lust hatte, mit der zutreffenden Antwort, bei Unlust mit dem Stereotyp »ich weiß nicht«.

Es zeigte sich bald, dass die Lehrkräfte, die schon genug damit zu tun hatten, die Söhne der ortsansässigen Geschäftsleute und Honoratioren ins nächste Schuljahr mitzuschleppen, entschlossen waren, sich für diese schwierige Aufgabe an Issi schadlos zu halten: Diesem renitenten Bauernlümmel wollten sie es zeigen. Wenn er das Klassenziel wieder nicht erreichte, musste er die Schule verlassen und konnte sein Abitur in den Schornstein schreiben, denn sein Vater verfügte nicht über die Mittel (und hatte auch nicht das Interesse), ihn durch ein Internat etwa im Harz doch noch zur Hochschulreife zu pressen.

In den letzten Schultagen vor Ostern 1965, als das Urteil über lssi, wiewohl offiziell noch nicht ausgesprochen, doch längst feststand, gingen wir das letzte Mal zusammen kickern, diesmal ganz legal nach dem Unterricht. Issi gewann, beim Abschied am Bus lächelte er etwas resigniert und sagte:

»Ich war nicht die größte Träne auf dieser Schule.«

Mit demselben Lächeln begegnete er mir jetzt am Rande des Autoscooters. Seine Frau stand neben ihm. Das Kind hatten sie wohl Verwandten zur Aufsicht gegeben. Wir sprachen nur kurz miteinander. Er war noch immer bei dem Steuerberater beschäftigt, bei dem er damals nach seiner Freisetzung von der Schule angefangen hatte. Finanziell könne er nicht klagen. Eintönig sei die Arbeit auch nicht. Er hoffe, sich im Laufe der Jahre noch verbessern zu können.

Er hatte also: einen Beruf, eine Frau, ein Kind. Weitere Kinder würden vielleicht folgen. Eine bescheidene oder auch gar nicht so bescheidene Karriere würde er auch machen. Er war jetzt vierundzwanzig Jahre alt. Von dem Issi, der neben mir lässig am Flipper gelehnt hatte, wenn ich spielte, oder dem Issi, der sich einen Spaß daraus machte, beim Fußball denselben Gegenspieler gleich dreimal hintereinander auszuspielen, sah ich nicht mehr viel. Den dreißigjährigen Issi auszudenken, fiel mir dagegen nicht schwer.

Er stellte mir ein paar Fragen nach Berlin und nach mir selbst, und ich erzählte irgendetwas. Nach dem Abschied verließ ich sofort den Gallimarkt. Auf weiteres Volksvergnügen war mir die Lust vergangen.

Wenige Tage später fuhr ich nach Tübingen. Das Oktoberwetter, das ich vorfand, war, wie mir Jensen gleich am ersten Tag versicherte, ganz untypisch für Tübingen um diese Jahreszeit. Überhaupt hatte ich bei meinen bisherigen Besuchen immer ein Wetter angetroffen, das den Vorstellungen, die Jensen mir ausgemalt hatte, nicht entsprach. Mich bedrückte das weniger als ihn.

Jensen und Ruth hatten diesmal viel zu tun: Ihr Semester war arbeitsintensiv angelegt. So war ich an den Nachmittagen oft allein, machte die ersten unbegleiteten Spaziergänge durch Tübingen, durch den Park am Rande der Wilhelmstraße, oder blieb im Hause und las, denn auch diesmal war ich mit Büchern bepackt. Die Abende gehörten dann uns gemeinsam. Am Wochenende verließen wir Tübingen zu einem Besuch bei Hartmut, den ich schon beim letzten Mal flüchtig kennengelernt hatte: ein großer Mathematikstudent mit einer langen blonden Mähne, die ihn dem Löwen im Vorspann zu MGM-Filmen ähnlich machte. Er verbrachte den größten Teil seiner Zeit im Kino, war auch nicht oft in Tübingen zu finden, hielt sich viel im Ausland auf, insbesondere in Frankreich. An diesem Wochenende war er im großzügigen Haus seiner Mutter mit einem ansehnlichen Stück Land drumherum, ein paar Ortschaften weiter nordöstlich an der berüchtigten Strecke nach Stuttgart.

Den halben Samstag verbrachte ich, eingepackt in Decken, in der Hollywoodschaukel, und las noch einmal, nach Jahren, Anderschs *Sansibar*, noch einmal die erste Begegnung des Kommunisten Gregor mit der Holzplastik »Lesender Klosterschüler«: »Er sieht aus wie einer, der jederzeit das Buch zuklappen kann und aufstehen, um etwas ganz anderes zu tun. Liest er denn nicht einen seiner heiligen Texte, dachte Gregor. Ist er denn nicht wie ein junger Mönch? Kann man das: ein junger Mönch sein und sich nicht von den Texten überwältigen lassen? Die Kutte nehmen und trotzdem frei bleiben? Nach den Regeln leben, ohne den Geist zu binden?«

Kann man das, dachte Murnau. Muss man's nicht sogar und tut es nur deshalb nicht, weil es Anstrengung kostet? Ich lebe nach den Regeln. Wenn ich bald Kader bin, werde ich noch strenger danach leben. Werde ich eines Tages einen unserer heiligen Texte, mag sein von Lenin, zuklappen und aufstehen, um etwas ganz anderes zu tun?

Am Sonntagabend kehrten wir nach Tübingen zurück. Ich schob meine Rückreise nach Berlin Tag um Tag hinaus. Hier in diesem Tübinger Oktober waren die Verhältnisse überschaubar. Am Tage konnte ich endlich einmal der gründlichen Beschäftigung mit Problemen nachgehen, über die ich in Berlin nur immer sprach, als würde ich mich da auskennen. Wenn ich zurückkam, würde ich Begriffe wie »produktive und unproduktive Arbeit«, »gesellschaftlicher Gesamtarbeiter«, »Klasse an sich« und »Klasse für sich« benutzen können und dabei meiner eigenen Hochstapelei endlich eine gewisse Basis geben. Abends empfing ich dann den Lohn meiner Tagesarbeit in den langen Gesprächen mit Jensen und Ruth.

Was mich also an den einzelnen Tagen hier im Tübinger Nebel erwartete, das wusste ich. Auf welche Verhältnisse ich nach meiner Rückkehr ins kältere Berlin stoßen würde, war nur zu erahnen. Zum Beispiel war da eigentlich ein Umzug fällig, weg aus der Baerwaldstraße, aber wohin, das wusste ich noch nicht.

Eine bedeutende Adresse. Des Kaders neue Kleider

Im Berliner Bezirk Schöneberg, unweit der U-Bahn-Station Innsbrucker Platz, mitten in einem Viereck von vier anderen Straßen eingeklemmt, liegt die Gutzkowstraße. Es ist eine kurze Straße, die man nicht unbedingt kennt in Berlin, obwohl man sie kennen sollte: Es ist eine der konsequentesten Stadtstraßen, denen ich je begegnet bin.

Die Straße ist schmal und beidseitig gleichmäßig von vierstöckigen alten Häusern eingefasst, denen man überwiegend anmerkt, dass ihre Besitzer hier nicht wohnen und daher auch kein sehr großes Interesse daran haben, die Fassaden vor dem langsamen Verfall zu bewahren. Studenten, alte Leute, nicht sehr gut gestellte Arbeiterfamilien vermutet man in diesen Häusern: ganz zu Recht. Die Bürgersteige sind schmal. Autos sieht man wenige: Die meisten Bewohner dieser Häuser verfügen nicht über Autos, allerhöchstens ein vom Rost schon stark gezeichneter VW Käfer lässt sich hier und da ausmachen. Diese Straße ist keine: Sie ist eine hohe

Schlucht, die bewohnt wird. Kein Baum, nicht einmal ein Bäumchen verstellt den Blick aus den Fenstern auf die gegenüberliegenden Häuser. In den Ritzen der Bürgersteige gedeiht nicht einmal Unkraut; vom Anfang der Straße bis zu ihrem Ende blüht hier nur eins: Stein.

In einem dieser Häuser, in einer Wohnung ganz oben im vierten Stock, hatte ich einige Monate zuvor angerufen, um mich zu vergewissern, dass ich mich nicht geirrt hatte mit den »Praktiki«. Denn während ich damals meinen Anteil an der Plattform tippte, war der innerste Kern der Organisation in dieser Wohnung in der Gutzkowstraße versammelt. Wenn in jenen Tagen jemand von »der Gutzkowstraße« sprach, so sprach er nicht von einer beliebigen Wohnung, in der ein paar maßgebliche Genossen wohnten, sondern er meinte das Allerheiligste selbst. Erst, als der Laden in Kreuzberg angemietet wurde, verlor die Gutzkowstraße ein wenig von ihrer Aura. Wenig später zogen einige der wichtigen Genossen aus der Wohnung aus, die noch immer ein Name, eine wichtige Adresse blieb, ihre einzigartige Bedeutung aber verloren hatte.

Zu diesem Zeitpunkt zog ich dort ein. Es ging nicht mehr in der schönen großen Kreuzberger Wohnung. Die Versuche, die Lars und ich machten, wieder so miteinander zu verkehren, wie wir es anfangs in Schlachtensee getan hatten, führten nur zu Verlegenheit. Marion und ich waren nicht in der Lage, auch nur für kurze Zeit allein in einem Zimmer zu sein. Den Spätsommer hatte ich fast mehr in der Frauenwohnung am Hohenzollernplatz verbracht als in Kreuzberg. Dann war ich, in Ostfriesland wie in Tübingen, für wenige Wochen in einem ganz anderen Leben zu Besuch gewesen. Jetzt, nur wenige Tage nach meiner Rückkehr, packte ich meine Sachen zusammen für meinen dritten Umzug in Berlin.

Mit den Bewohnern der neuen Wohnung hatte ich nur oberflächlich gesprochen. Die Dinge waren klar. Ein Zimmer war frei geworden. Wir alle würden wie bisher jeden Tag für die Organisation arbeiten. Jeder hatte seinen Terminen nachzugehen. Wir würden uns bemühen, täglich zu kochen. Wir würden uns bemühen, die Wohnung sauberzuhalten. Wenn es zeitlich möglich war, konnten wir gern zusammen ein Bier trinken gehen. In dem die Gutzkowstraße umgebenden Straßenviereck standen insgesamt acht Kneipen zur Verfügung, jede zu Fuß in höchstens fünf Minuten erreichbar.

Es war also, was das kollektive Wohnen anging, nicht die Zeit der großen Ansprüche. Kollektives Wohnen war eine Frage von Ökonomie und Zweckmäßigkeit. Mit mehreren ist Überleben leichter als allein. Da nahm ich dann den Abstieg gern in Kauf, den von den äußeren Bedingungen her der Umzug von Berlin 61, Baerwaldstraße, nach Berlin 62, Gutzkowstraße, bedeutete. Kein Park mehr gegenüber dem Fenster. Die Zimmer waren niedriger, wenn sie natürlich auch nicht das Streichholzschachtelformat westdeutscher Neubauten hatten. Aber in der mit schönen alten Wohnungen wie keine zweite gesegneten Stadt Westberlin bedeutete eine reduzierte Zimmerhöhe immer einen reduzierten Standard. Der war hier also um einige Zentimeter niedriger. Die Ofenheizung blieb, aber die Wohnung war schlechter isoliert als die in Kreuzberg, feuchtigkeitsanfälliger, schwerer beheizbar also. Kaum noch in Maßeinheiten auszudrücken war dann der Unterschied im Licht. Bis aufs Küchenfenster richteten alle Fenster ihren Blick starr nach Norden. So brachte selbst die Tatsache, dass unsere Wohnung ganz oben auf allen anderen Stockwerken des Hauses ruhte, uns keine Sonne ins Zimmer. Um nachzusehen, wie das Wetter war, mussten wir in die Küche gehen.

Es war also eine Behausung mehr als eine Wohnung, und das Zimmer, das ich bezog, hatte über all die Zeit, sieht man von seiner Unaufgeräumtheit ab, mehr vom Charakter einer Klosterzelle als von einem bewohnten Zimmer. Das war ganz in Ordnung so, denn von hier aus nahm ich den zweiten Teil meiner Karriere innerhalb der Organisation in Angriff.

Einen ganz anderen Charakter als die Gutzkowstraße hat die Charlottenburger Pestalozzistraße. Bäume sind in ihr wie in allen anderen Straßen dieses Teils von Charlottenburg eine Selbstverständlichkeit. Die Straße ist nicht hoch und eng als Schlucht gebaut, sondern breit und überschaubar zum Laufen. Das soll auch so sein, denn es gibt Cafés, Kneipen und Geschäfte dort, die Laufkundschaft brauchen. Eines dieser Geschäfte heißt Puvogel und handelt mit schon getragener Kleidung, wenn sie ausgefallen und alt genug ist.

Puvogel war nicht unbedingt das Geschäft, in dem man den angehenden Kader Murnau vermutet hätte (denn es pfiffen inzwischen die Spatzen zumindest von den Organisationsdächern, dass neue Genossen in den Kreis der Kader aufgenommen werden sollten und dass Murnau zu ihnen zählte). Puvogel, mit seinem Charme alten Trödels und seinem Sinn dafür, gutes Geld aus diesem Charme zu machen, gehörte einer Szene an, deren Extravaganz einem Marxisten-Leninisten unausgesprochen verboten war. Trotzdem wurde Murnau dort eines Vormittags im November 1970 beobachtet, wie er zwischen alten Lederjacken herumfingerte. Er war nicht zufällig hereingekommen, war nicht absichtslos über die Pestalozzistraße geschlendert. Weder sein Terminplan noch dieser spezielle Novembertag waren für solche Spaziergänge gemacht. Murnau war vom Innsbrucker Platz zielbewusst mit der U-Bahn zum Nollendorfplatz gefahren, dort umgestiegen, zwei Stationen weitergefahren bis zum Bahnhof Zoo, und hatte sich von da ohne Umwege zur Pestalozzistraße begeben, um bei Puvogel eine alte Lederjacke zu kaufen.

Und ich fand meine Jacke. Fünfzig Mark kostete sie. Das Leder war stellenweise schon brüchig, das Futter war etwas zerschlissen, ein Knopf fehlte. Von diesen kleinen Mängeln abgesehen war es eine schöne Jacke, um die ich bald beneidet wurde. (»So eine Jacke suche ich schon lange«, sagte einmal im KaDeWe ein Mädchen zu seiner Freundin, als sie mich passierten, und zeigte auf meine Jacke, als ob ich selber gar nicht drinsteckte.) Sie war eckig geschnitten, streng, kurz, mit zwei kleinen, schräg angesetzten Taschen. Es war die Jacke, die ich jetzt brauchte: nicht mehr neu, hatte also schon was mitgemacht (wie ihr Träger, der Kader Murnau), das Nötigste war darin unterzubringen (also ein Terminkalender, Kugelschreiber, Tabak, Blättchen, Streichhölzer); elegant war sie nicht, lumpig war sie auch nicht, sondern einfach, zweckmäßig, also: proletarisch (mit Klassenbewusstsein). Ich hängte mich in die Jacke, erschien in ihr auf den Terminen wie in der Kneipe, sonntags wie werktags, vom Wetter kaum berührt. Sie wurde mein Markenzeichen. An diesem Novembermorgen bei Puvogel hatte ich mir einen neuen Rahmen gekauft, der mich fürs kommende Jahr zusammenhalten sollte.

Stalin, eine Neubesichtigung

Die Zahl der Termine nahm zu. Fürs Erste war ich dankbar dafür. Ich musste mich noch vom Silvester erholen, Arbeit war das geeignete Mittel. Zu Silvester nämlich hatte ich zum ersten Mal wieder geweint, auf einer Fête in aller Öffentlichkeit. Monika wollte wirklich nicht mehr, dass ich sie länger umschlich.

»Es ist besser«, sagten wir beide tags darauf, »wenn wir uns eine Weile nicht sehen. Nicht zu nah auf die Pelle rücken.«

Ich hängte mich also in meiner Lederjacke fest und machte mich an die Arbeit. Jetzt war ich ein Kader und sollte mehrere Schulungsprogramme entwickeln, eins für Kader, eins für Betriebsgruppen, eins für »intellektuelle Sympathisanten«. Dazu musste ich erst einmal einen Ausschuss aufbauen, den es bis dahin nur auf dem Papier gegeben hatte: den Schulungsausschuss. Mit anderen Worten: Ich war so etwas geworden wie ein Abteilungsleiter.

Dabei galt es einiges zu überdenken, zum Beispiel die Frage, ob man sich weiter von Josef Stalin sollte anrufen lassen. Da waren doch in den letzten Monaten einige Zweifel gewachsen, Zweifel, in so einer auf Zweifelsfreiheit aufgebauten Organisation, äußert man zunächst einmal vorsichtig, will auch keine Leichenschändung betreiben an dem ... Genossen Stalin. Aber immerhin. Über dialektischen und historischen Materialismus hatte er sich zum Beispiel 1938 ausgelassen, und das war ja auch mal als Schulungstext benutzt worden. Jetzt nahm ich mir den Text ein weiteres Mal vor, und ein bisschen kam dann doch die Frage auf, ob eigentlich dieser Stalin etwas von der Marx'schen Theorie verstanden habe, und wenn ja, wie viel. Da war die Rede von dem dialektischen Materialismus, der die Weltanschauung sei, und zwar die der marxistisch-leninistischen Partei. Gleich im ersten Satz wurde das so ganz lapidar festgestellt. Ich kam gar nicht hinaus über diesen ersten Satz, musste erst einmal ans Bücherregal, griff einen der blauen Bände heraus, schlug ihn auf an vorherbestimmter Stelle und las: »Die Philosophen haben die Welt nur verschieden interpretiert; es kommt aber darauf an, sie zu verändern.« Ich las also die beiden Sätze, den von Stalin und den von Marx, immer wieder, es gelang mir nicht, sie miteinander zu versöhnen. Wer die Welt anschaut, verändert der sie? Und dann gleich eine ganze Partei, die sich die Welt anschaut! Das ist allerdings nicht das Einzige, was sie tut: Sie verwaltet auch »die allgemeine Schatzkammer des Marxismus«, sie ist, nacheinander, eine Vorhut, eine organisierte Abteilung, eine höchste Form, ein Instrument. Mit der Arbeiterklasse ist sie verbunden durch »ungreifbare moralische Fäden«. Das alles ist wiederum nachlesbar in einer Schrift, die *Über die Grundlagen des Leninismus* heißt und ein ebenfalls beliebter Schulungstext bei uns war. Und all das kam mir jetzt doch, beim zweiten Lesen, etwas ungreifbar vor, beinahe unbegreiflich.

Aber die Zweifel waren nur dosiert anzubringen. Auch kam es darauf an, wem gegenüber sie geäußert wurden: Es gab die ganze Skala von Möglichkeiten, angefangen von dem Versuch, Zweifel zugleich zu verstecken und durchschimmern zu lassen, über deutlichere Anmerkungen bis hin zu der schon mal geäußerten Vermutung, dieser Stalin sei vielleicht vor allem ein cleverer Technokrat der Macht gewesen, der Marxismus als Legitimationsideologie für eine Politik benutzt habe, die marxistisch, kommunistisch oder sozialistisch nicht genannt werden konnte: aber so eine Vermutung äußerte Murnau zum Beispiel höchstens gegenüber dem Genossen Epple, dem er ähnliche Gedanken zutraute, und das auch nicht in offizieller Sitzung, sondern mal in der Pause, bei Kaffee, Tee oder Kuchen. Die Zeit war noch nicht reif, einfachste Wahrheiten laut zu sagen, ohne in die lange Reihe der Renegaten eingereiht zu werden.

Was nämlich durch derlei Gedanken oder Vermutungen angekratzt wurde, war nicht nur das Bild von Stalin, sondern sehr viel näher das Selbstverständnis unserer Firma als einer, die dazu beitragen wollte, dass einmal auch in der westdeutschen Bundesrepublik und in Westberlin eine Partei wieder entstand, die ihrerseits Vorhut und Instrument und dergleichen war. Die musste natürlich marxistisch und leninistisch sein, und was Leninismus war, hatten wir eigentlich weniger von Lenin selbst erfahren, sondern vor allem aus den freundlich und verständlich zubereiteten Erklärungen seines Nachfolgers, der ein bewundernswerter Meister der Vereinfachung gewesen war. Dieser Leninismus sagte deutlich, was zu tun war: Kader rekrutieren, Betriebsgruppen aufbauen, Agitation und Propaganda betreiben, Klassenbewusstsein von außen ins Proletariat tragen. Bis jetzt war also alles einigermaßen klar gewesen; auch in unserer Plattform, die nun schon in einer zweiten und besser gedruckten und gebundenen Ausgabe auf dem Markt war, war das nachzulesen. Und plötzlich mochten einige Genossen diese Plattform nicht mehr so recht, obwohl die gerade jetzt bei vielen Gruppen in Westdeutschland großen Anklang fand. Sie hatten Zweifel bekommen an der rigiden Trennung zwischen dem richtigen Klassenbewusstsein bei der Avantgarde und dem bloß gewerkschaftlichen Bewusstsein bei den Proleten. Auch wurde bezweifelt, ob man einfach so munter Betriebsgruppen gründen und Betriebszeitungen auf den Markt schmeißen könne, ohne auch nur Ansätze einer Analyse dessen zu haben, was der Genosse Epple die reale Bewegung nannte (was immer das auch war, diese reale Bewegung: Sie war kaum zu fassen, nicht in den Griff zu kriegen, keiner hat sie je genau gesehen). Auch ob die Avantgarde wirklich eine sei, wurde bezweifelt, nur weil sie sich so nannte (und allein in Westberlin gab es mindestens drei selbst ernannte Konkurrenzavantgarden). Die Frage wurde gestellt, ob das nicht doch ein ganz unverantwortlicher Voluntarismus sei. Jetzt war das böse Wort gefallen, und zwar nicht in einer Teepause, sondern offiziell, auf dem Plenum der Kader. Jetzt war der Auseinandersetzung nicht mehr zu entkommen.

Der Aufmarsch der Väter

»Ihr wollt im Grunde die Praxis erst mal so lange abschaffen, wie ihr nicht eine saubere Analyse habt«, sagte Henning und wandte sich dabei unbestimmt und zugleich nachdrücklich in die Richtung, in der er die Übeltäter vermutete. Er hatte sich angewöhnt, anderen Genossen zu erklären, was sie eigentlich gemeint hatten, auch wenn sie etwas sehr anderes gesagt hatten. Ganz grundlos war dieses Vorgehen allerdings nicht: Präzise Aussagen waren eher die Ausnahme auf den Plenen.

»Und du möchtest eben gern, dass alles so weitergeht wie bisher, weil du sonst deine Betriebsgruppe vergraulst, und auf die kommt es dir ja wohl hauptsächlich an, alles andere ist dir egal«, rief einer der unbestimmt angesprochenen Genossen zurück.

Es ging nicht immer solidarisch her auf den Plenen. Dazu fanden sie zu oft statt, zudem an den Wochenenden, wo mancher sich einen Versuch von Privatleben vorgenommen haben mochte. Immer gab es dieselben Gesichter zu sehen, auch das viel zu oft, und nur zwei Frauen darunter (denn zum selben Zeitpunkt wie Murnau war auch Stenze in den

Kreis der Kader gekommen, Stenze aus der Frauenwohnung am Hohenzollernplatz, die sich im Spätsommer bei Murnaus Bronchitis am stärksten um ihn gekümmert hatte). Die Kontroverse war nun schon seit Wochen dieselbe: Die einen warfen den anderen Voluntarismus, Handwerkelei und schlimmere Sachen vor, die anderen konterten mit der Unterstellung, dass die einen zurück wollten zum rein theoretischen Zirkel und zum Seminarmarxismus. (Beides war übrigens richtig, aber nur ein bisschen.) Diese Kontroverse war ein Ausschnitt aus dem, was als sogenannte Selbstverständnisdiskussion das Jahr 1971 bestimmen sollte. Alle diese Plenen befassten sich fast ausnahmslos mit unserem Selbstverständnis: Die eigentliche Arbeit (Zeitungen machen, mit Betriebsgruppen arbeiten, Vorbereitungen treffen zum 1. Mai) war jeweils das beinahe schon private Werk der dafür eingesetzten Spezialisten. Wenn auch jeder unter der Arbeit, die er betrieb, zu leiden hatte, weil er deren Perspektiven nicht wusste: Die Arbeitsteilung jedenfalls funktionierte in unserer Firma.

So konnte es vorkommen, dass ich auf Plenen zuweilen Genossen kaum noch ertragen konnte, mit denen ich bei praktischen Aufgaben ausgezeichnet zusammenarbeitete. Wie immer wir uns auch bemühten, uns selbst zu verstehen: Mit dem, was wir taten, hatte es wenig zu tun.

Missmutig begannen diese Sonntage. Beim Erwachen fehlte draußen das Verkehrsgeräusch der fernen Schöneberger Hauptstraße. Die arbeitende Bevölkerung nutzte den Tag zum Ausschlafen. Die Straßen mussten sich gerade erst ein paar Frühaufsteher und einige Reste der Samstagnacht gefallen lassen. Jetzt hätte ich nur nach dem Buch zu greifen brauchen neben meinem Bett und in den Mittag hineinzulesen, oder ich hätte vielleicht mir das Tonband anstellen und an die Zimmerdecke sehen sollen: Dafür waren Sonntage eigentlich vorgesehen. Aber der Tag begann mit einem Überfall auf meinen Magen: Das Plenum drohte – die Auseinandersetzungen, bei denen ich nie genau wusste, wie weit ich herausrücken durfte mit Ansichten, die ich mir selbst erst mühsam erarbeitet hatte und deren ich mir noch gar nicht so sicher war; und vor allem drohte die ständige Konfrontation mit den Vätern.

Denn diese Organisation war mit Vätern überfüllt. Ich war gerade dreiundzwanzig Jahre alt, und meine politische Vorgeschichte war dünn an Realität: Sie hatte sich vornehmlich in meinem Kopf ereignet. Ich hatte mich aber zu behaupten unter annähernd Dreißigjährigen, die das, was mit dem strengen Etikett politische Arbeit versehen war, schon Jahre vor der Existenz dieser Organisation geleistet hatten (zu politischer Arbeit gehört es, dass man sie nicht einfach macht, sondern leistet). Den ersten traf ich gleich nach dem Aufstehen in der Küche, das Frühstück vorbereitend. Nie gelang es mir, vor ihm aufzustehen. Achim war immer schon da, wirkte, als habe er schon zwei Stunden am Schreibtisch gesessen über den Vorarbeiten zu seiner germanistischen Examensarbeit, die er noch ganz nebenher betrieb, eingemauert von Büchern von Lukàcs. Jetzt stand er also allein in der Küche, bereitete den Tee vor und die Eier, mit jederzeit sicheren Bewegungen, nie zögernd, was als Nächstes zu tun sei, dabei immer ruhig, auch dann noch, wenn er zugleich sein Asthma zu bekämpfen hatte, das ihn unregelmäßig überfiel. Da war kein Wort der Klage zu hören, mit einer leise pfeifenden und nicht unfreundlichen Stimme ermahnte er mich, die wichtigen Papiere nicht zu vergessen, wie es eben ein strenger, aber auch gerechter Vater tut. Ich mochte Achim sehr gern und wäre gern sein Freund gewesen, aber wer schließt schon enge Freundschaft mit seinem eigenen Vater: Der Respekt erdrückt die entschiedensten Versuche.

Das Plenum fand in der Regel in einem der größeren Räume der TU statt, hoch oben über dem Ernst-Reuter-Platz, auf den man durch die großzügigen Fenster hinabsehen konnte, kurz bevor die Sitzung begann: ein steriler Platz, eigentlich nur für Autos gebaut; trotzdem wäre ich sehr gern da unten gewesen, bevor die Sitzung uns alle einfing und einen weiteren Sonntag vernichtete.

Die Begrüßungen da oben in unserem komfortablen Gefängnis waren sehr unterschiedlich. Von kurzem Nicken reichten sie über beiläufiges Händeschütteln bis zu angedeuteten Umarmungen. In ihnen waren die Fronten, die gleich auftreten würden, noch keineswegs deutlich sichtbar. Wenn ich mich mit Hans über die Ergebnisse der Bundesliga vom Vortag unterhielt, dann hieß das nicht, dass er in einer Stunde mir nicht den Vorwurf des Seminarmarxismus machen würde. Es hieß nur, dass wir wenigstens vor der Schlacht mal ein bisschen ähnlicher Meinung sein und Sympathien austauschen wollten.

Dann zog mich der Genosse Epple zur Seite, ein weiterer Vater, aber nicht irgendeiner, sondern der Übervater, mein ganz persönlicher politischer Ziehvater, der sich wohl am nachdrücklichsten für meine Aufnahme in die Organisation eingesetzt hatte. Der hielt also was auf mich, und unter der Last seiner Wertschätzung stand ich immer in Gefahr zusammenzubrechen, weil sie nur um den Preis permanenter Hochstapelei aufrechtzuerhalten war. Aber schließlich konnte ich nicht einfach auf ihn zugehen und ihm erklären: Lieber Dieter, ich kann nicht mehr, weil ich das nicht kann, was du mir zutraust. Ich war bis jetzt ein Hochstapler und möchte in Zukunft keiner mehr sein. Das ging nicht. Er hätte es auch gar nicht verstanden, gar nicht geglaubt, hätte es abgeschoben auf einen augenblicklichen Zustand der Überarbeitung, eine vorübergehende Schwäche, die mir erlaubt war; er hätte vielleicht gutmütig angeraten, mal eine Woche wegzufahren, das würde sich schon einrichten lassen, obwohl ich ja eigentlich benötigt wurde. (Seltsamerweise gestanden mir all diese Väter solche Schwächen zu. Ich schien das einzige Objekt des Vorrats zu sein, den sie an Fürsorge hatten. Sie brauchten mich geradezu für ihre Fürsorge. Die Strenge sparten sie auf für andere Kinder. Das machte es mir nicht leichter.)

Am leichtesten hatte ich es noch, ein Verhalten gegenüber Backe zustande zu bringen (den anderen Vätern gegenüber verhielt ich mich nicht, ich reagierte nur), von dem mich wenigstens keine nennenswerte Altersdistanz trennte. Der war zweifellos auch ein Vater, aber mehr ein gemütlicher. Außerdem war er selber Stimmungen unterworfen, also keineswegs gleichbleibend gerecht. Ich registrierte demnach, dass er über Schwächen verfügte, was ihn mir weniger fremd machte. Mit dem konnte ich in den Pausen sogar ein Bier trinken gehen, ohne Angst davor zu haben. Wenn er mir Sympathien entgegenbrachte, spürte ich, dass sie mehr meiner Person galten als meinen tatsächlichen oder vorgeblichen Leistungen. Daher war es für mich einfacher, ihm zu widersprechen als den anderen Vätern. Ich brauchte dabei keine Angst zu haben, dass er seine Sympathie von mir abzog.

Das flaue Gefühl im Magen verschwand, je länger das Plenum dauerte. Unsere Auseinandersetzungen traten weitgehend auf der Stelle. Absichtliches und unbeabsichtigtes Missverstehen, verschiedene Erfahrungshintergründe, die Unfähigkeit zuzuhören, Dummheit, persönliche Antipathien, Müdigkeit, Unlust spielten dabei ihre Rollen. Aber wenn ich auch morgens beim Aufwachen Angst vor diesen Auseinandersetzungen gehabt hatte, deren Verlauf vorauszusehen nicht besonders schwer war, lebte ich doch auf, wenn sie erst einmal stattfanden. In ihnen verschwand wenigstens für die Dauer des Plenums die große Müdigkeit und Gleichgültigkeit, die mich sonst alle Tage begleitete. Zwar war das Plenum nur eine Bühne, und die bedeutete entgegen unserer eigenen Verkennung der realen Bewegung nicht die Welt, nicht einmal einen Ausschnitt, aber auf dieser Bühne wenigstens gab es das, was es in meinem alltäglichen Leben kaum noch gab: Zustimmungen, Zurückweisungen, Siege, Niederlagen, Sympathien, Hassbezeugungen, und all das musste ich mir keineswegs vom Zuschauerraum ansehen, sondern ich konnte selber mitspielen und dabei meine Rolle weitgehend selber bestimmen, auch wenn sie von den Aktionen der Mitspieler beeinflusst wurde. Die Plenen waren die einzigen Veranstaltungen der Organisation, bei denen ich nicht nach einer gewissen Zeit darauf drängte, die für den Schluss vorgesehene Uhrzeit wenigstens annähernd einzuhalten (bei vielen anderen Sitzungen war dieses Drängen oft mein einziger Beitrag). Das Stück sollte auf jeden Fall in voller Länge gespielt werden, Kurzfassungen mochte ich nicht. Wenn wir uns anschließend in kleine Gruppen auflösten, um noch ein Bier zu trinken, war ich auf gute Art und Weise erschöpft, als hätte ich für einen Augenblick wirklich gelebt.

Über Glück: seinen Ort und seine Zeit

Dann kehrte der Alltag wieder und mit ihm die Müdigkeit. Dienstags am frühen Abend traf sich der Schulungsausschuss, den ich aufzubauen hatte, meistens in der Gutzkowstraße. Lars gehörte ihm an, da er mit einer Gruppe von Arbeitern Schulung machen sollte, dann Rinaldo, über alle Trennungen und Katastrophen hinweg Stenzes Freund seit Jahren, aufgewachsen in Argentinien, schon seit vielen Jahren in Berlin: groß, breit, dunkelhaarig, oft schwerfällig und gehemmt sprechend, aus Angst, das Falsche zu sagen. Dazu kamen zwei Schüler, die Epple als Sympathisanten angeheuert und mit denen ich dann die Schwierigkeiten hatte. Sympathisanten waren sie geworden, weil sie die Plattform gelesen hatten, die ich selber längst in der Schreibtischlade ganz hinten abgelegt hatte. So waren mir also zwei treue und durch keinerlei Reflexion zu erschütternde Stalinisten ins Nest gelegt worden, das sonst, mit Lars und Rinaldo allein, ganz gemütlich hätte sein können. Und ich hatte mich überwiegend allein mit ihnen auseinanderzusetzen, zum einen, weil ich gewissermaßen der Abteilungsleiter und insofern ihnen gegenüber für alle Verlautbarungen der Firma verantwortlich war, zum anderen, weil Lars und Rinaldo in den meisten Sitzungen hartnäckig schwiegen. Erst gegen Schluss der Sitzungen, den wir pünktlich einzuhalten versuchten, erhob Lars oft seine Stimme. Zwei Stunden lang hatte er nur zugehört. In seinem Kopf hatte es während dieser Zeit gearbeitet, Keimzellen von Gedanken hatten sich gebildet, die er nun, indem er zu sprechen begann, in die Welt setzen wollte: in langen, suchenden Sätzen mit vielen Kommas und Gedankenstrichen, wie immer schon das gerade Gesagte halb wieder zurücknehmend – da half kein bittender Blick von Rinaldo, kein Tritt gegen's Schienbein, kein Seufzer; wenn Lars sich entschlossen hatte, seine Gedanken zur Welt zu bringen, war er durch nichts daran zu hindern. Ich selber versank immer tiefer in meine Müdigkeit. Sobald Lars eine längere Pause machte, erklärte ich die Sitzung für geschlossen. Wir beide gingen oft noch ein Bier trinken in einer der zur Verfügung stehenden Kneipen, wo Lars gern weiter auf mich einreden konnte und Sätze und Bier mich immer tiefer hineinschoben in die wohltuende Empfindungslosigkeit, die es mir bald erlauben würde zu schlafen.

So ging ich von Ausschuss zu Ausschuss, von Sitzung zu Sitzung. Ich wehrte mich nicht dagegen, als eine Sitzung zur Vorbereitung des 1. Mai für einen Samstagmorgen um sieben Uhr angesetzt wurde, weil kein anderer Termin mehr zu finden war. Ich fühlte mich zu allen Tageszeiten gleich leblos. Wenn ich Träume hatte, Ahnungen von Leben, so richteten sie sich im vornherein nicht auf die Stadt, in der ich lebte, und die Menschen, mit denen ich täglich umging. Dass um mich herum zaghaft der Frühling begann, merkte ich kaum. In einem Brief schlug ich Jensen und Ruth für den Sommer einen gemeinsamen Urlaub vor. Wochenlang schrieben wir uns über die möglichen Ziele: Die Camargue wurde erwähnt und die Bretagne. Italien und Jugoslawien, Belgien und Holland, die südenglische Küste, dänische und schwedische Inseln. An die Verwirklichung dieser Pläne glaubte von vornherein keiner von uns. Zeit und Geld reichten nicht. Trotzdem hielt ich das Thema eine ganze Weile wach: Es war Gelegenheit, das ganz und gar andere wenigstens für einen Augenblick hereinzuholen in mein eingemauertes Berlin, in dem ich festgekettet saß; und Jensen spielte das Spiel mit.

Glück, wenn ich überhaupt diese Kategorie zu denken wagte, war untrennbar verbunden mit der Ferne, mit der räumlichen und mit der zeitlichen: immer nach rückwärts gewandt, Glück als vergangenes Glück. Immer wieder, wenn ich in der Gutzkowstraße an meinem Schreibtisch über Papieren und Protokollen saß, verlor ich mich rettungslos zurück in die sechziger Jahre, die letzten Schuljahre, das Jahr am Jadebusen. Glückliche Zeiten, damals. Nach vorn zu denken, verbot ich mir. Die Zukunft war nicht der Boden des Glücks: Sie würde sein wie die Gegenwart.

Rebellion ist gerechtfertigt, sagt der Vorsitzende Mao

Dann kam der Zusammenbruch. Seit Wochen wartete ich mit einer fast voyeuristischen Spannung darauf, wann er kommen würde. In den letzten Apriltagen waren die notwendigen Sitzungen kaum noch unterzubringen. Einige Genossen machten Ärger, indem sie noch immer die Partei gewissermaßen aus dem Hut zaubern wollten, und verließen die Organisation freiwillig oder sie wurden ausgeschlossen. Das erforderte Termine, die nicht von vornherein eingeplant gewesen waren. Dazu kam der leidige 1. Mai. Den hatte der Berliner DGB-Vorstand längst von der Straße in den Saal verlegt, in den großen Sendesaal des Senders Freies Berlin nämlich, wo sich 800 geladene Gäste einige Reden anhörten. Diese Idee stammte insbesondere von dem Berliner Gewerkschaftschef Sickert, dessen Angst vor seiner eigenen Basis von Jahr zu Jahr gewachsen war und der nun die Konsequenzen daraus gezogen hatte. Für die marxistisch-leninistischen Organisationen Westberlins war dies ein Anlass, unter dem Namen »Gewerkschaftliches Maikomitee« Verhandlungen miteinander über eine gemeinsame Demonstration aufzunehmen. Das Komitee, das unter diesem Namen auch Flugblätter vor den Betrieben verteilte, scheiterte schließlich an der Tatsache, dass es durchaus kein gewerkschaftliches Komitee war und einzelne Organisationen aus

Enttäuschung darüber, dass sie ihren Führungsanspruch nicht durchsetzen konnten, eine eigene Demonstration beschlossen. So wurde der 1. Mai 1971 gleich vierfach begangen: Es gab eine etwa 20 000 Teilnehmer umfassende Demonstration von Neukölln nach Kreuzberg, eine sehr viel kleinere Demonstration durch den Wedding; im SFB ließen sich's Funktionäre und lokale Prominenz bei Reden und Musik wohl sein, und der größte Teil der Westberliner Arbeiterklasse nutzte den sonnigen Tag zum Ausschlafen, zu Familienausflügen in den Grunewald oder an die Havel oder einfach zu einem gemütlichen Frühschoppen. Bevor es dazu kam, hatte es einer aufreibenden Anzahl von Terminen bedurft. Zwar war in unserer Organisation ein für die Maikampagne zuständiger Ausschuss gebildet worden, es stellte sich aber bald heraus, dass er überwiegend aus Backe bestand, an dem die Wahrnehmung der meisten Termine hängenblieb. Was er nicht mehr schaffte (»ich, die Maikampagne«, sagte Backe von sich selber), ging oft an mich, der ich eigentlich schon an meinem Schulungsausschuss zu viel hatte. Die Wohnung in der Gutzkowstraße sah ich zweimal am Tag: spätabends bei der Heimkehr und frühmorgens beim Aufstehen. Das regelmäßige warme Essen stand längst nur noch auf einem vergilbten Plan, der in der Küche hing. Ich hielt mich aufrecht mit jener Stehesskultur, die in Berlin so ausgeprägt ist wie sonst nur noch im Ruhrgebiet, dazu mit abwechselnd Kaffee und Tee, deren Nachwirkungen ich am späten Abend mit Bier abdämpfte. Murnau, ein Currywursleben.

Wenige Tage nach dem 1. Mai hatten wir keine Lust mehr, mein Körper und ich. Es begann in der U-Bahn, als ich von einer Sitzung in der TU zur Gutzkowstraße zurückfuhr, wo die Routinesitzung des Schulungsausschusses stattfinden sollte. Mir wurde abwechselnd heiß und kalt, und wie ich gegen den Schwindel, der mich überkam, auch anzugehen versuchte, es war gleichermaßen sinnlos, sich zu setzen oder lieber zu stehen. Ich kam noch bis nach Hause, wo nichts besser wurde, begann zu zittern, schwitzte und hatte gleich danach einen Anfall von Schüttelfrost. Da half kein Valium mehr. Ob ich nach rückwärts sah auf dieses elende Currywurstleben der vergangenen Monate oder nach vorn, wo mich in wenigen Minuten das verdrossene Gesicht von Rinaldo erwartete und Lars' beharrliches Schweigen bis kurz vor Schluss der Sitzung, vor allem aber die beiden blauäugig-dummen Gesichter unserer jungen Stalinisten, die aus dem Ausschuss und aus ihrer Sympathie zur Organisation zu ekeln mir noch immer nicht gelungen war: Zu viel war alles, das Vergangene, das Gegenwärtige und dessen Verlängerung in die Zukunft. Sie konnten mich alle. Sie sollten ihren Ausschuss allein machen. Ich zog mich ins Bett zurück und rollte mich rund ein in meine Angst und in mein Entsetzen über dieses Scheißleben. Ich schlief bis zum frühen Morgen.

Ich stellte mich auch nach dem Erwachen krank. Nach so langem Schlaf ging es mir besser, aber ich hatte keine Lust, mich umstandslos wieder einspannen zu lassen in den stagnierenden Alltag unserer Firma. Eine einwöchige Reise, die mir nicht auf den zugestandenen Urlaub von drei Wochen angerechnet wurde, musste schon herausspringen, ehe ich mich wieder als gesund betrachten ließ.

Die Reise führte nach Tübingen, wo Ruth sich gerade mit den Vorbereitungen fürs germanistische Staatsexamen herumschlug. Abends mussten wir mit sanfter Gewalt ihre Nase aus den Büchern reißen, in die sie sie den ganzen Tag lang gesteckt hatte, damit wir wenigstens unser Bier zum Tagesabschluss nicht allein tranken. Selbstverständlich brachte sie ihre mündliche Prüfung ohne Probleme hinter sich. Als wir am Abend des Prüfungstages losgingen, stellte sie fest, dass schönes Wetter sei, und erkundigte sich nach dem Wetter der vergangenen Tage.

Meine Unlust zur Rückkehr nach Berlin stieg mit den Temperaturen. Ich fuhr mit Stenze und Rinaldo zurück, die ihrerseits einen Kurzurlaub am Bodensee gemacht hatten und mich mit dem Auto auf halber Strecke auflasen. Wir übernachteten in München bei Stenzes Schwester. All das hieß: Wir nahmen weder den kürzesten Weg für die Rückfahrt, noch hatten wir es eilig, wieder in Berlin zu sein. Als ich am Samstag, schon einen Tag über die mir zugestandene Zeit hinaus, in die Gutzkowstraße kam, deutete man mir das Strafgericht an, das Stenze und mich erwartete. Für dieses Wochenende war ein zweitägiges Plenum angesetzt worden, dessen ersten Tag wir in vollem Bewusstsein versäumt hatten.

Kritik und Selbstkritik: Mit dem lustvollen Ritual aller Marxisten-Leninisten fiel das Plenum am nächsten Tag über uns her. Die versammelten Kader konnten sich gar nicht den anstehenden Problemen widmen, ohne sich zuvor an uns ausgetobt zu haben. Ihren Zorn trieben wir auf die Spitze, als wir in aller Unschuld sagten, auf einen Tag mehr oder weniger komme es vielleicht nicht an.

»Keine Worte finde ich«, fiel wortreich ein Genosse über uns her, »für das, was ihr euch da geleistet habt. Das war sowieso schon außer der Reihe, diese Fahrt; im Prinzip hatten wir ausgemacht, drei Wochen Urlaub im Jahr, wie es bei den proletarischen Genossen auch der Fall ist (die proletarischen Genossen: Sie mussten für jede einzelne Rigidität herhalten als Begründung und wurden doch selber kaum gefragt), drei Wochen und keinen Tag mehr.«

So ging es eine Viertelstunde lang weiter; wer etwas sagte, sagte etwas gegen uns, und die nichts gegen uns sagen wollten, sie wollten doch auch nicht offen für uns sein: Sie schwiegen betreten wie Lars, betreten und auch erstaunt über so viel Schärfe.

Erstaunt waren wir beide auch, Stenze und ich. Wir begriffen zunächst gar nicht, was hier vorging, waren insgeheim noch gar nicht zurück vom Bodensee oder aus Tübingen und sahen einander gegenübersitzend immer wieder ungläubig an, mussten dabei lächeln, und dieses Lächeln blieb natürlich den strengen Genossen nicht verborgen: Zu unserer begangenen Todsünde kam noch Unverschämtheit dazu.

Es wäre so einfach gewesen, das verselbstständigte Ritual der Selbstkritik abzuleisten, damit wir endlich zu wichtigeren Punkten der Tagesordnung kommen konnten, aber wir weigerten uns. Unser Kopfschütteln, während die versammelten Kader uns reumütig zu machen versuchten, bedeutete nicht Unverständnis allein: Dieses Unverständnis wurde aus der Gelegenheit geboren, die Organisation erstmals quasi von außen zu sehen, und da war sie plötzlich nicht mehr ganz zu verstehen. Es gelang uns nicht mehr, sie so ernst zu nehmen, wie sie genommen werden wollte. Auch gelang es uns nicht, uns selbst so ernst zu nehmen, wie die Organisation es tat. Die war offenkundig doch der Ansicht, die Entwicklung der Klassenkämpfe werde negativ verlaufen, nur weil Stenze und ich den Weg nicht rechtzeitig zurückgefunden hatten aus Südwestdeutschland ins proletarische Westberlin.

Unsere Weigerung blieb folgenlos. Folgen wurden uns angedroht, allein die Phantasie der Genossen reichte nicht aus für Strafen, die spürbar gewesen wären. Das Ritual war also ganz einfach außer Kraft zu setzen durch die bloße Weigerung, es zu erfüllen. Wenn jemand aus diesen heftigen Auseinandersetzungen etwas gelernt hatte, dann waren es Stenze und ich: Rebellion ist gerechtfertigt und muss nicht gleich zum Untergang führen. An diesem Nachmittag begann ich, meinen Respekt vor den Vätern zu verlieren.

Ich fing an, die Aufgaben an mich zu ziehen, die mir gefielen und bei denen ich möglichst allein war. Dies geschah nicht immer und überall bewusst; vielmehr glaubte ich selber, dass ich »die wirklich sinnvollen« Tätigkeiten an mich zog (und hatte doch schon begonnen, am Sinn dieser Art von Politik insgesamt zu zweifeln).

Ich fuhr nach Nienburg, einer kleinen Stadt an der Weser zwischen Bremen und Hannover, um mit zwei anderen Genossen bei einer Tagung der Gruppe Arbeiterpolitik unsere Organisation zu vertreten. Auch hier drehte sich die

Diskussion hauptsächlich um das Ärgernis Stalin, das gleichwohl nicht einfach beiseitezuschieben war. Wenn auch hier niemand mehr ernsthaft Stalin für einen Sozialisten hielt (auch in unserer Organisation setzte sich mehr und mehr die gegenteilige Ansicht durch), so ging doch der Streit darum, ob stalinistische Politik historisch unvermeidlich und notwendig gewesen sei, oder ob es Alternativen gegeben habe. Während die Älteren der ersten These zuneigten, hatten die jüngeren Genossen doch erheblichen Zweifel an der immer wiederkehrenden tautologischen Erklärung, Geschichte habe sich so abspielen müssen, wie sie sich abgespielt habe, und der Beweis dafür sei, dass sie tatsächlich so und nicht anders gelaufen sei.

Diese Diskussion war nur insofern interessant für mich, als hier Auseinandersetzungen viel solidarischer und zum Teil unter viel mehr Gelächter abliefen, als ich es von uns gewohnt war. Was mich aber wirklich ein wenig lebendig machte in diesen Tagen, das waren die Gespräche in den Tagungspausen und abends in den Kneipen. Zum ersten Mal in meinem Leben hatte ich es mit älteren und sozialistischen Arbeitern zu tun, die zum Teil zwanzig und mehr Jahre in Großbetrieben arbeiteten und ungefähr ebenso lange Sozialisten waren. Einige von ihnen hatten noch die Auseinandersetzungen der zwanziger Jahre mitgemacht, den Faschismus überlebt und danach die tödliche Kälte der sogenannten Ära Adenauer. Resignation und zugleich ein gar nicht trotziges, eher selbstverständliches Weitermachen kennzeichneten sie. Sie erzählten uns keine Programme, sondern Geschichten, schlimme Geschichten zum Teil, und fanden doch auch darin noch das Detail zum Lachen, erzählten von der Kunst des Überlebens und von der Kunst des Weitermachens. Auf der ganzen Tagung meldete ich mich nicht einmal zu Wort: Es wäre mir lächerlich erschienen angesichts so viel gesammelter Erfahrung, die um mich herum saß. Aber ich hörte so aufmerksam zu, wie ich es seit den nächtlichen Gesprächen mit Lars nicht mehr getan hatte.

Auch dieses Mal, gerade drei Wochen nach den Auseinandersetzungen auf dem Plenum, hatte ich keine Lust auf Berlin. Ich schob einen Besuch ein in Hamburg bei Angelika, die nun mit ihrem Freund in Eimsbüttel wohnte, und verlängerte den Besuch um einen Tag, indem ich mit verschnupfter Stimme meine Krankheit durchs Telefon nach Berlin zu Achim durchgab: Diesmal sorgte ich vor.

Ein Fluchtversuch scheitert

Als ich zurückgekehrt war, machte ich die ersten Versuche, aus den letzten Wochen Schlüsse zu ziehen. Nicht selten kam ich mir dabei vor, als täte ich etwas Verbotenes. Fast heimlich nahm ich mir Veröffentlichungen von Fraktionen der Linken vor, die sich nicht als Marxisten-Leninisten verstanden, zugleich aber anscheinend über ein größeres Maß an praktischen Erfahrungen verfügten als wir und nicht gewillt waren, diese für rein zufällig zu halten, nicht gewillt, das Besondere allzu voreilig der gewaltsamen Subordination unters Allgemeine zu opfern.

Gemessen an dem, was ich da las, schienen mir die Ansprüche, die wir an unsere Arbeit und an uns selber stellten, ein sehr gestörtes Verhältnis zur Realität auszudrücken. Erstmals kam ich auf den Gedanken, dass nicht allein die geringe Anzahl der Genossen, sondern viel grundsätzlicher deren Verhältnis zur Wirklichkeit war, was uns auf der Stelle treten ließ. Wenn unser Verhältnis zur Realität tatsächlich gestört war – und es wurde mir täglich deutlicher, dass es so war: nach durchwachten Nächten, zugebracht mit der Arbeit an irgendeiner belanglosen Resolution, fröstelnd um fünf Uhr morgens ebenso wie bei den wiederkehrenden Überraschungen, die ich erlebte, wenn ich plötzlich die wechselnde Jahreszeit wahrnahm –, wenn wir uns also tatsächlich längst eingeschlossen hatten in unsere zwar aufreibende, aber auch bequeme Extrawelt, so konnte das nicht an den bloß subjektiven psychischen Dispositionen der einzelnen Genossen liegen: Die waren viel zu verschieden, um als Erklärung herhalten zu können. Es waren recht vernünftige und sehr erfahrene Leute dabei, weit gereist zum Teil und gewohnt, auch in schwierigen und sogar bedrohlichen Situationen sich selbst zu helfen, egal, ob es sich darum handelte, sich mit mancherlei Jobs quer durch die USA zu schlagen oder darum, als Falschspieler am Stuttgarter Platz ein bisschen Geld nebenbei zu verdienen. Es gab ja ganz unterschiedliche persönliche Geschichten, die in dieser Organisation sich trafen, und doch handelten wir jetzt, was unsere Fähigkeit betraf, die Augen fest zu schließen, fast gleichgeschaltet. Die Lebensfähigkeit unserer Firma schien immer mehr nur dadurch aufrechtzuerhalten, dass sie sich konsequent von der Wirklichkeit fernhielt, die sie eigentlich umwälzen wollte: und je verzweifelter diese Lebensfähigkeit zu verteidigen war, desto größer musste die Entfernung werden. Theoretisch also mochten wir uns als entschiedene Materialisten äußern; praktisch waren wir gezwungen, uns als Idealisten zu verhalten, damit die Show weiterging.

Ich erschrak wirklich, als ich diese Konsequenzen zum ersten Mal gründlicher durchdachte. Sie bedeuteten, dass der Riss zwischen Anspruch und Realität jeden Tag ein bisschen größer wurde und eines Tages notwendig so groß sein würde, dass der dünne Zusammenhang zwischen beiden verloren ging und das ganze Gebäude zusammenbrach. In der Art der Ansprüche selbst war das eingeschlossen: Da sollte zu allen wichtigen Fragen jederzeit Stellung genommen werden können, da war der permanente Konkurrenzkampf mit den anderen kommunistischen Firmen, da sollten Intellektuelle und Arbeiter gleichrangig in einer Organisation sich miteinander verbinden: Da sollten die kollektiven Erfahrungen einer ganzen Klasse ihre Zusammenfassung und Formulierung in dieser Organisation finden, wie sich das dereinst Lenin ausgedacht und wie es Lukàcs ästhetisch überzeugend dargestellt hatte. Für die Umsetzung all dieser Ansprüche in Wirklichkeit gab es aber nur eine einzige Basis: den guten Willen der Beteiligten und die Bereitschaft, dafür rund um die Uhr zu arbeiten. Je größer der gute Wille der Beteiligten war, desto größer musste am Ende die Katastrophe werden.

Mein eigener Vorrat an Gutwilligkeit war nach dem, was in den letzten Wochen passiert war, erschöpft. Ich wurde unwillig, Dinge zu tun, die man mir aufgetragen hatte und Aufträge überhaupt zu übernehmen, die ich nicht mochte. Während einer Sitzung des Führungsgremiums, in das ich längst hineingerutscht war, machte es mir erstmals keine Schwierigkeiten, meinen Übervater Epple ein Arschloch zu nennen, weil er Backe durch hartnäckiges und gewolltes Missverstehen zu Tränen und zum Zusammenbruch getrieben hatte. Ich hätte vor die Genossen treten und einfach erklären können: Ich bin nicht mehr guten Willens. Meine körperlichen Kräfte reichen nicht aus, und ich kann in dem zwanghaften Überlebenswillen unserer Firma keinen anderen Sinn mehr sehen als puren Selbstzweck. Ihr könnt auf mich ab sofort nicht mehr zählen.

Stattdessen versteckte ich all diese Aussagen, allerdings nicht so gründlich, dass sie nicht auffindbar gewesen wären, in einem Papier. Ich hielt mich an die Spielregeln, von denen ich mich bei aller Radikalität dessen, was ich in den letzten Wochen mir zusammengedacht hatte, ganz umstandslos doch nicht lösen konnte. Diese Organisation, hieß es in dem Papier sinngemäß, ist auf die Dauer nicht lebensfähig. Von gutwilligem Voluntarismus getragene subjektive Anstrengungen können ihr qualvolles Sterben nur verlängern, aber nicht verhindern. Seine Gründe findet das in den organisationsinternen Ansprüchen, in der Notwendigkeit des Konkurrenzkampfes mit anderen, in der Vorgeschichte und Herkunft der Organisation aus der Studentenbewegung bei gleichzeitigem Versuch, diese Herkunft zu verdrängen, und in der mangelhaften, objektiv bedingten Verankerung in dem, was man gesellschaftliche Realität nennt. Guter Wille schadet nur. Ich schwöre ihm hiermit ab und bitte um Stellungnahme. Gezeichnet Murnau. Vorlage nur im Führungsgremium: Auch hier hielt ich mich noch an die Spielregeln. Die Hierarchie verbot es, außerhalb des engen Führungskerns die Genossen in Verwirrung zu stürzen mit derart böswilligen Überlegungen. Die Diskussion fand unter Ausschluss der Genossen statt im kleinen Kreis. Die ahnungslos Gutwilligen sollten nicht beunruhigt werden. Im Übrigen hatte die Urlaubszeit begonnen, viele waren schon verreist und sollten nach ihrer Rückkehr sich mit neuen Kräften und einem ungebrochenen Bewusstsein in die Kampagne zur Metalltarifrunde stürzen. In der Kunst der Menschenführung war unsere Firma durchaus nicht ungeübt.

Die Diskussion fand statt an einem trüben Sonntag im Juli, mit widerlicher weicher Luft und Schwüle, immer in Erwartung des Regens, der nicht kam. Wir saßen aufgereiht um einen genügend großen Tisch in einem genügend großen und hellen Zimmer in einer Wohnung über dem Landwehrkanal, dessen Fenster auf die Uferstraße hinuntersahen. Um das Papier ging es natürlich nicht allein, sondern wie fast immer bei solchen Sitzungen um die Planung der nächsten Wochen und Monate. Die aber war sinnvollerweise nur anzugehen, wenn zuvor begründet herausgearbeitet war, warum Murnaus These von der Lebensunfähigkeit der Organisation nicht zutraf.

Und wie sie das anpackten, die Väter! Sie zürnten nicht. Sie waren sanft, mit Verständnis überladen. Die Grundlinien meines Papiers, sie waren ja richtig. Ich hatte die eigentlichen Probleme ja erstmals gründlich herausgearbeitet. Dafür war mir der Dank der Väter gewiss. Bis zum Mittagessen, das wir in einem nahen jugoslawischen Restaurant am Mehringdamm einnahmen, hatten sie mich schon halb eingewickelt, der Konsequenz meiner Überlegungen die Schärfe genommen, immer vorspiegelnd, sie hätten sich bei mir zu bedanken, sie wüssten beinahe gar nicht wie: so sehr wären sie zu Dank verpflichtet. Sie überfuhren mich mit ihrer Freundlichkeit und Wärme, während ich meine

Cevapcici aß und ein zweites Bier bestellte. Ja, es waren doch liebe Genossen, und ich mochte sie doch eigentlich, und vor allem: Wohin sollte ich denn gehen, wenn ich ging? Wen kannte ich denn noch in Berlin, außer den Genossen? Wie wollte ich denn leben, wie wollte ich überleben jenseits des Zusammenhanges, der mir das Überleben immerhin garantierte?

Trotzdem: Ich blieb widerspenstig auch nach der Mittagspause. So leicht ließ ich mir die Konsequenzen meines Papiers nicht ausreden. Die Väter begannen unruhig zu werden. Schließlich gab es ja auch noch andere Sachen zu besprechen. Der Nachmittag fraß sich Stunde um Stunde vorwärts, und wir waren noch immer bei mir und dem guten Willen, den ich nicht mehr haben wollte. Am Ende beschlossen die Genossen mich als etwas überarbeitet zu behandeln, versprachen die Fortsetzung der Diskussion zu einem anderen Zeitpunkt und gingen zu den anderen Punkten der Tagesordnung über. Vorbereitung der Metalltarifrunde. Bildung eines Redaktionskollektivs für die erste Nummer unseres längst angekündigten theoretischen Organs, das die Aussagen der Plattform ablösen sollte, auf die man uns noch immer festnagelte, obwohl inzwischen niemand mehr auch nur noch mit einem Fuß darauf stand. Befreiung des Kollektivs von allen anderen Aufgaben. Erstellung eines Urlaubsplans für die Genossen des Führungskerns. Sonstiges. Die Show ging weiter, als wäre gar nichts passiert, ich wurde einfach überrumpelt. Ich sollte in das Redaktionskollektiv gehen, und wenn ich dort meine Arbeit getan hatte, dann durfte ich auch in Urlaub fahren. Daraus würde ich hoffentlich erholt zurückkommen. Die Genossen gaben dieser Hoffnung Ausdruck. Dann würde ich gewiss das eine oder andere, was ich geschrieben hatte, noch einmal überdenken. Gewiss sei man dann auch so weit, um an eine Reduzierung des üblichen Fünfzehnstundentags endlich ernsthaft denken zu können. Auf jeden Fall sei mein Papier eine wertvolle Bereicherung im Prozess der Selbstverständnisklärung. Vielen Dank. Und nun machen wir Schluss, denn schon geht es wieder auf den späten Abend, wie üblich. Dann also bis morgen.

Und ich hatte am Morgen noch, als ich in der sonntagsmüden Gutzkowstraße aufwachte, an einen Tag mit großen Umwälzungen wenigstens für mich persönlich geglaubt. Ich wollte mich nicht weich machen lassen, hatte ich mir vorgenommen. Was immer die Genossen sagten: Ich wollte meine Konsequenzen ziehen, loskommen von diesen immer gleichen Tagen mit Gedanken ans Überleben, anfangen mit etwas anderem und woanders, weg von Berlin und dem Berliner Gift und meiner treu mich begleitenden Angst. Als aber dann die Sitzung mit zunehmender Dauer alle diese Vorstellungen immer blasser werden ließ, hatte ich nicht einmal die Kraft, mich zu wehren oder auch nur zu protestieren. Ich ließ meine Bestimmung fürs Redaktionskollektiv widerspruchslos über mich ergehen, richtete mich schon ein in dieser gegen alle anderen Arbeiten geschützten Enklave. Also würde ich mit noch ein bisschen weniger gutem Willen als bisher weitermachen. Ich verschwand nach dem Ende der Sitzung in den moderdenn Mauern der Station Gleisdreieck, ohne dass jemand mich noch abfangen und auf diese Sitzung ansprechen konnte. In einer Schöneberger Kneipe, die ich bis dahin nicht kannte, trank ich mein Bier. Die Kneipe war wenig besucht, ruhig, warm, abgeschirmt. Ich trank und rauchte, ging der Gefahr selbst der kleinsten Unterhaltung sorgsam aus dem Weg. Ich war nicht traurig, nicht verbittert, nicht wütend, nicht enttäuscht und nicht erleichtert. Ich saß an der Theke und fühlte mich endlich, als gäbe es mich nicht mehr.

Heimkehr zu den Wörtern

»›Armer John‹, bemerkte sie, legte ihr Buch nieder und sah ihn forschend an. ›Loyalität ohne Glauben. Es ist sehr schwer für dich.‹«
John Le Carré, *Krieg im Spiegel*

Nicht mehr lange blieb das Berliner Wetter so warmgrau und zurückhaltend wie an diesem Sonntag. Eine Woche noch war es unentschlossen, dann verwüstete der Sommer die Stadt. Ganze Schwärme von Genossen waren abgefahren in den Süden, sie sollten sich großenteils in Sardinien wiedersehen (als sähen sie sich für den Rest des Jahres in Berlin nicht schon oft genug), und wir Zurückbleibenden warteten in Berlin auf Regen, wenigstens auf etwas Abkühlung. Aber die Hitze gab uns nicht frei.

Ich richtete derweil meine Mönchszelle so kühl und schattig wie möglich ein. Strikt pochte ich auf die Befreiung von allen anderen Aufgaben außer der, an der Entstehung eines theoretischen Organs mitzuarbeiten. Ich hatte die Aufgabe übernommen, eine Geschichte unserer Organisation zu schreiben. Vom späten Morgen bis zum frühen Abend saß ich über alten Papieren und Veröffentlichungen, um mir Ereignisse gegenwärtig zu machen, bei denen ich überwiegend nicht beteiligt gewesen war, die ich aber jetzt nicht nur beschreiben, sondern auch interpretieren sollte in einer der Organisation bekömmlichen Art und Weise. Ich betrieb also das Geschäft des Historikers, und es machte mir Spaß, mich mit der Geschichte einer Organisation zu befassen, der ich zwar loyal diente, an deren Zukunft ich aber nicht mehr glaubte. Mehr und mehr Erleichterung hatte sich bei mir seit jenem Sonntag durchgesetzt, seit mir klargeworden war, dass ich mich nun wieder in Ruhe mit Dingen befassen konnte, die für mich nicht mehr mit einem Sinn beladen waren. Zuweilen dachte ich zurück an meinen Job im Geschäftszimmer der 5. Kompanie drei Jahre zuvor. Wenn ich meinen Job getan hatte, würde ich zusammen mit Backe an der englischen Südwestküste Urlaub machen.

Zu meinem Rückzug gehörte, dass ich vorübergehend die Wohnung wechselte. Die Gutzkowstraße war mir zu kahl und zu kalt geworden für eine Tätigkeit, bei der es darauf ankam, sich in alte Texte zu versenken und zu verlieren. Ich bezog Monikas Zimmer, sobald sie nach Sardinien abgefahren war. Wir besprachen ein paar technische Einzelheiten, und es war das erste Mal, dass wir wieder miteinander sprachen seit Jahresanfang.

Hier musste ich mich nicht mit dem bloßen Fußboden begnügen wie in der Gutzkowstraße, hier gab es Teppiche. Auf den Stühlen und Sesseln lagen Felle. Die Regale und Kommoden waren mit mehr vollgestopft als dem Notwendigsten. Die Fenster ließen ausreichend Licht herein, selbst da noch, wo sie auf den Hinterhof gingen, und waren doch gleichzeitig schnell und nachhaltig abzuschirmen gegen eine allzu unverschämte Sonne. Das Frühstück konnte auf dem Balkon eingenommen werden. Der Blick nach unten ging nicht auf die Steinwelt der Gutzkowstraße, sondern auf die freundlichen Straßen von Wilmersdorf. Hier ließ sich mit Wörtern arbeiten wie lange nicht mehr.

Und die Menschen, die mit mir diese Wohnung noch bevölkerten, weil auch sie gezwungen waren, in Berlin zu bleiben, waren nicht der unerbittlich disziplinierte Achim oder der chaotische Konny aus der Schöneberger Wohnung. Hier hatte ich es zu tun mit den wechselnden Verfassungen von Ulrike, die ich weniger belastend und verständlicher fand als die gleichbleibende Gerechtigkeit der Genossen Väter, und, gewissermaßen als Ausgleich, mit der ruhigen, von Wärme und Zuverlässigkeit getragenen Mechthild, die mir oft selbst die einfachsten Notwendigkeiten des Alltags abnahm. Ich war nicht allein und konnte doch allein bleiben, wie es mir gerade gefiel. Es war Platz genug, um den anderen aus dem Weg zu gehen, und Nähe genug, um sie jederzeit zu finden.

Abends war ich oft mit den beiden Frauen in den Kneipen, bis in die späten Nachtstunden hinein, im Bewusstsein, endlich wieder ausschlafen zu können, da die wenigen Sitzungen, an denen ich teilzunehmen hatte, in der Regel nicht vormittags stattfanden. Dennoch hatten mich die vergangenen Monate zu sehr erschöpft, als dass ich in meiner neuen Aufgabe mich hätte erholen können. Es reichte gerade dazu, mich tief und widerstandslos fallenzulassen und mich vom Druck des Fetischs Disziplin zu befreien. Auch las ich, was mich interessierte, nicht länger heimlich, auch wenn es nicht organisationskonform war. Außerhalb der Quellen, die ich notgedrungen für meine Geschichtsschreibung durchzuwühlen hatte, vergrub ich mich in Adornos *Minima Moralia* und in Prousts *Suche nach der verlorenen Zeit* und hatte dabei das Gefühl, erstmals wieder ein bisschen nach Hause zu kommen.

Dann starb Achenbach, und ich mit ihm. Achenbach starb in einem der Uraufführungskinos am Kurfürstendamm und wurde dargestellt von Dirk Bogarde. Achenbach war ähnlich erschöpft wie ich selber und fuhr nach Venedig, um sich zu erholen, starb dort aber stattdessen an der Cholera. Langsam tauchte sein Schiff, während der Annäherung an Venedig, aus dem Dunkel auf, begleitet vom dritten Satz von Mahlers fünfter Symphonie, der nur wenige Wochen nach den ersten Erfolgen vom *Tod in Venedig* auch als Singleplatte herausgebracht wurde und sich ähnlich gut verkaufte wie der ganze Film.

Es war wirklich ein schöner Film, den Visconti gemacht hatte, und es war genau der Film, den ich in diesem Sommer brauchte. Die Bilder badeten im langsamen Verfall, in einem prächtigen, farbenfrohen, reich ausgestatteten Verfall. Die Parallelen waren zu offenkundig, als dass ich der Versuchung zur totalen Identifikation hätte entgehen können: Der erschöpfte Achenbach, unter enttäuschter Liebe leidend, in der sterbenden, verfaulenden Stadt Venedig, war auch der erschöpfte Murnau, unter enttäuschter Liebe leidend, in der sterbenden, verfaulenden Stadt Westberlin. Ich sah den Film in kurzer Zeit mehrmals, konnte nicht genug einsaugen von dem Verfall, den ich auch um mich herum und an mir selber spürte, und fühlte mich darin geborgen. Ich wollte mich nur noch ganz langsam auflösen. Kämpfen wollte ich nicht mehr. Meinen Entwurf bezüglich der Geschichte unserer Organisation, der im Redaktionskollektiv nicht für gut genug befunden wurde, verteidigte ich nicht, sondern sagte nur:

»Schreibe ich also einen neuen.«

Mangelnde Loyalität war mir nicht nachzusagen. Über dem zweiten Entwurf brachte ich noch einmal ähnlich viel Zeit hin wie über dem ersten, bis Monika aus Sardinien wiederkam und ich das Zimmer räumen musste. Dieser zweite Entwurf fiel bei der Besprechung ebenfalls durch, obwohl ich selber ihn zumindest ästhetisch für sehr gelungen hielt. Es war lesbare Prosa, bessere als sie gemeinhin von Marxisten-Leninisten geschrieben wurde. Inhaltlich wurde vor allem kritisiert, dass ich keine Konsequenzen für die künftige Politik der Organisation aus meiner Geschichtsschreibung gezogen hatte. Ich schrieb also noch anderthalb Seiten Konsequenzen zusätzlich. Es fiel mir schwer, über eine Zukunft zu räsonieren, an die ich nicht mehr glaubte. Aber meinen Unglauben wollte ich auch nicht eingestehen: Das hätte Kämpfe nach sich gezogen, an denen ich derzeit kein Interesse hatte. Der einzige Kampf, an dem ich Interesse hatte, war der um die Verdoppelung meiner Urlaubszeit. Ich musste den Genossen klarmachen, dass ich nicht drei, sondern sechs Wochen brauchen würde, um wieder ein brauchbarer Kader zu sein. Ich machte ihnen auch klar, dass ich diese sechs Wochen auf jeden Fall in Anspruch nehmen würde, unabhängig davon, ob sie mir zugestanden wurden oder nicht. Dieses Argument und der geschickte Einsatz von Begriffen wie physische und psychische Reproduktion hatten Erfolg. Die Auseinandersetzung dauerte sieben Minuten, dann hatte ich gewonnen. Ein weiteres Mal hatten die Väter ihre Großzügigkeit, ihr tiefes Verständnis, ihre Fürsorge an mir ausgelassen (natürlich rechneten sie in ihrem geheimen Kalkül auf Dankbarkeit, die sich in neuem Einsatz für die Firma nach meiner Rückkehr ausdrücken sollte), und ich konnte mich noch tiefer fallenlassen.

Ein Tischtennisspieler. Ein Fachmann. Ein Frühstück in Richmond

Noch immer lag eine drückende Wärme über Berlin, manchmal sonnenlos, und der Regen, auf den wir alle warteten, kam nicht. Die Berliner Presse rechnete Ende des Monats ihren Lesern vor, eine so lange Periode ohne Regen habe es hier seit unvordenklicher Zeit nicht mehr gegeben.

In den ersten Septembertagen begannen Backe und ich endlich zu träumen vom anderen Wetter, warm, aber mit Wind und dem Geruch nach See. Wir hatten uns bei unserer Urlaubsplanung auf die südwestenglische Küste geeinigt. Ursprünglich hatte Backe sich ins äußerste Cornwall zurückziehen wollen, nach Land's End, aber dann überzeugte ich ihn, dass bei schlechtem Wetter in Land's End auch wir selber bald am Ende sein würden. So wagten wir uns nur bis nach Devon vor, in Englands angeblich schönsten Badeort, bestimmt aber einen der teuersten: Torquay, von dem Jensen mir kurz vor meiner Abreise noch brieflich mitteilte, Agatha Christie habe hier als Krankenschwester gearbeitet. Die wenigen Prospekte, die ich sah, verrieten mir ihrerseits, das extrem günstige Klima an der Tor Bay lasse Palmen und Zypressen wachsen. Das waren die genaueren Vorstellungen, die ich hatte von diesem Ort, als wir losfuhren: Agatha Christie, in Schwesterntracht unter Palmen sitzend.

Wenn es um praktische Probleme ging, verhielt es sich mit Backe so: Er kannte da jemanden, er hatte da einen an der Hand, er hatte ein paar Beziehungen, die in dieser Hinsicht nützlich sein konnten. Er war ja nicht nur Kader, er war ja auch Tischtennisspieler, und das sogar in einem richtigen Verein. Das traute ihm niemand zu, der ihn nicht beim Spiel gesehen hatte: welche Gewandtheit und welche Schnelligkeit dieser so schwer wirkende Posaunenengel plötzlich entwickeln konnte. Deshalb hätte ihn der Verein ja auch so gern immer zur Verfügung gehabt, aber das ging nicht, weil Backe zugleich in der Firma war, die ihn auch liebend gern immer zur Verfügung gehabt hätte. Aber etwas Zeit zweigte er dann doch immer ab für den Verein, weil er gern Tischtennis spielte und weil er mal andere Gesichter sehen wollte als die zergrübelten Kadermienen um sich herum. Zu den anderen Gesichtern gehörte dann auch jemand, der hatte ein Auto und fuhr zufällig zur selben Zeit nach England wie wir, denn in Newcastle hatte er eine Freundin. »Der nimmt uns mit bis nach London«, sagte Backe.

Wir fuhren früh am ersten Septembersamstag los, gegen Mittag schon hatte der grüne 2 CV die DDR hinter sich gelassen, in der beginnenden Dämmerung erreichten wir die belgische Grenze bei Aachen und am frühen Abend fuhren wir durch die kleinen belgischen Städte, die schon wie eingeschlafen aussahen: Die Straßen waren überall fast leer, die Bevölkerung hatte sich zurückgezogen in ihre seltsamen schmalen Häuser, wo nur noch das blaue Fernsehlicht durch die Fenster drang. Kurz hinter Brüssel mochte der 2 CV nicht mehr, begann zu stottern und blieb schließlich stehen. Noch bevor wir dazu kamen, die Motorhaube zu öffnen und Mutmaßungen über den möglichen Defekt anzustellen, hielt ein belgischer Wagen, dessen Fahrer uns anbot, uns bis nach Ostende abzuschleppen. Während der Fahrt allerdings schien er uns völlig vergessen zu haben: Er hielt nicht das Tempo ein, das man einhalten sollte, wenn man am Abschleppseil einen anderen Wagen hinter sich herzieht. Er hatte es eilig.

Aber er kannte sich aus in Ostende. Er wusste, wo man an einem Wochenende abends gegen elf noch eine Werkstatt fand. Unsere zaghaften Versuche, in der Werkstatt französisch zu sprechen und unser Problem zu erklären, dämmte der Mechaniker schnell mit einem freundlichen Lächeln und dem deutsch gesprochenen Vorschlag ein, doch lieber deutsch zu reden. Er hörte sich unser Problem an und besah sich danach den Motor: Er besah ihn sich, ohne auch nur irgendetwas zu berühren, und stellte danach, mehr für sich selbst als für uns, seine Diagnose. Er gehörte zu einer Kategorie von Leuten, die ich immer bewundert habe. Er war ein Fachmann. Mochte sein, dass all seine Kenntnisse auf Autos gingen, dass wenig Raum war für anderes. Aber da eben war er ein Fachmann; er probierte nicht und mutmaßte nicht; er besah und er stellte eine Diagnose: die richtige natürlich. Fachleute haben etwas Beruhigendes. Sie überzeugen mich von Zeit zu Zeit, dass es in dem allgemein vorherrschenden Chaos Bereiche gibt, die überschaubar sind (wenn auch nicht für mich) und in denen die Dinge sich in einer bestimmten Art und Weise zueinander verhalten. Fachleute sind Menschen, zu denen kann ich noch aufblicken. Zu denen kann ich noch Vertrauen haben. Fachleute stoppen, wenigstens für Momente, das Chaos. Sie sind, weit über ihre Funktion als Automechaniker, Heizungsmonteure, Klempner oder Elektriker hinaus, freundliche Beschützer in den Beunruhigungen, denen ich unterliege. Ich weiß nie, wie ich ihnen meine Dankbarkeit zeigen soll. Sie scheinen keine zu erwarten. Ihre Fähigkeiten, die für mich immer etwas Übernatürliches haben, scheinen ihnen selber selbstverständlich zu sein.

Nach zwanzig Minuten hatten wir wieder ein fahrbereites Auto und fuhren zum Kai hinaus, von dem die Fähren nach Dover ablegten. Wir hofften, noch in dieser Nacht eine Fähre zu bekommen. Backe war optimistisch, wir anderen beiden weniger. Backes Optimismus behielt recht, obwohl er auf der Fähre nun wirklich keinen mehr an der Hand hatte. Trotzdem kamen wir noch in dieser Nacht weg.

So kam ich am nächsten Morgen, sehr früh, zum ersten Mal nach fünf Jahren wieder an den white cliffs of Dover an. Immer wieder in diesen fünf Jahren hatte ich davon geträumt. Ich hoffte, in England noch einmal zurückzufinden in die Welt jener wunderbaren Jahre, noch einmal ankommen zu können in einer Vergangenheit, in der ich mich weniger unbehaust gefühlt hatte als jetzt. Ich wollte zurück in das verlorene Paradies der goldenen Sixties.

Wir waren durch überraschend auftauchende und ebenso überraschend verschwindende Nebelfelder von Dover aus leicht nordwestlich gefahren, auf London zu. Hier wollten wir uns trennen, aber vorher möglichst doch gemeinsam frühstücken. Jetzt liefen wir also durch Richmond und suchten unser Frühstück, durchs liebliche Richmond, das ein deutscher Schriftsteller auszugsweise beschrieben hat, weil er in diesem Ort eine von ihm erfundene Figur namens Heinrich Cresspahl in den frühen dreißiger Jahren als Kunsttischler ansiedelte. Dieser Cresspahl hatte allerdings sonntags wie werktags in seiner eigenen Wohnung frühstücken können; wir hatten es schwerer. Es war leicht gewesen, eine Sonntagszeitung zu kaufen, es dauerte eine Stunde, bis wir endlich eine coffee bar fanden, in der wir sie lesen und zugleich zwischen ham und eggs und den zahlreichen Variationen dieses englischen Frühstücks wählen konnten. Dieses Frühstück schmeckte uns wie folgt: Als wir es gegessen hatten, hatten wir wenigstens etwas im Magen.

Die Nebelfelder hatten sich längst zurückgezogen und einer überraschend kräftigen Septembersonne Platz gemacht. Wir ließen uns noch an die Ausfallstraße nach Südwesten fahren, wünschten unserem Mann mit dem 2 CV alles Gute für Newcastle, stellten uns an den Straßenrand und hielten unsere Daumen in die Richtung, in der angeblich die »englische Riviera« liegen sollte.

Der Tod in Torquay

Wir brauchten zwei ganze Tage und einen Vormittag, um Torquay zu erreichen. Der Sonntag, an dem wir angetreten waren, kam dem Trampen natürlich nicht entgegen: Familien waren unterwegs, die Autos voll besetzt. Wir hatten keine Eile. Wir ärgerten uns nicht, wenn wir lange am Straßenrand stehen mussten und die Sonne uns beschien. Von Auto zu Auto fuhren wir langsam in eine Märchenlandschaft hinein, the countryside, mit alten Häusern und Häuschen, vorbei an Pubs mit seltsamen Namen, durch eine sanfte hüglige Landschaft, die einerseits einen weiten Blick freigab und andrerseits ihre kleinen Überraschungen bis zum letzten Augenblick versteckt hielt. Wir aßen am ersten Abend chinesisch in Andover und am zweiten Abend indisch in Newton Abbott, einer Eisenbahnstadt unweit Torquay. Wir waren beide sprachfaul miteinander und drängten uns auch nicht danach, jeweils den Platz neben dem Fahrer einzunehmen und Unterhaltung in englischer Sprache zu machen (wer auf dem Rücksitz saß, hatte weitgehend Ruhe). Aber unsere Unwilligkeit, miteinander zu reden, war nicht unfreundlich gemeint. Wir waren beide müde, brauchten Zeit, um Berlin wirklich ganz da im Osten liegen zu lassen, wo es hingehörte, und wollten alle überflüssigen Anstrengungen vermeiden.

Dann erreichten wir Torquay, immer noch in der Septembersonne, am späten Vormittag. Der letzte Fahrer, der uns mitnahm, fasste die Stadt in einem Satz zusammen:

»They exploit you on the finest place.«

Backe und ich trafen es aber noch recht billig mit unserem großen Zimmer mit zwei Betten und sogar einem kleinen Schreibtisch. Wir fanden uns schnell in Torquay hinein und setzten unser angenehmes Schweigen miteinander fort. Bis auf zwei, drei Tage war es schon zu kalt, um im Meer zu baden. Wir benutzten viele Tage zum Verschlafen. Die englischen Zeitungen lasen wir gründlich, wenn sie erschienen. Sie erschienen nicht oft in diesen Tagen. Jeden Vormittag noch vor dem Frühstück ging ich zum nächsten Zeitungsladen, und meistens hieß es:

»No morning papers today, sorry.«

Fleet Street streikte.

Wir verbrachten unsere Tage oft getrennt voneinander, nur an den Abenden hielten wir uns aneinander. Ich machte lange und langsame Spaziergänge durch Torquay, durch die etwas höher gelegenen Viertel, durch die Parks ebenso wie über die Strandpromenade. Die Stadt war voller Hotels und Katzen. Die Hotels entstammten den viktorianischen Jahren, kühl, selbstbewusst, mit zurückhaltender Freundlichkeit rahmten sie die Prachtstraßen der Stadt ein. Die Katzen hatten diese viktorianische Haltung übernommen. Sie waren freundlich und zurückhaltend zugleich. Die meisten duldeten menschliche Annäherung, ließen sich auch streicheln, mit einem Blick dabei, der sagte: Wenn es euch so viel Spaß macht, uns zu streicheln, meinetwegen.

Der Badeort Torquay hätte auch der Badeort Venedig sein können. Nicht umsonst hatte ich Viscontis Film noch einmal am Abend vor unserer Abreise aus Berlin gesehen. Bei meinen langen Spaziergängen spielte ich Achenbach. Allerdings hatte ich noch nicht vor, schon jetzt zu sterben. Ich gab mir noch ein paar Jahrzehnte, musste nur aufpassen, rechtzeitig zu meinem Ableben nach Torquay zurückzukehren. Es gab keinen schöneren Ort für einen sanften Tod. Alles, von den Formen der Landschaft bis zum Rhythmus des täglichen Lebens, soweit es sichtbar wurde, war hier angelegt auf eine langsame, sanfte Bewegung, ein Verebben, ein freundliches Ende. Alles schien ganz und gar für die umfassende Erschöpfung, die wir beide als Einziges mitgebracht hatten an die englische Südwestküste, gemacht zu sein. Diese Erschöpfung war so groß, dass es beinahe tatsächlich einen Tod in Torquay gegeben hätte. Noch im letzten Moment konnte ich Backe vor dem schnell näherkommenden Doppeldeckerbus zurückreißen, vor den er beim Überqueren der Straße, mit nichts sonst befasst als mit seinen Gedanken, gelaufen wäre. Der nachträgliche Schrecken hielt ihn dann fast eine Stunde lang gefangen. So war Torquay: Der immer aktive, immer praktische Backe war in wenigen Tagen zu einem Tagträumer geworden, der bedenkenlos einem englischen Doppeldeckerbus vor den Bug lief.

Der Tod in Torquay hatte uns also nur gestreift und blieb sonst für mich Vision einer Zukunft, die ich etwa ans Ende des Jahrhunderts verlegte. Noch gab ich eher anderen Bedürfnissen als meiner durch Viscontis schöne Bilder gestützten Todessehnsucht nach. Torquay war ein Badeort, ja: aber das Meer, das sich von Süden aus an die Stadt heranwälzte, war kein lieblicher Binnensee wie die Ostsee. Da saß schon eine andere Kraft dahinter, und die Luft, die das Meer mitbrachte, war wirkliche Seeluft.

Seeluft macht hungrig. Der liebe Genosse Backe kam ins Staunen in Torquay. Ich gab wenig Geld aus in dieser Stadt, ausgenommen fürs Essen. Beinahe ließ sich sagen: Wenn ich in Torquay überhaupt Geld ausgab, dann fürs Essen. Mindestens zweimal am Tag aß ich eine warme Mahlzeit. Backe saß mir gegenüber und sah mir zu. Eine solche Gefräßigkeit hätte er mir nicht zugetraut. Während er sich oft damit begnügte, ein bleiches englisches Sandwich zu sich zu nehmen, aß ich Steaks, Scampi, Fisch- und andere Salate, Muscheln, Tintenfisch oder ein Filet Stroganoff, wie ich gerade Appetit hatte. Sobald es ums Essen ging, war meine Müdigkeit verflogen: Die Aussicht, mir wieder etwas einverleiben zu können, machte mich munter. Mein ständiger Hunger und seine Befriedigung waren in diesen beiden Wochen der Anteil, den ich am Leben hatte.

»An deiner Stelle wäre ich schon geplatzt«, sagte der füllige Backe.

»Mir macht Essen Spaß«, sagte der dünne Murnau. »Ich habe eben meine orale Phase nie ganz überwunden.«

Meinen Freud hatte ich zwar nicht gelesen, aber ich wusste ihn wirkungsvoll einzusetzen. Backe sagte nichts mehr und sah mir weiter beim Essen zu.

Erinnerungsarbeit. Spurensicherung. Zwei Wege

Nach beinahe zwei Wochen hatten wir unsere Erschöpfung überwunden. Wir verließen Torquay an einem freundlichen Septembermorgen, einem Samstag. Ein ganz und gar leerer Bus brachte uns bis nach Bristol. Der Fahrer hatte gerade einen Satz erholungssüchtiger älterer Rentiers in Torquay abgesetzt und fuhr nun nach Bristol zurück. Er fuhr nicht gern allein. Während der Fahrt imitierte er die verschiedenen regionalen Besonderheiten der englischen Sprache, begann in Schottland und arbeitete sich über den englischen Norden und Wales langsam nach Süden vor. Allein Irland ließ er aus: Der nordirische Bürgerkrieg nahm in jenen Wochen an Schärfe zu, und Irland war ein unbeliebtes Thema geworden.

Wir erreichten Bristol am frühen Nachmittag. Ein Lkw mit einem jungen, schweigsamen, verbissenen Fahrer brachte uns nach London. Nur einmal brach der Fahrer sein Schweigen, um uns zu erzählen, dass diese Fahrt am Wochenende nicht eingeplant gewesen und er kurzfristig dafür eingesetzt worden sei. Er bat uns, seine Fahrweise zu entschuldigen.

Wir wussten nicht, wohin wir sollten in London an einem Samstagabend. Vom ersten Moment an, als wir den Lkw verließen, suchte ich die Stadt, die ich vor fünf Jahren verlassen hatte, mit einer solchen Intensität, dass ich sie zwangsläufig verfehlen musste. Alles, was ich sah in London, ob es mir bekannt war oder ob es neu war, erinnerte mich immer nur ans Jahr 1966 und an das verlorene Paradies. Wir fuhren mit der tube zur Victoria Station, um unsere Sachen dort in Schließfächer einzuschließen, und ich befand als Erstes, dieser Bahnhof habe vor fünf Jahren etwas anders ausgesehen. Wir gingen zum Piccadilly Circus und liefen durch Soho, und ich stellte fest, dass diese Straßen vor fünf Jahren einen freundlicheren Eindruck gemacht hätten. Wir aßen chinesisch, und während ich aß, dachte ich an das indische Restaurant unweit des Heims in

Sussex Gardens, in dem ich vor fünf Sommern oft und gern gegessen hatte.

Was ich suchte, war die Leichtigkeit dieses Sommers. Das Glück, in London zu sein, genügte mir nicht, das Glück sollte die Gestalt dieses Sommers vor fünf Jahren annehmen. Ich wünschte mir die vergangenen Jahre ausgelöscht und die wunderbaren Jahre zurück als unmittelbare Gegenwart, um sie auf immer stillstellen zu können. Ich wünschte mir, niemals endend, die Wiederholung.

So ging ich also zwangsläufig vorbei an dem London, in dem ich mich nun zusammen mit Backe aufhielt. Wir verbrachten die Nacht dösend und teilweise auch schlafend in einer Kirche unweit des Trafalgar Square, die Leuten wie uns kostenlos einen Raum zum Schlafen und unbegrenzt Tee anbot. Am nächsten Morgen setzte ich meine Spurensuche fort. Ich zerrte Backe mit nach Paddington, um die Kneipe ausfindig zu machen, in der ich mich fünf Jahre zuvor mit Mr. Kane unterhalten hatte. Wir probierten verschiedene Kneipen in dieser Ecke und ich entschied am Ende ganz willkürlich, diese Kneipe, in der wir uns jetzt befanden, sei es gewesen, obwohl ich mir keineswegs sicher war. Aber es wäre eine folgenschwere Niederlage gewesen, wenn ich hätte eingestehen müssen, dass ich nicht in der Lage war, die Spuren meiner kostbaren Erinnerung zweifelsfrei zu sichern. Nachmittags, als wir in der warmen Septembersonne im Regent's Park lagen, konnte ich das doch nur genießen, indem ich mir zugleich vorstellte, wie ich fünf Jahre zuvor in der Julisonne im Hyde Park gelegen hatte.

Zudem musste ich meine Spurensuche in zwei Tage hineinpressen, weil unsere finanzielle Lage uns zwang, das United Kingdom früher zu verlassen als geplant. Ich hatte keine Zeit, mich der Erinnerung langsam zu überlassen; ich musste dauernd die Erinnerung gewaltsam ans Licht zerren: Ich ging also den verkehrten Weg.

Erst am Tag unserer Abreise gelang es mir, für einen kurzen Augenblick diese Anspannung zu vergessen. Dabei spielte der Ort, an dem dies geschah, eine große Rolle. Es war das Paradies selber. Wir hatten uns entschlossen, am frühen Abend nach Dover zu trampen und hatten unsere Sachen auf Waterloo Station eingeschlossen, von wo aus wir mit dem Bus an die Ausfallstraße zur Küste fahren wollten. Während Backe einige Telefongespräche führte, verließ ich den Bahnhof, um auf der Waterloo Bridge eine Zigarette zu rauchen. Zum ersten Mal in diesen zwei Tagen fielen das erinnerte und das gegenwärtige Bild in eins. Die Sonne hatte ihren höchsten Stand schon überschritten und spiegelte sich in der Themse. Die Geräusche von Waterloo Station drangen gemischt und diffus zu mir. Ich lehnte mich übers Brückengeländer, rauchte langsam und ruhte und beobachtete die verschiedenen Spiegelbilder im dirty old river, alles wie damals und zugleich wie heute. In diesen wenigen Minuten gewann ich eine Ahnung zurück von dem Glück, das, wenn es auch vielleicht nie wirklich gewesen war, so doch in der sorgfältigen Arbeit der Erinnerung wirklich geworden war.

Jeweils eine andere Vertrautheit, jeweils dieselbe Fremdheit

Mit dem Abend unserer Abreise kehrte ich in die umfassende Erschöpfung von Torquay zurück und ließ alles mit mir geschehen, als geschähe es nicht. Fast eine Stunde brauchten wir, um mit dem Bus durch das London südlich der Themse an die Ausfallstraße zu kommen. Noch am selben Abend erreichten wir Dover. Gegen drohende Seekrankheit kämpfte ich diesmal an, indem ich versuchte, in der *New Left Review* ein Interview zu lesen, das Georg Lukàcs kurz vor seinem Tod in seiner Budapester Wohnung gegeben hatte. In Ostende standen wir fast sechs Stunden lang zwischen den anderen Trampern, bis endlich ein Peugeot sich uns aussuchte. Unterwegs fiel Backe ein, dass er am Straßenrand seine Jacke mit allem Geld und allen Papieren hatte liegen lassen. Er stieg aus, um zurückzutrampen; wir verabschiedeten uns so unpathetisch voneinander, wie wir miteinander zwei gute Wochen verbracht hatten, bis auf bald in Berlin. Der Peugeot brachte mich bis nach Gent, von dort kam ich weiter bis Brüssel und schlug mich durch bis nach Aachen. Die Fahrer, die mich mitnahmen, verlangten keine Gesprächigkeit von mir. Ich saß neben ihnen und konnte gedankenlos und glücklich durch dieses mir ganz fremde Land fahren. Es war Spätsommerwetter, in den Autos war es noch wärmer als draußen, ich ließ alles geschehen. Als ich in Aachen ankam, war es schon dunkel geworden. Ich rief Aachener Genossen an, die ich nicht kannte, deren Adresse ich aber vorsorglich mitgenommen hatte. Sie gehörten einer befreundeten Organisation an, die auf uns noch starrte wie auf die legendäre Partei der Arbeiterklasse selber. Sie zeigten mir, was bisher von den verschiedensten Organisationen während der Metalltarifrunde geschrieben und verteilt worden war. Ich verstand, dass alles irgendwie weitergegangen war, während Backe und ich uns in Torquay hatten fallenlassen. Vor drohenden Diskussionen schützte mich meine offenkundige Müdigkeit, die nicht gespielt zu werden brauchte. In einem schönen Hochbett schlief ich einen langen Schlaf ohne Unterbrechung und Träume. Am nächsten Vormittag trampte ich weiter, durch das von Autobahnen zerschnittene Kölner Land und weiter nach Rhein-Main, bis ich abends in Wiesbaden die Wohnung meiner Eltern erreichte, die wenige Wochen zuvor Ostfriesland für immer verlassen und sich hier niedergelassen hatten. In den nächsten Tagen lernte ich zaghaft, auf Einkaufswegen und auf zweckfreien Gängen, eine neue Stadt kennen, auch das noch immer unter dem Schleier bewusstloser und glücklicher Müdigkeit, der mich seit Torquay schützte und nur in London für zwei Tage gerissen war, lernte sie kennen, wieder in dieser mir bekannten Verschränkung von Vertrautheit und Fremdheit, fuhr dann für zwei Wochen ins schon vertraut-fremde Tübingen, wo mir, was ich nicht anders erwartet hatte, schöne Tage mit Jensen und Ruth passierten, und kehrte dann, noch einmal mit dem Umweg über Wiesbaden, nach Berlin zurück. Am

Tag meiner Rückreise hatte der Spätsommer kapituliert, jenseits der Fenster der Deutschen Reichsbahn war die Kälte förmlich zu sehen, mit bösartigen Windstößen und einem ununterbrochenen feinen Regen. Mich kümmerte diese Wetterlage so wenig wie diejenigen zuvor, ich saß halb schlafend, halb lesend in einem diesmal wirklich geheizten Abteil der Deutschen Reichsbahn, das ich mir mit einem älteren Herrn teilte, der seinerseits konzentriert las und ein Gespräch erst zwanzig Minuten vor Berlin suchte. Es war eine andere Strecke als die mir bis dahin bekannten. Die führte nicht mehr, wie ich es gewohnt war, durch ein Land von Weiden und Sand, von kleinen Wäldern und Seen, sondern vorbei an Städten unterschiedlicher Größe, die fast bruchlos einander ablösten und nicht allein vom Oktoberwetter dieses Tages überdunstet waren, sondern auch von den hohen, schmalen Schornsteinen, die über sie verteilt waren. Es waren Städte, die Weißenfels oder Leuna, etwas später Halle oder Bitterfeld hießen und deren Differenz zueinander, die Größe ausgenommen, doch nicht auszumachen war. Überall hing der gleiche Dunst über den Häusern, drang durch die geschlossenen Zugfenster der gleiche Geruch, rauchig und schwer zu durchdringen, aber nicht unangenehm, hüllte mich ein, wieder schützend vor dem, was mich erwartete, und wieder sofort so vertraut, als führe ich diese Strecke täglich. Erst als wir diesen Dunst verließen und in Landstriche gerieten, die unverkennbar preußisch waren, wurde der schützende Schleier rissig, und die vertraute Unruhe aller meiner Rückreisen nach Berlin begann, sich langsam wieder durchzusetzen.

Grabenkämpfe. Zwei Reservate. Das Gefühl eines Mangels

In der Organisation hielten noch immer die Gutwilligen den Betrieb aufrecht. Das theoretische Organ, das schon lange hatte erscheinen sollen, war noch immer nicht fertig. Neue Genossen waren von Sympathisanten zu Kadern geworden. Der Zwang, ständig Flugblätter und Zeitungen zur Metalltarifrunde zu produzieren, band die Hälfte aller verfügbaren Kräfte.

Achim war aus der Wohnung in der Gutzkowstraße ausgezogen. Die Kälte kam näher, die Wohnung war schwer heizbar, und beides zusammen war nicht gut für seine Gesundheit. Seine Asthmaanfälle hatten sich gehäuft. Zudem ging er in die entscheidende Phase seiner Examensarbeit und suchte eine weniger von der Betriebsamkeit unserer gemeinsamen Firma geprägte Wohnung. Der letzte Vater hatte die einst so bedeutende Gutzkowstraße verlassen.

In den verschiedensten Abteilungen der Firma wurden neue Grabenkämpfe, neue Gefechte vorbereitet. Die Organisation solle sich auf absehbare Zeit aufs Wesentliche konzentrieren, eine Einschätzung der derzeitigen gesellschaftlichen Lage erarbeiten und aus dem Konkurrenzkampf mit anderen Organisationen zurückziehen, gab es einen Vorschlag: Der war mir sehr sympathisch. Hier hätte sich am Ende doch noch eine Hülle fürs Überleben finden lassen. Natürlich gab es Gegenvorschläge, die von einer umfassenden Reorganisation sprachen, von umfassender politischer Offensive und pragmatischem Handeln. Die alte Kontroverse wurde mit neuem Vokabular geführt, und gegen alle Vorsätze und alles bessere Wissen beteiligte ich mich ein weiteres Mal daran. Wieder wurden verschiedene Resolutionen erstellt, in Nachtarbeit zum Teil, die sich die Fraktionen dann gegenseitig um die Ohren schlugen. Wieder wurde die Diskussion auf dem Plenum in einer unentwirrbaren Mischung aus Argumentation, Unterstellung, persönlichen Angriffen, Zynismus und beschwörenden Appellen geführt. Zuweilen hassten wir uns, und umso mehr brauchten wir uns.

Wieder verliefen sich die Auseinandersetzungen, bevor sie hätten folgenschwer werden können, im vorläufigen Happy End. Ein neues Führungsgremium wurde gewählt, und nun liebten wir uns alle wieder. Die alte Zeremonie von Kritik und Selbstkritik wurde abgedroschen bei jedem einzelnen Genossen, der fürs Führungsgremium kandidierte, mit gleichbleibender Folgenlosigkeit. Ich sprach meine eigene Selbstkritik wie einen fremden Text. Fast niemand wusste etwas dazu zu sagen. Allein Hans sprach mich an auf jenes interne Papier aus dem Sommer, in dem ich der Firma Lebensunfähigkeit attestiert hatte.

»Ich habe meine Meinung geändert«, sagte ich und wusste selber nicht, ob ich log oder die Wahrheit sagte. Damit war die Diskussion über meine Selbstkritik abgeschlossen. Ohne Gegenstimme wurde ich wieder ins Führungsgremium gewählt.

Aus derart diffusen inneren Verhältnissen versuchten wir noch immer, uns programmatisch zu äußern. Das zu erwartende theoretische Organ wurde zu einer Wundertüte, auf deren Öffnung alle warteten und die die Redaktion, zu der ich nach wie vor gehörte, mit einigen Überraschungen zu füllen versuchte. Meine Geschichte der Organisation war endgültig verworfen worden, auch deshalb, weil eine bloße Geschichtsschreibung nun nicht mehr auszureichen schien. Jetzt sollte ich Grundsätzliches schreiben zum Parteiaufbau. In der Entfernung von der Wirklichkeit hatte die Firma eine weitere Strecke zurückgelegt, und auch die Ansprüche waren wieder gewachsen, immer weiter in die Uneinlösbarkeit. Ich übernahm diesen Artikel, wie ich im Sommer den Versuch einer Geschichtsschreibung übernommen hatte. Es war ein Job, der mir einen gewissen Freiraum und einen Schutz bot gegenüber anderen Aufgaben.

Daneben schickte man mich in eine Gruppe von Druckern, die sich in den letzten Wochen in einer größeren Westberliner Druckerei gebildet hatte. Auch dies war eine Arbeit, die neben den eigentlichen Auseinandersetzungen und unberührt von ihnen lief. Ich saß oft in der Gruppe und hörte nur zu. Die Geschichten, die hier erzählt wurden, gaben mir zuweilen eine Ahnung von dem, was gesellschaftliche Realität ausmachte.

Zwischen den beiden Reservaten pendelnd, richtete ich es mir gut ein in diesem Herbst. Nur abends, wenn ich allein oder mit Genossen, die ich ohnehin schon den ganzen Tag gesehen hatte, in der Kneipe saß, kehrte das Gefühl des Mangels ein. Ich litt nicht unter Unglück. Ich litt, was mir wesentlich unerträglicher schien, unter der Abwesenheit von Glück. Mein Überleben hatte ich gesichert, aber immer weniger sah ich einen Sinn darin zu überleben. Ich war letzten Endes noch immer so allein wie zu der Zeit, als ich gerade erst begonnen hatte, meine Unentbehrlichkeit für die Organisation herzustellen: ein Mönch in einer Lederjacke.

Im Treibhaus

Monika hatte ich nicht vergessen, aber es gelang mir, selten an sie zu denken. Ich hatte mich damit abgefunden, dass diese Sehnsucht nicht mehr einlösbar sein würde. Wir hielten unsere Abmachung, uns wenn irgend möglich nicht zu begegnen, mit einer Akribie ein, die zuweilen ans Lächerliche grenzte, so, wenn wir Vorsorge trafen, uns am Wochenende möglichst nicht auf Fêten zu begegnen. Kuriere brachten die Nachricht: Sie ist auf dem Weg hierher, und schon warf ich mich in meine Lederjacke und verließ die Fête, überließ Monika das Feld. Selbst das Vergnügen unterlag so noch dem organisatorischen Eingriff.

Was ich nicht wusste, war, dass Monika begonnen hatte, mich zu jagen. Die Konsequenz, mit der ich mich auch nach meiner Rückkehr aus England noch ans gemeinsame Gelübde hielt, rief nach und nach ihren Unwillen und ihre Neugier hervor. So hatte sie es nun doch nicht gemeint. Sie begann, mir nachzustellen, indem sie versuchte, in dieselben Arbeitszusammenhänge zu kommen wie ich, während ich selbst ein solches Zusammentreffen nach wie vor sorgfältig blockierte. Das Verhältnis hatte sich umgedreht.

Viele wussten davon, nur ich blieb ahnungslos. Wenn es Andeutungen gab, so verstand ich sie nicht, und keineswegs musste ich mich besonders bemühen, sie nicht zu verstehen: In einem langen Prozess hatte ich all die Hoffnungen, die auf Monika gerichtet gewesen waren, abgetötet und zu Grabe getragen. Und dementsprechend erstaunt reagierte ich, als mir in den ersten Dezembertagen ein Brief von ihr ans Bett gebracht wurde.

Meine Hoffnungen mochten abgetötet sein, tot waren sie nicht. Ich bemerkte es, als ich den Brief ein zweites Mal las, bemerkte den inneren Jubel, der mich durch den Vormittag begleitete, obwohl ich ihn zu unterdrücken versuchte. Den frühabendlichen Termin nahm ich äußerlich sehr ruhig wahr, drängte nicht wie sonst auf pünktlichen Schluss, versuchte mich auch innerlich zu bezähmen, um die Vorlust umso länger und deutlicher auskosten zu können.

Nach der Sitzung suchte ich zum ersten Mal seit dem Sommer wieder die Wohnung am Hohenzollernplatz auf. Wir gingen in ein nahes jugoslawisches Restaurant und sprachen über uns beide wie über etwas ganz Normales. Ich blieb über die Nacht bei ihr, kam gegen Mittag in die Gutzkowstraße zurück, unfähig vor Glück, mir einige Papiere, die ich mir für diesen Tag vorgenommen hatte, auch nur anzusehen.

In das Glück mischte sich von Anfang an die Angst. Ich versuchte, ihre Zeichen abzuwehren, sie zu unterdrücken, leugnen konnte ich sie nicht. Hätte ich der Angst nachgegeben, uns beiden wäre manches erspart geblieben. Schon, dass das Glück mit einjähriger Verspätung kam, ließ mich an ihm zweifeln. Ich hatte es nicht mehr erwartet, hatte mich selber gerade zurechtgefunden im Verzicht; jetzt überfuhr es mich. Denn alles, was in diesem vergangenen Jahr hätte passieren können, musste jetzt, nach einer fast zwanghaften Vorstellung von Monika und mir, in wenigen Wochen nachgeholt werden. Unser so lange eingefrorenes Verhältnis zueinander sollte sich entwickeln, ohne dass wir ihm Zeit dazu ließen.

Nicht alle Gewächse gedeihen im Treibhaus. Von Anfang an waren wir nicht zufrieden mit dem Wachstum, das wir verfolgten. Zwar versicherten wir uns bei jeder Gelegenheit, glücklich zu sein miteinander, aber die Anstrengungen, die wir dazu unternahmen, wiesen immer aufs Gegenteil hin. Wir zogen uns ganz aufeinander zurück: Monika, weil sie von mir anerkannt zu werden hoffte als eine Person, die selbst zu denken und etwas zu leisten imstande war (diese Anerkennung war ihr bisher versagt gewesen), ich selber, weil ich noch mehr als in den letzten Wochen mich fallenlassen wollte.

Es war nun nicht nur mit meiner Gutwilligkeit zu Ende, sondern auch mit meiner Loyalität. Die Firma konnte mich. Politik konnte mich ganz allgemein. Die ganze Gesellschaft konnte mich. Lauter Opium, nicht fürs Volk, sondern für Intellektuelle. Ich wollte damit nichts mehr zu schaffen haben. Ich wollte mich ankuscheln. Ich wollte vögeln. Mein Kopf hatte genug zu tun gehabt in den letzten Jahren, mein armer Kopf sollte seine Ruhe haben. Mein Schwanz sollte zu seinem Recht kommen.

Monika wollte aber vor allem meinen Kopf haben. Wir kamen nicht einmal so weit, die Verschiedenartigkeit unserer Vorstellungen darüber, was wir voneinander wollten, festzustellen. Unsere Auseinandersetzungen endeten im Streit und nachfolgend in der Versöhnung, die den vorherigen Streit und seine Gründe nicht begriff. In kürzester Zeit entwickelten wir eine unnachahmliche Methode, einander ernsthaft zuzuhören und es doch nicht zu tun, ehrlich gegeneinander zu sein bis zur Selbstpreisgabe und uns doch beständig anzulügen.

Acht Wochen brachten wir damit hin, Weihnachten und Silvester, Streit, Versöhnung, neuer Streit und neue Versöhnung, bis endlich die Erschöpfung sich durchsetzte und Monika, die dieses Verhältnis angezettelt hatte, es auch beendete. Über ein Jahr hatte das Vorspiel dieser Geschichte gedauert, und fast so lange brauchte ich, um danach die Wunden verheilen zu lassen. Zwischen diesen beiden Zeiträumen lag diese verunglückte Liebesgeschichte so unscheinbar eingezwängt, dass ich mich später zuweilen fragte, ob es sie je gegeben hat oder ob sie nicht bloß ein Produkt meines Kopfes war. Allein an den Spuren, die sie hinterließ, war ihre Wirklichkeit nachzuprüfen.

Das letzte Gefecht. Der Entronnene

Zur gleichen Zeit gingen andere Geschichten, die länger gedauert hatten, ebenfalls ihrem Ende zu. Mit dem Beginn des neuen Jahres verließ ich die Wohnung in der Gutzkowstraße und tauschte die lichtlose, klosterähnliche Behausung gegen ein kleines Zimmer in einer großen Charlottenburger Wohnung. Es war eigentlich kein Zerwürfnis mit den Genossen in der Gutzkowstraße vorausgegangen. Bei mir hatte sich nur endgültig das Bedürfnis durchgesetzt, an einer weniger kahlen und verrotteten Form des Lebens und Wohnens teilzuhaben, als es in dieser Wohnung möglich war. Als sich daher mehr zufällig die Gelegenheit bot, in die Wohnung in der Giesebrechtstraße einzuziehen, nutzte ich sie. Die Wohnung war sehr groß, von fünf Erwachsenen und zwei Kindern im Vorschulalter bewohnt. Von hier aus zog ich ins letzte Gefecht.

Die Zeit hatte mir recht gegeben. Die Lebensunfähigkeit der Organisation wie der unseren, die ich im Juli noch als gewissermaßen geheime These im kleinen Kreis der Väter vertreten hatte, wurde nun offenkundig. Die Anzahl der Gutwilligen nahm immer mehr ab. Die einen erinnerten sich daran, dass sie nicht nur Kader, sondern auch Studenten waren und endlich ihr Studium beenden wollten. Die anderen stellten fest, dass die Betriebsgruppen, in denen sie arbeiteten, eigentlich ebenso gut oder noch besser ohne unsere Firma auskommen konnten. Wieder andere waren betroffen davon, dass unsere Firma glaubte, in ihrer »Solidarität« mit dem erschossenen Georg von Rauch nicht ohne eine vorangestellte seitenlange Distanzierung auskommen zu können.

Unter diesen Umständen hatte ich natürlich nichts mehr

zu sagen zur Frage des Parteiaufbaus: Die gehörte einer Welt an, aus der ich schon ausgetreten war. Ich arbeitete den Artikel um, eine Arbeit, die mich im Chaos der Auseinandersetzungen mit Monika und meines Umzugs zusammenhielt. Ich schrieb ein Papier, das ich hätte nennen können: »Warum ich endgültig keine Lust mehr habe.« Denn warum ich keine Lust mehr hatte, warum nun selbst meine unpathetische Loyalität, mit der ich mich in den letzten Monaten durchgeschlagen hatte, aufgebraucht war, das alles stand in diesem Papier. Aber ich brauchte immerhin 25 Seiten und ein Vorwort, um es zu sagen, und hielt mich noch immer an die Spielregeln, als ich dem Papier den seriösen Titel »Proletarische Bewegung und Organisation des Proletariats« gab. Nach zwei Jahren der Hochstapelei war es nicht möglich, umstandslos zu klaren Aussagen zurückzukehren.

An diesem Papier schrieb ich mit der destruktiven Lust, die man bei Abrechnungen zuweilen empfindet. Denn nichts anderes als eine Abrechnung war es, die sich hinter dem hochtrabenden Titel verbarg: eine Abrechnung mit Stalin, der nie mehr wagen würde, mich anzurufen, auch mit seinem Vorgänger, an dessen Integrität mir langsam Zweifel gewachsen waren, eine Abrechnung mit dem naiven und gleichzeitig arroganten Verhältnis, das unsere Firma und die Konkurrenzfirmen zur gesellschaftlichen Wirklichkeit pflegten, eine Abrechnung mit den selbstquälerischen, proletarischen Verkleidungen, die wir uns übergestülpt hatten, mit dem ständigen Zwang zur Lüge gegenüber den anderen wie gegenüber uns selbst, schließlich eine Abrechnung mit den Vätern. Zwei Wochen lang saß ich mehrere Stunden täglich an meinem Papier, geborgen in der Hülle der ständig zunehmenden Anzahl von Wörtern. Dann legte ich es vor. Ich fand Verbündete, und fast erleichtert erschien ich Ende Januar auf dem Plenum, von dem ich wusste, dass es zumindest für mich das letzte war. Je heftiger ich angegriffen wurde, desto besser fühlte ich mich. Bis auf wenige Ausnahmen konnte ich nicht einmal mehr Wut empfinden über die Genossen und Genossinnen, die sich nach Kräften bemühten, das, was ich geschrieben hatte, möglichst nicht zu genau zu verstehen. Ihr liebstes Spielzeug, ihre einzige Heimat sogar, die Organisation, drohte kaputt gemacht zu werden, und sie wehrten sich, so gut sie konnten. Dabei hatte ich gar nicht vor, etwas zu zerstören, dessen Verfall ohnehin offensichtlich und nicht aufzuhalten war. Sehr bald gab es nichts mehr zu sagen, und unsere kleine Gruppe verließ den Raum in einer heiteren, fast ausgelassenen Stimmung, in der viel Erleichterung und wenig Ressentiments sich niederschlugen. So einfach und so unpathetisch hatten wir uns das letzte Gefecht nicht vorgestellt.

Als das erste Glücksgefühl verdunstet war, sah ich mich vor der Aufgabe, endlich wieder selber über mein Leben zu verfügen, nachdem die vergangenen Irrtümer aufgebraucht waren. Plötzlich stand mir jeder einzelne Tag offen, ohne dass mir der Terminkalender seine Verwendung vorschrieb. Es gab niemanden, den ich um Rat fragen konnte. Jeden Schritt, der mir richtig erschien, um zu einer Art Leben zurückzufinden, musste ich selber tun.

Ich erinnerte mich daran, dass es eine Zeit gegeben hatte, in der ich gern und oft Musik gehört hatte. Im Electrolaladen auf dem Kudamm ließ ich mir stundenlang Platten über den Kopfhörer vorspielen. »Imagine all the people, living for today!« Zurück auf der Straße zog sich in einem kurzen Moment das äußerste Entsetzen und das äußerste Glück zusammen: das Entsetzen über zwei Jahre, die ich daran verschwendet hatte zu überleben und die mich deshalb fast umgebracht hätten, und das Glück, noch einmal entronnen zu sein.

Das normale Scheitern

»Was das Normale ist, in seiner überwältigenden Macht, bekommt man vielleicht erst beim normalen Scheitern zu spüren, so physisch, so analytisch. Jeder, der einer Trennung oder Zerstörung ausgesetzt ist, erfährt dies als das Negative und als das Besondere, während ihm das Zusammenbleiben als das Positive und das Allgemeine erscheint. In Wahrheit liegen die Verhältnisse jedoch umgekehrt, und das Negative, das Scheitern, die Trennung, der Irrtum machen das Allgemeine aus, wofür allein schon Zahlen und Tatsachen sprechen.«
Botho Strauß, *Die Widmung*

Charlottenburg

Ich konnte neu anfangen, ich wusste nicht womit; ich konnte nur ausprobieren.

Mein Ausgangspunkt war die Wohnung in der Giesebrechtstraße. Von hier aus eroberte ich meine neue Umwelt: Die hieß Charlottenburg, Kurfürstendamm. Zum ersten Mal, seitdem ich in Berlin wohnte, war diese Straße für mich nicht mehr ein Zielpunkt langer Fahrten, um dort spazieren zu gehen. Der Kurfürstendamm war die Straße um die Ecke geworden: Alltag. Auf dieser Straße lief ich mich morgens langsam in den Tag hinein, lief mich wach, machte Schlenker in eine der vielen namhaften Seitenstraßen: in die Bleibtreustraße, mehr und mehr zerfressen von Antiquitäten- und Trödelgeschäften, in die Schlüterstraße, in der die Kneipe der Saison lag: die Herta, in die Grolmanstraße, die Straße der Spielcasinos. Wenn ich, in Richtung der Gedächtniskirche gehend, in eine der Seitenstraßen rechts abbog, stieß ich bald auf die Grenze: Hier endete Charlottenburg und ging über nach Wilmersdorf, an der Grenze angekommen, gelang es mir selten, sie nicht zu überschreiten. Ich drang ein in den verbotenen Bezirk, immer näher auf den Hohenzollernplatz zu, und umkreiste täglich enger die Wohnung im vierten Stock, suchte Monikas roten VW Käfer unter den parkenden Autos, drang nachmittags im Schutz der frühen Februardunkelheit bis auf den Hinterhof vor und suchte einen Lichtschimmer in ihrem Zimmer, immer in der panischen Angst, ihr plötzlich zu begegnen. Dann entfernte ich mich langsam wieder aus dem verbotenen Stadtteil und kehrte nach Charlottenburg zurück.

In der Wohnung, die ich bewohnte, hielt ich mich selten auf. Schon das Frühstück in der großen, hellen Küche, die eigentlich zu stundenlangem Sitzen aufforderte, trieb mich bald auf die Straße. Um den großen Tisch saßen die Bewohner und blätterten in einer der unzähligen Zeitungen, die von den Einzelnen abonniert worden waren. Hinter den Zeitungen kam ab und zu eine Hand hervor, die nach der Scheibe Brot mit dem geschmacks- und geruchslosen Käse griff, oder nach der Tasse mit dem aufgeschütteten Nescafé, denn um einen richtigen Filterkaffee zu bereiten, fehlte es diesen manischen Zeitungslesern an Zeit. Dann begann es: Las einer eine Meldung aus der *Frankfurter Rundschau* vor, konterte der nächste mit der *Süddeutschen Zeitung*, und der dritte fiel in das Konzert mit einem Zitat aus dem *Spiegel* ein. Auf eigene Zeitungslektüre war mir die Lust schon vergangen, und so blieb ich ungeschützt und ohne eigene Stimme den ausgewählten Meldungen der anderen ausgesetzt. Wenn dann die beiden Kinder aus ihrem Zimmer, in dem sie bis dahin gespielt hatten, in die Küche einbrachen und die Eltern sich bereitmachten, sie in den Kinderladen zu fahren, zog sich Wieland, oft unter Selbstgesprächen, langsam hinter seine Schreibmaschine zurück, deren unnachgiebiges Hämmern von nun an bis in die Mittagsstunden fast ohne Unterbrechung die Wohnung erfüllen würde. Spätestens jetzt flüchtete ich.

Oft landete ich bei meinen Gängen in der Mommsenstraße. Rinaldo wohnte hier, Stenze war vor einem Jahr zugezogen und suchte schon wieder neue Leute für eine neue Wohnung. Mit ihr ging ich manchmal auf einen Espresso in ein Eiscafé in der Uhlandstraße, während Rinaldo sich zusammen mit einer anderen Bewohnerin in die gemeinsame Diplomarbeit vergrub. Bei den Espressogesprächen wurden wir uns langsam über unsere ähnlichen Schwierigkeiten klar, mit der Vergangenheit in der Firma zurechtzukommen, und während wir diese Klarheit gewannen, gewöhnten wir uns an den Gedanken, zusammenzuziehen. Die Zukunft begann eine Gestalt anzunehmen.

Aber es war eine noch sehr verschwommene Gestalt. Ähnlich der Zeit, als ich in Berlin angekommen war, wurde ich jetzt beinahe erdrückt von der Fülle der Möglichkeiten, die sich mir boten. Ich wehrte mich gegen diese Fülle, indem ich versuchte, mir ein paar Fixpunkte und Regelmäßigkeiten zu schaffen. So nahm ich mein lange vernachlässigtes Studium wieder etwas fester in den Griff. Es gelang mir jedoch nicht, für die einzelnen Übungen und Seminare, die ich besuchte, mehr aufzubringen als ein freundlich distanziertes Interesse. Diese Seminare boten mir einen Stundenplan und in seltenen Augenblicken auch Gelegenheiten intellektuellen Vergnügens: Sonst blieben sie mir äußerlich.

Auch war mit dem Untergang der Firma keineswegs die Betriebsgruppe untergegangen, in die die Firma mich geschickt hatte. Nach wie vor besuchte ich jeden Sonntag die Sitzungen der Gruppe. Von Sonntag zu Sonntag wurde ich dabei stummer. Wenn die jungen Arbeiter sich über die Vorgänge im Betrieb in der vergangenen Woche unterhielten, wenn sie über die einzelnen Abteilungen und ihre Besonderheiten sprachen, wenn sie darüber diskutierten, ob es sinnvoll sei, für die Vertrauensleute- und Betriebsratswahlen zu kandidieren, hatte ich nichts zu sagen. Wenn es aber darum ging, irgendetwas marxistisch zu erklären, verschlug es mir meistens die Sprache. Zum Beispiel lernte ich, dass es, wenn im Betrieb über die Aktivitäten der RAF diskutiert wurde, so eindeutig nicht war mit der Ablehnung des individuellen Terrors durchs Proletariat, wie die Marxisten-

Leninisten sich das vorstellten (und wie ich es selber nie ganz geglaubt hatte). Sympathien, sei es auch in ganz verquerer Form, waren aus den Äußerungen, die im Betrieb fielen und in der Gruppe referiert wurden, deutlich herauszuhören. Damals allerdings war noch kaum sichtbar, welcher Eigengesetzlichkeit die Politik der RAF unterlag, in der zunehmend die gewählten Mittel ihre Zwecke diffamierten. Zugleich war erst zu ahnen, mit welcher zur Vernichtung aller auch nur potenziellen Gegner entschlossenen Wut der Staatsapparat auf die Zweifel an seiner Legitimation reagieren würde. Während damals noch über kritische Solidarität diskutiert wurde, ist es heute nicht einmal mehr ein ausreichender Schutz, zu all dem verbissen zu schweigen: Es gibt ja jetzt in der offiziellen Sprachregelung nicht nur Sympathisanten, sondern auch potenzielle Sympathisanten. Wer zu denen gehört, entscheiden die Betroffenen nicht selbst. Sie erfahren es meist nur auf Umwegen, durch die Zeitung, »wenn nicht zufällig vorher eine Abordnung von Staatsbeamten in aller Herrgottsfrüh in die Wohnung des durch so viel Aufmerksamkeit meist überraschten Mitbürgers gestürmt ist, um mit paramilitärischen Ehren diesem die Ernennungsurkunde zum staatlich anerkannten Sympathisanten persönlich zu überreichen«.

Gesprächiger wurde ich erst nach den Sitzungen, wenn wir gemeinsam ins nahe »Litfaß« gingen. Dieser Abschluss der Sitzungen hatte sich sehr schnell eingespielt. Hier war dann die Differenz zwischen den jungen Druckern und dem frei und ratlos schwebenden Murnau aufgehoben, denn über die Qualität der portugiesischen Küche im »Litfaß« gab es nichts zu rechten. Die Sitzungen wurden so für mich mehr und mehr zu bloßen Vorspielen für das Abendessen im »Litfaß«, und von Woche zu Woche deutlicher fühlte ich meine Funktionslosigkeit. Schließlich blieb ich, ohne Erklärungen, den Sitzungen fern. Die Gruppe arbeitete ohne mich weiter. Ich hatte die letzte Verbindung zu meiner Kadervergangenheit gelöst.

Mit dem Frühjahr begann die Zeit der Fêten. Es genügte,

am Samstagmorgen in der Wohngemeinschaft Lützowstraße anzurufen, um zu erfahren, welche Fêten für den Abend in Betracht kamen. Auf all diesen Festen trafen sich die verschiedensten Fraktionen der Berliner Linken. Von allen, die im Laufe des Abends in die meist viel zu kleinen Wohnungen einbrachen, kannte jeder immer nur einen geringen Teil. Die sich kannten, klammerten sich am Anfang aneinander, bis sie genug Sicherheit gewonnen hatten, den vertrauten Kreis zu verlassen und sich an neue Personen heranzumachen. Die Küche der jeweiligen Wohnung, in der zumeist Getränke, Käse, Nudelsalate und Ähnliches bereitstanden, war dafür ein beliebter Ort, manchmal auch eines der kleineren, nicht zum Tanzen benutzten Zimmer, in denen sich schnell kleine Gruppen bildeten.

Denn selbstverständlich waren diese Feste vor allem Menschenmärkte. Konnte zum Beispiel Murnau nirgends auf dem Fest einen Ruhepunkt finden, kein Gespräch, in dem er sich verankern konnte, und verließ er die Fête bald wieder (entweder, um nach Hause in die Giesebrechtstraße zurückzukehren, oder um zur nächsten Fête vorzustoßen), so war es ein erfolgloser Abend gewesen; blieb er länger, konnte er Fuß fassen, lernte er Menschen kennen, die bis dahin in seinem Gesichtsfeld noch nicht aufgetaucht waren, so war ein relativer Erfolg zu verzeichnen, kam es zu einem Flirt oder zu einer kleinen Knutscherei, unmittelbar folgenlos, aber doch in einigen Wochen, bei einem zufälligen Wiedersehen auf einem anderen Fest, wiederaufzunehmen, so war schon Anlass gegeben, mit dem Gefühl eines größeren Erfolges, der den eigenen Marktwert (um den es letztlich auf all diesen Festen ging) erhöhte, nach Hause zu gehen. Der Gipfel des Erfolges war es natürlich, die Nacht (oder was als Rest davon verblieb) nicht allein verbringen zu müssen. Dies galt jedenfalls für Murnau und seinesgleichen, für alle, die wie er sich suchend durch diese Berliner Abende und Nächte tasteten, ohne deutlich zu wissen, was sie suchten.

Monika hatte sich längst einer früheren Liebe wieder zugewandt. Es gelang ihr nicht, mir das zu verheimlichen, aber die Tatsache allein, dass sie es versuchte, machte mich doch stolz, weil es darauf schließen ließ, dass ich ihr noch nicht völlig gleichgültig geworden war. Ich war rasend eifersüchtig, versuchte sie zu verletzen, so tief es ging, und hatte sogar Mordphantasien. Auf der anderen Seite machte ich immer neue Versuche, sie zurückzugewinnen, mit allen Tricks, die eine eifersüchtige Phantasie sich auszudenken fähig ist. Auch meine Bemühungen, auf den unzähligen Fêten meinen Marktwert heraufzutreiben, dienten diesen Versuchen, in der Hoffnung nämlich, ein Abglanz würde sie erreichen und mich für sie wieder interessanter machen (denn darauf, dass die Berliner Gerüchteautomatik nicht versagen würde, konnte ich mich verlassen). So war ich immer bereit, Äußerungen und Reaktionen von ihr, die mir zugetragen wurden, als für mich günstig zu interpretieren und sie mit einer Bedeutung zu versehen, die sie gar nicht hatten; in diesen Augenblicken sagte ich mir, dass ich schon fast am Ziel sei, und geriet in einen euphorischen Rausch, der, sobald er verflogen war und mein Intellekt die Oberhand zurückgewonnen hatte, in eine ebenso intensive Depression umschlug.

Heute weiß ich, dass damals das Rennen längst gelaufen war. Ein halbes Jahr bewegter Stagnation, ein halbes Jahr Leiden, angefüllt mit großen Mengen Valium (das ich über eine befreundete Ärztin rezeptfrei bekam), mit Magenschmerzen, Erbrechen, Besäufnissen und hohen Telefonrechnungen hätte ich mir ersparen können, wenn ich diese Tatsache anerkannt hätte.

Es war eine schwierige Freiheit, die ich nach dem Tod der Firma langsam zurückgewann. An die Stelle der alten Zwänge trat nichts Neues; alle Möglichkeiten schienen gleichermaßen recht. Vielleicht war es ja ganz richtig, Bomben zu schmeißen. Vielleicht sollte man aber auch versuchen, mit anderen Genossen einen schönen Film zu machen. Vielleicht war es ganz gut, im Rahmen des Studiums noch einmal jene antiautoritäre Bewegung aufzuarbeiten, an deren Liquidierung ich mich so eifrig beteiligt hatte. Vielleicht war es die Lösung, in einem einjährigen Kraftakt ein irres Geld zu verdienen und danach auszuwandern, zum Beispiel nach London oder nach Amsterdam. Vielleicht sollte man wenigstens dieses eingebildete Berlin, diesen Mikrokosmos, der sich für die Welt hielt, hinter sich lassen und nach Westdeutschland gehen, um zu sehen, was die Leute dort gerade für Probleme hatten.

Die Probleme wechseln: Das war überhaupt die zuverlässigste Methode, um aus der Ratlosigkeit herauszukommen. Entschlossen so tun, als gebe es diese Probleme nicht mehr, oder wenn es sie schon gab, als gebe es zumindest tausend andere, die wichtiger waren (was ja auch den Tatsachen entsprach), das war überhaupt die einzige Möglichkeit, mich ein weiteres Mal am eigenen Schopf aus dem Sumpf zu ziehen. Jetzt musste mir nur noch einer die passenden Probleme anbieten, die einerseits nicht meine eigenen waren, mir aber zum anderen eine eigene Rolle bei ihrer Lösung einräumten.

Mir wurde Hilfe zuteil.

Mommsenstraße

Jedes Jahr an allen Westberliner und westdeutschen Universitäten, Pädagogischen und Technischen Hochschulen und ähnlichen Bildungseinrichtungen nehmen sich Studenten und Studentinnen, die vor dem Abschluss ihres Studiums stehen, vor, ihre Examensarbeit, ihre Diplomarbeit, ihre Zulassungsarbeit rechtzeitig zu beginnen, allen Zeitdruck zu vermeiden und zudem ihre Ansprüche an eine solche Arbeit von vornherein auf ein vernünftiges Maß festzulegen. Jedes Jahr scheitern sie bei der Ausführung dieses Vorhabens.

Im Frühjahr 1972 hatten sich unter diese Studenten und Studentinnen Rinaldo und Dagmar aus der Mommsenstraße eingereiht. Von ihrer gemeinsamen Diplomarbeit war schon lange die Rede und mehr als das: Die Vorarbeiten dazu –

Lesen, Exzerpieren, Diskutieren – wurden schon seit einem halben Jahr und länger mit Hartnäckigkeit betrieben. Für Rinaldo war diese Arbeit auch ein Rettungsanker angesichts der Verwirrungen, in die ihn Stenze wieder einmal gestürzt hatte. Während sie mittags mit mir im italienischen Café in der Uhlandstraße Espresso trank und die Nacht bei einem jungen Schriftsteller verbrachte, der am 5. Mai 1967 im Germanischen Seminar die schöne und wichtige Rede »Wir haben Fehler gemacht« gehalten hatte, fuhr Rinaldo jeden Morgen ins Soziologische Seminar, um dort zu arbeiten, weil die Wohnung ihm die dafür erforderliche Distanz zu seinem Leiden nicht bieten konnte. So kamen gute und umfangreiche Exzerpte zustande, und manchmal erzählte er mir Amüsantes, das er im Briefwechsel zwischen Marx und Engels gefunden hatte, den er in den Arbeitspausen las, um sich zu entspannen.

Exzerpte gehören der Vorlust an: Sie sind, leider, nicht die Arbeit selbst. Deren Beginn wurde aufgeschoben von Woche zu Woche, bis der Termin der Abgabe so nahe gerückt war, dass er nicht länger ignoriert werden konnte. Damit war der Zeitpunkt gekommen, zu dem der ungeheure Anspruch, der in der Masse der Exzerpte immanent enthalten war, nicht mehr aufrechterhalten werden konnte, und zu dem andererseits alle zur Verfügung stehenden Hilfskräfte herangezogen werden mussten. (»Ich versichere, dass ich die vorliegende Arbeit allein und nur mit den angegebenen Hilfsmitteln angefertigt habe.«)

Unter diese Hilfskräfte reihte ich mich ein. Allerdings war ich weit davon entfernt, bei der Erstellung der Arbeit einen intellektuellen Part übernehmen zu wollen. Ich wollte mich nicht ein weiteres Mal mit der Entwicklung der Gewerkschaften in der Bundesrepublik nach 1945 beschäftigen, diesem Paradethema nicht nur einer bestimmten Fraktion der Berliner Politologen und Soziologen, sondern auch unserer zerfallenen Organisation. Aber eine Diplomarbeit kann man nicht in ihrer handschriftlichen Form einreichen. So stellte ich meine Fähigkeiten an der Schreibmaschine in den

Dienst von Dagmar und Rinaldo. Während sie noch angestrengt an einzelnen Teilen der Arbeit schrieben, brachte ich die schon vorliegenden in ihre maschinenschriftliche Form.

Dazu siedelte ich für ein paar Wochen ganz in die Mommsenstraße über und erschien in der Giesebrechtstraße nur noch, um meine Post abzuholen. Der Zeitdruck teilte sich allen mit, die an der Erstellung der Arbeit in der einen oder anderen Weise beteiligt waren, und machte uns bis zu einem gewissen Grade zu einem Team, in dem die Probleme und Bedürfnisse der Einzelnen hinter der Aufgabe, für eine termingerechte Abgabe der Arbeit zu sorgen, zurücktraten. Das kam meinen Bedürfnissen entgegen.

Mehr als zwanzig Seiten am Tag schaffte ich nicht, dann verschwammen mir die Buchstaben, mein Genick und mein Rücken schmerzten. Zwischendurch machte ich mich nützlich, indem ich in der Küche einen neuen Kaffee oder Tee bereitete oder auch mal durch die Zimmer ging, um das schmutzige Geschirr einzusammeln und in die Küche zu tragen. An den Tagen, da die Manuskripte etwas zähflüssig kamen, fand ich Zeit, meine Charlottenburger Spaziergänge wieder aufzunehmen oder zu lesen. Während sich Rinaldo und Dagmar mit der zähen Problematik der Gewerkschaften nach 1945 quälten, entdeckte ich Texte aus der Zeit der antiautoritären Revolte wieder, vor allem Krahl, von dem es jetzt eine gesammelte Ausgabe seiner Reden, Aufsätze und Manuskripte gab unter dem Titel *Konstitution und Klassenkampf*. Ich las:

»Dieser Verfall des bürgerlichen Individuums ist eine der wesentlichen Begründungen, aus denen die Studentenbewegung den antiautoritären Protest entwickelte. In Wirklichkeit bedeutete ihr antiautoritärer Anfang ein Trauern um den Tod des bürgerlichen Individuums, um den endgültigen Verlust der Ideologie liberaler Öffentlichkeit und herrschaftsfreier Kommunikation, die entstanden sind aus einem Solidaritätsbedürfnis, das die bürgerliche Klasse in ihren heroischen Perioden, etwa der Französischen Revolution, der Menschheit versprochen hatte, das sie aber nie einzulösen vermochte und das jetzt endgültig zerfallen ist.«

Oft tippte ich bis in die späten Abendstunden. Für den Fall, dass Rinaldo, Dagmar und ihre Helfer sich bis dahin aus der Arbeit hatten lösen können (manchmal saßen sie bis weit nach Mitternacht am Schreibtisch), gingen wir zusammen etwas essen oder wenigstens etwas trinken. An diesen Abenden wurden die guten Absichten der beiden, mitten in ihrer Arbeit am Diplom auch noch eine Diät einzuhalten, da sie beide der irrigen Ansicht waren, zu viel Gewicht zu haben, regelmäßig durchbrochen. Das richtige Gefühl, nach so langen Arbeitstagen einen Genuss, zumal einen verbotenen, verdient zu haben, siegte dann regelmäßig über den guten Vorsatz.

Sonst ging ich allein die paar Minuten bis zur »Herta«, wo ich in der Gewissheit eintreten konnte, immer Bekannte vorzufinden. Für alle, die derzeit keinen festen Boden unter den Füßen hatten und sich selber ausstellen und andere ausgestellt sehen wollten, war die »Herta« in dieser Zeit ein obligatorischer Marktplatz geworden. Die wenigen Sitzplätze waren oft schon besetzt, wenn ich kam, und auch die Plätze an der Theke waren vergeben. So blieb mir meistens nur noch übrig, mich unter die eng gedrängt Stehenden einzuordnen, hier und da Bekannte zu begrüßen, ein paar Sätze mit ihnen zu sprechen und dann weiterzugehen, auch die Tische, soweit sich Bekannte dort fanden, nacheinander zu besuchen, bis mir irgendwann an irgendeinem Tisch ein Platz eingeräumt wurde. Dann schleppten sich die Stunden, von keiner Polizeistunde begrenzt, mit einem in allen Farben schillernden Palaver dahin, von Blödeleien über ernsthafte Diskussionen (die freilich nie sehr lange dauerten) bis hin zu Anspielungen, Verletzungen, Tröstungen und den Anflügen von sehr persönlichen Gesprächen, aber eben nur Anflügen: Die Ideologie besagte, dass man hier war, um sich zu amüsieren und nicht, um mit den allzu ernsthaften Problemen der anderen, die sich zu abrupt als die eigenen hätten herausstellen können, behelligt zu werden.

»Dazu ist noch ein anderes zu sagen: die entscheidende Erfahrung, die im SDS gemacht worden ist, ist die, dass die gesellschaftlichen Beziehungen zwischen den Menschen so durch Herrschaft zersetzt sind, dass ein Verkehr, in dem die Menschen sich nicht gegenseitig wie Dinge behandeln, sondern die einzelnen Subjekte sich in ihrer Objektivität als besondere Subjekte anerkennen, geradezu unmöglich geworden ist.«

Das Vergnügen allerdings, während der Teamarbeit an diesem Diplom meine eigenen Probleme durch die anderer ersetzt zu sehen, war nicht ungetrübt. Denn zum Hilfspersonal dieser Arbeit gehörte nicht nur Monika, sondern vor allem auch ihr alter und neuer Freund, der sich fast täglich mehrere Stunden in der Wohnung aufhielt, um an der Verfeinerung der Arbeit zu feilen. Da er ein langsamer und gewissenhafter Arbeiter war, blieb er oft den ganzen Tag lang. Er begegnete mir mit der verlegenen, aber von schlechtem Gewissen freien Höflichkeit, die ein Liebhaber seinem Vorgänger entgegenbringt. Während also Monika, wenn sie mit mir sprach, wenigstens noch ebenso nervös war wie ich und wir die Genugtuung hatten, uns gegenseitig zu quälen, machte mich dieser Mensch mit seiner gleichbleibenden Höflichkeit völlig hilflos.

»Wir können sagen, wie der technische Fortschritt in hundert Jahren aussehen wird, aber wir können nicht sagen, wie die menschlichen Beziehungen in hundert Jahren aussehen werden, wenn wir nicht anfangen, sie ad hoc, unter uns, im gesellschaftlichen Verkehr zu verändern.«

Am Abend vor der Abgabe der Arbeit arbeiteten wir in einem reduzierten Kreis noch einmal bis weit in die Nacht. Es wurde drei Uhr. Anschließend gingen wir spanisch essen und schliefen bis zum folgenden Mittag. Die fertig getippte Arbeit wurde einem Genossen übergeben, der sie zum Binden brachte und für ihre rechtzeitige Abgabe bis vierundzwanzig Uhr zu sorgen hatte. Wir frühstückten ausgedehnt. Danach fuhren wir los.

Allgäu

Es ging, zu viert, ins Allgäu: Rinaldo, Dagmar, ich selber und Malve, die bei der Arbeit mitgeholfen hatte und deren Eltern dort unten, in der Nähe von Isny, ein Ferienhaus besaßen.

Spätabends kamen wir in München an, wo wir bei Malves Bruder übernachteten. Am nächsten Morgen, nach einem langen Frühstück in einem Café in Pasing, fuhren wir immer tiefer ins Allgäu hinein. Völlig allein, nur ein Bauernhof stand nebendran, lag das Haus mitten zwischen zwei Orten. Wie oft bei mir noch nicht bekannten Wohnungen, überließ ich mich gleich nach der Ankunft ganz dem neugierigen Vergnügen, alle Schalter, Hebel, Knöpfe auszuprobieren, alle Beleuchtungen, die Wasserhähne im Bad und in der Küche, den Farbfernseher, die Musikanlage. Allein den Swimmingpool im Keller konnten wir nicht benutzen, weil die Wasserheizung defekt war. Sonst aber wartete das Haus darauf, bewohnt und benutzt zu werden. Es war ausreichend Platz für uns. Kein Zeitplan, keine Pläne überhaupt. Wir wollten nur einfach hier sein und möglichst wenig tun.

Meistens schliefen wir bis mittags und blieben wach bis in die Nachtstunden. Das Haus verließen wir selten, außer zu kleinen Spaziergängen. Mit dem Auto bewegten wir uns kaum: ein Nachmittagskaffee in Wangen, ein Abendessen in Kißlegg, ein Besuch in Lindau – das war alles.

Wir hatten uns das so vorgestellt: Da unten in dem Haus im Allgäu, da kommen wir wieder zu uns selber. Da reden wir miteinander und finden heraus, was jeder Einzelne von uns im nächsten halben Jahr tun sollte. Dann kommen wir nach Berlin zurück und legen los.

Sobald wir uns aber erst einmal niedergelassen hatten in diesem Haus, mit dem Augenblick am ersten Abend gewissermaßen, in dem wir uns jeder in einen Sessel fallen ließen und die Müdigkeit uns endlich einholte, gegen die wir in den letzten Wochen ständig Gegenwehr hatten leisten müssen, zerfloss dieses Vorhaben. Die wenigen Versuche, die wir in den folgenden Tagen machten, es wieder aufzunehmen, scheiterten alle in der gleichen Weise. Aus der Welt, in der wir uns sonst bemühten zu leben, waren wir hier viel zu weit herausgehoben, um für diese Welt ernsthaft Pläne machen zu können. Was sollte uns hier unten Berlin? Wir saßen lieber auf der Terrasse in der zaghaften Frühlingssonne und sahen den Kühen auf der Weide zu, während am selben Tag die verschiedenen kommunistischen Parteien durch verschiedene Berliner Stadtviertel liefen und den Kampftag der Arbeiterklasse begingen. Mir selber erschien es in diesen Tagen ganz unvorstellbar, dass ich vor einem Jahr noch von Sitzung zu Sitzung gelaufen war und die Frage, ob man am 1. Mai in Neukölln oder im Wedding demonstrieren sollte, für eine Frage von höchster Wichtigkeit gehalten hatte.

Wie immer hatte ich es auch am Ende dieser Reise nicht eilig, nach Berlin zurückzukommen, und während die anderen drei ohne Umwege dorthin zurückfuhren, schlug ich mich nach Hamburg durch. Ich traf Angelika und ihren Freund im Zustand der Trennung an. Halb war sie schon aus der Wohnung in Eimsbüttel, an die ich mich gerade erst gewöhnt hatte, ausgezogen zu ihrem neuen Freund, der eine schöne und nicht teure Wohnung in Blankenese gemietet hatte. Während ich auf meiner langen Anreise geglaubt hatte, den seltsamen Schwebezustand aus dem Allgäu in lange Gespräche, frei von Bitterkeit und Berechnung, mit Angelika transformieren zu können, sah ich mich nun in Hamburg vor allem damit beschäftigt, ihrem verlassenen Liebhaber über die Zeit und über seine Schmerzen hinwegzuhelfen, von denen er unaufhörlich beteuerte, dass sie schon fast vergangen seien. Sie selber sah ich kaum. Enttäuscht fuhr ich zwei Tage später nach Berlin zurück, dem ich nun nicht mehr ausweichen konnte.

Rückkehr einer Ethnologin

Es war ein Samstag. Die Vorstellung, an einem Samstagabend in Berlin zu Hause zu bleiben, war mir unerträglich. So ließ ich mir, kaum dass ich meine Sachen in der Giesebrechtstraße abgestellt und etwas gegessen hatte, telefonisch die Fêten für den Abend durchgeben.

Diesmal ging es in eine geräumige und gut ausgestattete Wohnung in Zehlendorf. Längst waren ja aus der Berliner Linken die ersten Assistenten und Teilzeitassistenten an den Berliner Hochschulen hervorgegangen, und die verlegten sich darauf, ihr nicht unbeachtliches Gehalt in gute Wohnungen in guten Wohnlagen, ausgestattet mit guten Stereoanlagen, zu stecken.

Dort traf ich sie alle wieder, das ganze Personal aus den vielen Fêten, die in diesem Jahr schon hinter mir lagen. Monika gehörte dazu und ihr höflicher Liebhaber, alles, was in den letzten Wochen in der Mommsenstraße bei der Erstellung der Arbeit geholfen hatte.

Mitten darin fand sich ein neues und altes Gesicht zugleich. Micaela war wieder in Berlin. Zwei Jahre war sie in Mexiko gewesen, um Material für ihre Dissertation zu sammeln: Feldforschung nennt sich das bei den Ethnologen. Ihr Vorname wies nach Spanien, und tatsächlich hatte sie ihre Kindheit in Barcelona zugebracht. Wer sie ansah, dachte allerdings nicht unbedingt an Spanien, eher schon an Irland: Rothaarig und sommersprossig war sie, mit schmalen Lippen und hellen Augen, klein und ein bisschen zerbrechlich wirkend.

Ich hatte sie damals flüchtig in der Frauenwohnung am Hohenzollernplatz kennengelernt, in der sie sich häufig aufhielt. Das war wenige Wochen vor ihrer Abreise nach Mexiko gewesen. Ab und zu drangen Briefe von ihr nach Berlin, an Monika oder auch an Konny aus der Gutzkowstraße, und es waren überwiegend Briefe mit Katastrophenmeldungen gewesen, über geklaute Papiere und geklautes Geld, über die Maul- und Klauenseuche und mexikanische Zahnärzte.

Dann gab es auch Nachrichten, die nun Konny, der lange mit ihr zusammen gewesen war, selber nicht so gern hören mochte (über die konsequent sich Gedanken zu machen er aber bei der chaotischen Manier, seine eigenen Lebensumstände zu reflektieren, niemals kam; ich hatte in meiner Zeit in der Gutzkowstraße genug Proben dieses chaotischen Denkens erleben können, und es waren denkwürdige Abende, wenn der scharfsinnige Analytiker Achim und der chaotische Impressionist Konny eine Diskussion miteinander versuchten: Faszinierender haben selten zwei Leute aneinander vorbeigeredet), Nachrichten von ihrem mexikanischen Freund nämlich.

Diese Nachrichten, zusammen mit dem flüchtigen Bild, das ich in den wenigen Wochen vor ihrer Abreise von ihr gewonnen hatte, ermöglichten es mir in der ganzen Zeit, sie als eine reale, wirklich denkbare Person vorzustellen, von der man zudem wusste, dass sie Berlin nicht für immer verlassen hatte, sondern nur zur Verfolgung eines bestimmten, zeitlich klar abgegrenzten Zwecks.

Sie zog mich an diesem Abend von meinen düsteren und eifersüchtigen Betrachtungen weg, in die ich mich gerade mit einem Glas Bier in der Hand in einer Ecke versenkt hatte. Sie tat das ganz bewusst, um mich aufzumuntern, da sie sich die Ursache meines Missmuts hatte erzählen lassen. Ich leistete anfangs noch Widerstand, aber sie durchbrach meine Abwehr, und dann fand ich es angenehm, mit einer Frau sprechen zu können, die einerseits diese Berliner Szene recht gut kannte und zum andern doch noch genug Distanz dazu hatte. Sie erschien mir nicht ganz so verrückt wie die anderen, ich selber eingeschlossen. Im Übrigen fand ich sie einfach nett.

In den folgenden Tagen und Wochen sahen wir uns häufiger und wurden, mit Stenze zusammen, ein Trio beim Espresso im italienischen Café und bei der Suche nach einer neuen Wohnung.

Die soziale Revolution ist keine Parteisache

So hieß eine der vielen linken Zeitschriften, die in jenen Jahren für kurze Zeit auf den Markt kamen und meistens nach wenigen Nummern ihr Erscheinen wieder einstellten: entweder weil die Redaktion sich fraktioniert hatte, oder weil die Kalkulation nicht präzis genug durchgeführt worden war.

Diese hier brachte es auf zwei Nummern. Die erste war im Februar 1971 erschienen, die zweite gegen Ende desselben Jahres. Beide Nummern las ich allerdings erst jetzt, in der Zeit meiner unruhigen Spaziergänge durch Charlottenburg.

Die in dieser Zeitschrift geschrieben hatten, hatten die marxistisch-leninistische Reise von Anfang an nicht mitgemacht. Das allein schon trieb sie in meiner Wertschätzung ganz nach oben: Sie hatten meine Irrtümer vermieden. Zum Teil handelte es sich um Veteranen aus den sechziger Jahren; für mich waren sie beinahe Fabelwesen.

In der zweiten Nummer dieser Zeitschrift fand sich ein Artikel, der mich faszinierte. Er hieß »Kronstadt und die Folgen«, und in einer kühlen, übersichtlichen Prosa von eigentümlicher Schönheit reflektierten die beiden Autoren (die nur mit ihren Initialen unterzeichnet hatten) das Verhältnis zwischen den Linken, den Revolutionären, den Veränderern einerseits und denen, die sie die Massen nannten. Mir war, als hätte ich auf einen solchen Aufsatz vollkommen illusionsloser Trauer seit Monaten gewartet.

»Was die revolutionären Organisationen auch unternehmen, sie können nicht aus eigener Kraft den von der Gesellschaft gesetzten Rahmen durchbrechen. Ihre revolutionären Hoffnungen reduzieren sich auf die praktischen Möglichkeiten der jeweils gerade stattfindenden Bewegung, und die radikale Phraseologie ändert nichts an der offenkundigen Machtlosigkeit.«

»Niemand kann die Arbeiter dazu zwingen, den Kapitalismus anzugreifen als der Kapitalismus selbst, und wenn sie nicht zu kämpfen bereit sind, so kann dies niemand stellvertretend tun.«

»Die Revolutionäre meinen es natürlich gut, wenn sie sich als die geeigneten Führer zur Weltrevolution anbieten. Sie begreifen jedoch nicht, dass die Apathie der Arbeiterklasse, ihre ›Vorliebe‹ für reformistische Aktionen, nicht aus einem mangelnden revolutionären Bewusstsein herrühren, sondern aus der Stärke der kapitalistischen Gesellschaft als ein Mittel zur mehr oder weniger erfolgreichen individuellen und sozialen Reproduktion.«

»Entstehende Konflikte können nur im Rahmen des Möglichen radikalisiert werden, und der Rahmen des Möglichen wird nicht durch die Intervention der radikalen Gruppen bestimmt. In einer nichtrevolutionären Situation ist keine revolutionäre Politik möglich…«

So ging das über zwanzig Seiten weiter. Das waren die Überlegungen, nach denen ich schon seit Monaten suchte, eigentlich waren es meine eigenen Überlegungen, zu denen vorzudringen mir durch das Chaos der letzten Monate bisher nur noch nicht gelungen war.

Was der Artikel sagte, was ich jedenfalls verstand, was ich hinter jedem Absatz, jeder Ausführung eines Gedankens als immer sich wiederholenden Schluss hörte, das war: Man kann nichts tun. Wenn man bereit ist, sich keine Illusionen zu machen, kommt man zu der Erkenntnis, dass man (und das heißt natürlich: wir Intellektuellen, wir Studenten, wir akademischen Linken, wir Überbleibsel oder Nachfolger der Revolte von 1968) nichts tun kann. Sobald wir anfangen wollten, etwas zu tun, revolutionäre Politik machen wollten in einer nichtrevolutionären Situation: schon wäre es bloßes Sektierertum. Das war der Freispruch, nach dem ich gesucht hatte, die Entlastung von den Anklagen, die ich mir zuweilen noch vorhielt, Anklagen, die mich manchmal vor dem Einschlafen einholten, oder wenn ich in der »Herta« Arbeitergenossen aus dem Umkreis unserer Firma wiedersah, für die es nicht so einfach gewesen war wie für Murnau, aus einer falschen Vergangenheit auszusteigen und sich anderen Dingen zuzuwenden. Jetzt aber war es endgültig geklärt: Ich konnte erstens nichts tun, und zweitens: Die soziale Revolution ist keine Parteisache.

Es gab andere, die in diesen Wochen massiv versuchten, stellvertretend zu handeln. Sie stellten sich revolutionäre Arbeit vor als eine, die der Arbeitsteilung unterliegt, und hatten ihrerseits den bewaffneten Kampf übernommen. In Frankfurt und Heidelberg gingen Bomben hoch. Der *Spiegel* nahm das zum Anlass, eine Titelgeschichte »Bomben in der Bundesrepublik« zu machen. Der Innenminister Genscher wies auf die gewaltigen Mittel hin, mit denen die sozialliberale Koalition seit mehreren Jahren das Bundeskriminalamt ausgebaut habe. Das Buch *Bewaffneter Kampf in Westeuropa* wurde verboten. Am 1. Juni wurden Andreas Baader, Holger Meins und Jan-Carl Raspe in Frankfurt festgenommen. Das Fernsehen war live dabei.

Die marxistisch-leninistischen Organisationen, gezwungen, zu diesen Ereignissen wie zu allen anderen ihren Standpunkt vorzuzeigen, gingen auf Distanz. Sie hatten es einfach: Sie mussten nur die alten leninistischen Floskeln gegen den individuellen Terror und gegen das Abenteurertum wiederholen. Alles war immer schon bekannt aus dem Russland der ersten beiden Jahrzehnte dieses Jahrhunderts. Die am lautesten mit Lenin nach einer »konkreten Analyse der konkreten Situation« verlangten, waren hier wie anderswo am wenigsten fähig, Ereignisse als etwas anderes zu sehen denn als Beispiele für etwas, was sie ohnehin schon immer gewusst hatten.

Aber auch die bewaffneten Kämpfer selbst hatten die traditionellen Verkleidungen nicht abgeworfen. Ihr selbst gewählter Name »Rote Armee Fraktion« zeigte es. Ihre wenigen grundsätzlicheren Veröffentlichungen bewegten sich überwiegend im Schema leninistischer Argumentation. Zwischen der Tatsache, dass sie etwas in der Geschichte dieser Republik Neues begonnen hatten, und der Art und Weise, wie sie ihr eigenes Vorgehen zu interpretieren versuchten, klaffte eine beinahe groteske Lücke. Für die, die nicht schon immer alles gewusst hatten, war das teilweise ziemlich verwirrend. Man wusste nicht so recht, was man von all dem zu halten hatte. Man wusste nicht einmal, ob diese »Rote Armee Fraktion« wirklich noch so offensiv agierte, wie sie vorgab, oder ob sie nicht schon längst aus einer verzweifelten Defensive heraus handelte, bei der die bloße Logistik alle anderen Überlegungen mehr und mehr in den Hintergrund drängte.

Ich suchte die Genossen, mit denen zusammen ich das herausfinden konnte, und mit denen ich herausfinden konnte, was zu tun sei, ob überhaupt etwas zu tun sei: und warum nicht.

Ich suchte sie natürlich unter denen, die der Ansicht waren, dass die soziale Revolution keine Parteisache sei. Ich brauchte nur die angegebene Kontaktadresse anzurufen und einen Termin auszumachen. So führte ich zu Pfingsten in einer Wohnung in Moabit eine angeregte Unterhaltung mit George. Das war natürlich ein ganz anderes Gespräch als mein Kontaktgespräch zwei Jahre zuvor mit Backe.

Es ging hier nicht darum, in eine Organisation aufgenommen zu werden. Es ging nicht darum, einem Katalog von Fragen einen Katalog von Standpunkten zuzuordnen. Hier fand keine Prüfung statt. Ich erzählte George von mir, und George, ein Veteran aus den Tagen des 2. Juni, erzählte von sich. Ich blieb zum Essen, und abends gingen wir ins Kino.

In der Folge, auf regelmäßigen Diskussionstreffs in kleinen Gruppen, lernte ich sie nach und nach alle kennen: Yvonne, Wolfgang den Schwaben, Schütte, Wolfgang den Aachener, Tommy, Barbara, die Babeck und andere. Eine solche Vorgeschichte wie ich hatte von denen niemand: Sie alle waren klug genug gewesen (und hatten Glück genug gehabt), meine Irrtümer nicht zu begehen. Aber wir sprachen nicht von meinen Irrtümern: Sie akzeptierten mich. Ich kam vom Rande, an dem ich in den letzten Monaten gelebt hatte, langsam wieder in ein neues Zentrum, kleiner, warmherziger, geborgener, als es die alte Firma gewesen war. Gegenüber der RAF waren alle diese Genossen nicht weniger unentschlossen als ich, aber man durfte es hier sein. Niemandem wurde hier ein Standpunkt kategorisch abverlangt. Meistens trafen wir uns einmal in der Woche in einer der zur Verfügung stehenden Wohnungen, sahen uns abends öfter in der »Herta«, auf Fêten oder auf jener merkwürdigen Demonstration im Juli anlässlich des Jahrestages der Erschießung von Petra Schelm, bei der ein Polizeiaufgebot von 1800 Mann uns 300 Demonstranten durch Charlottenburg begleitete und allein durch die Präsenz deutlich machte, wer in dieser Stadt der Stärkere war. Meine alten Beziehungen erhielt ich aufrecht und konnte mich doch jetzt ganz anders in ihnen verhalten: Sie waren nicht mehr alles, ich war nicht mehr ganz auf sie angewiesen, ich hatte neue Genossen gefunden.

»Die Kommune«, hatte Jan-Carl Raspe zu einem Zeitpunkt, als es die Rote Armee Fraktion noch nicht gab, über die Kommune 2 geschrieben, »war eine zärtliche Höhle.« Murnau war in diesem Frühsommer nicht mehr allein. Die Gruppe war eine zärtliche Höhle.

Halensee

An Stenzes Geburtstag, vierundzwanzig Jahre wurde sie alt, war es soweit: Wir hatten eine Wohnung gefunden. Im spanischen Lokal an der Wielandstraße feierten wir nicht nur ihren Geburtstag, sondern auch die neue Wohnung, und Micaela und ich tanzten zwei Stunden ununterbrochen nach spanischen Platten.

Charlottenburg kennt man: Das ist der Kurfürstendamm und was an Straßen sich so anschließt. Aber das ist nicht wahr. Wer von der Gedächtniskirche aus den Kurfürstendamm abgeht oder mit den Buslinien 19 oder 29 herunterfährt, immer weiter bis ziemlich ans Ende, der kommt nach

Wilmersdorf, und zwar in einen Teil von Wilmersdorf, der einen eigenen Namen trägt und Halensee heißt.

Am Lehniner Platz fängt es an, an dem einmal, zu den Zeiten, als Murnau nach Berlin kam, das Musical *Hair* aufgeführt worden ist. Eine große Spielhalle findet man da auch, und an der Haltestelle Lehniner Platz halten sowohl der 19er wie der 29er. Dahinter zweigen rechts und links vom Kudamm Straßen ab, die heißen zum Beispiel: Waitz-straße, Dahlmannstraße, Albrecht-Achilles-Straße, Joachim-Friedrich-Straße, Karlsruher Straße, Katharinenstraße, Cicerostraße, Nestorstraße, Hektorstraße, Markgraf-Albrecht-Straße undsoweiter. Das geht durch bis zum Henriettenplatz, an dem sich der S-Bahnhof Halensee befindet. Ein paar merkwürdige Lokale liegen an dieser Strecke, in denen wird mit Sex oder mit Heroin gehandelt.

An der Ecke Joachim-Friedrich-Straße / Kurfürstendamm liegt ein Eiscafé, in dem es, zumindest zu Murnaus Zeiten, das beste Eis von Westberlin gab. Eine Delikatesse war insbesondere die Sorte Rumtraube. An derselben Ecke liegt auch ein großer und gut bestückter Supermarkt. Dem schräg gegenüber, schon in der Joachim-Friedrich-Straße, findet man, direkt an der Bushaltestelle der Linie 10, einen Kiosk, an dem der *Kicker*, der *Abend*, die *BZ*, der *Tagesspiegel*, die *Zeit*, der *Stern*, die *Frankfurter Rundschau* und andere mehr zu kaufen sind. Am Haus Joachim-Friedrich-Straße 38 sehen wir das Schild einer Likörfabrik: Die liegt im Hinterhaus, wo sich auch eine Textilzuschneiderei befindet. Im Vorderhaus, Hochparterre links, kann man die Dienste eines Steuerberaters in Anspruch nehmen. Im zweiten, dritten, vierten Stock: normale Mietparteien, Familien. Im ersten Stock rechts steht, zu den angegebenen Öffnungszeiten, das Büro der Likörfabrik zur Verfügung, die auch diesen Gin herstellt: für Löwen wie dich und mich. Daneben die Wohnung, vier Zimmer, Küche, Bad, die steht leer.

Da wollen wir einziehen.

So ein Einzug kann sich hinziehen. Am einfachsten war noch die Feier an Stenzes Geburtstag. Einen vierten Bewohner zu finden, war auch nicht so schwer. Der wohnte noch immer in der Giesebrechtstraße mit mir und war dort der einzige, der sich die Mühe machte, auch mal einen richtigen Kaffee zu kochen, anstatt einen Pulverkaffee aufzuschütten. Beim Frühstück versteckte er sich auch nicht unbedingt hinter einer Zeitung. Als ich krank war, kümmerte er sich um mich in einer unaufdringlichen Art. So war Bubi. Allerdings war er ein bisschen unzuverlässig. Wenn er eine Verabredung für zehn Uhr getroffen hatte, war es schon richtig, Geduld zu haben bis zwölf. In der Organisation, als die noch lebte, war er konsequent seine eigenen Wege gegangen, Wege, die an der Logik seiner Betriebsgruppe orientiert waren, nicht an der der Organisation. Jenes letzte Plenum im Januar verließ er vorzeitig wie ich, ebenso erleichtert: Ihm war da nichts kaputtgemacht worden, er brauchte die Firma schon lange nicht mehr. Bubi also sollte mit einziehen.

Schwieriger war es schon, den Mietvertrag unter Dach und Fach zu bringen. Schwieriger war es, die Renovierung in dem Tempo voranzubringen, wie wir uns das vorgestellt hatten. Schwieriger war es, die Wohnung selbst, die wir offiziell seit 1. Juli bewohnten, zum Leben zu erwecken: Micaela und Stenze zog es nach Spanien, Bubi und Marianne nach Italien, und kaum waren alle Möbel ohne Ordnung in der Wohnung abgestellt, saß ich plötzlich allein dazwischen und kam mir vor, als wäre niemand sonst in Berlin geblieben.

Ich tastete das nähere Umfeld ab. Eigentlich war ich ja nur ein paar Straßen weiter nach Westen gezogen, zu Fuß waren das vielleicht fünfzehn Minuten. Aber die Häuser sahen schon anders aus. Es waren nicht mehr die wilhelminischen Bauten, sondern Häuserbau aus einer späteren Zeit, schmuckloser, wenn auch noch weit entfernt von der kargen Unbrauchbarkeit moderner Trabantenstädte. Die ganz

Etablierten wohnten hier nicht, die überschritten nicht die Grenze nach Halensee. Hier lagen Wohnungen für jüngere Angestellte, die die erste Stufe geschafft hatten und mit Familie erst einmal hierhin zogen, weil das Geld für Zehlendorf zum Beispiel noch nicht ausreichte. Auch viele Appartements gab es: alleinstehende Angestellte, Ingenieure, Sekretärinnen, dazwischen ein paar Callgirls. Alles ein bisschen teuer, ein bisschen schäbig.

Und, wie gesagt, es gab dieses großartige Eiscafé. Da nahm ich dann, wenn ich etwas in Gang gekommen war, mein Eis, immer Rumtraube dabei. Ich besuchte ein paar Genossen, die ich lange nicht mehr gesehen hatte und die ich nun erstmals ohne Groll sehen konnte. Mit Monika ging ich noch einen trinken an einem schönen Sommerabend. Mit Backe ging ich öfter einen trinken. Mit Lars war ich wieder oft zusammen und ohne die Verkrampfungen der letzten beiden Jahre.

Und dann hatte ich ja auch noch meine neue Höhle. Da begannen wir in diesen Wochen Karten von Griechenland zu entfalten. George und Yvonne waren schon mal da gewesen. Wolfgang der Schwabe, der bis dahin immer nur Italien und Spanien abgereist hatte, wollte nun auch mal nach Südosteuropa. Die Babeck wollte sich das auch ansehen. Dass ich mitkam, wenn ich wollte, dagegen hatte keiner was. Auf einer ganz kleinen Insel, südlich von Naxos gelegen, hatte sich einer der Assistenten, die aus der antiautoritären Bewegung hervorgegangen waren, ein ganz kleines Haus gebaut, keine zweihundert Meter vom Meer entfernt. Das durften wir benutzen, wenn wir wollten.

Griechenland

Mein erstes Ziel war Heidelberg. Dort traf ich Wolfgang, der seinerseits hier einen Genossen besucht hatte. Aus Berlin, als letzte Erinnerung an die Stadt vor einer langen Abwesenheit, hatte ich einen vereiterten Zahn mitgebracht, den zu ziehen sich eine Berliner Zahnärztin nicht in der Lage gesehen hatte. In der Heidelberger Universitätsklinik wurde dieses Problem gelöst. Danach fuhren wir los.

An der Grenze nach Österreich trafen wir George und Yvonne und übernachteten nicht weit hinter der Grenze. Am nächsten Tag hatten wir Österreich wieder verlassen und schliefen schon in Jugoslawien ein. Für dieses Land brauchten wir zwei Tage. Je südlicher wir kamen, desto deprimierter wurde ich. Die Bettler wurden immer jünger, die Städte ähnelten Müllhaufen immer mehr. In Tito Veles wurden unsere sauberen Windschutzscheiben, gerade erst geputzt, schon wieder gesäubert. Diese Kinder hörten einfach nicht auf, die Scheiben zu putzen, bevor sie nicht Geld bekommen hatten. Sie wollten nicht betteln. Sie wollten dafür bezahlt werden, dass sie unsere Windschutzscheiben putzten.

Am Abend dieses Tages, als die Hitze langsam ihren Zugriff löste, verließen wir das sozialistische Jugoslawien, und als wir die Grenze überschritten hatten zum faschistischen Griechenland, da atmeten wir auf.

Hier gab es keine Bettler mehr, weil es sie nicht geben durfte. In den Dörfern und Städten waren die Menschen freundlich, viel freundlicher als in Jugoslawien. Die Städte und Dörfer selbst sahen Müllhaufen nicht ähnlich. Nur ein bisschen viel Militärfahrzeuge begegneten uns während der Fahrt, und am Straßenrand tauchte immer wieder das große Schild mit dem aus der Asche aufsteigenden Phönix auf, begleitet vom Datum des 21. April. Aber wir waren ja nur Touristen: Waren nicht auch andere Genossen zum Beispiel nach Spanien gefahren?

Am zweiten Tag erreichten wir das Meer. Wir kamen eine leichte Steigung hinauf – George und Yvonne fuhren voran, Wolfgang und ich folgten ihnen –, und ohne Ankündigung, mit einer einzigen ruhigen Bewegung, schob sich plötzlich links der Straße das Meer ins Bild. Zwei Tage blieben wir hier. Dann fuhren wir weiter nach Athen, wo wir uns in einem

Hotel an einem Platz einquartierten, an dem fünf Straßen sternförmig zusammenliefen. Wir schliefen kaum vor Lärm und Hitze. Am dritten Tag endlich kam das Schiff an, mit dem die Babeck, Evi und ein Soziologe, dessen Namen ich vergessen habe, über Italien nach Athen gekommen waren. Wir waren jetzt vollständig und schifften uns noch am selben Tag nach Naxos ein. Ich kämpfte gegen die Seekrankheit. Von Naxos setzten wir mit einem Versorgungsschiff auf die Insel Skinouza über, die wir am späten Abend erreichten. Esel brachten unsere Sachen, zusammen mit den Lebensmitteln fürs Dorf, die Steinpfade hoch, auf denen selbst das robusteste Auto nicht hätte verkehren können, und zu Fuß trotteten wir hinterher bis ans andere Ende der Insel, wo einsam das kleine, aus einem einzigen Raum bestehende Haus am Meer lag, das wir von nun an bewohnen sollten. Wir entzündeten die Petroleumlampe – es gab auf der ganzen Insel zwei Häuser oder drei, die mit elektrischem Licht versorgt waren –, packten unsere Vorräte aus, aßen und tranken, verteilten die Schlafstellen, vier im Haus, drei davor; eingepackt in Schlafsäcke und die warme griechische Nacht schliefen wir ein.

Mit diesem Abend waren wir eingetaucht in eine Welt, die ich mir bis dahin nicht vorzustellen vermocht hatte. Dass es im durchkapitalisierten Europa vorkapitalistische Inseln gab: Ich hatte darüber reden hören, selber darüber geredet (»das Kapitalverhältnis ist nicht überall im gleichen Maße entfaltet«), aber ich wusste nicht, bis Skinouza, wovon ich redete. Zeitungen erreichten uns nicht. Einen Fernseher gab es oben im Dorf, wir nahmen ihn nicht in Anspruch. Mit Lebensmitteln wurde die Insel zweimal wöchentlich von Naxos aus versorgt, dazu mit den Fischen, die der einzige Fischer täglich anlieferte (zehn Tage lang fast jeden Mittag gebratene und in Mehl gewendete Sardinen). Touristen gab es außer uns auf der Insel nur noch wenige, Griechen aus Athen.

Unser Tag begann mit einem Bad im Meer. Dem Wasser

konnte man hier ohne Mühe auf den Grund sehen. Im Laufe des Vormittags spielte ich meistens gegen Wolfgang eine Partie Schach, verlor oft, gewann selten, einmal spielten wir remis. Wenn die Sonne stärker wurde, zog ich mich in den Schatten des Hauses zurück, schlief oder las. Nachmittags nahmen wir einen starken griechischen Mokka, schwarz, der gleich mit Zucker aufgebrüht wird. Von den Dorfbewohnern wurden wir oft besucht, öfter eigentlich, als uns lieb war. Die Verständigungsmöglichkeiten waren gering: unsere paar Brocken Griechisch, keine deutschen Äquivalente auf der Gegenseite. Die mittlere Generation im Dorf war kaum vertreten, die junge fehlte ganz, überwiegend alte Leute und Kinder lebten hier. Abends ging manchmal jemand von uns ins Dorf, um Retsina zu holen. Auf dem Rückweg bei einem dieser Gänge begegnete ich Iannis, einem alten Mann, einäugig und einarmig: Beim ohnehin verbotenen Fischen mit Dynamit hatte er eines Nachts vor vielen Jahren Pech gehabt. Wir unterhielten uns, er auf einem Esel sitzend, ich an die Mauer aus großen Steinen gelehnt, die hüfthoch den Weg begrenzte. Er sprach griechisch, ich deutsch. Keiner verstand, was der andere sagte, aber die Unterhaltung verlief sehr angeregt. Wir trennten uns im besten Einvernehmen, und jeder setzte seinen Weg fort. Auf der Strecke überfiel mich die Dunkelheit. Lange Dämmerung, prächtige Sonnenuntergänge: Das gab es hier nicht. Es war hell bis zum späteren Abend, dann plötzlich, innerhalb einer Minute fast, war es finster.

Einige Tage später begegnete ich Iannis in den Klippen der Steilküste, wo er mit einem kleinen Messer Salz kratzte und sorgfältig sammelte. Das Leben auf der Insel war karg. Wer Ziegen besaß, war begütert. Es gab angeblich sogar eine Familie mit zwei Kühen, die war reich. Ihr Haus hatte elektrisches Licht.

George und der Schwabe warfen ab und zu die Angel aus, fingen auch mal was. Der namenlose Soziologe tauchte. Ich selbst lag im Schatten, schlief, las. Ich las *Staatsfeinde* von Brückner/Krovoza, *Vom Waisenhaus ins Zuchthaus* von

Wolfgang Werner, *Melancholie und Gesellschaft* von Lepenies, dazu ein halbes Dutzend Kriminalromane, alles in zehn Tagen. Abends teilte sich die Gruppe in Frühschläfer und Spätschläfer. Die Spätschläfer waren Evi, der Schwabe und ich. Wir zogen ans Meer und tranken bis in die fortgeschrittene Nacht Retsina und redeten und redeten: über lauter Dinge, die in Berlin zurückgeblieben waren. Schließlich packten wir uns in unsere Schlafsäcke vorm Haus, in denen uns am sehr frühen Morgen eine unbarmherzige Sonne schon wieder weckte.

Am letzten Abend feierten wir Abschied mit dem halben Dorf. Eine Ziege war für uns geschlachtet worden; wir hatten dafür bezahlt. Das Ziegenfleisch war zäh, und man musste viel dazu trinken.

Am nächsten Morgen verließen wir die Insel des Vorkapitalismus. Dimitri, der Fischer, brachte uns auf seinem kleinen Kutter bis Naxos; von dort schifften wir uns am frühen Abend nach Santorin ein, der Vulkaninsel. Mit der Seekrankheit gab es diesmal für mich keine Probleme: Vor der Fahrt hatte ich genügend Valium geschluckt.

Wir waren zu lange auf Skinouza geblieben, wir hatten auf zu engem Raum gelebt, zu wenig war dabei passiert. Wir begannen, uns ein bisschen auf die Nerven zu gehen. Auf der Insel Santorin, sobald es möglich war, schufen wir Entfernungen zwischen uns. Es reichte noch gerade dazu, einen gemeinsamen Maultierausritt zu machen – mit Führern, selbstverständlich –, bei dem ich mir den Hintern aufrieb, sodass ich in den nächsten Tagen kaum sitzen konnte. Sonst aber drückte sich jeder in seine schattige Ecke oder verlief sich in den Straßen des Ortes, der mit unserer vorkapitalistischen Insel nicht im Geringsten vergleichbar war. Hier gab es mehr Touristen als Ortsbewohner, mittags vor allem, wenn die Bewohner der Insel ihre Läden schlossen und sich bis um vier in den Schatten zurückzogen, während amerikanische Touristen weiter tapfer durch die brennende Sonne liefen. Hier konnte man natürlich Zeitungen kaufen:

sogar die *Neue Zürcher*. Beinahe jeder Laden war ein Souvenirladen: Schafsfelle, Sandalen, bedruckte Hemden.

Die Tage vergingen mit Schachspielen, Lesen, Schlafen, Einkaufsgängen, Essen, Trinken, wieder Schlafen. Nach einer Woche, so war geplant, wollten wir nach Kreta weiterziehen, Kreta, dem Mekka aller linken Griechenlandfahrer, dem Schwarm der Berliner Linken, wenn sie an dunklen Januartagen in der Schlüterstraße in der »Taverne« sitzen oder etwas weiter in der »Akropolis«. Ich hatte keine Lust auf Kreta, verabschiedete mich, fuhr mit dem Schiff zurück nach Athen, schlug mich quer durch Griechenland, durchs verregnete Jugoslawien, durch ein spätsommerliches Österreich nach Berlin zurück, unsicher wie immer über die nächsten Tage, Wochen, Monate und mit dem vertrauten flauen Gefühl im Magen.

Großer Bahnhof. Eine neue Höhle.
Thesen über Glück. Seine Abwesenheit

Diesmal hatte das Gefühl keine Gelegenheit, sich auszubreiten wie sonst. Bis zu diesem Tag war ich nicht auf den Gedanken gekommen, auf diesem lächerlichen Provinzbahnhof Zoologischer Garten könne man erwartet, abgeholt werden. Als ich die schmutzigen Treppen hinunterkam, noch im Zweifel, ob ich den gewöhnlichen Bus nehmen oder mir ein Taxi leisten sollte, standen sie dort unten: Stenze, Micaela, Rinaldo, winkend, lachend, mit Gesichtern, die mich dazu zu beglückwünschen schienen, dass ich zurück war in Berlin. Sie verstauten mich mitsamt Gepäck in Stenzes blauen VW Käfer und fuhren mich in die Wohnung in der Joachim-Friedrich-Straße, die ich beinahe schon vergessen hatte über all den vielen Räumen in Griechenland, Jugoslawien, Österreich und Westdeutschland.

Sie sah sehr anders aus als an dem Tag zwei Monate vorher, als ich sie verlassen hatte. Die Möbel türmten sich nicht mehr quer durcheinander. Am Kopfende von Stenzes Bett war schon der ganze unübersehbare Kruscht aufgebaut, den sie in Schächtelchen, Schälchen und Kästchen aufzubewahren pflegte. Micaela hatte an einer Wand ihres Zimmers schon ihre beeindruckende Kollektion an Taschen der verschiedensten Größen angebracht und den kleinen Brennofen für ihre Tonarbeiten abgestellt. Die Küche, in der vor meiner Abreise oft das Nötigste gefehlt hatte, war ganz und gar eingeräumt, Geschirr für acht Esser. Im Bad war über dem Waschbecken ein Spiegel angebracht und ein Bord für Zahnbürsten, Rasierklingen, Cremes und alle die übrigen Hilfsmittel, mit denen man sein Gesicht morgens einigermaßen ansehnlich macht. In den Zimmern waren Teppiche ausgelegt.

In Micaelas Zimmer stand ein Begrüßungsschnaps. Wir setzten uns an den kleinen Tisch, der in ihrem Erker stand (ein eckiger Erker leider, kein runder), tranken den Schnaps, aßen Schafskäse und begannen zu erzählen aus Spanien und Griechenland. Am Ende des Abends passierte mir, was ich noch auf dem Bahnhof Zoo nicht erwartet hatte: Ich hatte das Gefühl, nach Hause gekommen zu sein.

Die Wohnung war eine zärtliche Höhle: ganz anders als die Höhlen von Schlachtensee. Einer allerdings war schon fast wieder ausgezogen. Er wollte nun doch mit Marianne und deren Sohn zusammenziehen. Wir einigten uns darauf, dass wir diesen Auszug bedauerten, ihn aber akzeptierten.

Ein Zimmer kann nicht einfach leerstehen; wir waren keine Großverdiener. Jemand anders also musste her: Schütte oder der Schwabe, das war die Frage. Ich war für den Schwaben, weil ich ihn in Griechenland näher kennengelernt hatte und weil ich ihn mochte. Die beiden Frauen waren für Schütte, weil sie ihn besser kannten als den Schwaben.

»Wenn am Samstagmorgen schönes Wetter ist«, sagte Stenze, »machen wir einen Spaziergang im Grunewald und du erzählst uns etwas über Wolfgang, und dann entscheiden wir das.«

Am Tag davor war jedenfalls kein schönes Wetter. Stenze und Micaela waren den ganzen Tag fort. Die Wohnung war noch immer eine Höhle, aber die Wärme und das Gelächter vom Begrüßungsschnaps waren verflogen. An diesem Nachmittag trat mir seit langem wieder ins Bewusstsein, dass ich an der Freien Universität Politische Wissenschaften studierte und nun langsam beginnen sollte, an mein Diplom zu denken.

»Ich will eine Diplomarbeit schreiben«, hatte ich im Sommer einmal zu Lars gesagt, »die mir nicht ganz und gar äußerlich ist. Es muss was mit mir selber zu tun haben, wie vermittelt auch immer.« (Die hohe Zeit des Marxismus-Leninismus war vorbei: An solchen Aussagen war es deutlicher zu spüren als an allen Manifesten. Wir entdeckten das wieder, was in der linken Sprache »die eigenen Bedürfnisse« heißt.) Bei meinem letzten Besuch in Tübingen hatte ich Jensen gegenüber geäußert, dass ich was machen wollte über die Studentenbewegung. Genaueres wusste ich auch noch nicht.

Ich schlich durch die Wohnung, durch die Küche, das Bad, die leeren Zimmer. Ich kochte die dritte Kanne Tee. Ich führte ein paar Telefongespräche. Ich blätterte in ein paar Büchern. Über der *Süddeutschen Zeitung* schlief ich fast ein. Ich umkreiste meinen Schreibtisch. Ich ging zurück in die Küche und aß aus Langeweile drei Scheiben Brot. Ich horchte auf die Haustür und hoffte auf die Rückkehr der beiden Frauen. Ich versank in Niedergeschlagenheit.

Endlich entkorkte ich meine Schreibmaschine, spannte Papier ein, rückte den Stuhl zurecht, legte ein paar Bücher, an gekennzeichneten Stellen aufgeschlagen, neben die Maschine, nahm meine arbeitsbereite Haltung auf dem Stuhl ein. Einen kurzen Augenblick zögerte ich, prüfte, ob ich ernsthaft bereit war, nichts vergessen hatte, dann begann ich, auf die Tasten einzuschlagen:

»1. Die Studentenbewegung wäre zu verstehen vor allem als gesellschaftliche Oppositionsbewegung, deren Kraft und gesellschaftliche Relevanz aus ihrer politischen und moralischen Sensibilität, entzündet an direkt an der Uni etc. erfahrenen Widersprüchen, dort aber nicht stehen bleibend, resultierte. In ihrer entwickelten Form war sie durchaus keine Bewegung zur Vertretung der Interessen einer bestimmten Gesellschaftsgruppe, d.h. keine hochschulpolitische Bewegung. Die entscheidenden Stationen der (Westberliner) Studentenrevolte, Vietnam-Protest, Schah-Besuch / 2. Juni, Springer-Kampagne, Dutschke-Attentat und Springer-Blockade (»Osterunruhen«), Anti-Notstands-Kampagne haben alle nicht hochschulpolitische Fragen zum Inhalt. Die Reduktion einer Bewegung der Studenten zu einer hochschulpolitisch bornierten (›Bündnispartner‹) blieb den ml-Parteien vorbehalten.«

(Sehr schön, erster Anlass, sich auf die Schenkel zu schlagen: im letzten Satz gleich eine Abrechnung mit der eigenen Vergangenheit.)

»2. Die Studentenbewegung schaffte es partiell, Öffentlichkeit herzustellen (negativ: ›publicity zu bekommen‹), vor allem durch das Verhältnis von Aktionsformen und -inhalten. Im Gegensatz zu den späteren Umzügen der Parteien waren die einzelnen Demonstrationen der Studenten nicht gegeneinander austauschbar und vom Inhalt nicht ablösbar. Allerdings waren die Formen nicht nur am Inhalt entlang gewählte, sondern mitbestimmt durch die jeweilige Reaktion und Taktik der Polizei etc.«

(Die Diskussionen in der Gruppe im Sommer machen sich hier bemerkbar. Da war das alles schon drin. Im Übrigen schreibe ich nicht »die Bullen«, sondern »die Polizei«. Ich habe meine Gründe.)

»3. Es ist ein Missverständnis, die Aktionen der Studenten als von vornherein als gewaltsam angelegte anzusehen. Die Frage der Gewalt ist konkret erst durch die andere Seite aufs Tapet gebracht worden. Die Aktionen und Demonstrationen waren keineswegs von den Studenten verstanden als Bestandteile eines realen Machtkampfes, einer Machtkampfsituation dem Staat gegenüber, sondern waren Mittel zur Herstellung von Öffentlichkeit, Kommunikationsstrategie.

Das Verhältnis von Aktion und Aufklärung gehört zu den zentralen Themen einer zu schreibenden Arbeit über die Studentenrevolte. Dieses Verhältnis ist damals allerdings nicht wie später abstrakt als bloßes ›Vermittlungsproblem‹ begriffen worden, als Frage nach dem, was allgemein noch verständlich sei und was nicht. Vielmehr haben die Studenten durchaus eine Reihe von Aktionen gemacht (und dabei auch Formen gewählt), die ad hoc durchaus nicht verstanden wurden, nichtsdestoweniger aber langfristig aufklärerische und initiierende Wirkung hatten. Dass es ihnen gelang, den Widerspruch zwischen den eigenen Aktionen, deren Intentionen und den Reaktionen der Bevölkerung auszuhalten, lag wesentlich an der intakten politischen Identität der Studentenrevolte, die die handelnden Subjekte in ihre Politik und Taktik miteinbezog, den Mut hatte, sich zu der eigenen, überdurchschnittlichen, politischen und moralischen Sensibilität und der daraus entspringenden, weitgehenden Isolation von der Masse der Bevölkerung zu bekennen, und diese nicht opportunistisch zu verleugnen versuchte. Nach der Zerfaserung dieser politischen Identität schon seit Ende 1968 wurde sie durch die Identifikation mit anderen (Proletariat, Vietcong etc.) ersetzt und die Einbeziehung der handelnden Subjekte in die Bewegung zugunsten eines missverstandenen Begriffs von Objektivität liquidiert, begonnen mit dem Schlagwort von der Liquidierung der antiautoritären Phase.«

(»... als von vornherein als gewaltsam angelegte«: nicht sehr elegant, die Formulierung. Aber es ist ja nur zur Selbstverständigung. Sie haben nicht geglaubt, einen Machtkampf zu führen: eine Spitze gegen den Professor Habermas, damals Frankfurt, jetzt Starnberg. Und sehr schön die Gelegenheit ergriffen, die magische Jahreszahl im Text unterzubringen: 1968! 1968!)

»4. Wissenschaftskritik war für die Studentenrevolte mehr als die verkürzte Frage danach, wer denn nun über die Ergebnisse ›der Wissenschaft‹ verfügen könne, ›Bourgeoisie oder Proletariat‹, sie war bezogen auf die Inhalte von ›Wissenschaft‹. Kriterium dafür waren zum einen die Bedürfnisse der (wissenschaftlich tätigen) Subjekte, zum anderen das gesellschaftliche und individuelle Emanzipationsinteresse als Vorentscheidung über Inhalt und Gang von Wissenschaft; die Frage nach dem, was ›geschichtsangemessen‹ sei (Brückner), als Aufgabe von Wissenschaft und das Bemühen, Wissenschaft in den Dienst der Herstellung geschichtsangemessener, gesellschaftlicher Zustände zu stellen. Die Kategorie Geschichtsangemessenheit bemisst sich an dem, was objektiv möglich wäre, die Kritik des Bestehenden als nicht geschichtsangemessen an der Diskrepanz zu diesen objektiven Möglichkeiten.«

(Die schmalste und langweiligste These, zudem fast ganz von Brückner und Krovoza abgeguckt. Mein Draht zur Wissenschaft bleibt gestört wie eh und je.)

»5. Vorgeschichte und Geschichte der Studentenrevolte sind wesentlich Leidensgeschichte – wie Geschichte und insbesondere Vorgeschichte jeder Revolte –, Geschichte unabgedeckter Bedürfnisse, verelendender Individualisierung, Geschichte der Artikulation dieser Individualisierung. Diese Faktoren zählen zu den Bedingungen der Studentenbewegung als Massenbewegung mit antiautoritärem Charakter, hoch ausgebildeter Spontaneität (deren Voraussetzung Leidensfähigkeit ist), vergleichsweise gering ausgeprägtem Führer-Gefolgschafts-Verhältnis und vergleichsweise stark ausgeprägtem demokratischem Charakter. Ihre besondere Verfasstheit als Revolte von Intellektuellen ermöglichte permanente Diskussion und hohe Öffentlichkeit als Charakteristika. Leidensfähigkeit und reales Leiden ermöglichten es den Studenten auch, auf der anderen Seite die Kategorie ›Glück‹ als gesellschaftlich-politische Zielkategorie zu begreifen und auf der Möglichkeit von nicht nur individuellem Glück zu bestehen. Ihr Begriff von Sozialismus ging weit über die bloße Vorstellung einer neuen Organisation der gesellschaftlichen Arbeit hinaus, die befreite Gesellschaft bedeutete mehr als die bloß technische Aufhebung des Kapitalverhältnisses. Wenn sicherlich die mangelhafte theoretische Durchdringung des Kapitalverhältnisses eine wesentliche Schwäche der Studentenrevolte war (insgesamt der Mangel an einer brauchbaren Theorie der existierenden Gesellschaft, woran sich allerdings bis heute nichts Wesentliches geändert hat), so lag doch andererseits ihre Stärke gerade darin, sozialistische Verhältnisse als Verhältnisse zwischen Menschen denken zu können.« Ende. Berlin, den 6. Oktober 1972.

(Die These aller Thesen. Leiden macht rebellisch. Die Rebellion zielt auf das, was allen vorenthalten ist: ein Glück, das mehr als nur privat und zufällig und nicht vom Unglück der anderen gemacht ist.)

Ich lehnte mich zurück. Das war doch ein Anfang, und außerdem war es die Rettung vor der völligen Zerfaserung des Tages. Endlich hatte ich mal formuliert, was ich sonst nur immer bruchstückhaft und resigniert vorbrachte abends beim Bier. Ich las die Thesen noch einmal. Kam jemand nach Hause? Nein. Also konnte ich sie mir laut vorlesen. Wirklich schöne Thesen. Ich lehnte mich wieder zurück, rauchte eine Zigarette, schloss die Augen.

»... die Kategorie ›Glück‹ als gesellschaftlich-politische Zielkategorie zu begreifen und auf der Möglichkeit von nicht nur individuellem Glück zu bestehen«: das war's. Alle sollten glücklich sein, sogar Murnau. Fürs Erste hätte ihm ein nur individuelles Glück allerdings auch genügt, gewissermaßen antizipatorisch.

Langsam zerging die Befriedigung. Ich hatte etwas gearbeitet. Aber es kam noch immer niemand, und es war doch draußen schon dunkel. Wo blieben die bloß? Ich ging auf den Flur, griff nach der Rettung, nach dem Telefon, ich konnte keine Minute mehr länger allein hier in der Wohnung sitzen mit meinen seltsamen Vorstellungen von Glück, ich musste jetzt unbedingt mit jemandem ein Bier trinken gehen. Ich wählte die siebenstellige Nummer in der Mommsenstraße, die mit 883 begann, und nach einer so langen Zeit des Wartens, dass ich beinahe meinte zusehen zu können, wie ich mich langsam auflöste, hatte Rinaldo den langen Weg aus der Küche über den Flur bis zum Telefon gefunden, und ich hörte endlich seine dunkle Stimme am anderen Ende der Leitung.

Er schlug die Taverne vor: in einer halben Stunde etwa.

Ich brachte die Tür hinter mich, von der ich mir nie merken konnte, ob man sie, von außen kommend, drücken oder ziehen musste, schob mich durch den Rauch hindurch, nickte Bekannten zu (wie schön, wieder in eine Kneipe zu kommen und ganz selbstverständlich Bekannte zu sehen, denen man zunicken konnte!) und rückte mir meinen Stuhl zurecht an dem zweisitzigen Tisch, den Rinaldo für uns hatte erkämpfen können.

»Ich muss unbedingt etwas essen. Ich habe den ganzen Nachmittag gearbeitet.« (Schön, so was sagen zu können, auch wenn es nicht stimmte.)

Bei Rinaldo kam Interesse auf. Murnau hatte gearbeitet: woran? Ich versuchte, ihm zu erzählen, an was ich gearbeitet hatte, wohin das führen sollte, warum ich eine solche Arbeit schreiben wollte. Ich redete mich in eine konkrete Vorstellung von meiner Arbeit hinein.

Unser Essen kam. Ich versuchte, Rinaldo, während ich meine Hackfleischröllchen zersäbelte, etwas von der langsam aufsteigenden Enttäuschung zu erklären, die mich überfallen hatte, nachdem ich, meine Thesen über Glück vor mir auf dem Schreibtisch, plötzlich die Dunkelheit in meinem schwarzen, vorhanglosen Fensterloch gesehen, die erdrückende Stille in der Wohnung belauscht hatte.

»Es war ganz das Gegenteil von dem, woran die Thesen eine Erinnerung sein sollten«, sagte ich. Die Wohnung und ich in ihr allein am Schreibtisch waren der Beweis dafür, dass es so nicht mehr ist, wie es, meiner Erinnerung nach, einmal gewesen ist. »Die Wohnung und ich allein am Schreibtisch, das ist ja beinahe das Gegenteil von: wir alle auf der Straße. Die Arbeit wird ja eine Arbeit über einen Verlust sein, den Verlust einer Zeit, die ich selber kaum handelnd miterlebt habe, eher zuschauend. Es ist ein Verlust für uns alle, aber ich selber habe das, was wir alle verloren haben, noch nicht einmal wirklich besessen. Es ist vorbei, man kann gerade noch Diplomarbeiten darüber schreiben, es wird nicht wiederkommen, nicht einmal etwas Ähnliches.«

Ich schwieg und hörte meinen letzten Worten nach, die mich selber erschreckt hatten. Rinaldo, obwohl er sah, dass es an diesem Abend keinen Sinn mehr hatte, versuchte trotzdem, mir aus der desolaten Stimmung, in die ich mich hineingeredet hatte, wieder herauszuhelfen, sprach davon, dass wir älter würden, und nicht nur wir allein, sondern auch die Zeit, in der wir aufgewachsen waren, und dass man mit dieser Tatsache sich nicht nur abfinden müsse, sondern dass man auch versuchen müsse, in einer veränderten Situation veränderte Hoffnungen zu finden. Sein Versuch war sinnlos, und ich war ihm doch dankbar dafür. Er fuhr mich nach Hause, wo noch immer weder Stenze noch Micaela angekommen waren. Ich vergrub mich in mein Bett und bohrte mich in den Schlaf hinein.

Sich verlieben

Nicht ganz hatte dieser Schlaf meine plötzliche Verzweiflung vom Vortag vertreiben können. Immerhin hatte er sie beruhigt. Der Samstagmorgen gab sich beinahe als Spätsommertag, kräftige Sonne, die sogar wärmte, wenig Wind. Nach dem Einkauf gingen wir, wie es für solches Wetter geplant gewesen war, im Grunewald spazieren und versuchten herauszufinden, ob nun der Schwabe oder Schütte das verwaiste Zimmer beziehen sollte. Während ich über Wolfgang den Schwaben etwas erzählen sollte, wurde ich immer ratloser: Wie verkauft man jemanden, den man mag, wenn man die Gründe, warum man ihn mag, nicht anzugeben vermag? So geriet alles zu einer bloßen Aufzählung von Merkmalen, die ich schleppend, ohne Begeisterung, zum Besten gab, während wir zu dritt auf einer kleinen Holzbrücke standen. Der Schwabe war sehr hilfsbereit. Während der Griechenlandreise hatte ich mich mit ihm am besten verstanden. Er war offen. Er lebte jetzt allein in einem Zimmer in Zehlendorf und würde gern da raus. Er war, wenn man ihm etwas erzählte, ein guter Zuhörer. Undsoweiter. Für Schütte ließen sich andere Argumente ins Feld führen, die ebenso überzeugend waren. Ich hatte auch gar nichts gegen Schütte, im Gegenteil. Mir war es eigentlich gleichgültig. Dieser Spätsommervormittag eignete sich offenbar nicht dazu, entschieden und unnachgiebig für den einen und gegen den anderen zu streiten.

Nachmittags versank ich langsam wieder in der lustlosen Verzweiflung des Vorabends. Ich wusste, dass ich abends auf eine Fête nach Schlachtensee hinausfahren würde, ins Ghetto. Pappler, der nun schon bald zwei Jahre dort wohnte, hatte mich ein paar Tage zuvor angerufen und eingeladen: Seine Freundin hatte eine große Bafögnachzahlung bekommen. Ich würde also hinfahren, lustlos, eher weil ich mit Pappler ein paar wichtige Dinge besprechen wollte, als weil ich mir etwas versprach von einem solchen Fest. Das Jahr war hingegangen mit Festen, den ganzen Frühling, den ganzen Sommer lang: Ich wusste, dass nicht viel von ihnen zu erwarten war.

Mit der Dunkelheit kam auch die Kälte. Ich wickelte mich gut ein, bevor ich den langen Weg in den Berliner Süden antrat.

Ich war sehr lange nicht mehr diese Strecke gefahren, den ganzen weiten Weg mit der U-Bahn bis zur Station Oskar-Helene-Heim und von dort mit dem 18er ins Ghetto hinaus. Im Bus schon traf ich Bekannte, die ich entweder aus meiner Zeit im Studentendorf kannte, oder aber andere, die wie ich zur Fête dort hinausfuhren. Im Dorf selbst begrüßte ich Pappler und Gudrun, die ich zu so viel Geld auf einen Schlag beglückwünschte, ging ein paar alte Bekannte ab, sprach mit den einen länger, den anderen nur im Vorübergehen, und war noch immer ganz unschlüssig, ob ich wenigstens meine Jacke ablegen sollte oder ob ich nicht Pappler beiseitenehmen, mit ihm die Dinge besprechen sollte, die ich zu besprechen wünschte, und mich dann auf den Rückweg machen: Vielleicht lohnte es noch, einen Blick in die »Taverne« oder in die »Herta« zu werfen, vielleicht gab es auch in der »Lupe« oder anderswo eine Spätvorstellung, die diese zähe, lustlose Verzweiflung, aus der ich noch immer nicht herausgekommen war, wenigstens abmildern konnte.

Ich war trotz all meiner Lustlosigkeit früh auf dem Fest erschienen, auch in der Hoffnung, mich umso früher wieder verabschieden zu können. Ich war noch beinahe in jene Vorphase des eigentlichen Festes hineingeraten, wo die schon Anwesenden sich gegenseitig ablasten und versuchen herauszufinden, was von dem Abend zu erwarten sei. Nach und nach hatte sich das Fest dann gefüllt, mit Leuten übrigens, die ich überwiegend gar nicht oder nur flüchtig kannte – fast niemand aus der Zeit, die ich selber noch im Ghetto zugebracht hatte –, die Musik lief nicht mehr ganz so nebenher, es bildeten sich Cliquen und Paare. Ich saß neben einem der wenigen Dorfveteranen, die anwesend waren, und übte mich mit ihm in der Kunst der resignativen Unterhaltung, als drei Frauen den Raum betraten. Die erste, Ende zwanzig, war, wie Pappler mir sofort erzählte, Lehrerin an einem Zehlendorfer Gymnasium, wo Pappler sie bei einem Praktikum kennengelernt hatte. Die zweite war wesentlich jünger. In welchem Verhältnis sie zu der Lehrerin stand, bekam ich nicht heraus, und ich habe sie nach diesem Abend nie wieder gesehen. Die dritte brachte mich beim ersten Anblick aus dem mühsam erworbenen Gleichgewicht, das ich mir im Gespräch mit dem Dorfveteranen neben mir gerade erarbeitet hatte.

Ich sah eine sehr junge Frau, vielleicht noch nicht einmal achtzehn Jahre alt, mit langem, dunklem Haar (Zigeunermädchen: dachte ich; die ersten erotischen Träume meiner Kindheit waren Zigeunerinnen gewesen), etwas lockig, mit einem beinahe negroiden Gesicht, vollen Lippen, großen, dunklen Augen und, natürlich, einer Stupsnase. Sie trug eine schwarze Samthose und eine schöne weiße Bluse und sah sich, indem sie sich noch sehr nah an den anderen beiden Frauen hielt, neugierig und unsicher im Raum um.

Dieses eine einzige Mal, an diesem trüben Oktoberabend, gab es für mich kein Zögern, keine Kompromisse, keine Angst. Die Alternative hieß: entweder die, oder ich steige noch heute Nacht auf den Funkturm und springe. Im Nu hatte ich alle anderen zu bloßem Personal verwandelt, das mir dabei behilflich zu sein hatte, mein Ziel zu erreichen. Pappler sollte sich mal um die Musik kümmern. Was da im Augenblick lief, das war nichts für uns. Der Mensch, der da neben ihr saß, sollte mal ein bisschen zur Seite rücken. Ihre Freundin, nicht die Lehrerin, sondern die blonde, begann sich mit mir zu unterhalten: Das war gut so, dass sie gesprächig war, denn mein negroider Engel war das offenbar nicht. Ihre Freundin musste also das Bindeglied sein. Sie gab mir Gelegenheit, witzig zu sein. Ich schielte hinüber: Es hatte Wirkung, nicht nur bei der Blonden, sondern auch bei der Schwarzen. Auf diesem Weg lässt es sich machen. Hoffentlich weiß die Blonde rechtzeitig, wann sie sich zurückziehen muss. Und hoffentlich findet Pappler bald mal eine vernünftige Musik, er ist doch nicht blöd. Es muss schnell anfangen und dann allmählich langsam werden, das weiß doch jeder.

Mein negroider Engel schien mich jedenfalls nicht für langweiliger zu halten als die anderen auf der Fête. Sie gewährte mir ihre Aufmerksamkeit. Irgendein bewusster oder unbewusster Helfer war so nett, im richtigen Augenblick die Blonde zum Tanzen zu holen. Jetzt waren wir schon bald da, wo ich hinwollte: und sie auch, denn sie hatte begonnen, das Spiel mitzuspielen.

Aus einem anderen Haus kam jemand hereingestürmt: Die Polizei war da, keiner wusste, wer sie gerufen hatte und was sie wollte. Wir mussten alle herüberkommen und »eventuell was machen«. Aber als wir ankamen, war die Polizei schon wieder weg, oder vielleicht war sie auch gar nicht da gewesen: Ich wusste ja aus eigenen Erfahrungen, wie gerade hier im Ghetto die Grenzen zwischen Realität und eigenen Vorstellungen oft unentwirrbar verschwammen. Im ersten Augenblick hatte ich mich bedroht gefühlt, aber auf dem Rückweg zur Fête stellte ich fest, dass diese Unterbrechung den Lauf der Dinge beschleunigt hatte. Endlich konnte ich der dunkelhaarigen Schönheit den Arm um die Schultern legen und erfuhr auch gleich ihren Namen: Barbara. Wieder eine Frau, deren Vornamen auf a endet, dachte ich. (Und in der Erinnerung stellt sich immer wieder das Bild ein, wir seien zurück durch den tiefen Schnee gegangen, obwohl an diesem Abend im frühen Oktober ganz gewiss kein Schnee lag.)

Pappler hat endlich ein tanzbares Tonband gefunden. Bei »Lady Jane« geben wir die Distanz auf. Jetzt fährt sie mir mit der Hand durchs Haar, und ich mache mit meiner rechten Hand dasselbe bei ihr. Jeder von uns beiden weiß jetzt, wie es weitergehen muss. Die Musik, die eben noch wichtig war, ist schon gleichgültig geworden, sie könnten unsretwegen jetzt alles Mögliche spielen. Unsere Hände wandern weiter nach unten. Sie fühlt die Linien meiner Schultern nach. Meine Fingerspitzen tasten ihren Busen ab. »Time is on my side«: singt Mick Jagger. Ihre linke Hand macht etwas, was gar nicht mehr nötig wäre: Ich habe doch schon längst einen Steifen. Vielleicht vergewissert sie sich auch bloß. Jedenfalls ist ihr dieses ganze Spiel nicht gerade unbekannt. Jetzt können wir die Wangen langsam voneinander lösen, unsere Gesichter gehen aufeinander zu, einen Augenblick lang verzögern wir noch, unsere Nasenspitzen reiben sich aneinander, ihre Augen lachen, dann kommt der Kuss, ihre Augen schließen sich langsam, bei meinen dauert es etwas länger, die Spannung löst sich, der Kuss dauert Jahre: Ist keiner da, der die Zeit anhält?

Nach Berlin zurückfahren konnten wir nun nicht mehr. So mussten wir das Ende des Festes abwarten, konnten uns zwar in eine Ecke verziehen, ohne gestört zu werden – wenn ein bestimmter Punkt erreicht ist, wird einfach akzeptiert, dass sich ein Paar gebildet hat, das man in Ruhe lässt, ebenso wie jetzt für andere der Punkt erreicht war, da sie die letzten Erwartungen an dieses Fest über Bord warfen und in Ermangelung der Kraft, es zu verlassen, sich langsam volllaufen ließen –, mussten aber doch warten, bis das Fest zerfiel, um endlich allein sein und zueinander kommen zu können.

Pappler räumte sein Zimmer für uns. Endlich allein. Das war anders als nach mancher anderen Fête: Es hatte diesmal nichts damit zu tun, jemanden »abgeschleppt« zu haben. Sicher, wir hatten uns nach jenem ersten Kuss noch so viele andere gegeben, dass wir dabei nicht mehr stehenbleiben wollten. Aber wir fielen nicht übereinander her mit der sonst üblichen hoffnungslosen Gier, hinter der die Angst steht, das erste Mal könnte zugleich das letzte sein. Es war nur der Anfang von etwas, was zweifellos nie ein Ende haben würde. (Diesmal mache ich nicht die alten Fehler. Jetzt habe ich sie ganz fest in meinen Armen. Jetzt werde ich sie nie mehr loslassen. Sie wird es gar nicht wollen, dass ich sie je wieder loslasse.) Erschöpft, ganz eng beieinander in diesem viel zu schmalen Bett, schliefen wir ein.

Der Flug

Solange ich in Berlin gewohnt habe, habe ich niemals einen Berliner Stadtplan besessen. Meinen Plan von Berlin trug ich in mir, mit den Jahren war er langsam gewachsen, Berlin war größer geworden, zu Steglitz und zum Kudamm waren Schlachtensee und Kreuzberg, Wilmersdorf, Schöneberg und Moabit, Charlottenburg und Halensee hinzugekommen, meine Kenntnis des U-Bahn-Netzes war nach und nach vollständiger geworden, ich brachte mehr und mehr die einzelnen Teile dieser Stadt zusammen, in die ich nun schon seit dreieinhalb Jahren Stück für Stück tiefer einsank. Diese Teile verhielten sich zueinander zwar nicht unbeweglich, aber doch nach den Gesetzen einer nachprüfbaren

Ordnung: Das Viertel, in dem meine Wohnung lag, bildete das Zentrum, an das sich sternförmig die anderen Viertel, die ich regelmäßig aufsuchte, anschlossen. Die Mitte von Berlin wechselte also nach Maßgabe meiner Umzüge, blieb dann aber immer für eine gewisse Weile konstant.

Nach der ersten Nacht mit Barbara stürzte dieses System ein. Die Mitte von Berlin war ab jetzt der Ort, an dem sie sich gerade aufhielt, war also beweglich geworden und hielt sich, wenn ich nicht wusste, wo Barbara war, ganz verborgen. Natürlich gab es Orte, die bevorzugt ein solches Zentrum bildeten, vormittags zum Beispiel die Realschule in Zehlendorf, die sie besuchte, nachmittags dann die kleine Wohnung in Nikolassee, noch eine Bushaltestelle südlicher als das Studentendorf, die sie mit der Lehrerin, deren Mann und den drei Kindern bewohnte. Oft aber, wenn ich keine Vorstellung davon hatte, wo sie gerade war, zerfloss Berlin in ein ödes Konglomerat von Häusern, an allen Stellen gleich nichtssagend: Sobald ich wieder wusste, wo Barbara sich aufhielt, gewann die Stadt wieder Struktur.

Dabei verengte ich keineswegs von nun an mein ganzes Handeln auf sie. Im Gegenteil: Ich wandte mich meinem Studium mit einer Konzentration und Leichtigkeit wieder zu, wie ich sie seit langem nicht mehr gekannt hatte; mit Lars erreichte ich nach und nach endlich jenes Stadium der vorbehaltlosen Vertrautheit wieder, das uns vor bald drei Jahren in Schlachtensee ins pausenlose, nachtvertreibende Erzählen gebracht hatte; in der Mommsenstraße war ich gern und oft; mit dem Schwaben, der Babeck, mit George und Yvonne ging ich leichter um als während der ganzen Griechenlandfahrt; mit Schütte, der nach und nach sein Zimmer bezog in unserer Wohnung und alle verfügbaren Wände für seine Bücher brauchte, kam ich ohne Schwierigkeiten bis zu einem gewissen Maß an gegenseitiger Kenntnis.

All das fiel mir leicht nicht trotz, sondern wegen Barbara: Meine bedingungslose Verliebtheit verwandelte mich selber so sehr, dass ich nun meinerseits liebenswürdig wurde für die anderen, dass ich darüber hinaus auch wieder fähig wurde, an Beziehungen zu arbeiten, die bis dahin längst in bequemer Stagnation erstarrt waren, und dass ich zum ersten Mal seit meiner Ankunft in Berlin dem beginnenden Tag in die Augen sehen konnte ohne Angst. Ich fühlte nach, hörte in mich hinein, zweifelte noch: aber die Angst, meine treue Berliner Begleiterin, war nicht mehr da.

Plötzlich war ich nicht mehr überflüssig. Für diesen veränderten Tatbestand hatte ich selbst kaum etwas getan. Ich wurde einfach gebraucht: ich selber, nicht irgendeine Funktion, eine Fähigkeit, sondern ich, Murnau, mit allem, was ich war – oder von dem Barbara glaubte, ich sei es –, wurde gebraucht, unteilbar.

Drei Monate nach jener Geisterdemonstration im Juli machte ich eine ganz andere Demonstration mit. In Vietnam versuchten die Amerikaner das Land, das sie in Kürze unzweifelhaft verlassen mussten, in völliger Unbrauchbarkeit zurückzulassen. Noch einmal erfasste der Protest gegen diesen Krieg Teile einer an sich schon längst zerfallenen Linken, und nicht dreihundert waren es an diesem Oktobernachmittag, sondern Tausende, die ihrer Wut Ausdruck gaben und den Kurfürstendamm für sich eroberten. Und ich selber war an diesem Nachmittag nicht wie im Juli von dem dünnen und brüchigen Schutzgürtel der wenigen Genossen, die ich kannte, umgeben, sondern hatte Barbara fest eingehakt neben mir. Ein Jahr lang hatte sie in dem Land, gegen dessen Politik wir protestierten, als Austauschschülerin gelebt. Während wir die Forderung skandierten: »Amis raus aus Saigon – Bomben auf das Pentagon!« oder das berühmte »USA – SA – SS!«, war ich mit einem Mal auf einer Demonstration nicht allein unter all den anderen, und nach der üblichen Kundgebung am Schluss an der Gedächtniskirche fiel ich nicht, wie sonst, zurück in meine Vereinzelung und Angst: Barbara war bei mir. Kein Grund, mit Unruhe an die Leere eines Samstagabends in Berlin zu denken, die, mit welchen Mitteln auch immer, vertrieben werden musste. Gut: Wir besuchten eine Fête an diesem Abend, aber die war nicht dazu da, uns eine Leere zu vertreiben, wir gaben nur ein Gastspiel, waren eher Zuschauer als Agierende, tauschten Erinnerungen aus an jenes Fest in Schlachtensee, auf dem wir uns kennengelernt hatten, das uns Jahre vergangen schien, obwohl es gerade zwei Wochen zurücklag (wie man, wenn man verliebt ist, die Zeit, da man sich noch nicht kannte, als einen vollkommen unbegreiflichen Leerraum ansieht), und zogen uns dann zurück in die Joachim-Friedrich-Straße.

Dort war ich erstmals in meiner Berliner Zeit zu einem wirklich bewohnbaren Zimmer gekommen. Alle meine vorhergehenden Versuche, in meinem jeweiligen Zimmer mir eine eigene Höhle zu schaffen, waren an meiner mangelnden Ausdauer gescheitert. Das wäre auch in Halensee so geblieben, wenn es dort nur darum gegangen wäre, mein Zimmer einzurichten. Aber ich lebte nicht mehr allein: Es war unser Zimmer. Es war sogar eher Barbaras Zimmer, denn sie hatte nie ein eigenes gehabt. Sie war die uneheliche Tochter eines amerikanischen Besatzungssoldaten und einer deutschen Mutter, die sie beide kaum kennengelernt hatte, war aufgewachsen bei einer Frau, die sie als kleines Kind in Pflege genommen hatte, nachdem ihre leibliche Mutter sich nach Japan verheiratet hatte, und wohnte nun in Nikolassee bei der Tochter dieser Pflegemutter, jener Lehrerin, die Pappler bei seinem Zehlendorfer Praktikum kennengelernt hatte. Wie sollte sie da je an ein eigenes Zimmer gekommen sein? Die Wohnung in Nikolassee war zu klein für zwei Erwachsene, drei Kinder und Barbara: und sie war es natürlich, die bei dieser Ausgangslage verzichten musste. So machte sie sich hier in Halensee daran, einen Traum zu verwirklichen, der für mich immer eine Selbstverständlichkeit gewesen war, auch wenn ich nie so recht etwas damit hatte anfangen können. Sie arbeitete an diesem Raum einen ganzen Tag und ohne Pause, während ich fast nur staunend zusah, ihr höchstens hier und da Handreichungen machte. Sie schnitt einen Teppich zu, wies meinen Möbeln ihren Platz an (ich hatte allerdings ein gewisses Mitspracherecht), brachte Vorhänge am Fenster an, all das mit einer Hingabe und zugleich Verbissenheit, die mir erstmals eine Ahnung davon verschafften, was es bedeuten kann, ein Stück Welt zu besitzen, das nicht mehr den Gesetzen der übrigen Welt gehorcht, sondern den eigenen. So war selbst dann noch in unserer Wohnung in Halensee etwas von ihr bei mir, wenn sie irgendwo anders in Berlin sich aufhielt.

Ganz am Ende dieses Tages hatten wir das große, breite Bett in die Ecke neben der Tür geschoben, das ich ein paar Tage zuvor Bubi bei seinem endgültigen Auszug aus der Wohnung für hundert Mark abgehandelt hatte. In den vergangenen Jahren hatte ich überwiegend auf schmalen, oft aus mehreren Matratzen zusammengestellten Betten geschlafen, nahe dem Fußboden, in mich zusammengezogen, allein, ein paar Stunden geschützt vor meinem Leben. Jetzt hatte ich dieses prächtige Bett erworben, in dem ich mich nicht in mich zusammenzuziehen brauchte und in dem ich nicht allein zu schlafen brauchte: Sie war ja bei mir in vielen Nächten, und im Gegensatz zu unserer ersten Nacht draußen in Schlachtensee gab es hier für uns beide genug Platz.

In diesem Bett liebten wir uns. Wir taten es auf eine Art und Weise, die ich mir bis dahin in Phantasien ausgemalt, aber nie geäußert hatte und die mir allen libertären Theorien zum Trotz, denen ich natürlich zustimmte, mit dem Vergnügen zugleich auch immer das Schuldgefühl mitgeliefert hatten: Irgendwo in mir versteckt saß der tote Calvin und lachte sich ins Fäustchen. Jetzt hatte er nichts mehr zu lachen. Barbara hatte ihn vertrieben. Sie selber war von einer so fröhlichen Schamlosigkeit im Bett, dass Calvin, dieses leichenblasse Erbe meiner Pubertät, keine Chance hatte. Wir machten es von vorn, von hinten, von der Seite, mit dem Mund, wir versuchten es auch in der Badewanne: Es klappte nicht, aber das war nicht schlimm. Wir lachten darüber. Das ganze Vögeln war schön, war aber auch zum Lachen.

Morgens, wenn wir früh aufstanden, weil Barbara früh zur Schule musste, erfüllte die Lust der vergangenen Nacht noch die ganze Wohnung. In jedem Abschiedskuss an einem solchen Morgen lag schon das Versprechen, diese Lust, die gewissermaßen nur durch ein paar unumgängliche Notwendigkeiten des alltäglichen Lebens kurzzeitig unterbrochen war, in der kommenden Nacht fortzusetzen. Die Abende und Nächte waren unsere Zeit, die Tage nahmen wir hin, sie belasteten uns kaum, wir durchflogen sie wie, in Brechts Gedicht, Kranich und Wolke:

So unter Sonn und Monds wenig verschiedenen Scheiben
Fliegen sie hin, einander ganz verfallen.

Sich trennen

Solche Flüge dauern nie sehr lange. Die ersten Entfernungen traten zwischen uns: geheimes Aufatmen, wenn wir uns für ein paar Tage nicht sahen, wo doch eben noch jede gemeinsame Sekunde wichtig gewesen war. Gereizte Reaktionen, wenn ich mich bei ihr nach der Schule erkundigte. Bei Berührungen Missverständnisse, die eben noch undenkbar gewesen waren.

Dazwischen: immer wieder die Versuche der Rückkehr in die alte Vertrautheit. Wenige von diesen Versuchen gelangen. Wir entdeckten, dass unsere Vertrautheit ziemlich sprachlos gewesen war, und dass sie sich jetzt, wo wir uns veranlasst sahen, miteinander zu sprechen, nicht einfach fortsetzen ließ. Gegenseitig war die erotische Attraktion gewesen, nur sie: Gesprochene Sprache hatte dabei keinen Platz gehabt. Die aber, so schien es, ließ sich nicht beliebig verlängern, stumpfte ab, die Sensation des ersten Anblicks ließ sich nicht einfach wiederholen. Wir entdeckten jetzt nicht mehr Anziehendes, sondern Trennendes: Im Alter trennten uns fast sieben Jahre: Wir hatten jeder eine Geschichte, und diese Geschichte war nicht, wie wir anfangs geglaubt hatten, einfach ausgelöscht.

Unser gemeinsamer Flug verlor ständig an Höhe. Ich mochte ein Liebhaber sein, ein Vater, wie ihn die vaterlose Barbara suchte, war ich nicht. Ich bemerkte nicht einmal, dass es das war, was ich sein sollte: Es war für mich eine so unvorstellbare Rolle, dass ich nicht für einen Augenblick auf den Gedanken kam, dass jemand sie mir antragen wollte.

Über Weihnachten fuhren wir in den Harz, wo wir uns in einer Privatpension in Bad Harzburg angemeldet hatten, lange bevor wir begonnen hatten, Entfernungen zwischen uns zu legen. Jetzt traten wir die Reise an, jeder in dem noch verborgen gehaltenen Bewusstsein, dass sie unsere erste gemeinsame Reise und zugleich die letzte sein würde. Pappler und Gudrun nahmen uns im Auto bis nach Wolfenbüttel mit, von wo wir am nächsten Tag weiterfahren wollten. Ich hatte Angst vor diesem nächsten Tag, an dem wir uns plötzlich allein miteinander wiederfinden würden.

Wir verbrachten die Tage zusammen und doch jeder allein, ganz und gar untätig, verließen manchmal kaum das Bett, nebeneinanderliegend, lesend, ängstlich darauf bedacht, uns nicht zu nahe zu kommen, immer in der Gefahr, aneinander zu ersticken. Einmal fuhren wir nach Goslar ins Kino, um der Erstickungsgefahr zu entgehen, sahen dort Bogdanovichs *What's up, Doc?*. Barbara mochte den Film nicht, weil sie die Streisand nicht mochte. Schon wieder etwas, dachte ich, was ich falsch gemacht habe.

Das Wetter war eiskalt, frostig, und wir waren unfähig, uns aneinander zu wärmen. Wie schnell bedingungslose Intimität, auch besinnungslose, umschlagen kann, in eine Entfernung voneinander, die unendlich viel größer ist als die Entfernung, die vor dieser Intimität bestanden hat: Es erstaunte mich so, als machte ich diese Erfahrung zum ersten Mal.

Drei Tage früher als vorgesehen verließen wir Bad Harzburg. In der Erleichterung darüber, dem Ersticken entkommen zu sein, kamen wir uns beinahe noch einmal nahe. Vor dem Bahnhof Zoo gingen wir auseinander, es war kalt auch hier, aber eine kräftige Wintersonne schien, und die Totenstille der Bad Harzburger Tage war abgelöst durch den freundlichen Lärm der Berliner City. Wir versuchten, unsere Trennung ohne Pathos herzurichten, keine Tränen, alle denkbare Trauer blockiert durch ein paar praktische Erörterungen – »Du hast noch ein paar Platten von mir, die hole ich bald mal ab« – und durch schnelles Auseinandergehen.

Meine eigene Trauer war in der Tat auf Tage blockiert. Ich weigerte mich zu begreifen, was eigentlich passiert war, dass unser Flug ein Ende genommen hatte, sah ab und zu noch Möglichkeiten, ihn wiederaufzunehmen, alles war nur eine Zwischenlandung, nicht vorgesehen, aber reparabel. Die Überraschung bei meiner Rückkehr in die Wohnung war perfekt. Man hatte mich nicht erwartet, ich bekam einen Begrüßungsschnaps wie ein Vierteljahr zuvor, bevor ich Barbara kennengelernt hatte: Und ich begriff noch nicht, dass dieser Begrüßungsschnaps der erste nach der Trennung war. Eine Liebesgeschichte, eingerahmt von zwei Schnäpsen.

Ich verschwand bis zum Silvesternachmittag im Bett, las Enzensbergers *kurzen Sommer der Anarchie*, war in guter Verfassung, konnte konzentriert lesen, verstand mich ausgezeichnet mit Stenze, Micaela und Schütte, war von Euphorie wie von Depressionen gleich weit entfernt, ausgeglichen und angstfrei. Mit den beiden Frauen verbrachte ich den Abend auf verschiedenen merkwürdigen Silvesterfêten, auf denen entweder nicht getanzt wurde oder es nichts mehr zu trinken gab; wir kehrten früh heim, tranken jeder noch ein Glas Milch und schliefen stocknüchtern dem Neujahrsmorgen entgegen.

Wenige Tage später suchte ich Barbara noch einmal auf, in der neuen Wohnung in Moabit, die sie kurz vor unserer Harzreise bezogen hatte, auf der Fahrt dorthin mit allen Hoffnungen ausgestattet, die ich reaktivieren konnte. Ich blieb eine knappe Stunde dort, redete mit einer vollends Fremden zähe, belanglose Sätze, fuhr nach Halensee zurück und wartete dort geduldig auf den Durchbruch meiner Trauer.

Die schlich sich an, setzte sich durch auf Umwegen. Es gab keinen Zusammenbruch, nicht einmal Tränen: Die ersten Tränen über diese Trennung weinte ich fast vier Jahre später an einem stillen Oktobernachmittag im Ruhrgebiet, weit weg von Berlin.

Aber ich verbrachte meine Tage von nun an mit einer Abwesenden. Ich stemmte mich gegen das Bewusstsein, verlassen worden zu sein, indem ich ziellose Aktivitäten entwickelte, wollte mein Studium abbrechen, suchte nach Alternativen, bewarb mich um eine Stelle in der Drogenhilfe, die ich nicht bekam, versuchte es mit dem linken Buchhandel, der keinen Platz für mich hatte, hörte mich in den Westberliner Jugendzentren um. Meine Aktivitäten beschützten mich, aber nicht lückenlos: Plötzlich meinte ich auf der Straße, Barbaras Stimme zu hören, diese unverfälschte Berliner Frauenstimme, die manchmal so schlecht passte zu ihrem zerbrechlichen Äußeren. War aber nichts, war wer anders.

Einmal abends, als ich spät nach Hause kam, erschrak ich maßlos über den Anblick meines Zimmers: Es war noch immer genau so, wie Barbara es damals für uns beide hergerichtet hatte, obwohl ich doch schon seit Wochen wieder allein darin wohnte. Ich hatte nichts daran verändert, und selbst wenn ich es jetzt gewollt hätte, wäre mir keine Veränderung eingefallen. Dies war ihr Zimmer, sie hatte es hergerichtet, ich konnte dagegen nichts tun.

Wenn ich manchmal nachts erwachte, so suchte ich sie zwar nicht neben mir: Ich wusste augenblicklich, dass ich jetzt wieder allein schlief. Aber ich wusste, dass sie in dem großen Bett, das ich nun ganz für mich hatte, oft neben mir gelegen und manchmal im Schlaf leise und unverständlich vor sich hin gemurmelt hatte, während ich jetzt nur meiner eigenen Schlaflosigkeit zuhören konnte.

Sie hatte immer ein sehr schönes hellblaues Nachthemd getragen, knöchellang, das sie aus den USA mitgebracht hatte. Wenn wir zu Bett gingen, hatte es uns beiden immer großes Vergnügen bereitet, wenn sie sich dieses Nachthemd überstreifte, weil wir schon in diesem Augenblick beide wussten, dass ich es ihr in spätestens einer Viertelstunde wieder ausziehen würde. Jetzt, wenn ich im Bett lag, die Lampe noch brennend, die Arme hinter dem Kopf verschränkt, vermisste ich dieses Spiel mit dem Nachthemd. Ich löschte das Licht, begann zu onanieren und versuchte dabei, mir den Klang ihrer Stimme zu vergegenwärtigen, wenn sie mich beim Vögeln manchmal »Tiger« genannt hatte, was ich nicht oft genug hatte hören können. Aber ich gewann den Klang ihrer Stimme bei diesem Wort nicht zurück, und das eine Mal, wo es mir gelang, wurde ich nur noch trauriger in dem Bewusstsein, dass dies unweigerlich vorbei war und ich es mir nur noch durch diese einsame Schmierenkomödie wieder gegenwärtig machen konnte.

In solchen Augenblicken also suchte mich Barbara immer wieder auf. Der Schmerz jedes Mal war umso größer, als meine plötzlichen Erinnerungen an sie sich selten vorher ankündigten, sondern mich, durch äußere und zufällige Anlässe ausgelöst – durch einen Geruch, eine Stimme, einen Gegenstand, eine Wortverbindung –, ungeschützt überfielen: Gegen solche Angriffe war ich wehrlos.

Dann kam sie eines Mittags im März selber, leibhaftig, in der Joachim-Friedrich-Straße vorbei. Sie hatte die Schule verlassen und besuchte jetzt eine Schule für angehende Bürokräfte ganz in der Nähe unserer Wohnung. Auch war sie aus ihrer Moabiter Wohnung schon wieder ausgezogen, weiter nach Neukölln: zu ihrem neuen Freund. Die Wohnung dort war, was die sanitären Anlagen betraf, in einem miserablen Zustand, und so kam sie unter anderem auch deshalb hier in Halensee vorbei, weil sie ein Bad nehmen wollte. Ihr plötzliches Erscheinen machte mich hilflos, während sie selber sich sehr sicher bewegte, die Wohnung benutzte wie etwas Bekanntes, mein Zimmer prüfte und, wie ich zu sehen glaubte, zufrieden war, in der Anordnung dieses Zimmers noch immer deutlich ihre Spuren wiederfinden zu können. Als ich ihr ein Handtuch an die Badewanne brachte und sie nackt sah, vermisste ich jede sexuelle Erregung bei mir. Ich fühlte mich durch ihre Anwesenheit eher gestört: in meiner latenten Trauer und in meinem Versinken in völlige Apathie, das damals bereits begonnen hatte, weil alle Versuche, eine Arbeit zu finden, fehlgeschlagen waren und ich mich langsam mit dem Gedanken abfand, nun doch mein Studium zu Ende zu bringen. Nachdem sie gebadet hatte, gingen wir in einer nahen Pizzeria einen Espresso trinken. Es war einer der ersten Frühlingstage, und wir konnten schon an einem Tisch auf dem Trottoir sitzen. Sie bemerkte, dass ich meinen Schnurrbart abgenommen hatte und dass meine Haare kürzer geworden waren.

»Der Schnurrbart hat mich alt gemacht, deshalb habe ich ihn abgenommen.«

Sie lachte; aber mich hatte wirklich seit dem Zeitpunkt unserer Trennung eine panische Angst ergriffen, alt zu werden. Jetzt, als wir unseren Espresso tranken, gewann ich erstmals eine Ahnung davon, dass unsere Trennung und diese Angst sehr viel enger miteinander zu tun hatten, als ich bis dahin angenommen hatte. In der Zeit, als wir zusammen gewesen waren, hatte ich mich teilweise zurückversetzt gefühlt in den hoffnungsvollen und neugierigen Zustand der wunderbaren Jahre oder meiner ersten Berliner Wochen: Ich hatte plötzlich wieder Zukunft vor mir gesehen, noch dazu eine, die in ihren Möglichkeiten nicht durch meine bisherige Geschichte eingeschränkt war, denn diese Geschichte war ja, so glaubte ich, mit Barbara ausgelöscht worden. Mit der Trennung kehrte sie zurück, um ein weiteres Scheitern bereichert. Von nun an lag alle Zukunft hinter mir.

Sie erzählte leichthin von ihrem neuen Freund, genau in dem Ton, den man benutzt, wenn man nicht zu viel erzählen will, und ich erzählte meinerseits im gleichen Ton von den Dingen, die ich zurzeit tat oder unterließ. Die Situation war nicht unangenehm, ohne Spannungen, eher ein bisschen langweilig. Bevor wir uns trennten, sagte ich:

»Ich werde jetzt auch baden, wollte ich sowieso tun.«

»Aber wir hätten doch zusammen baden können, du

hättest nur etwas zu sagen brauchen. Jetzt musst du erst wieder eine Dreiviertelstunde warten, bis das Wasser warm ist.« Sie sagte es ganz nebenher, als sei das eine Selbstverständlichkeit, und ich war vollkommen verwirrt, weil es in der Tat einmal eine Selbstverständlichkeit gewesen war. Mit einem Schlag waren die Bilder von all den Gelegenheiten wieder da, bei denen wir uns in der Badewanne gegenübergesessen hatten und uns verliebt gestreichelt hatten; aber Barbara hatte ganz sicher nicht im Geringsten an diese Situation gedacht. Es war einfach ihr ausgeprägter praktischer Sinn, der aus ihren Sätzen sprach. Als wir uns getrennt hatten und ich die hundert Meter zu unserer Wohnung zurückging, besetzte mich mit ihrer vollen Kraft die Trauer, die ich während der ganzen zwei Stunden unserer Begegnung beinahe vermisst hätte.

Beim nächsten Mal hatte ich etwas Fieber und lag im Bett. Sie blieb nicht lange, keine Stunde, verwöhnte mich aber in dieser Zeit, holte mir etwas zu trinken, rückte mein Bett zurecht und streichelte mich, wie eine Mutter ihr krankes Kind streichelt. Es machte mich nicht glücklich. Ihre Zuwendung war von der Art, die man einem guten Freund entgegenbringt, den man mag, den man aber nicht liebt.

Drei Tage später sah ich sie zum letzten Mal. Es war ein Samstag und ich fuhr zu Pappler und Gudrun, nicht mehr nach Schlachtensee, sondern nach Kreuzberg, wo die beiden mit zwei anderen eine Wohngemeinschaft bezogen hatten und nun ihre Einweihungsfête veranstalteten. Ich war im ersten Augenblick etwas überrascht, Barbara hier zu finden, sagte mir aber gleich danach, dass dies nur natürlich sei. Auch war ich keineswegs besonders aufgeregt. Wir saßen zusammen eine Weile auf dem Fußboden und erzählten voneinander. Inzwischen hatte sie auch die Büroschule wieder aufgegeben und arbeitete nun als Hilfskrankenschwester. Ich brachte nicht einmal das Interesse auf, mich nach der Adresse des Krankenhauses zu erkundigen. Ich fragte sie, warum sie ihren Freund – dessen Namen ich nicht wusste und auch nicht erfragte – nicht mitgebracht habe.

»Er arbeitet jeden Samstag in der Kneipe, um ein bisschen Geld reinzubringen«, sagte sie. »Deshalb bin ich da immer allein und mache eigene Sachen. Ist auch ganz gut so; wir sitzen schon eng genug aufeinander. Die Wohnung ist zu klein.«

Der Gedanke, dass jetzt ein anderer mit ihr einen großen Teil ihres Lebens teilte, rief keinen Neid und keine Eifersucht bei mir hervor. Da ich mir den anderen nicht vorstellen konnte, erschien er mir nicht als Gegner, der mir etwas weggenommen hatte. Ich bin schon geheilt, dachte ich. Ich habe eine Geschichte mit ihr, und die war schön, war unvergleichlich, aber es schmerzt mich nicht mehr, dass sie nicht fortzusetzen ist.

Dann setzte sich Terry zu uns, den ich aus der »Herta« kannte. Er war gerade zwei Monate in den USA gewesen, vor einer Woche zurückgekommen, und Barbara und er begannen sich darüber zu unterhalten, über etwas also, das ich nicht kannte. Damit war ich, ganz sicherlich unbeabsichtigt von Barbara und Terry, aus dem Gespräch ausgeschlossen, und wenn ich mir eben noch ganz gelassen Barbaras Erzählungen von ihrem neuen Freund und ihrem neuen Leben in Neukölln hatte anhören können, so begann sich jetzt in mir eine ganz absurde Eifersucht auf Terry zu regen.

Ich ließ die beiden allein und wandte mich dem Fest zu, machte die Runde durch die verschiedenen Zimmer der Wohnung, unruhig jetzt, nicht mehr mit der Gelassenheit, mit der ich die ersten zwei Stunden hier zugebracht hatte. Es zog mich zurück in den Raum, in dem ich mit Barbara gesprochen hatte. Dort saßen sie noch immer beieinander auf dem Fußboden, schienen aber aufgehört zu haben, voneinander zu erzählen: Sie waren sich sehr nahe gekommen und offenbar kurz vor dem ersten Kuss. Ich blieb in dem großen Raum, in dem getanzt wurde, aber so, dass ich jederzeit durch den Türrahmen hindurch einen Blick auf die beiden hatte. Ich tanzte mit irgendjemandem, trank schnell mehrere Glas Bier hintereinander und warf immer wieder einen Blick nach drüben. Bei jedem dieser Blicke sah ich die beiden, wie sie sich noch nähergekommen waren. Schließlich ging ich einmal ganz nah und sehr langsam an ihnen vorbei, sie bemerkten mich nicht.

Ich verließ das Fest ohne Abschied. In der U-Bahn, die mich den weiten Weg in die City zurückfuhr, und im Bus, der mich den Kudamm hinunter nach Hause brachte, war ich ganz und gar abgedichtet gegen alle anderen. Obwohl ich nicht wenig getrunken hatte, war ich beinahe beängstigend nüchtern. Zu Hause traf ich niemanden an. Ich nahm alle meine Schlaftabletten auf einmal, etwa zwanzig, insgeheim wohl ahnend, dass man sich mit Baldriantabletten nicht vergiften kann. Vor lauter Aufregung darüber, dass ich nun sterben würde, lag ich die halbe Nacht wach. Am nächsten Morgen, als ich erwachte, fühlte ich mich erbärmlich und lächerlich. Micaela, der ich alles erzählte, riet mir, viel Milch zu trinken: »Milch entgiftet«, sagte sie.

Ich habe sie niemals wieder gesehen. Sie kam nicht mehr zu Besuch, und ich selber, obwohl ich ihre Neuköllner Adresse hatte, schaffte es nie, sie dort aufzusuchen. Mit der wachsenden Apathie gegenüber meinem gegenwärtigen Leben schien auch meine Apathie gegenüber dieser Episode meines vergangenen Lebens zu wachsen.

Einmal rannte ich einem davonfahrenden Bus auf dem Kudamm nach, in dem ich sie gesehen zu haben glaubte, und obwohl ich mir keineswegs sicher war, dass wirklich sie es war, dachte ich den ganzen Abend darüber nach, wohin sie mit dem Bus wohl gefahren sein mochte. Ihr altes Zuhause in Nikolassee konnte es kaum gewesen sein, denn dann hätte sie bis Oskar-Helene-Heim die U-Bahn benutzt und wäre erst dort in den Bus umgestiegen. Ein anderes Ziel in der Fahrtrichtung des Busses fiel mir nicht ein, denn ich hatte ja Barbara ganz festgelegt auf die Orte, die sie in der Zeit unseres Zusammenseins besucht hatte. Ich sperrte mich gegen den Gedanken, dass sie jetzt ein anderes Leben führte, andere Wege fuhr, andere Ziele aufsuchte.

Wenn ich noch manchmal etwas genauer und gründlicher über unsere Geschichte nachdachte, endete dies meistens in dem Wunschtraum eines plötzlichen, unverhofften Wiedersehens, in dessen Verlauf wir uns noch einmal näherkamen und an dessen Ende wir noch ein letztes Mal miteinander vögelten, in dem vollen Bewusstsein, dass es das letzte Mal sei, um nachträglich den rapiden Zerfall und das fast sprachlose Ende unserer Beziehung abzumildern und unsere Trennung dann zu einem freien und lustvollen Akt zu machen. Natürlich wurde dieser Traum nicht Wirklichkeit. Ich verlor sogar ihre Adresse und rief erst Monate, nachdem ich den Verlust bemerkt hatte, in Nikolassee an, um diese Adresse neu einzuholen. Aber die wiedergewonnene Information nutzte ich nicht aus.

Sehr viel später verlor ich schließlich bei einem Umzug auch noch das einzige Bild von ihr, das ich besaß. Heute habe ich nur noch einen Hampelmann aus Holz, bunt bemalt, und eine billige Stoffpuppe, beide an der Wand aufzuhängen, die sie mir geschenkt hatte. Nichts sonst: keinen billigen Schmuck, kein Buch, keinen Brief, wir haben nie einander geschrieben, ihre Schrift würde ich nicht erkennen.

Wenn ich heute Leuten, die Barbara nicht gekannt haben und die vielleicht auch mich damals noch nicht gekannt haben, etwas von dieser Geschichte zu erzählen versuche, finde ich selten eine eigene Sprache und muss zurückgreifen auf Sätze, die ich irgendwann gelesen oder gehört habe:
Our love was like a water,
that splashes on a stone,
our love was like a music,
it's here,
and then
it's gone...
»Nichts umtreibender, als mit einem Ende des Zwiegesprächs allein zurückzubleiben. Du hörst dich dauernd mit ihr sprechen!«

»Ich denke oft an diese Wochen zurück; sie waren das Leben, sie werden nicht wiederkommen, alles andere war Bruch.«

Sich verschwinden lassen

Alles andere ging weiter: schleppend. Ich verbrachte meine Tage bis mittags im Bett, war dann deprimiert, so lange geschlafen zu haben, schaffte ich es einmal, früher aufzustehen, war ich deprimiert, weil ich mit dem entsetzlich langen Tag, der vor mir lag, nichts anzufangen wusste. Ich arbeitete zwar täglich ein wenig an der Vorbereitung zu meiner Diplomarbeit, von der ich inhaltlich noch immer sehr unklare Vorstellungen hatte, aber diese Arbeit nahm nur einen kleinen Teil eines sonst leeren Tages in Anspruch. Ich machte wieder meine langen Spaziergänge den Kudamm hinunter, besuchte regelmäßig die Mommsenstraße und häufig auch Lars in seiner Moabiter Wohnung. Nach der Trennung von Barbara war er außerhalb meiner Wohnung der Einzige geworden, zu dem ich eine nicht auf bloßer Zufälligkeit oder Gewohnheit aufgebaute Beziehung hatte. Er versuchte, mich aus meiner Apathie zu befreien, aber es gelang ihm kaum, schon deshalb nicht, weil er ihre Berechtigung durchaus anerkannte und sich zu den Sprüchen vom Leben, das nun mal weitergeht, und vom Sich-Zusammenreißen nicht versteigen mochte. Dafür, dass wenigstens er mich nicht mit Optimismus und Lebenstüchtigkeit quälte, war ich ihm dankbar.

Insgesamt aber brachte ich meine Tage allein hin. Ich ging sehr viel ins Kino wie in meinen allerersten Berliner Wochen. Sobald ich erst einmal das schützende Dunkel des Kinosaals erreicht hatte und die Reklame vorüber war, fühlte ich mich geborgen und bedauerte, dass diese Geborgenheit zeitlich begrenzt war. Wenn ich aus dem Kino wieder nach draußen kam, sah ich die sogenannte Wirklichkeit im Licht des Films, den ich eben gesehen hatte, und sie schnitt dabei niemals gut ab.

Über Ostern hatten mich Jensen und Ruth für ein paar Tage besucht, und wir gingen fast jeden Tag ins Kino. An einem dieser Tage sah ich zum ersten Mal Louis Malles *Der Dieb von Paris*, einen Film, unter dem ich mir bis dahin nichts hatte vorstellen können und den ich mir ohne den Besuch von Jensen und Ruth vermutlich nie angesehen hätte. In den folgenden Wochen jagte ich dem Film nach durch ganz Berlin, und es gelang mir, ihn in kurzer Zeit noch zweimal zu sehen.

Der Film erzählt vom Leben des Berufsdiebes Georges Randal im Frankreich des Fin de Siécle. Randal wird von Belmondo gespielt, aber es gibt keinen anderen Belmondo-Film, in dem das Markenzeichen Belmondo so sehr hinter die Rolle zurücktritt. Es handelt sich um eine melancholische Geschichte, die von der Auflehnung gegen die bürgerliche Gesellschaft auf der Grundlage der bürgerlichen Gesellschaft erzählt, von einem Scheitern also. Die Existenz der Diebe beruht auf dem Privateigentum. »Wollen Sie das Privateigentum abschaffen?«, fragte der Abbé Lamargelle, ebenfalls ein Dieb, dessen idée fixe es ist, vom Erlös seiner Tätigkeit einmal Kirchen in China zu bauen. »Dann würden Sie den Ast absägen, auf dem Sie sitzen.« Einzig der legendäre Cannonier, der sich im Gefängnis zum Anarchisten entwickelt hat, versucht, die Grenzen der Auflehnung zu überschreiten, den Boden der bürgerlichen Gesellschaft zu verlassen. Der Preis ist der Tod: Er wird von einem Spitzel erschossen. Randal selber, der zuweilen auch die alte Gesellschaft in die Luft sprengen möchte, hütet sich doch vor der Gewalt, zu der er fähig wäre: In der alten Gesellschaft lebt auch seine Cousine Charlotte, die er liebt und deretwegen er eines Tages auf einem Fest, auf dem sie an einen Schwachkopf verlobt werden soll, seine Karriere als Dieb begonnen hat. Am Schluss hat er Charlotte gewonnen und sieht nun, dass er trotzdem nicht glücklich sein kann: »Ich wollte nie etwas anderes erreichen«, sagt er zu Lamargelle, »als das Unmögliche.«

Randal, obwohl er es materiell nicht mehr nötig hat, da

er das Testament seines verhassten Onkels zu seinen und Charlottes Gunsten umgefälscht hat (wie viel handwerkliches Können, wie viel gute, liebevolle, solide Arbeit der Diebe in diesem Film gezeigt wird!), bricht, in einer Art resignativen Wiederholungszwanges, weiter ein. Lamargelle macht seine idée fixe wahr und fährt nach China. Ein Teil der anderen Diebe hat schon vorher den Beruf aufgegeben, als die Arbeit durch neue Technologien, Alarmanlagen und dergleichen, immer schwieriger wurde: Roger zum Beispiel (»man nennt mich den Schüchternen«), der endlich sein erträumtes Häuschen in Venedig bezogen und sich dort zur Ruhe gesetzt hat. Jeder scheitert individuell, das Scheitern ist gleichwohl allgemein.

Mit dem gleichen resignativen Wiederholungszwang, mit dem Randal seine Einbrüche fortsetzt, setzte ich mein Leben in Berlin fort. Ich arbeitete, schlief viel, ging ins Kino, in die Kneipe. Das Unmögliche lag hinter mir, ich beschränkte mich also aufs Mögliche.

Lars und ich fuhren über Pfingsten für eine Woche in die Holsteinische Schweiz, besuchten Freunde von ihm, wohnten auf einem Bauernhof. Sobald wir das Berliner Gift verlassen hatten, nahm meine Apathie ab und meine Wahrnehmungsfähigkeit stieg. Die sanfte Schönheit der holsteinischen Landschaft, am ehesten noch dem englischen Süden vergleichbar, rührte mich. An den Seen vorbei ging es durch eine flache und zugleich hüglige Landschaft; die Städte und Dörfer waren klein und hatten Namen wie Siebeneichen, Mölln, Curau und Ahrensbök.

Lars und ich verbrachten unsere Tage dort teils allein, teils mit den anderen zusammen im Freien, am Fischtümpel, auf einer Weide beim Fußballspielen, oder, im Heu liegend, einfach lesend. Einen Tag fuhren wir nach Hamburg, wo ich Angelika besuchte, die einen niedergeschlagenen Eindruck machte, den sie zugleich zu verbergen versuchte. Abends aßen wir gut und tranken viel, morgens wurde uns ein Frühstück hingestellt, das wir mit dem größten Hunger nicht hätten aufessen können. Es war eine glückliche Woche, und einen Augenblick träumte ich davon, mich nach dem Diplom, vielleicht zusammen mit Lars, hier niederzulassen und das auszuprobieren, was damals unter dem Markenzeichen der alternativen Lebensformen langsam in die Diskussion kam: biodynamischer Anbau, bewussterer Umgang mit den Ressourcen der Natur, Rückkehr zu einem Leben, in dem der Gebrauchswert den Tauschwert dominiert. Diese Träume, ich wusste es beinahe im selben Augenblick, da ich sie träumte, waren ganz ohne Basis, waren eine vorübergehende Schwäche des Stadtmenschen Murnau fürs ländliche Leben, und eskapistische Träume zudem.

So war diese Woche in der Holsteinischen Schweiz nur eine Pause in meinem stetigen Versinken. In den Sommerferien verbrachte ich fast drei Wochen in der Halenseer Wohnung allein, da alle anderen verreist waren. Für drei Wochen jobbte ich als Lagerarbeiter in einem Lebensmitteldiscount, in dem ich schon ein Jahr zuvor Geld verdient hatte. Die Arbeit war, die heißen Tage einmal ausgenommen, nicht besonders anstrengend, entzog sich weitgehend der Überwachung, war selbstständig. Vor allem gab sie den Tagen von Montag bis Samstag einen Rahmen, in dem ich mich zu bewegen hatte, gab mir überhaupt einen Anlass, morgens aufzustehen und mein Leben mit einer gewissen Regelmäßigkeit zu führen. Von den Nachrichten, die mich erreichten, nahm ich nur noch die katastrophenartigen wirklich zur Kenntnis: grauenhafte Berichte aus Mozambique und Giftmüllskandal in Hessen. Von mir selber empfing ich keine Nachrichten mehr, oft kam es mir vor, als wäre ich gar nicht mehr da. Nur wenn ich mit Lars zusammen war, bemerkte ich, dass es mich noch gab. Lars wirkte wie ein Spiegel, der mir dann und wann, indem ich versehentlich vor ihn hintrat, meine vergessene Existenz ins Gedächtnis zurückrief.

Sonst aber war ich dabei, langsam und unmerklich für alle anderen, zu verschwinden. Schließlich unterschritt mein Gewicht die Fünfzigkilogrenze, wie ich eines Morgens nach dem Baden auf unserer Waage feststellte. Es war das erste Mal seit mehreren Wochen, dass ich wieder über etwas erschrecken konnte, das mich betraf. Ich rief die Psychotherapeutische Beratungsstelle der FU an, wo Studenten sich an einer kostenlosen Beratung durch einen ausgebildeten Psychotherapeuten guttun konnten. Es herrschte, wie immer, Hochkonjunktur, und auf meinen Termin musste ich drei Wochen warten.

Ich war noch nie in engeren Kontakt mit diesem Bereich des Gesundheitswesens gekommen. Die Beratungsstelle war keineswegs direkt an der Uni eingerichtet, sondern in einer Klinik im Westend, dem nordwestlichen Charlottenburg, einer Gegend, die ich gemeinhin nur auf dem Weg zum Kontrollpunkt Staaken durchfuhr, wenn es nach Hamburg ging. Es ist eine ruhige, großzügige Wohngegend mit viel Architektur aus dem Bismarckreich und Straßen wie Eichenallee, Platanenallee, Kastanienallee, Ebereschenallee, Ulmenallee, Akazienallee: breite Straßen, gedämpft, gepolstert, solide, gerade recht dafür, psychisch Kranke oder die man dafür hielt (oder die sich selbst dafür hielten) in einem komfortablen Versteck zu halten. Wie bei den meisten Krankenhäusern war auch hier die Orientierung nicht leicht; ich fand nicht sofort den richtigen Eingang, kam so durch einen großen Teil des Parks, in dem eine Reihe von Patienten in der Vormittagssonne spazieren ging, in Anstaltskleidung, wie ich es ein paar Tage vorher in Kenneth Loachs *Family Life* gesehen hatte. Ich lief durch das Labyrinth der Klinik, treppauf und treppab, vorbei an einer Krankenschwester, die eine lautstarke Auseinandersetzung mit zwei Patienten hatte, bis ich eine andere Schwester fand, die mir den Weg zur Beratung präzis beschreiben konnte. Ich brauchte nicht zu warten, eine Tatsache, die mir positiv auffiel im Vergleich zu meinen Erfahrungen aus gewöhnlichen Arztpraxen.

Mich erwartete ein junger Arzt, in den frühen Dreißigern vielleicht, bärtig, bebrillt, ernst, nichts zum Anlehnen. Ich begann zu erzählen, für mich eine fast übermenschliche Anstrengung, da es jetzt häufig Tage gab, in denen ich nicht einmal hundert Worte mit anderen wechselte. Ich sprach ihm von Apathie, von Lustlosigkeit, vom langsamen Zerfall meiner Beziehungen, von Angst vor Konflikten, von meinem Wunsch, langsam zu verschwinden. Er stellte die üblichen Fragen, Kindheit, Eltern, Sexualität, ich glaubte das alles zu kennen, obwohl ich es zum ersten Mal mitmachte. Er schrieb mit, fast wie ein Erstsemester in einer Vorlesung. Es langweilte mich schnell, ich begann, Sachen zu unterschlagen, kein Wort von Barbara; ich wollte zum Schluss kommen, jetzt sollte er auch mal etwas sagen: Schließlich lag ich hier (noch) nicht auf der Couch. Er schwieg eine Weile, nachdem ich geendet hatte, räusperte sich mehrmals, fast schien es mir so, als hätte auch er in den letzten Wochen wenig mit anderen gesprochen, aber natürlich war diese Zurückhaltung, diese Sorgfalt, dieser Ernst rein professionelle Haltung, Teil seines Berufs. Während ich auf seine Worte wartete, wurde mir ganz deutlich, dass ich hier jemandem gegenübersaß, der vor allem seinen Beruf ausübte, sicher gewissenhaft, aber doch ein professioneller Verwalter psychischer Störungen. Er sah in seine Notizen und fing endlich an, seine Vermutungen darüber zu äußern, was falsch war mit mir: Der Klient hat ungeheure Ansprüche an seine Umwelt (»ich habe nie etwas anderes erreichen wollen als das Unmögliche«). Diese äußern sich aber nicht fordernd, sondern allein in negativer Form: Er hat Angst, dass »etwas in die Brüche geht«, dass »ihm etwas weggenommen wird« (ich hatte solche und ähnliche Wendungen während meiner Erzählung häufig benutzt). Seine wirklichen Forderungen äußert er nicht, da dies unvermeidlich aggressive Konflikte mit sich bringen würde: Er aber will nicht kämpfen.

Keine einzige neue Erkenntnis: eine reine Zustandsbeschreibung, die ich selbst hätte geben können (war es richtig gewesen, mehr zu erwarten?). Vorschläge: eventuell eine Gruppentherapie (Ammon), da dort zu Auseinandersetzungen gezwungen würde. Eventuell auch erst einmal Einweisung in die hiesige Klinik zur Beobachtung. Diesen Vorschlag lehnte ich sofort ab, so verlockend mir noch vor kurzem diese Möglichkeit erschienen war, weil sie Treibenlassen, Versorgung, Verantwortungslosigkeit einschloss. Natürlich stand es mir frei, zu einer weiteren Beratung wiederzukommen, nach wie vor kostenlos. Ich würde mir das überlegen. Ende, Abschied, Händeschütteln.

Ich fuhr zur Arbeit in den Discountladen. Dort erwarteten mich die aufzufüllenden Regale, die Sektkartons, Windelpakete, Konservendosen, jede Ware vielfach multipliziert, nicht als einzelne, wie sie der Käufer mit nach Hause nimmt, sondern in der Wiederholung und Massenhaftigkeit, wie der Verkäufer mit ihr umgeht. Diese greifbare Ansammlung von Waren, die ich von einem Ort zum anderen zu verschieben hatte von der Unscheinbarkeit des Lagers in die strahlende Helle des Verkaufsraums, beruhigte mich an diesem Nachmittag.

Der Sommer 1973 war heiß. Wer es sich leisten konnte, hatte Berlin längst verlassen, zurück blieben Berufstätige, die um diese Zeit keinen Urlaub hatten, dazu Arbeitslose, Mittellose, Ratlose; Gefangene, die den Ausgang aus diesem kompakten Mikrokosmos nicht mehr fanden. Die Wohnung in Halensee wurde nun schon seit Wochen von mir allein bewohnt, die »Herta«, auch in dieser Saison noch die am meisten besuchte Kneipe, leerte sich, Lars verschwand eines Tages zusammen mit Marion nach Österreich. Ich nahm alle meine verbliebenen Kräfte zusammen und fuhr zu meinen Eltern nach Wiesbaden, zugleich schrieb ich einen Brief an Jensen, mit dem ich, ohne mir dessen damals schon wirklich bewusst zu sein, meine künftige Trennung von Berlin einleitete.

Jensen schickte sich an, sein kleines Zimmer in der Tübinger Wilhelmstraße, in dem seine Bücher längst keinen angemessenen Platz mehr fanden, zu verlassen und in eine Wohngemeinschaft zu ziehen, an den Rand von Tübingen, ruhige Wohnlage, aber Kinos und Kneipen noch in erreichbarer Nähe.

»Lieber Jensen«, schrieb ich, »ich kann nicht mehr, es ist, als starteten nun endlich die vier Jahre in Berlin ihren Generalangriff auf mich. Es ist mir alles zu viel, und ich kann nicht einmal sagen, was ›alles‹ ist. Ich habe Angst vor jeder Leistung, die ich erbringen muss, und vor Leistung überhaupt. Oft bin ich völlig apathisch, zu anderen Zeiten habe ich Angst, verrückt zu werden. An Arbeit ist nicht zu denken: aber ich habe doch nun mal mein Diplom angefangen. Um es zu Ende zu bringen, brauche ich eine andere Basis, als ich sie hier finde; am ehesten finde ich sie bei Euch; wenn es geht, dass ich etwa ein Vierteljahr bei Euch wohnen und arbeiten kann, vielleicht ab Oktober, wäre ich sehr dankbar. Besprich's mit den anderen, lass von Dir hören, Dein Murnau.«

Er besprachs mit den anderen, Widerstände gab es keine; in der Folgezeit tauschten wir viele Briefe über meine Tübinger Zeit, malten uns alles aus im Vorgriff, mit derselben Freude am Detail, wie wir zwei Jahre zuvor über unsere mögliche gemeinsame Urlaubsreise Einzelheiten ausgetauscht hatten.

Ich versuchte derweil in Wiesbaden, Ordnung in meinen Erschöpfungszustand zu bringen. Das Wetter war kaum anders als in Berlin, statt märkischer Hitze Rhein-Main-Hitze, die ebenso quälend ist. Aber ich war versorgt; durch die Tatsache, dass ich nicht allein den Tag verbrachte, sondern mich nach anderen zu richten hatte, kam eine gewisse Regelmäßigkeit in meine Tage zurück, geregeltes Essen, geregelter Schlaf. Ich nahm die Vorarbeiten zu meiner Diplomarbeit wieder auf: Exzerpte, dazu Entwürfe: über Geschichte, Fortschritt, Geschichtsmetaphysik; über Theorie und Praxis; hermetische kurze Texte in einer in sich selbst verliebten Sprache, gerade noch hinreichend zur Selbstverständigung, kaum lesbar für andere, aber: Ich hatte, nach wie langer Zeit, wieder ein paar eigene Seiten hervorgebracht. In den letzten Wiesbadener Wochen fand ich sogar Arbeit; im Großraumbüro einer Versicherung ordnete ich acht Stunden am Tag nach einem öden System Akten ein beziehungsweise zog sie heraus, gegen schlechten Stundenlohn. Es gab gleitende Arbeitszeit, von sieben bis neun konnte angefangen werden, die wenigsten kamen später als sieben. In dem Büro konnte jeder jeden belauern, Arbeit musste immer vorgetäuscht werden, auch wenn man nur am Schreibtisch saß und döste. Mittags aß ich in der Kantine, das Essen war nicht schlecht, immer mit denselben Leuten am Tisch, immer dieselben Scherze. Viele junge Leute arbeiteten hier, jünger als ich, Lehrlinge auch, meistens männlich, die lernten Versicherungskaufmann; die jungen Mädchen lernten die Handlangerarbeiten, die sie auch später machen sollten, und warteten im Übrigen auf Heirat.

Im September wurde es etwas kühler: Abends machte ich Spaziergänge in der Stadt, sonntags im Taunus, und versuchte aus dem vergehenden Sommer schon den beginnenden Herbst herauszuriechen. Anfang Oktober kehrte ich nach Berlin zurück, stellte meine Sachen für Tübingen zusammen, schickte einige Kartons mit Büchern voraus. An meinem letzten Sonntag in Berlin – früh am nächsten Morgen wollte ich fahren – ging ich lange auf dem Kudamm spazieren, plötzlich war Herbst, und bei der Gewissheit, morgen für drei Monate die Stadt zu verlassen, überkam mich große Lust, meine Sachen zu Hause wieder auszupacken, die Bücherkartons zurückzuordern und hierzubleiben in Berlin, das auf einmal ungemein lebendig schien und voll mit Hoffnungen. Lange waren mir die Berliner Straßen, die Kneipen und Cafés und die vielen Wohnungen, in denen ich regelmäßiger Gast war, nicht mehr so begehrenswert erschienen wie jetzt, einen Tag vor dieser langen Trennung. Zwar wusste ich, dass dieser Zauber zergehen würde, sobald ich mich tatsächlich hier wieder fest einzurichten versuchte, und dass ich dann neue Lust darauf bekommen würde, die Stadt zu verlassen. Aber ich empfand, was mir bevorstand, doch nicht als vorübergehende Abwesenheit, sondern als Einleitung eines endgültigen Abschieds, den ich so lange als möglich herauszuzögern suchte; ich hasse Abschiede. Ich kam spät ins Bett und schlief unruhig. Am nächsten Morgen verließ ich Berlin noch in der Dunkelheit, ich verborgen vor der Stadt, die Stadt verborgen vor mir.

Schöne neue Welt

Meine ersten Tage in Tübingen waren tastend, von vorsichtiger Neugier. Ich arbeitete noch kaum, versuchte zuerst herauszufinden, wie in der Wohnung gelebt wurde und welchen Platz meine Arbeit und ich selber in diesem Leben finden konnten. Ich fand neue Regelmäßigkeiten vor. Ute musste, als Referendarin, früh aufstehen, kam manchmal erst abends zurück, hatte viel zu tun, war darauf angewiesen, dass sie bestimmte Voraussetzungen dafür vorfand, zum Beispiel regelmäßiges Essen jeden Abend. Also wurde täglich gekocht, in Halensee war das eher eine Ausnahme gewesen, und täglich abgewaschen, während in Halensee sich oft das schmutzige Geschirr von Tagen im Spülbecken gesammelt hatte. Jensen, Ruth, Hase waren eingespannt in Arbeit, die von der Uni herkam, saßen gebeugt über Schreibtischen. Nach dem Essen abends war selten noch jemand in der Lage, an den Schreibtisch zurückzukehren; die eigentliche Arbeitszeit lag also an den Nachmittagen, auch für mich, der bis dahin abends und nachts zu arbeiten gewohnt war. Der Rahmen für derartige Spontaneität war eingeschränkt, dem hatte auch ich mich zu unterwerfen. Die Regelmäßigkeit, die ich allein für mich nicht hätte entwickeln können, ergab sich hier von selbst. Nach einer Woche hatte ich mich dem neuen Rhythmus angeglichen, konnte abends vor mir selber meine paar Seiten Geschriebenes oder wenigstens meine Exzerpte vorweisen, gewann langsam ein neues Selbstbewusstsein, an dem allein das Wissen mich störte, dass es aus der Arbeit kam und nur aus der Arbeit.

Häufig kam Besuch in die Wohnung. Ich lernte Leute näher kennen, die ich bis dahin nur flüchtig bei meinen früheren Besuchen in Tübingen gesehen hatte, und ganz neue Leute. Bald merkte ich, dass ich so umgänglich wurde wie lange nicht mehr, mich löste von der Ichbesessenheit der letzten Monate. Ich war freundlich, hörte anderen wieder zu, war auch witzig, wenn es angebracht war, alles im Rahmen. Depressionen, Verwirrungen, Müdigkeit verschwanden. Es gab keinen Anlass mehr, depressiv oder verwirrt oder müde zu sein. Die Tage waren weder eintönig noch bargen sie größere Überraschungen. Außerdem hatte ich nun, da ich regelmäßig arbeitete, wieder eine Existenzberechtigung vorzuzeigen.

Wir gingen oft ins Kino, saßen abends viel zusammen, entweder zu Hause oder in der Kneipe, besuchten befreundete Wohnungen. Ich machte neue Fixpunkte in Tübingen aus, die ich bei meinen bisherigen Aufenthalten nicht beachtet hatte. Zusammen mit Jensen plünderte ich zuweilen die Tübinger Buchläden. Von Woche zu Woche hatte ich mehr Bücher, ich konnte nichts dagegen tun.

Bei der Arbeit halfen mir regelmäßige Diskussionen im kleinen Kreis. Ich legte den Entwurf bestimmter Abschnitte meiner Arbeit vor, der Punkt für Punkt durchdiskutiert wurde, niemals unter dem Gesichtspunkt, wo überall ich etwas falsch gemacht hatte, immer unter dem Gesichtspunkt, wie eine brauchbare Diplomarbeit daraus zu machen sei. Es kam bei diesen Diskussionen nicht darauf an, sich durchzusetzen, sondern zu helfen oder sich helfen zu lassen. Ums Rechthaben ging es nicht. Ich genoss die ungewohnte Wärme dieser Art zu diskutieren, da ich noch immer unter den Diskussionen litt, wie wir sie in der Organisation geführt hatten. Zugleich senkte ich, oft von mir selber unbemerkt, die Ansprüche, die ich ursprünglich an meine Arbeit gestellt hatte. So entstand langsam eine Abrechnung mit der eigenen politischen Vergangenheit, aber sorgsam versteckt unter einem schützenden akademischen Mantel. Nach und nach wurde mir klar, dass diese Abrechnung am Ende wie fast alle anderen Diplomarbeiten auch in den Archiven des Otto-Suhr-Instituts in Berlin verstauben würde, ungelesen. Es störte mich nicht.

Ab und zu erhielt ich Nachrichten aus Berlin, durchs Telefon oder durch Briefe. Lars besuchte mich für ein paar Tage, erzählte Berliner Geschichten, von sich, von Marion, von Backe und anderen, nannte Namen von Straßen, Stadtteilen, Kneipen, Kinos. Sie berührten mich, aber sie erreichten mich nicht wirklich.

Ich lebte ganz in Tübingen, vermied Erinnerungen und Zukunftsvorstellungen gleichermaßen. In Briefen und Telefongesprächen vergaß ich selten zu betonen, dass es mir gutgehe, dass ich fast glücklich sei. Ich log nicht, unterschlug nur etwas, allerdings auch vor mir selber. Ich unterschlug einen Mangel. An die Stelle von Depressionen, Verwirrungen, Müdigkeit war nichts anderes getreten. Diese Zustände waren einfach nur verschwunden. Zurück blieben Leerstellen, die unter der Hülle meiner Tübinger Zufriedenheit verborgen lagen.

Im Dezember begannen sie durchzuschimmern. Es gelang mir nicht mehr bruchlos, Erinnerungen und Zukunftsvorstellungen zu vermeiden, vor allen Dingen die Erinnerungen nicht. Ich begann, nachts von Berlin zu träumen. Wenn ich morgens aufwachte, ermaß ich nun manchmal die Entfernung. Ich fing an, mich nach meinen hoffnungslosen Berliner Zuständen zurückzusehnen, nach meinen Schwierigkeiten, nach meinen Aufwallungen von Aktivität und den darauf folgenden Zuständen totaler Apathie, vor allem aber nach meiner Trauer um Barbara, die keineswegs getilgt, die mir nur abhanden gekommen war, weil ich in dieser schönen neuen Welt nicht mit ihr umgehen konnte.

Nach Weihnachten verließ ich Tübingen, verbrachte Silvester in Wiesbaden unter rasenden Zahnschmerzen und kam Anfang des neuen Jahres nach Berlin zurück.

Der lange Abschied

In die Stadt, in der ich jahrelang gewohnt hatte, fand ich nicht mehr zurück. Es waren Veränderungen vorgegangen mit Berlin und mit mir selber. Die Stadt selbst schien nüchterner, traumloser geworden zu sein, sie war nicht mehr gekennzeichnet durch die Verwirrungen der letzten Jahre. Ich selber, als ich aus Tübingen zurückkam, war auch traumlos geworden, hatte lediglich ein paar überschaubare Kenntnisse über meine nähere Zukunft: Termin der Abgabe meiner Diplomarbeit, die ich nun aus Tübingen schon zu drei Vierteln fertig mitbrachte; ungefährer Termin meiner mündlichen Prüfung; zwei Klausuren, auf die es sich mit möglichst geringem Aufwand vorzubereiten galt. Danach: sicher Arbeitslosigkeit, wahrscheinlich Abschied von Berlin für immer.

Es waren zähe Wochen, beladen mit Zahnarztbesuchen, Diplomterminen, Sprechstunden bei potenziellen Prüfern, Gruppensitzungen zur Klausurvorbereitung. Berlin war januarkalt und dunkel; wann immer es möglich war, blieb ich zu Hause. Während meiner Abwesenheit war Schütte ausgezogen, nun zog Irene nach, eine weitere Ethnologin, ich wohnte jetzt allein unter drei Frauen, es gefiel mir. Wir begannen regelmäßiger zu kochen, alle arbeiteten an irgendwelchen Examensarbeiten, jeder in einer anderen Phase. Wer zu lange am Schreibtisch klebte, dem wurde sanft bedeutet, dass in der Küche ein Tee zu finden sei, um ihn für kurz vom Schreibtisch wegzulocken. Inhaltlich konnten wir einander kaum helfen, so taten wir es praktisch. Es herrschte Wärme in der Wohnung, die Tage bewegten sich zwischen Schreibtisch, Küche, abendlichen Vergnügungen, sehr maßvoll, ohne nennenswerte Aufregungen.

Ich hatte gewissermaßen nur die Stadt und die Wohnung getauscht, sonst war alles wie in Tübingen, ein bisschen größer, das war der ganze Unterschied.

Meine Diplomarbeit beendete ich lange vor dem Abgabetermin, fand für mich selber nichts Neues zu tun, half Lars, der in Terminnot geraten war, bei seiner Arbeit. Verwirrungen gab es keine, nur noch im Kino, das ich regelmäßig besuchte. Völlig verstört kam ich aus Bogdanovichs *Last picture show*. Diese pubertären Probleme in einem texanischen Provinznest zu Anfang der fünfziger Jahre berührten mich mehr als mein eigenes Leben. Ich sah Eustaches *La Maman et la Putain* und glaubte, meine eigenen vergangenen Jahre hier in Berlin zu sehen, dieselbe Ziellosigkeit, dieselbe Geschwätzigkeit, dieselben Irrtümer. Als Marie nach einer längeren visionären Erzählung von Jean-Pierre Léaud nur sagt: »Es ist einfach irre, wie sehr Sie noch an den Menschen glauben«, war ich einen Moment erschrocken über mein spontanes Einverständnis mit diesem Satz. Aber diese Filme reichten nicht wirklich in mein Leben hinein wie vor ein paar Jahren die Filme von Godard. Ich bewahrte sie in meinem Gedächtnis auf, dachte manchmal, gleichsam an den passenden Stellen, an sie, das war alles.

Mein Abschied von Berlin hatte endgültig begonnen, immer war ich mir dessen bewusst. Meine Beziehungen außerhalb der Wohnung beschränkten sich auf Lars und Wolfgang, der uns häufig in Halensee besuchte. Dann und wann ging ich auch noch abends mit anderen, die in meinem Bewusstsein schon so etwas waren wie gute Bekannte von früher (»die Genossen von damals«), noch ein Bier trinken: Jeder dieser Abende war ein kleiner Abschied.

Über Ostern fuhr ich mit Wolfgang für eine Woche nach Amsterdam, wo ich seit den wunderbaren Jahren nicht mehr gewesen war. Ich hatte nicht gehofft, nach so langer Zeit die Stadt noch wiederzuerkennen. Aber als wir angekommen waren, entfaltete sich in meinem Innern ein Plan der Stadt, der dort fast ein Jahrzehnt auf seinen Abruf gewartet haben musste. Die Unlust und halbe Resignation, die ich mitgebracht hatte aus Berlin, verschwand. Wir überließen uns ganz der Stadt, besuchten keine Museen, gingen nicht ins Kino, gingen nur immer wieder unermüdlich durch die Straßen, als könne sich das Geheimnis der Stadt nur durchs Gehen erschließen.

Überall war Wasser, von dem es mir in Berlin nie genug gegeben hatte (ich dachte hier in Amsterdam an Berlin schon im Imperfekt, war mit meinem Abschied schon beinahe fertig). Für die kurze Zeit unseres Aufenthalts eroberten wir uns eine Stammkneipe, legten Wert auf gutes Essen, schliefen viel. Nach dieser Woche war meine Entfernung zu Berlin ganz selbstverständlich um ein weiteres Stück gewachsen.

Beinahe beiläufig legte ich im Sommer meine mündlichen Prüfungen ab, durfte mich nun, wie Lars, Diplom-Politologe nennen, hatte mir einen Titel erworben und einen Anspruch: auf Arbeitslosenhilfe. Alles war vorbereitet. Im Februar schon hatte Lars eine Idee gehabt, und im Mai war ich nach Hamburg gefahren, um diese Idee zu besichtigen. Wenige Wochen später hatten wir sie uns noch einmal zu zweit angesehen. Ganz im Nordosten, wo Hamburg eigentlich schon aufgehört hat, am Endpunkt der Linie U 1, war für uns ein kleines Haus zu mieten, für eine Monatsmiete, die wir aus der Arbeitslosenhilfe aufzubringen hofften. Der Mietvertrag wurde per Handschlag abgeschlossen. Von hier aus wollten wir dann ab September versuchen, uns dem anzunähern, was wir für unsere Zukunft hielten.

Berliner Stadtteile. Berliner Straßen. Berliner Wohnungen

Die letzten Wochen in Berlin waren leicht. Es lebt sich einfach in einer Stadt, von der man schon Abschied genommen hat; beinahe wächst eine neue Zuneigung.

Besuche, Abschiedsessen, Spaziergänge allein und mit anderen. Das Netz meiner Bekannten in Berlin war weitmaschig, es überzog einen Großteil der Stadt. Der Kern war auf jenen Bereich nahe dem Kurfürstendamm konzentriert, an dessen Rand ich selber wohnte: Charlottenburg, Halensee. Dort ballten sich die Treffpunkte: die »Taverne«, die »Herta« (deren große Zeit vorüber war), die »Akropolis«, das alte »Terzo Mondo«, jetzt griechisch, das »Cour Carreé« mit seinem schönen Sommergarten am Savignyplatz, der Spanier in der Wielandstraße, das »Litfaß« in der Sybelstraße. Irgendwo wird man schon jemanden treffen. Die Straßen sind auch spätabends, auch nachts nicht leer: Das schöne, das strahlende Berlin liegt hier, der 19er fährt die ganze Nacht den Kudamm hinunter, keine Probleme, nach Hause zu kommen, wann auch immer. Abends und nachts ist der Weg über den Kudamm von den Prostituierten flankiert, sie stehen meist neben den mit Waren ausgelegten großen Glasvitrinen auf den Trottoirs, Ware neben Ware. In der Mommsenstraße empfängt mich das großzügige Treppenhaus, sehr breit, bei Möbeltransporten gibt es hier keine Schwierigkeiten. Ich gehe am Zahnarzt im zweiten Stock vorbei, muss lange vor der Wohnungstür warten; der Weg von der Küche, wo die Genossinnen und Genossen jetzt sitzen, bis zur Tür ist weit. Ich bin ein selbstverständlicher Gast hier, niemand, um den man sich besonders zu kümmern hätte, ich kann mich hier allein beschäftigen, wenn es sein muss, Murnau kennt sich aus in der Mommsenstraße. Ich spreche ein bisschen mit Rinaldo, der jetzt an seinem Schreibtisch sitzt, das Zimmer ist riesig, das große, mehrflüglige Fenster geht auf die Straße, ein mächtiger Baum steht davor. Der Anblick ist mir vertraut seit Jahren. Ich sitze im Berliner Zimmer, blättere in Zeitungen, höre Musik, wandere durch die Zimmer. Nirgends in der Wohnung ist gespart worden an Platz, die Räume sind groß und hoch, der Verbindungsflur von der Küche bis zum Berliner Zimmer ist sehr lang, in der Küche sieht man noch deutliche Rudimente einer weiteren Tür: Das war wohl mal der Dienstboteneingang. Es ist eine alte Berliner Wohnung, noch in ihrer Großzügigkeit selbstverständlich, nicht protzig. Ich könnte ins Haus nebenan gehen, ich würde kaum wesentlich andere Wohnungen vorfinden. Beinahe ist es in dieser Stadt der übliche Maßstab. Ich muss mir abgewöhnen, ihn anzulegen, wenn ich nach Westdeutschland komme.

Noch einmal fahre ich zum Hohenzollernplatz, laufe von dort Wilmersdorf ab, Nassauische Straße, Holsteinische Straße, Güntzelstraße, wieder diese guten alten Häuser mit schönen großen Wohnungen. Monika ist längst hier fortgezogen, in die Mommsenstraße, die Gegend hier ist fast verwaist für mich, aber nur als Gegenwart, nicht als Erinnerung. Ich nehme den Weg zum Kudamm zurück zu Fuß, durch die Pfalzburger Straße. Ich kenne niemanden, der in dieser Straße wohnt oder jemals gewohnt hat, nur zwei Lokale liegen hier, die ich manchmal besucht habe, nicht oft. Es ist mir dennoch, ich weiß es nicht zu erklären, eine der liebsten Straßen Berlins. Ich spüre es, als ich hindurchgehe. Sie läuft auf den Ludwigskirchplatz zu, einen kleinen, in keiner Weise sensationellen Platz, aber jetzt im Spätsommer plötzlich von einer Schönheit, die mich sprachlos macht. Pfalzburger Straße, Ludwigskirchplatz: zwei Namen, die noch nach Jahren, hoffe ich, wenn ich Berlin längst hinter mir gelassen habe, etwas in mir auslösen werden, etwas Helles, Freundliches, Beruhigendes.

Monika gibt eine Fête im und am Haus ihrer Eltern, unten im Berliner Süden, einer schönen Villa mit großer Rasenfläche drumherum. Ich muss an Barbara denken auf dem Weg, ihre erste Wohnung ist nicht weit von hier. Es nützt mir nichts, das zu wissen, nützt mir auch nichts, überhaupt an sie zu denken, also lasse ich es. Es ist warm, die Fête findet draußen statt, mit Grill. Eine große Ansammlung der verschiedensten Figuren aus meinen verschiedensten Berliner Jahren findet sich hier zusammen. Sie sind alt geworden, denke ich unwillkürlich von einigen. Vielleicht denken sie dasselbe von mir. Und wir sind ja auch tatsächlich älter geworden, seitdem wir zum Beispiel erregte Diskussionen mit- und gegeneinander in der Organisation geführt haben, zweieinhalb, drei Jahre ist das plötzlich her. Wen interessiert noch die Organisation, höchstens als Anlass zum Erzählen von Anekdoten, die aber schon fast jeder kennt, was macht der Epple jetzt, habt ihr sein Buch schon gesehen. Neulich habe ich Achim getroffen, er hat Schwierigkeiten, im Schuldienst anzukommen, muss prozessieren: Sie machen ihm zum Vorwurf, dass er in der Gutzkowstraße gewohnt hat, dabei dürften sie das gar nicht wissen, er war nie dort gemeldet. Einige sind vorerst an der Uni versorgt, junge Wissenschaftler. Andere wissen noch nicht genau, was sie machen werden. In Berlin bleiben wollen sie alle, nur Murnau nicht. Ich bin ein bisschen deplaciert auf der Fête, so kurz vor meiner Abreise in den Westen und schon mitten im Abschied befangen. Alle machen weiter, nur ich nicht. Das irritiert mich, aber ich rette mich ins Tischtennisspielen, bis ich erschöpft bin und man ohnehin nicht mehr spielen kann, weil es dunkel wird. In der Erschöpfung und Dunkelheit spreche ich eine Weile mit Monika. Es ist ein schönes Gespräch, vielleicht etwas müde. Wir mögen uns, können miteinander umgehen, es ist ganz unvorstellbar, jetzt, warum wir uns einmal derart gegenseitig gequält haben.

Ich selbst gebe keine Abschiedsfête, kein Essen. Nur nicht die ganzen Jahre noch einmal zusammengeballt zu sich einladen. Stattdessen: Auswahl der Erinnerungen. Fahrt nach Kreuzberg, Bereich Prinzenstraße, mit den Trauerweiden am Landwehrkanal und der Kickerkneipe. Am Landwehrkanal gehe ich spazieren, aber die Kickerkneipe lasse ich aus. Ich sehe etwas andere Gesichter als in Charlottenburg oder Halensee, andere Kleidung, Arbeiter- und Kleinbürgerberlin, deutlich abgegrenzt ebenso gegen das Bohêmeberlin, aus dem ich hierhergefahren bin, wie gegen die kleine Türkei, die schon ein paar Straßen weiter östlich, aufs Schlesische Tor zu, beginnt.

Die Gutzkowstraße spare ich mir. Ich spare mir vieles, was ich noch einmal aufsuchen könnte, verlasse in den letzten Tagen Halensee nicht mehr. Der Pinguin besucht mich noch einmal, mit dem zusammen ja alles hier in Berlin für mich begann: die lange Zugfahrt mit dem deutlich tickenden Wecker, der kalte Reichsbahnzug, die Einführung in die wichtigsten Gebäude an der Uni. Ich gehe mit ihm zu dem Griechen in unserer Straße, der im letzten Dreivierteljahr für unsere Wohnung die Hauskneipe geworden ist. Ich führe sie vor wie etwas, was noch zu mir gehört, aber ich bin auch von ihr schon verabschiedet. Am selben Abend noch, spät, ruft Angelika an, ob ich, wenn ich nach Hamburg komme, eine Katze haben will. Sie hat eine zu verschenken. Da kommen also durchs Telefon schon die ersten Alltäglichkeiten aus meinem neuen Wohnort: Ich werde täglich eine Katze zu füttern haben. Mehr weiß ich noch nicht.

Eine Tagebuchnotiz von Murnau

»Ich bin nun 26 Jahre alt. Inzwischen habe ich einen akademischen Titel, mit dem ich vermutlich kaum etwas anfangen kann. Trotzdem stellt er zunächst eine gewisse Beruhigung dar.

Mehr als fünf Jahre habe ich in Berlin gelebt, das ich übermorgen endgültig verlassen werde. Mein Gefühl gegenüber der Zukunft ist am besten wohl als ein gewisses Desinteresse zu beschreiben, das ich selber nicht ganz begreife. Wie die meisten Leute, die ich kenne, habe ich in den letzten fünf Jahren versucht herauszufinden, wie man einigermaßen richtig lebt, und es ist mir bisher nicht gelungen. Ich bezweifle, dass es mir in absehbarer Zeit gelingen wird. Es würde gültige Kriterien voraussetzen, und die sehe ich derzeit nicht.

Natürlich möchte ich am liebsten glücklich sein, auch wenn klar ist, dass alles Glück bis heute sehr zufällig, sehr partikular und sehr falsch ist. Mein sogenanntes Privatleben war in den letzten Jahren überwiegend ein Scheitern. Von den Beziehungen hier in Berlin sind viele im Lauf der Zeit abgestorben. Das ist nicht schlimm, weil ich sowieso fortgehe. Andere haben sich erhalten, manche sogar verbessert. Die Wichtigste, die vielleicht langfristig alles hätte ändern können, ist mir einfach abhanden gekommen.

Als ich vor über fünf Jahren nach Berlin kam, war ich noch gewissermaßen Teil eines Aufbruchs, einer Bewegung, die aber schon beinahe das Stadium ihrer Ebbe erreicht hatte. Woran ich aktiv teilnahm, zum Teil unter großer Kraftanstrengung und unter Aufbietung aller verfügbaren Irrtümer, war allein die Ebbe, auch wenn ich sie lange Zeit für die Flut hielt. Es ist nicht gesagt, dass noch einmal eine neue Flut kommt. Natürlich hoffen wir alle darauf, und mancher sieht in jedem kleinen Aufflackern gleich den Beginn einer neuen Bewegung (ich neige auch manchmal dazu, wenn ich gerade sentimentaler Stimmung bin; sonst bin ich davor einigermaßen geschützt). Aber in Wahrheit versuchen wir vor allem zu überwintern, und der Winter kann ewig dauern. (Noch immer) Berlin, im September 1974. Murnau.«

Postscriptum am folgenden Tag

»Alles verpackt. Es kann losgehen. Zu gestern: Warum schreibe ich immer noch ›wir‹, wenn ich guten Gewissens nur ›ich‹ sagen dürfte? Woher dieses anmaßende Gefühl, etwas über andere zu wissen?«

Epilog
Vom Altern der Hoffnungen

»Pässe mit blauen Anilinstempeln von verschiedenen Ferienorten, an denen man gewesen ist, ohne dass eigentlich etwas besonders Interessantes passiert wäre. Ideologien, die versucht haben, einen zu überreden, Mädchen, mit denen man geschlafen hat, und Mädchen, mit denen man nie hat schlafen dürfen oder mit denen zu schlafen man nicht die geringste Lust gehabt hat, Blamagen, die man erlebt hat und die man nicht vergessen kann. Und diese Gewissheit, dass man betrogen worden ist, ohne recht zu wissen, um was man betrogen worden ist.«
Lars Gustafsson, *Wollsachen*

»Wo man seine Brötchen verdient«, sagte mein Bruder, als ich ihn in München besuchte, »da muss man sich eben einigermaßen wohlfühlen.«

Um mich herum ist Schwaben: Ein Land, das ich nicht mag, das mich einspannt in einen Job, bei dem ich pendele zwischen einem gewissen Einsatz und höflichem Desinteresse, mich einzwängt in einen Dialekt, den ich nicht mag. Da sitzt der eingefleischte Städter Murnau in einem Dorf, das ebenso gut jedes andere sein könnte, und macht weiter. Wo man seine Brötchen verdient, da muss man eben zu leben versuchen.

Wie war das im Nordosten Hamburgs, an der Endstation der Linie U 1? Von da ab gibt es keine Geschichte mehr, alles zerfasert in Geschichten.

Ein norddeutscher Herbst, mit all den Gerüchen aus den wunderbaren Jahren. Ein Vorort, bewohnt von einigermaßen begüterten Familien, deren Ernährer in Hamburg arbeiten. Der Lebensstandard ist hoch, ein bisschen sehr hoch für zwei Arbeitslose, die überwiegend aus der Arbeitslosenhilfe leben. Sie wollen das gar nicht. Sie wollen ja arbeiten. Aber wer kann schon was anfangen, im Jahr 1974, mit Diplom-Politologen: die Zeiten sind vorbei, Tendenzwende. Dreißig Bewerbungsschreiben in drei Monaten: Immer kommen die Unterlagen zurück mit einem Ausdruck des Bedauerns.

Einmal dringe ich vor bis zum Chef vom Dienst bei der *Zeit*, wo ich mich um ein Volontariat beworben habe. Immerhin hat er mich zu einem Gespräch eingeladen, beinahe jubele ich schon. Die Flure, auf denen ich zu Herrn von Kuenheim geleitet werde, atmen Gediegenheit, Weltläufigkeit, Liberalität. Ich bekomme einen Kaffee: Dabei mag ich so frühmorgens gar keinen Kaffee, wage aber nicht abzulehnen. Herr von Kuenheim kann mir auch nicht helfen. Volontariat bei einer Wochenzeitung ist schlecht, sagt er. Versuchen Sie es bei einer Tageszeitung.

Immerhin, ich bin jetzt mal da gewesen, wo die *Zeit* gemacht wird. Das war ja doch unser Blatt gewesen, in den wunderbaren Jahren. Wir wollten doch eigentlich mal alle da landen, auch wenn's keiner zugegeben hat. Jetzt ist nicht mal ein Volontariat drin.

Der Wirt unserer Stammkneipe, auch das gibt es in so einem Vorort, ist Mitglied der DKP. Da sitzen Lars und ich abends, sind akzeptiert bei den Stammgästen und beim Wirt selber, der sich gern mit uns unterhält. Wenigstens ein bisschen Zuhause.

Tagsüber bin ich am Schreibtisch. Es ist noch die alte große Schreibtischplatte, aufgelegt auf ein altes Tischgestell, beides mitgebracht aus Berlin: Schon in der Baerwaldstraße hatte ich das. Eigentlich ist es eine Tafel, und die hat mal jemand aus den Räumen des INFI mitgehen lassen. Ich weiß nicht mehr, was diese Abkürzung bedeutete. Backe und Lars, beide habe ich vor kurzem danach gefragt, können sich auch nicht mehr entsinnen. Das INFI war jedenfalls Mitherausgeber der *Rote Presse Korrespondenz*. Es ist eine Abkürzung aus den späten 60er Jahren und hatte irgendetwas mit Internationalismus zu tun. Die Räume des INFI befanden sich in einem Haus in der Eislebener Straße.

An diesem Schreibtisch sitze ich nun also, lese Bücher, die in Berlin zu lesen ich nie die Zeit fand, Horkheimer etwa, *Zur Kritik der instrumentellen Vernunft*, Adornos *Ästhetische Theorie*, *Marx und Keynes* von Mattick, alles sauber mit Bleistift und Lineal, als ob ich immer noch studieren würde. Vom Schreibtisch aus geht mein Blick auf die Straße: Über die hohe Hecke, wildwüchsig, die unseren Garten begrenzt, reckt sich ab und zu ein neugieriger Kopf. Wer da wohl wohnt, hinter einer so hohen Hecke, wo doch alle anderen Hecken so ordentlich geschnitten sind.

Ich bin erfasst von einer Leselust, wie ich sie seit dem Jahr 1968, seit der träumerischen Kaserne am Jadebusen, nicht mehr gekannt habe. Lesen ist wieder, was es damals war: die Höhle, die Wärme, die Identität. Lesen habe ich gelernt, das nimmt mir keiner mehr weg.

Und Schreiben habe ich ja auch gelernt. Ich hatte es nur eine Weile vergessen, hier fällt es mir wieder ein. Also beginne ich an diesem Schreibtisch zu schreiben, viele kleine Anläufe, nach ein paar Seiten abgebrochen; aber noch im Misslingen mir so viel wert, dass ich nichts wegschmeiße. Ich horte es in einer kleinen Mappe, lasse es sich ausruhen: Nach ein paar Wochen, nach ein paar Monaten, nach einem Jahr liest es sich anders, kann wieder aufgenommen werden, darauf hoffe ich.

Für Lesen und Schreiben aber werden wir nicht bezahlt, und es mag uns noch immer niemand haben als Arbeitskraft. Dabei sind wir jung, einigermaßen gesund und akademisch ausgebildet, außerdem zu vielen, auch der Ausbildung nicht entsprechenden Tätigkeiten bereit.

Von Zeit zu Zeit fahren wir nach Hamburg hinein. Es ist schön, an der Alster spazieren zu gehen, schön, die Geschäftsauslagen in den Colonnaden und am Jungfernstieg zu sehen, schön auch, in Eppendorf mal ein Bier trinken zu gehen. Aber wir werden das Gefühl nicht los, dass diese schöne Stadt für uns weitgehend unbenutzbar ist, weil wir nicht über die Mittel verfügen, um sie uns zu eröffnen.

»... ist doch die Feststellung aufschlussreich, dass in allen Ländern die Personen mit dem Einkommen in einer niedrigen Klasse am häufigsten das Gefühl äußern, über unzureichende Mittel zu verfügen«, schrieb, laut *Frankfurter Rundschau* vom 3.8.1977 »ein gut bezahlter EG-Beamter« im Rahmen eines Untersuchungsberichts.

Ziemlich regelmäßig kommt Besuch aus Berlin zu uns, der sich meistens kaum beruhigen kann über unser schönes Häuschen mit Garten vor den Toren Hamburgs. Das haben sie nicht in Berlin, sagen sie. Aber hierhin ziehen, ganz weggehen aus Berlin, das täten sie nicht. Richtig so.

Lars nimmt immer häufiger die Gegenrichtung, fährt fast jedes zweite Wochenende nach Berlin, verstärkt alte Kontakte. Dann bin ich allein mit der Katze im Haus, allein mit ihr, mit dem Fernseher, den Büchern, ein paar Flaschen Bier. Schließlich hat Lars es geschafft, einen Job gefunden in Berlin. Er geht zurück: Ich kann's nicht, die Niederlage wäre zu groß für mich. Zu vielen Leuten habe ich, triumphierend fast, erzählt, dass ich nun Berlin verlasse: für immer, wirklich für immer.

Einen Monat halte ich noch aus, ganz allein mit der Katze in dem Haus, von gelegentlichen Besuchen abgesehen. Der schöne norddeutsche Herbst ist längst der Schneematschzeit gewichen. Die Katze verlässt das Haus nicht gern bei diesem Wetter, zusammen, ich lesend, sie schlafend, verbringen wir unsere Tage unten im großen Zimmer und warten, dass irgendetwas passiert.

Aber es passiert natürlich nichts, außer dass ich Ende Januar eingestehen muss, dass es nicht mehr weitergeht. Ich flüchte zu meinen Eltern nach Wiesbaden; am Vorabend meiner Abreise sitze ich noch einmal in unserer Stammkneipe, und einige Leute bedauern, sie bedauern es wirklich, dass ich nun weggehe. Und ich selbst merke, dass ich es auch bedaure: Trotz allem habe ich diesen gut versiegelten Hohlraum, in dem ich hier vier Monate lebte, genossen. Wenigstens ausruhen konnte ich mich hier.

Arbeitslosigkeit ist auch eine Tätigkeit. In Wiesbaden bewohne ich ein kleines Zimmer, in dem ich sitze und darüber staune, wie viele Monate des Jahres 1975 ins Land gehen können, ohne dass irgendetwas passiert, das mich betrifft. Ein paar Leute sterben, andere rücken in neue Ämter auf. Lars verlässt Berlin endgültig, weil er eine neue Stellung gefunden hat: ausgerechnet beim Arbeitsamt.

Ich versuche, Form in meine Tage zu bekommen. Eine schöne Stadt ist Wiesbaden, nur ein bisschen teuer. Aber die Benutzung der Stadtbücherei ist kostenlos. Also sitze ich dort jeden Vormittag eine Stunde lang, um Zeitungen zu lesen und in Büchern zu blättern.

Die Tage sind sehr lang, viel zu lang. Es gelingt mir nicht, auch nur einen einzigen neuen Menschen kennenzulernen. Es gibt nichts, worüber ich sprechen kann als Arbeitsloser, ich habe kein Selbstbewusstsein, und ich habe keine Erlebnisse, die für andere von Interesse wären. Ich bin eigentlich nicht da. So kommt es darauf an, vom Augenblick des Erwachens bis zu dem Augenblick, da ich endlich einschlafen kann, alles sehr langsam zu tun: Dehnung.

»Schon von Offenbach ist der Plan überliefert, eine ›Gesellschaft zur wechselseitigen Versicherung gegen Langeweile‹ zu gründen. Die Zeit des Flaneurs, dem seine historische

Gnadenfrist nach Benjamins Beobachtung nur noch Gegenstand des Zeitvertreibs sein konnte, war dieselbe, in welcher die Arbeiter erstmals in den Selbstmordstatistiken massiv in Erscheinung traten. Würde die Geschichte ihren logischen Trott weitermarschieren, dann – das deutete sich damals an – würde die Welt allmählich die Gestalt völliger Unbrauchbarkeit für die Menschen annehmen. Seit dem Zusammenbruch der Protestbewegung wird man von der Gegenwart sagen dürfen, dass sie solche in sie gesetzten Erwartungen noch weit übertroffen hat«, schreiben Wolfgang Pohrt und Michael Schwartz in dem Aufsatz »Wegwerfbeziehungen« im *Kursbuch* 35.

Acht Monate lang spielt mir die Stadt das Lied von der Unbrauchbarkeit der Welt vor. Jeden Tag dieser Gang in die Stadtbücherei, die übrigens gleich schräg gegenüber vom Puff liegt. Mittags: Essen bei den Eltern. Danach die immer mehr verfeinerte Kunst, nichts, buchstäblich nichts mit Akribie und Sorgfalt zu tun, bis ich abends in mein Zimmer zurückkehre. Einige Bücher, ein paar Manuskripte von mir (die ich wieder liegen lasse, in der Hoffnung, dass sie nicht nur älter, sondern auch besser werden), ein paar Briefe von Lars und von Jensen, das ist schon alles.

Und Arthur nicht zu vergessen. Wir schreiben den 5. Juli. Die *Süddeutsche Zeitung* weiß, worum es geht. Sie erklärt es ihren Lesern gleich auf der ersten Seite. Im Wimbledonfinale spielt an diesem Nachmittag der *böse* Jimmie, der im Fall, dass es nicht recht läuft, die schriftlichen Anweisungen von Mama aus der Tasche zieht, die ihn beflügeln, gegen den *guten* Arthur, der in den Pausen andächtig die Augen schließt, um einen Blick in sein Innenleben zu werfen, wo es recht erfreulich aussehen soll (sagt die *Süddeutsche*). Die *Süddeutsche* weiß in ihrem Sportteil aber auch, dass der böse Jimmie gewinnen wird, weil er das Tennis der Zukunft spielt. Der gute Arthur hat dagegen erklärt, dass er weiß, wie der böse Jimmie zu schlagen ist.

Hoffentlich weiß Arthur, was er sagt. Alle hoffen das, auch Murnau, denn keiner kann Jimmie leiden.

Arthur hat gewusst, was er sagte. Am Nachmittag spielt er Jimmie in die Ecke. Leider gönnt uns die ARD diesen Genuss nicht in voller Länge. Pünktlich um fünfzehn Uhr blendet sie sich aus der Eurovision aus. Es folgt nun die Sendung mit der Maus.

In der Sportschau dürfen wir dann aber noch einen Verschnitt des Finales sehen. Volker Kottkamp weiß uns zu sagen, dass Arthur der erste *farbige* Spieler ist, der jemals Wimbledon gwonnen hat. Das werden noch viele Zeitungen am Montag zu berichten wissen. Diese Nachricht lässt sich keine Zeitung entgehen.

Als Arthur gewonnen hat, gibt es für ihn Ovationen. Ein herrlicher Tag. Nur Arthur selbst macht keinen freudig erregten Eindruck. Er kann Jimmie auch nicht leiden (er hat es vorher ausdrücklich gesagt), aber er ist auch im Sieg noch cool.

Auf seinem abendlichen Heimweg von der elterlichen Wohnung in die eigene ist Murnau nicht Murnau, sondern Arthur. Er möchte auch mal der Sieger sein. Es ist sein größter Sieg seit Monaten.

»Die Verhaltenszumutungen, die sich aus der zwangsweisen sozialen Ausgrenzung im Falle der Arbeitslosigkeit ergeben, produzieren Erscheinungen, wie sie von Psychotherapeuten als Identitätsdiffusion beschrieben worden sind und maskieren soziale Konflikte als individuelle. (Schlafstörungen und Störungen des Magen-Darm-Trakts gehören zu den häufigsten Beschwerden.)«

»Arbeitslosigkeit bedeutet ... nur numerisch einen Zugewinn an verfügbarer Zeit; sozial und psychisch bestimmt sie sich als Zeitverlust und als Verlust von Sinnstrukturen.«

Solche und ähnliche Sätze kann ich nachlesen in *politikon* Nr. 47, April 1975. Es ist ganz nett, denke ich, das eigene

Elend in objektivierter Form noch einmal vorgeführt zu bekommen. Es hat etwas Beruhigendes.

Im Sommer, einem sogenannten Jahrhundertsommer, bleibe ich für einige Wochen allein in der elterlichen Wohnung. Die Eltern sind verreist. Vom frühen Morgen an gilt es, sich vor der Hitze zu schützen, wieder Rhein-Main-Hitze. Sobald die Sonne stärker wird, lasse ich alle Jalousien herunter, tagsüber liegt die Wohnung im Halbdunkel. Erst abends gegen sechs lasse ich den Rest der Sonne herein. Ich lese fast alle Romane von Patricia Highsmith; sobald ich einen zu Ende gelesen habe, fange ich mit dem nächsten an, es ist eindeutig ein Suchtverhalten. Jede dieser Geschichten erscheint mir wirklicher als alle Wirklichkeit, die ich mir mit den Jalousien vom Leibe halte.

Die Hitze lässt nach, Spätsommer und Frühherbst kommen, und ich durchbreche meinen Stillstand. Auf die Dauer ist es nicht erträglich, gar nichts zu tun. Ich beginne ein zweites Studium, wieder ein P-Studium, diesmal ist es die Psychologie. Einen Studienplatz habe ich in Bochum bekommen. Da wollte ich auch hin. Warum: Das ist schwer zu sagen. Es ist etwas von früher, eine Erinnerung, die ich nicht benennen kann.

Es ist früher Oktober, als ich anfange, mich einzurichten im Ruhrgebiet. Ich bin nie zuvor hier gewesen, trotzdem ist mir alles vom ersten Augenblick an vertraut. Ich habe das alles nie vorher gesehen und kenne es doch ganz genau. Es ist übrig geblieben aus meiner Kindheit, aus den Bahnhofstagen mit meinem Großvater, alles ist da: Kohle, Gärten, Bahndämme, Holzschuppen, Schrottplätze. Plötzlich habe ich noch einmal die Chance, nach Hause zu kommen.

Dabei wohne ich zunächst weit weg von der Industrie, am Rande schon, wo das Ruhrgebiet ausläuft in Grünzonen und Trabantenviertel, im Essener Süden. Die Ruhr selber ist nicht weit, ich kann sie von meiner Wohnung zu Fuß erreichen. Von meinem Fenster aus sehe ich den Förderturm von Zeche Heinrich, die längst stillgelegt ist.

Die Wohnung ist nur ein Ausgangspunkt. Von hier aus fahre ich kreuz und quer durchs Ruhrgebiet, lasse kaum eine Stadt aus, die mir erreichbar ist. Ich will in diesen Städten nichts besichtigen und niemanden besuchen, ich kenne ja noch kaum jemanden. Ich will gerade ein paar Straßen entlanggehen in diesen Städten, welche, ist fast egal, nur dass ich einmal dagewesen bin. Kaum suche ich etwas bewusst, gerade, dass ich mal das alte Schalker Stadion aufsuche, das jetzt langsam vor sich hin rostet. Abends, wenn ich ziemlich müde von diesen Ausflügen zurückkehre, schaue ich auf meiner großen Karte vom Ruhrgebiet meine Tagesstrecke noch einmal an, bleibe auch hängen an Namen, Stationsnamen meistens (diese ganze Landschaft ist überfüllt mit Eisenbahn, ich sehe praktisch überall meinen Großvater), Dortmund-Hoesch zum Beispiel, Duisburg-Marxloh, Bochum-Präsident, und, alles überstrahlend, Wanne Unser Fritz.

Es ist nicht schwer, jemanden kennenzulernen hier, kaum schwerer als damals im Ghetto. Im Buchladen, in dem er ab und zu arbeitet, begegne ich Christoph. Als ich den Buchladen zum ersten Mal betrete, sitzt er an dem kleinen Kassentisch, eine dampfende Tasse Tee vor sich. Ich spüre sofort, dass dies ein typisches Bild von ihm ist: Christoph vor einer Tasse Tee. Noch wohnt er in einer Wohngemeinschaft in Langendreer, aus der er ausziehen möchte. Ich besuche ihn dort, er empfängt mich mit Tee. Das habe ich vorher gewusst, und ich habe auch gewusst, dass Katzen in dieser Wohngemeinschaft leben, obwohl er es mir nicht erzählt hat.

Christoph bewohnt zwei ineinander übergehende Zimmer, die mit Büchern überladen sind, aber auch mit Werkzeug. Der Wissenschaftler (Historiker) und der Handwerker (insbesondere Holz) kämpfen in ihm. Beim ersten Hinsehen möchte man die beiden Zimmer für ein Provisorium halten, beim zweiten Blick komme ich dahinter, dass dieses Provisorium etwas sehr Dauerhaftes hat. Es hat überhaupt nichts Unruhiges an sich: Es ist Christophs Existenzweise.

Wir wissen sehr schnell, dass wir zusammenziehen möchten. Ich brauche Christoph nur anzusehen, um zu wissen, dass ich ihn nötig habe. Er ist einer zum Anlehnen: dick, ohne aufgeschwemmt zu sein, und mit einem Kopf von enormem Umfang. In seiner Familie hat man sich irgendwann einmal, erzählt er, den Spaß gemacht, den Kopfumfang der einzelnen Familienmitglieder auszumessen. Christoph belegte den ersten Platz mit zwei Zentimetern Vorsprung vor seinem Vater.

Mit diesem großen Kopf wohnt er seit über sechs Jahren im Ruhrgebiet. Er kennt sich aus. Er hat eine Geschichte hier. Seine beiden Zimmer in Langendreer zeigen das: die Unmasse der Bücher; die Zettel und Bilder an den Wänden, die nicht in einem einzigen Kraftakt zu Dekorationszwecken an diese Wände geheftet wurden, sondern ihnen nach und nach, im Zuge von Christophs sich akkumulierender Geschichte und als ihre Zeugen, zugewachsen sind; der dreiteilige Eckschrank aus Eiche; sogar die unzähligen Fahrkarten aus dem Ruhrgebietsnahverkehr, die er sorgfältig sammelt. Natürlich kennt er andere Leute hier, die auch eine Geschichte hier haben, und die ich ebenfalls kennenlerne. Alle haben eine Geschichte hier, und ich beginne zu glauben, ich könnte nun auch mit einer Geschichte anfangen.

Im Frühjahr finden wir unsere Wohnung. Sie liegt am Rande der Bochumer Innenstadt, unweit des Schauspielhauses, wo (noch) Zadek regiert, und des Bergmannsheil, wo die Spieler des VfL Bochum behandelt werden, wenn sie sich wieder einmal etwas gebrochen haben im ständigen Kampf gegen den Abstieg aus der Bundesliga. Wir finden auch einen dritten Mitbewohner, den wir beinahe mit Gewalt überreden müssen, denn mit zwei Leuten lässt sich die Wohnung nicht tragen. Günters Widerstände sind nicht unberechtigt, aber wir schieben sie beiseite; wir wollen endlich eine neue Wohnung beziehen, beinahe um jeden Preis. Einziehen können wir im August.

Das Haus ist das älteste in der Straße, alle anderen sehen schon sehr nach den fünfziger Jahren aus. Man fährt direkt darauf zu, wenn man die Straße herunterkommt, es versteckt sich nicht, steht weithin sichtbar da. Die Straße macht hier einen rechtwinkligen Knick, an dem das Haus steht, läuft dann noch knapp hundert Meter in der neuen Richtung weiter, da ist dann das Ende: der Bahndamm. Bis spätabends hören wir die Züge, die, vor fünf Minuten vielleicht ausgelaufen aus Bochum Hauptbahnhof, immer schneller werdend in Richtung Essen davon- oder, langsamer werdend, aus Richtung Essen auf den Bochumer Hauptbahnhof zufahren. Außerdem wird hier rangiert, laute, gewaltsame Stöße sind zu hören, immer mit einem etwas leiseren Nachklang.

Und es riecht nach Kohle. Von unserer Wohnung aus können wir auf den Hof der Brennstoffhandlung sehen, die schräg gegenüber liegt; dort türmt sich Kohle. Ab und zu rangieren große Tanklastwagen auf den Hof, das klappt nie beim ersten Anlauf, die Wagen müssen mehrmals vor- und zurücksetzen, ehe sie auf den Hof einfahren können. Ich selbst höre selten etwas davon, mein Zimmer geht nach hinten hinaus. Meinen Schreibtisch stelle ich direkt vors Fenster und sehe von hier aus über den Hinterhof hinweg auf eine Schrebergartenkolonie, an deren Ende ein massiger Kühlturm steht. Nicht ein einziges Mal sehe ich den zarten weißlichen Dampf daraus steigen, der zu Kühltürmen dazugehört; dieses Fossil scheint nicht mehr in Betrieb zu sein. Nicht weit davon leuchtet abends hell das Bochumer Vertriebsgebäude der *WAZ*.

Einmal mache ich abends einen kurzen Spaziergang die Hattinger Straße hinunter, in Richtung der *WAZ*. Ich habe das Licht in meinem Zimmer brennen lassen. Auf dem Rückweg sehe ich das erleuchtete Fenster, von einem Bastvorhang beschützt, schon von weitem, ein warmes, helles Licht, und ich kann sehen, wie es von draußen aussieht, wenn ich abends zu Hause bin. Sehr verlockend sieht das aus, und ich beeile mich unwillkürlich, dieses warme, helle Licht zu erreichen.

Beim Gang in die Stadt komme ich regelmäßig an einem recht kleinen Buchladen in der Brüderstraße vorbei. Es ist der schönste Buchladen in Bochum, und ich schaffe es selten, daran vorüberzugehen. Nach wenigen Besuchen schon werde ich als Stammkunde erkannt, und ich kann mich, ohne belästigt zu werden, frei in dem Laden bewegen, von Regal zu Regal gehen und in allen möglichen Büchern blättern. Einmal holt man sogar extra ein Buch für mich aus dem sehr schwer zugänglichen Schaufenster und löst es aus der Cellophanverpackung, obwohl ich gleich gesagt habe, dass ich das Buch – ein Buch über den antifaschistischen Widerstand in Ostfriesland – nur durchblättern will, nicht kaufen. Ich kann stundenlang hier bleiben, blättern, und dann, ohne etwas gekauft zu haben, wieder gehen: Ich fange mir keinen unfreundlichen Blick dabei ein.

Diesen Buchladen, das weiß ich nach kurzer Zeit, werde ich niemals beklauen.

Der 1. Oktober kommt, und ich muss etwas konsumieren. Zwei Wochen lang habe ich in Gelsenkirchen in einer Textilfabrik gearbeitet, in lichtlosen Aktenkellern Akten ausgemistet, die teilweise noch den fünfziger Jahren entstammten und für die niemand mehr sich interessiert, andere Akten einander zugeordnet, die wichtig werden könnten, weil eine Betriebsprüfung bevorsteht. Jeden Tag habe ich pfundweise Staub geschluckt, jeden Abend bin ich nur noch damit beschäftigt gewesen, meinen Durst zu löschen.

Der Job liegt hinter mir, aber ich fühle mich noch immer völlig verstaubt. Damit er wirklich hinter mir liegt, muss ich mir eine neue Haut zulegen. Ich gehe in die Stadt und kaufe mir Jeans, jetzt fühle ich mich schon besser. Auf dem Rückweg habe ich das Gefühl, dass ich für die neue Hose auch neue Bücher brauche, alles muss neu sein an diesem Tag.

Bei dtv sind Becketts Gedichte erschienen, darauf habe ich schon lange gewartet. Im Buchladen in der Brüderstraße ist es leicht, sie unter den Neuerscheinungen (Taschenbücher) zu finden. Ich bin noch nicht zufrieden, ich brauche noch ein zweites Buch. Dass ich mir dieses Buch kaufen würde, habe ich vorher gewusst, jetzt brauche ich noch eines, von dem ich es nicht gewusst habe. Ich taste die Taschenbuchregale ab, bleibe hängen an einem Buch mit dem Titel *Herr Gustafsson persönlich*. Ein Schwede namens Lars Gustafsson hat es geschrieben. Christoph hat mir vor kurzem eine Rezension aus der *Frankfurter Rundschau* über ein anderes Buch von diesem Schweden gezeigt, die mich ein bisschen neugierig gemacht hat, weil darin von den 60er Jahren die Rede war. Ich erinnere mich auch, dass mir einmal in Berlin Irene das Buch empfohlen hat; sie kannte die Frau, die in dem Buch eine wesentliche Rolle spielt. Damals habe ich nur zerstreut zugehört, jetzt nehme ich das Buch, ohne lange zu zögern, zu dem Beckett dazu.

Am Abend möchte ich gern irgendwo hingehen, schließlich habe ich eine neue Hose. Aber ich bin wie gelähmt, mir fällt nichts ein, was ich akzeptieren könnte. Sobald ich mir einen Namen vorgesagt habe, irgendjemanden, den ich besuchen könnte, finde ich mindestens drei gute Gründe, warum ein solcher Besuch heute nicht günstig wäre. Dieses Spiel treibe ich eine gute Stunde, und mein Missmut wächst. Mit allem Missmut, der sich am Ende gesammelt hat, greife ich schließlich zu dem Gustafsson, habe nicht die geringste Lust zu lesen (es ist so ungefähr das Letzte, was ich jetzt tun möchte) und beginne zu lesen. Trauerarbeit: ist der erste Teil des Buches überschrieben.

Nach der zweiten Seite habe ich vergessen, dass ich zu nichts weniger Lust hatte als zum Lesen. Die Seiten sind eng und klein bedruckt, aber ich spüre keinen Widerstand mehr. Ich gehe Seite um Seite vorwärts, in einer Mischung aus ruhiger Konzentration und verbissener Ungeduld, und ich beginne mich zu fragen, ob ich in den letzten Jahren jemals wirklich gelesen habe.

Dass ich dieses Buch noch nie gelesen habe, weiß ich, aber ganz zweifellos ist mir alles in dem Buch vollständig vertraut. Selbst das Unbekannte ist mir sofort bekannt, wenn ich es lese. Ich bin niemals in Stockholm gewesen, aber die Geschichte vom Donnerstag mit den drei Barschen, die dort passiert, ist ohne Zweifel meine eigene, wie alle anderen in diesem Buch.

Auf Seite 52 komme ich zehn Minuten lang nicht weiter. Ich lese: »Ich muss meinen Ernst wiedergewinnen. Irgendwo wird man ihn eines Tages brauchen. Ich kann mich nicht ewig von meiner eigenen Angst zum Narren machen lassen, einer Angst, die mir von Menschen eingegeben wurde, die mir schon lange nichts mehr bedeuten, und die sie ihrerseits von Menschen geerbt haben, die schon lange tot sind. Welch ein Narrenspiel ist nicht meine Gebrechlichkeit, meine Angst, meine Furcht davor, dass niemand mich lieben könnte.«

Schließlich gelingt es mir, um die Sätze herum: über sie hinwegzulesen, weiterzumachen. Zehn Seiten später kann ich wieder nicht weiterlesen, diesmal aus sehr praktischen Gründen. Es handelt sich um ein Telefongespräch zwischen Stockholm und Berlin, das Lars Gustafsson und Johanna Becker miteinander führen, um ein Telefongespräch über Stockrosen. Jedenfalls fängt es mit einer Unterhaltung über Stockrosen an. Die ohnehin sehr kleinen Buchstaben verschwimmen langsam, und schließlich kann ich sie nicht mehr erkennen, weil die Tränen mir die Sicht versperren. Ich habe so wenig geweint in den letzten Jahren (außer vielleicht unbeobachtet, bei einigen sehr sentimentalen und schlechten Filmen, über die man eigentlich hässlich lachen müsste, bei denen mir aber peinlicherweise die Tränen kommen), und es scheint, als legte ich meine ganze Fähigkeit zu weinen in dieses Telefongespräch über Stockrosen. Jetzt kann ich wirklich nicht mehr weiterlesen, ich schiebe das Buch weg und weine unbeschreiblich wohltuende Tränen, fühle mich immer leichter werden, federleicht, und mit jedem Atemzug löst sich etwas von mir, etwas, was ich jahrelang unter Aufbietung fast all meiner Kraft in mir eingesperrt habe, was ich vernichten wollte und was doch beinahe mich selber vernichtet hätte.

Die Tage werden immer kürzer. An manchen Tagen hat der Nebel die Stadt fest in der Hand; wann es hell wird, wann der Abend beginnt, lässt sich nicht mehr sagen. Der November berührt mich nicht, kann mich nicht besiegen. Seit den Tränen anlässlich eines Telefongesprächs über Stockrosen bin ich stärker geworden, in Sprüngen und mit Rückschlägen, aber insgesamt bin ich stärker geworden.
Ich halte Zwiegespräche mit meiner Angst. Sie ist nicht verschwunden, aber ich befinde mich nun im offenen Duell mit ihr. Ich versuche nicht mehr, sie in mir zu begraben. Je weniger ich ihr den Mund verbiete, desto besser kann ich mit ihr umgehen. Wir beide gehören ja zusammen: Es hat keinen Sinn, das länger zu leugnen.

Am ersten Sonntag im Dezember räume ich meinen Schreibtisch auf. Seit Jahren tue ich das etwa einmal im Monat, immer mit dem festen Vorsatz, nach diesem Aufräumen ein neues Chaos auf meinem Schreibtisch gar nicht erst wachsen zu lassen. Es ist ein Vorsatz, der sich nicht einhalten lässt: Der schriftliche Abfall meines täglichen Lebens wächst zu schnell.
Die Aufräumarbeiten dauern zwei Stunden. Notizen aus Seminaren, verstreute Briefe, bezahlte und unbezahlte Rechnungen, längst erledigte Einkaufszettel, Quittungen, zerknitterte Zeitungsausschnitte. Am Ende ist es dunkel geworden, obwohl der Nachmittag noch nicht sehr weit fortgeschritten ist. Meinen Kühlturm kann ich nicht mehr sehen.

Es ist ungewöhnlich ruhig in der Wohnung. Ich koche eine Riesenkanne Tee und stelle sie auf meinen frisch aufgeräumten Schreibtisch. Beim Einschenken muss ich vorsichtig sein, weil die Kanne seit zwei Wochen einen kleinen Sprung hat. Dann schlage ich einen Briefblock auf, DIN A 4 unliniert, trenne per Bleistift einen schmalen Rand ab und schreibe mit Druckbuchstaben sorgfältig und gut lesbar oben auf die Seite: Eine Garnisonsstadt am Jadebusen, fern von Berlin, 1968.

Meine eigene Trauerarbeit hat begonnen.

Von nun an wird das Zwiegespräch mit meiner Angst nicht mehr aufhören. Fast täglich komme ich damit an meinem Schreibtisch ein bisschen weiter. Ab und zu sehe ich aus dem Fenster. Mein Kühlturm grüßt stumm herüber. Im Januar verlasse ich ihn: Wir tauschen innerhalb der Wohnung in einem rotierenden System die Zimmer; das war abgemacht von Anfang an. Jetzt habe ich das größte Zimmer in der Wohnung für mich, mein Zwiegespräch hat viel Platz. Mein Blick geht jetzt auf die Straße und auf die Brennstoffhandlung gegenüber, auch auf den neurotischen Nachbarn, der täglich mehrere Stunden seinen gelben Opel Ascona putzt: Er putzt ihn öfter, als er damit fährt. Zuweilen frage ich mich, wie lange der Wagen das noch aushält.

Unser Vermieter strengt einen Prozess gegen uns an. Ich habe ständig wachsende Schwierigkeiten mit Günter. Ein Versuch, in den linken Buchhandel einzusteigen, scheitert. Ab und zu lerne ich noch immer neue Leute kennen. Ich mache einige kürzere Reisen. Der VfL Bochum rettet sich ein weiteres Mal vor dem Abstieg aus der Bundesliga. Ich kaufe mir für hundertfünfzig Mark einen alten Ford, der nach drei Monaten seinen Dienst versagt. Ab und zu bin ich in Amsterdam, das nun plötzlich sehr nahe liegt. Bei all dem bin ich dabei und gleichzeitig immer ein kleines Stück entfernt. Meine Trauerarbeit geht weiter, und sie schiebt *das wirkliche Leben*, das auch *weitergeht*, beiseite.

Während ich am Schreibtisch sitze, meistens abends, liegt Amadeus, der mit Christoph aus Langendreer hierher verzogene Kater, auf meinem Bett. Ich lehne mich in meinem Schreibtischstuhl zurück, um eine Zigarette zu rauchen. Amadeus sieht mich direkt an und sieht gleichzeitig buchstäblich durch mich hindurch, auf einen Punkt, der irgendwo hinter mir liegen muss, jenseits des Fensters. Ich bin nicht da. Er will mir zeigen, dass ich nicht da bin. Ich darf nicht anfangen, daran zu glauben. Ich muss weitermachen, und sei es, um Amadeus zu beweisen, dass es mich gibt (und mir selber).

Manchmal gehe ich mit Christoph essen. Wir gehen immer in dieselbe Pizzeria, keine zehn Minuten Fußweg von unserer Wohnung entfernt. Christoph bestellt immer dasselbe, obwohl er sich jedes Mal die Karte kommen lässt und sie gründlich durchliest. Am Ende bestellt er einmal Spaghetti Bolognese mit zwei Spiegeleiern, vorweg eine Hühnersuppe. Er ist sesshaft, selbst in seinen Essgewohnheiten.

Unser Essen kommt. »Ich will mindestens neunzig Jahre alt werden«, sagt Christoph. »Egal, was kommt und wie die Dinge sich entwickeln – und wahrscheinlich werden sie sich so entwickeln, dass das Leben immer schwieriger wird – ich will neunzig werden, mindestens. Ich möchte stärker sein als alles, was kommt.«

Ich bin sehr erschrocken, als ich das höre. Es ist ein unvorstellbarer Wunsch für mich. Während ich damit beschäftigt bin, mich mit der Tatsache abzufinden, dass ich geboren wurde, isst Christoph seine Spaghetti Bolognese und denkt an seinen neunzigsten Geburtstag.

Wenn es nicht mehr weitergeht, setze ich mich ins Auto und fahre stundenlang durchs Ruhrgebiet. Ich erwarte jedes Mal, dass auf einer dieser Fahrten der Wagen endgültig streikt und ich nachts um halb eins irgendwo allein in einer völlig verlassenen Ecke von Herne oder Recklinghausen strande. Es gibt so viele schöne tote Punkte hier. Aber der Wagen tut mir den Gefallen nicht, sondern trägt mich immer zurück. Auf diese Art kann ich mich nicht wegstehlen.

Ich lese *Was wir wollten, was wir wurden* von Peter Mosler. Die Zeit des zehnjährigen Gedenkens ist angebrochen. Auch in diesem Buch komme ich regelmäßig an Punkte, an denen ich nicht mehr weiterlesen kann, weil mir die Tränen das Schriftbild verschleiern. Aber es sind nicht Tränen von derselben Art, wie sie mir anlässlich eines Telefongesprächs über Stockrosen gekommen sind. Nichts löst sich dabei. Es sind achselzuckende Tränen, sowohl über *was wir wollten*, wie über *was wir wurden*.

»Es sind ja nicht ›die Linken‹, sondern es ist eine ganz bestimmte, melancholisch resignierte Gruppe von Leuten, die nicht verdauen kann, dass sie a) nicht mehr 18 sind und b) das Jahr 1968 vorbei ist.« Das hat Thomas Brasch gesagt, gegenüber der *Frankfurter Rundschau*, die das am 24. August 1977 in ihrem Feuilleton abdruckt. An diesem Tag gelingt mir nichts mehr. Ich fühle den ganzen Tag den Finger, der auf mich zeigt.

Mein Ford fährt immer noch. Ich fahre nach Düsseldorf, um einen Film von Wim Wenders zu sehen, *Der amerikanische Freund*, weil das Bochumer Kinoprogramm seit Wochen über *Hitler* und *Killerhunde* nicht hinauskommt. Nach dem Film gehe ich eine halbe Stunde in Düsseldorf spazieren, weil ich mich nicht gleich wieder ins Auto setzen möchte; es könnte etwas passieren. Die Kö hat sich geleert; langsam beruhige ich mich, während ich die astronomischen Preise in den Schaufenstern lese.

»Vor nichts muss man Angst haben«, sagt Tom Ripley in dem Film in sein Diktafon, während er in seinem amerikanischen Wagen durch Hamburg fährt, »außer vor der Angst.«

Mein Studium lasse ich nach dem dritten Semester sein. Die Leistungen, die hier erbracht werden sollen, ich bringe sie nicht. Ich habe noch zu gut andere Bedingungen des Studierens im Gedächtnis, fünf bis zehn Jahre ist das gerade her, und diese Erinnerung hindert mich daran, mich den neuen Bedingungen erfolgreich anzupassen. Im Herbst habe ich plötzlich einen Job. Jensen hat dabei seine Finger im Spiel gehabt. Der Job verschlägt mich nach Süddeutschland; ich lasse es passieren, es ist schon fast egal. Wo man seine Brötchen verdient. Es ist schwer, ein trinkbares Bier aufzutreiben in dieser Gegend.

Ich wohne bei Jensen und Ruth. Ein paar Wochen später fahre ich noch einmal nach Bochum, um meine restlichen Sachen abzuholen. Als ich wieder zurück bin, fragt mich Ruth, ob mir der Abschied schwergefallen ist. Dabei war es gar kein Abschied: Es war keine Zeit dafür da.

»Ich kann nicht sagen, wie sehr die Straßen mir fehlen. Es ist, als ob sie meinem Gehirn etwas gäben, dessen es, wenn es arbeiten soll, nicht entbehren kann. Eine Woche, vierzehn Tage kann ich wunderbar schreiben an einem entlegenen Orte, ein Tag in London genügt dann, mich wieder aufzuziehen ... Aber die Mühe und Arbeit zu schreiben, Tag für Tag, ohne diese magische Laterne, ist ungeheuer...« (Charles Dickens, Brief aus Lausanne)

Ein einziges Mal mache ich im Umkreis unseres Dorfes einen längeren Spaziergang, dann ist meine Phantasie erschöpft. Es ist hier nicht möglich, sich treiben zu lassen bei Spaziergängen, weil es nichts gibt, das treibt. Alles ist schon vorher bekannt, Überraschungen sind ausgeschlossen.

»Keine Schaufenster. Die Flanerie, die von Völkern mit Phantasie geliebt wird, ist ... nicht möglich. Es gibt nichts zu sehen, und die Straßen sind unbenutzbar.« (Baudelaire über Brüssel)

Silvester verbringe ich in der Lüneburger Heide, mit Lars und mit Berliner Genossen. Plötzlich ist es schon der vierte Jahreswechsel, seitdem ich Berlin verlassen habe. Auf unserem Dorf in der Lüneburger Heide wird das neue Jahr sehr schüchtern begrüßt, das Feuerwerk ist schon zu Ende, kaum dass es angefangen hat. Es ist das Jahr 1978. Es wird einige zehnjährige Gedenktage geben in diesem Jahr: Osterunruhen, Pariser Mai, Tschechoslowakei. Einige Zeitungen werden dem Gedenken etwas Platz einräumen, hauptsächlich im Feuilleton.

Kurz vor diesem Silvesterfest habe ich in Stuttgart Alain Tanners Film gesehen, *Jonas, der im Jahre 2000 25 Jahre alt sein wird*. Max (aufgefordert zu träumen, träumt er von der Schlacht im Quartier Latin) warnt die Besitzer einer Landwirtschaft am Rande von Genf vor beabsichtigten Spekulationsgeschäften mit ihrem Land. »Man wird Sie auffordern zu verkaufen. Tun Sie es nicht.« Die Landbesitzerin Marguerite (»die Hexe«) bedankt sich für den Hinweis, möchte aber wissen, welche Rolle Max in diesem Spiel spielt. »Machen Sie in Politik?«, fragt sie. Max sagt: »Politik nützt nichts mehr.«
    Einer der beiden Landarbeiter sagt zu Max: »Du bist groß!« »Groß wie ein Elefant«, sagt Max, »und ich habe ein Gedächtnis wie ein Elefant.«

Nach Silvester fahre ich noch ein paar Tage zu Lars und Marion in die Holsteinische Schweiz. Lars muss schon wieder arbeiten, aber abends sitzen wir zusammen und reden: über was wir erlebt haben, über unsere schon aufgegebenen und über unsere noch nicht aufgegebenen Hoffnungen. Es sind schöne Abende. Während er mir gegenübersitzt, denke ich immer wieder: Geh mir nicht verloren. Ich weiß wirklich nicht, was ich machen sollte, wenn du mir verloren gingest.

Lars erzählt mir von einem gemeinsamen Genossen aus den Berliner Jahren, der jetzt in Hannover lebt. Er hat ihn dort besucht. Im Zimmer des Genossen hängt an der Wand ein Zettel: »Schlecht fühle ich mich am Abend eines Tages nur, wenn ich mich am Tag nicht genug gewehrt habe.«
    Ich will mein Bestes tun.

Auf der Rückfahrt nach Süddeutschland wird das Wetter immer schlechter. Ich fahre in die falsche Richtung. Spätabends erreiche ich meine Wohnung. Langsam gehe ich die Fotos durch, die dicht an dicht die Wand neben meinem Bett bedecken, lauter Bruchstücke, mit denen ich mir beweisen will, dass ich eine Geschichte habe: Patricia Highsmith mit einer Siamkatze, Jean-Paul Sartre, Murnau 1977 (ein Passfoto), Jodie Foster in *Das Mädchen am Ende der Straße*, Murnau 1973 in Tübingen, Murnau 1976 in Amsterdam, Murnau 1967 in Ostfriesland, Christoph, der neunzig Jahre alt werden will, mit seinem großen Kopf, Murnau und Lars 1974 in Zandvoort, Murnau 1974 in Amsterdam, Jupp Kaczor, der sich an die Nase fasst, Lars Gustafsson, der sich nicht an die Nase fasst, Rudi Dutschke 1967, ein paar Fördertürme in Farbe, ein Plakat für die Gespensterdemonstration am 15. Juli 1972, Sarah Kirsch neben einigen ihrer Gedichte, Beckett, mit Zigarette im Mund und starrem Blick, und immer so weiter, schließlich Amadeus, der mich ansieht und doch nicht ansieht: als ob es da nichts zu sehen gäbe in meiner Richtung.

Ich brauche sehr lange, um einzuschlafen. Die Angst, meine treue Begleiterin, liegt neben mir, sie mag mich nicht verlassen. Ich werde weiter gegen sie Schach spielen und versuchen müssen, die Partie remis zu halten. Was ich mit der Geschichte, die da neben meinem Bett an der Wand hängt, anfangen soll, weiß ich nicht recht. Die Schneematschmonate werden jetzt kommen oder auch Monate mit richtigem Schnee, das bleibt sich gleich, ich habe den Winter nie gemocht, er ist zu nichts weiter gut als zum Frieren. Ich werde mein Bestes tun, um ihn zu überleben. Überleben ist schwieriger geworden.

Nachwort

1979 veröffentlichte Helmut Lethen, nach seiner kommunistischen Kaderzeit damals schon Literaturwissenschaftler in Utrecht, im Oktoberheft der Zeitschrift *Merkur* unter dem Titel »Geschichten vom unbekannten Verlust« eine Sammelrezension von vier Neuerscheinungen des Bücherherbstes. Besprochen wurden neue (und teilweise erste) Bücher von Eva Demski, Jürgen Theobaldy, Urs Jaeggi, und, im letzten Teil, Jochen Schimmang. Diese Rezension des Romans *Der schöne Vogel Phönix* blieb in ihrem klaren analytischen Blick und in ihrem empathischen Verständnis dessen, worum es in diesem Buch wirklich geht, unübertroffen. Wir drucken sie deshalb – mit freundlichem Einverständnis des Autors – als Nachwort zur Neuausgabe ab.

Helmut Lethen
Geschichten vom unbekannten Verlust

Mich wundert, dass der »Mechanismus« von Psychotisierung und Kriminalisierung in jenen Jahren – auch in Berlin – nur so wenige ergriffen hat. Was hat vor Kollaps und Amoklauf bewahrt? Sollte die Reihe der ML-Parteien eigens zu dem Zweck gegründet sein, diesen Gang der Dinge zu verhindern? Merkwürdiger Gedanke, diese Parteien könnten als »Sinnmaschinen« manchen aufgefangen haben: mit ihrem zauberhaften »Demokratischen Zentralismus«, der die verstörenden Evidenzen der Sinne auf dem Protokollwege filtert, durch Leitungen plausibel macht und angereichert mit strategischem Sinn, in Form der handlichen Losung zurückschickt – der uns so in einer kritischen Phase über die

Runden brachte, dass uns Hören und Sehen verging. Die Erfahrungsberichte, die bisher aus diesen Organisationen veröffentlicht wurden, sprechen von einem Prozess des Wirklichkeitsverlustes, der bis ans Vergessen der Jahreszeiten reicht.

Man stelle sich einen zweiundzwanzigjährigen Studenten vor, der im zweiten Semester Germanistik von seiner »Proletarischen Partei« den Auftrag erhält, die Geschichte dieser marxistisch leninistischen Organisation zu schreiben; der sich, um den Auftrag zu bewältigen, in Adornos *Minima Moralia* und Prousts *Suche nach der verlorenen Zeit* versenkt, der versucht, sich seine Lage mit Viscontis Film *Tod in Venedig* zu erklären. Berlin 1971. Ist in dieser Figur des »Kaders« nicht eine phantastische Paradoxie formuliert, die in extremer Form die Widersprüche wiederholt, in denen sich deutsche Intellektuelle der Jahre 1960 bis 1966 befanden, wenn sie mit Befreiungsbewegungen sympathisierten und sich zugleich an das »Schweißtuch der kritischen Theorie« (Enzensberger) halten wollten?

Es ist dies eine Szene aus dem Kapitel »Der Mönch mit der Lederjacke« in Jochen Schimmangs Erinnerungsbuch *Der schöne Vogel Phönix*. Das Buch zeigt, dass die Zusammenhänge vertrackter sind, als die Metapher »Sinnmaschine« suggeriert. Der Held in Schimmangs autobiografischem Buch, Murnau, kommt im Wintersemester 1969/70 aus der Schüler-Boheme einer ostfriesischen Kleinstadt und der ereignislosen Bundeswehrzeit nach Berlin. Er geht auf Spurensuche der vom Bildschirm, von Mythen bekannten Bewegung und findet nur verlassene Orte, ein »Vakuum«, in dem Kälte herrscht. (Das Thermometer sinkt im Dezember 69 auf 20 Grad unter null.) Er verbirgt sich eine Zeit lang im Ghetto des Studentendorfs Schlachtensee; später wird er von den »Marxisten Leninisten« kooptiert, verlässt diese Organisation nach Jahresfrist und unternimmt, nach einer unglücklichen Liebesgeschichte, einen untauglichen Selbstmordversuch mit Baldriantabletten. Das ist die Berlin-Episode des Buches.

Ich habe in der *Rote Presse Korrespondenz* des Jahres 1969 geblättert, um mir in Erinnerung zu rufen, was der melancholische Held als »Vakuum« erfährt. Zu dem Zeitpunkt, als Murnau eintrifft, haben sich unter dem Schock der »Septemberstreiks« Teile der Studentenbewegung entschlossen, die »escapistischen und intelligenzlerischen Eierschalen« der philosophischen Fakultät abzustreifen. Die Luft ist erfüllt vom Schlachtenlärm der »Linien«. Und jede Linie beansprucht für sich, den »Identitätsverlust der deutschen Arbeiterklasse« durch Rekonstruktion ihrer »Vorhut« zu beheben. Der Streit ist gnadenlos; er wird im bunten Vokabular der alten Komintern geführt. Alle Organisationen beanspruchen, sich am radikalsten von der »kleinbürgerlichen Protestbewegung« verabschiedet zu haben. Murnau, den Kopf voll Beckett, Kierkegaard, Brecht, Benjamin, Wittgenstein, Godard und den Wünschen nach Aktion, kommt zum Abschied zu spät. Es ist nicht sein Abschied. Im Schulungsprogramm der ROTZEG, das am 16. Januar 1970 in der *RPK* veröffentlicht wird, las ich noch einmal, womit wir damals Schluss machen wollten: »Aus der Isolation von der Arbeiterbewegung und der theoretischen Dürftigkeit revisionistischer Arbeiten entstand das Bedürfnis, eine Geheimgeschichte marxistischer Theorie zu entdecken, die die Niederlagen der deutschen Arbeiterbewegung und die scheinbare Bewegungslosigkeit der Arbeiterklasse erklärte. Der junge Lukács, Karl Korsch, die Autoren der *Zeitschrift für Sozialforschung*, Wilhelm Reich.« Die Chance, die Geschichte mit diesen Autoren als Leidensgeschichte zu begreifen, soll es für Murnau nicht geben. Später, nach verschlungenen Wegen, wird der *Kurze Lehrgang der Geschichte der KPdSU (B)* den Blickpunkt des historischen Sieges vermitteln. Die frühere Arbeit des »Trauerns um den Tod des bürgerlichen Individuums, um den endgültigen Verlust der Ideologie liberaler Öffentlichkeit« (Hans Jürgen Krahl) ist in die Vorgeschichte des Protestes verwiesen. Der »Aktionismus« auch. Um beides fühlt Murnau sich betrogen. Und er ist vom »Wunsch zu verschwinden« erfüllt.

An dieser Stelle muss auf Lars Gustafsson hingewiesen werden. Noch nicht absehbar erscheint mir die literarische Auswirkung, die seine autobiografischen Bücher auf Formulierungen jüngerer deutscher Schriftsteller haben. Jochen Schimmang weist dreimal auf sein schwedisches Vorbild hin; auch bei Urs Jaeggi finden sich zwei versteckte Verweise auf Gustafssons Roman *Wollsachen*. Ich erinnere mich an die »Schneewehe« in den *Wollsachen*: »An einem Abend um das Luciafest herum setzte ich mich auf dem Heimweg einfach in eine Schneewehe. Ich hatte keine Lust weiterzugehen. Und natürlich wollte ich sterben, aber das habe ich schon gewollt, seit ich drei Jahre alt war, das ist ein altes Lied, das mir schon mein Leben lang im Kopf herumgeht.«

Solch ein Lied geht auch dem Helden Murnau durch den Kopf. Während der Held der *Wollsachen*, Lars Herdin, vom Maler Eklund gerettet wird, trifft Schimmangs Held im Winter 1969/70, als auch noch die Heizung des Studentendorfes ausfällt, seinen »Engel«, den er bezeichnenderweise »Lars« nennt, und der ihn zu den »Marxisten-Leninisten« führt. Eklund erklärt seinem beinahe erfrorenen Findling die Technik der Ölmalerei. Lars verschafft Murnau in einem Tempo, das ich atemberaubend nennen müsste, wüsste ich nicht, wie kurz damals die Strecke war, Aufstieg in die Plattform-Kommission einer Avantgardeorganisation, die, da die Arbeiterschaft wieder mal im »trade-unionistischen« Bewusstsein versumpft, im Begriffe steht, als Vorhut zu intervenieren.

Ich konnte mich an diese Gruppierung nicht recht erinnern, in der Murnau seine abenteuerlich leere Zeit mit der bolschewistischen Lederjacke hat. Nach Informationen der *RPK*, in deren Impressum die »ML« eine Zeit lang auftaucht, sammelten sich hier die Ersten, die aus Basis-Gruppen und WiSo-Fakultät den Sprung in eine proletarische »Übergangsorganisation« wagten. Da sie sich unter dem Motto, der politische Kampf an den Universitäten sei ein Anachronismus, schlagartig vom Campus zurückzogen, wurden sie stark angefeindet. Im farbigen Vokabular ihrer Gegner verkörperte die »ML« eine »schwarze Linie im proletarischen Mäntelchen«, die sich unter dem Vorwand, den Parteiaufbau in Angriff zu nehmen, nur in eine »Schulungspyramide« zurückgezogen habe. Es ist nicht ohne Komik, diese mit dunkelster Wasserfarbe gemalten Feindbilder der *RPK* (Mehrheitsfraktion!) mit Schimmangs Erinnerungen zu vergleichen: der Geruch des übermannshohen Kachelofens in der neuen Kreuzberger Wohngemeinschaft, den er vor allem mit seiner »leninistischen Wende« verbindet; die gebrauchte Lederjacke von »Puvogel« in Charlottenburg; der leninistische Haarschnitt, der die Differenz zu den anderen Fahrgästen der U-Bahn egalisieren soll; das Studium der Grundrente auf dem Balkon, während der großen Maimanifestation 1970.

Die »ML« bestand relativ kurz. Sie löste sich, glaube ich, nach zwei Jahren auf. Sie hatte gegenüber späteren Organisationen vielleicht den Vorzug, in schnellerem Tempo, mit weniger Irrtümern und Beziehungsverfall die Stadien zu durchlaufen, mit denen andere bis heute nicht fertig geworden sind.

Die flüchtige (und ich fürchte ein wenig insiderhafte) Information über ein Kapitel aus Schimmangs Buch kann nicht erklären, warum ich das Buch verschlungen habe. Ist es der unverschämte Spielraum, den der Autor seiner Sprache verschafft, indem er, bei der Schilderung der Phase, in der wir uns den Kollektivismen verschrieben, »Ich« sagt und bis zur Skurrilität auf Einsamkeit, theoretischer Neugierde und Narzissmus pocht? Während Jaeggi sich mit Mitteln der Avantgarde abmüht, das Ich als Ensemble gesellschaftlicher Kräfte erscheinen zu lassen, liegt der Reiz von Schimmangs Buch in der Unverschämtheit, mit der sich ein Dandy in die Lederjacke der Komintern kleidet. »Kühle, übersichtliche Prosa von eigentümlicher Schönheit«, sagt Schimmang ausgerechnet über Reflexionen einer theoretischen Zeitschrift mit dem Namen *Die soziale Revolution ist keine Parteisache.* Dieses Urteil wirft ein Licht auf Schimmangs eigene Prosa.

Sie bleibt kühl und farbig, von einer fast angelsächsischen Melodie und – durchlässig für die politische Reflexion. Ein Stil, in dem der Nachholbedarf an Zweifel bis zum Narzissmus arbeitet. Man lese nach den Szenen der Kaderarbeit, die ich zuerst aufschlug, die ersten Kapitel: »Eine Garnisonsstadt am Jadebusen«, den »Rückblick auf einen hässlichen Zwerg in Manchester«; die Erinnerung an die ostfriesische Schüler-Boheme 1966. Schielen wie Sartre, Mütze wie Brecht, Benjamin-Foto im Zimmer, Richard Lesters Beatles-Filme und der »Glaube an die Kraft rationaler Argumentation«; Fats Domino, Alexander Kluge und die Rolling Stones – und man erschrickt bei dem Gedanken, dieser Murnau müsse in die Kälte der »Metropole« des Jahres 1970 verschlagen werden, die daran gegangen ist, all das zu »liquidieren«. Man lese die schöne Geschichte von Nobby Stiles, dem Sohn eines Totengräbers in Manchester, der zum Fußballstar avanciert und als Über-Ich durch Murnaus Tagträume spaziert; denn keiner sieht ihn, aber er ist unverzichtbar (»He's a great footballer, but a dirty player.«). Über den *Tractatus*, den Murnau nach vielen fehlgeschlagenen Versuchen begreift: »Ich verstand sehr wenig, aber die gleichwohl klare, nüchterne Argumentation Wittgensteins passte sehr gut zu dem Blick, den ich aus dem Fenster hatte: den Blick auf die lange Straße, etwas abschüssig, vorbei an den einzelnen Kompanieblocks auf der rechten und den Kantinengebäuden auf der linken Seite, hinunter zu dem großen Gelände, auf dem die Fahrzeuge gewartet wurden. Das Gelände lag vollkommen befriedet da, und auf eine plötzlich sehr einprägsame Weise schien es mir den Wittgenstein'schen Satz bedeuten zu wollen: ›Die Welt ist alles, was der Fall ist.‹ Ich las sehr bald nicht mehr weiter und wartete rauchend auf das Ende des Dienstes. Wittgenstein war seit siebzehn Jahren tot, und das Herbstlaub, das auf die lange Allee fiel, die vor dem Kasernentor begann, fiel zweifellos auch auf Wittgensteins Grab irgendwo in England.«

Der Ton des Buches unterscheidet sich gründlich von dem seit einiger Zeit vorgeschriebenen »Diskurs« der Spontaneität! Nicht mehr die mechanische Aufspaltung von Unmittelbarkeit der Sinne versus Begriffswesen. Ein Stil, der sich gegen die Manie der Entmischung von sinnlicher Anschauung und politischer Reflexion wendet, die gegenwärtig die Denkszene beherrscht. Schimmang hält die Objektivierungen des Begriffs und die Erfahrung, dass dieser weder die Existenz umgräbt noch Hebel zur sozialen Änderung ist, ironisch in der Schwebe; aber so, dass er zu höherer Wahrnehmungsschärfe kommt. Nützlichen theoretischen Erklärungen scheint er sich wie fremden Städten zu nähern, Oslo z. B., über das er schreibt: »Diese Stadt war immerhin so freundlich gewesen, mir meine Fremdheit zu lassen, sie hatte mich nicht einverleiben wollen um jeden Preis.« Und, ich möchte das noch hinzufügen, um zu erklären, warum ich das Buch verschlungen habe: endlich ein Autor, dessen Genuss am Denken nicht daher rührt, dass er die anderen, auf die er mal Hoffnungen projiziert hatte, die »Massen«, als ausweglos verblendet figurieren lässt: Sie sind nicht die Urheber seiner Melancholie, seines Gefühls vom »unbekannten Verlust«.

Hat man das Buch ausgelesen und ruft sich zur Ordnung mit der Frage, welche Aufschlüsse es denn über die Ursachen der Rebellion gebe, wird man eine verblüffende Feststellung machen. Es gibt ja inzwischen eine ganze Liste von Faktoren, von denen man weiß oder gehört hat: der Konflikt mit der Elterngeneration, die staatliche Repression, die Schulbehörde, das soziale Mitleid oder die »Furcht vor der Proletarisierung«. Keine Spur davon in diesem Buch. Ist das ein stilistischer Schachzug? Er gibt dem Buch etwas Federleichtes, beinahe Amoralisches.

Manchen Autoren möchte man nach Katastrophengeschichten gute Besserung wünschen; von Schimmang wünscht man sich neue Geschichten; Liebesgeschichten, Kriminalgeschichten. Aber er wird sich schon an unsere Wünsche nicht halten.

Merkur 377, Oktober 1979

Aus unserem Verlagsprogramm

Jochen Schimmang
DAS BESTE, WAS WIR HATTEN / Roman
Originalausgabe / Gebunden / 320 Seiten / ISBN 978-3-89401-598-5
Wie schon in seinem berühmten Debüt *Der schöne Vogel Phönix*
berichet Jochen Schimmang auch in diesem Roman vom Beginn der
Träume und vom Altern der Hoffnungen. Erzählt wird von Liebe und
Verrat und vom Glück des Identitätswechsels und des Davon-
kommens. Nicht immer muss die Geschichte das letzte Wort haben.

Jochen Schimmang
NEUE MITTE / Roman
Originalausgabe / Gebunden / 256 Seiten / ISBN 978-3-89401-741-5
»Schimmang setzt der Realität seines Bonn-Romans die schwarze
Utopie eines Zukunfts-Berlins entgegen – und trifft damit erstaunlich
oft unsere Gegenwart.« *buchjournal*

Abbas Khider
BRIEF IN DIE AUBERGINENREPUBLIK / Roman
Originalausgabe / Gebunden / 160 Seiten / ISBN 978-3-89401-770-5
Der Roman erzählt die Reise eines Liebesbriefs von Bengasi nach
Bagdad. Ein illegales Netzwerk von Taxichauffeuren, Lastwagenfahrern
und Reisebüros befördert heimlich Briefe von Exilanten und Verfolgten.
Doch Saddams Geheimdienst weiß längst von diesem Netz und
fängt die Sendungen ab. Abbas Khider skizziert in seinem dritten
Roman die arabische Welt am Ende des 20. Jahrhunderts.

Corinna T. Sievers
SCHÖN IST DAS LEBEN UND GOTTES HERRLICHKEIT
IN SEINER SCHÖPFUNG / Roman
Originalausgabe / Gebunden / 96 Seiten / ISBN 978-3-89401-760-6
Ute wächst in den 1970er Jahren in einem westdeutschen
Ostseebad auf, missgebildet, unerwünscht, vom Stiefvater sexuell
missbraucht, von Mitschülern gehänselt – Ute rächt sich ...
»Die Geschichte, die Corinna Sievers aus dem Dorf
erzählt, ist so schneidend und klar wie Wintertage am Meer.«
Marianne Wellershoff, Kultur-Spiegel

www.edition-nautilus.de